Dem »Wilden«, das in uns allen ist.

Mit besonderem Dank an Theresa Jemison dafür,
daß ich ihren Mohawk-Namen Kanawiosta
benutzen durfte.

Vorwort

EINE FAHRT MIT der Postkutsche wäre zwar vernünftiger gewesen, aber nach so vielen Jahren der Abwesenheit zog Robin den Ritt durch die englische Landschaft vor. Für Anfang Dezember war das Wetter trokken und verhältnismäßig warm, auch wenn ein Hauch von Schnee in der Luft lag.

Der alte Pförtner von Wolverhampton erkannte ihn und wäre in seiner Beflissenheit, die Türe zu öffnen, fast über die eigenen Beine gestolpert. Robin begrüßte ihn mit einem knappen Lächeln.

Das Herrenhaus lag noch fast einen Kilometer entfernt, am Ende einer von Ulmen gesäumten Auffahrt. Robin zügelte sein Pferd und betrachtete versonnen die riesige Granitfassade. Wolverhampton im Vale of York war nicht unbedingt das, was man als behagliches Heim bezeichnen könnte, und doch war es sein Zuhause gewesen, und hierher hatte es ihn zurückgezogen, als in Paris seine Aufgaben beendet waren.

Ein Reitbursche erspähte ihn und lief herbei. Robin saß ab, überreichte ihm wortlos die Zügel und lief die Freitreppe zu dem mächtigen Portal hinauf. Eigentlich hätte er seinen Bruder von seinem Kommen verständigen sollen, hatte aber bewußt darauf verzichtet. Das verringerte das Risiko, für nicht willkommen erklärt zu werden.

Der junge Lakai, der durch die marmorgeflieste Halle herbeigeeilt kam, machte große Augen. »Lord Robert Andreville?« fragte er verdutzt nach einem Blick auf Robins Visitenkarte.

»Höchstpersönlich«, erwiderte Robin gelassen. »Das schwarze Schaf ist zurückgekehrt. Empfängt Lord Wolverhampton?«

»Ich werde mich erkundigen«, erwiderte der Lakai höflich. »Würde es Ihnen etwas ausmachen, im Salon zu warten, Mylord?«

»Ich finde mich sehr gut allein zurecht«, meinte Robin, als ihm der Diener den Weg zeigen wollte. »Immerhin bin ich hier zur Welt gekommen. Ich verspreche ehrenwörtlich, mich nicht am Silber zu vergreifen.«

Errötend verneigte sich der Lakai und verschwand in den Tiefen des gewaltigen Hauses.

Äußerlich nonchalant, innerlich aber sehr nervös, schlenderte Robin in den Salon und fragte sich, wie Giles ihn empfangen würde. Trotz ihrer beträchtlichen Temperamentsunterschiede hatten sie sich einmal sehr nahe gestanden. Giles hatte ihn reiten und schießen gelehrt. Er war es gewesen, der sich – erfolglos – um so etwas wie Harmonie zwischen seinem strengen Vater und seinem aufmüpfigen jüngeren Bruder bemühte. Auch nach Robins Abreise aus England waren sie miteinander in sporadischer Verbindung geblieben.

Aber es waren fünfzehn Jahre her, seit sie hier unter einem Dach gelebt hatten, und drei seit ihrem letzten kurzen Treffen in London. Die Atmosphäre damals war eine Mischung aus bittersüßen Erinnerungen und einer merkwürdigen Spannung gewesen, die sich in einem heftigen Streit entlud, kurz bevor Robin aufbrechen mußte.

Nur selten verlor Giles die Beherrschung, schon gar nicht seinem Bruder gegenüber. Das hatte den Zwischenfall um so bedenklicher gemacht. Sie hatten sich zwar schnell wieder versöhnt, aber in Robin war ein schmerzliches Bedauern zurückgeblieben.

Robin blickte sich im Salon um. Er wirkte heller und ansprechender als zuvor: Ein Hauch englischer Behaglichkeit milderte die spröde Versailles-Eleganz. Vermutlich war das Giles zu verdanken, der für Pomp noch nie viel übrig hatte. Aber vielleicht hatte das auch die Frau bewirkt, die kurze Zeit mit Giles verheiratet gewesen war. Robin hatte sie nie kennengelernt, konnte sich nicht einmal an ihren Namen erinnern.

Auf dem Ehrenplatz über dem Kamin hing ein Portrait der Brüder Andreville. Es war zwei Jahre vor Robins Auszug aus Wolverhampton gemalt worden. Auf den ersten Blick hätte niemand vermutet, daß es sich bei den Abgebildeten um Brüder handelte. Selbst ihre Augen zeigten ein unterschiedliches Blau. Giles war hochgewachsen, kräftig und besaß braune Haare. Schon mit einundzwanzig Jahren vermittelte er den Eindruck eines Menschen mit großer Verantwortung.

Im Gegensatz dazu war Robin von durchschnittlicher Körpergröße, schlank, schmal und hellblond. Der Maler hatte das mutwillige Blitzen in seinen Augen perfekt eingefangen.

Robin wußte, daß er sich äußerlich kaum verändert hatte, auch wenn er inzwischen zweiunddreißig und nicht mehr sechzehn war. Ironischerweise hatte er sich dieses jungenhafte Aussehen bewahrt, obwohl er sich sehr viel älter fühlte als er tatsächlich war. Er hatte

Dinge gesehen und getan, die besser vergessen sein sollten.

Robin trat ans Fenster und blickte auf die weiten Rasenflächen hinaus, die auch noch so spät im Jahr wie tiefgrüner Samt wirkten. Erste Schneeflocken begannen zu rieseln.

Was wollte er eigentlich hier? Ein Taugenichts gehörte nun einmal nicht nach Wolverhampton. Aber Lord Robert Andreville gehörte auch sonst nirgendwohin.

Hinter Robin schwang die Tür auf. Er drehte sich um und erblickte den Marquis of Wolverhampton. Seine schiefergrauen Augen erforschten den Raum, als könnte er der Ankündigung des Dieners nicht glauben.

Beim Anblick seines Bruders mußte Robin unwillkürlich ein Erschauern unterdrücken. Giles' gutgeschnittenes, strenges Gesicht erinnerte ihn frappierend an ihren verstorbenen und wenig betrauerten Vater. Die Ähnlichkeit war schon immer da gewesen, aber die langen Jahre der Autorität hatten sie weiter vertieft.

Ihre Blicke trafen sich. »Der reuige Sünder kehrt zurück«, bemerkte Robin fast beiläufig.

Langsam breitete sich ein Lächeln auf den Zügen des Marquis aus und er kam mit ausgestreckten Händen auf seinen Bruder zu. »Der Krieg ist seit Monaten beendet, Robin. Warum zum Teufel hast du dir so lange Zeit gelassen?«

Fast schwindlig vor Erleichterung ergriff Robin die Hände des Bruders. »Die Kämpfe mögen bei Waterloo ein Ende gefunden haben, aber meine besonderen Begabungen waren bei den Friedensverhandlungen recht nützlich.«

»Davon bin ich überzeugt«, entgegnete Giles trocken. »Aber was willst du künftig tun? Jetzt, da endlich Frieden herrscht?«

Robin zuckte mit den Schultern. »Wenn ich das wüßte. Deshalb stehe ich ziemlich ratlos auf deiner Schwelle.«

»Es ist auch deine Schwelle. Ich hatte gehofft, daß du herkommst.«

Nach zu vielen Jahren der Täuschung und Verstellung verspürte er einen unüberwindlichen Drang zur Direktheit. »Ich war mir nicht sicher, ob ich willkommen bin.«

Giles hob die Brauen. »Wie kommst du denn darauf?«

»Hast du unsere letzte Auseinandersetzung vergessen?«

Giles wandte den Blick ab. »Keineswegs. Aber ich habe sie tief bereut. Ich hätte nicht so mit dir sprechen dürfen, aber ich machte mir Sorgen. Du hast ausgesehen, als könntest du jeden Moment zusammenbrechen. Ich befürchtete, daß du nach der Rückkehr auf den Kontinent einen tödlichen Fehler begehen könntest.«

Wie ahnungsvoll von Giles. Robin blickte auf seine versehrte linke Hand und dachte an Maggie. »Fast hättest du recht behalten.«

»Es freut mich, daß es nicht so war.« Giles legte seinem Bruder die Hand auf die Schulter. »Du hast eine lange Reise hinter dir. Möchtest du dich vor dem Dinner vielleicht ein wenig ausruhen?«

Robin nickte. Um Gelassenheit bemüht, sagte er: »Es ist schön, wieder hier zu sein.«

Das Dinner war längst vorüber, draußen fiel stetig der Schnee, aber noch immer saßen die Brüder zusammen und redeten. Während der Pegel in der Brandykaraffe ständig sank, studierte der Marquis seinen Bruder. Die Anzeichen von körperlicher und seelischer Erschöpfung, die ihn schon vor drei Jahren beunruhigt hatten, waren so intensiv geworden, daß er befürchtete, Robin könnte kurz vor einem Zusammenbruch stehen.

Giles wünschte, er könnte dagegen etwas unternehmen, machte sich aber bewußt, daß ihm nicht einmal eine geeignete Frage einfiel. »Mir ist bewußt, daß das ein wenig verfrüht ist, aber hast du schon irgendwelche Zukunftspläne?« fragte er statt dessen.

»Willst du mich schon wieder loswerden?« Robins lächelte müde.

»Ganz und gar nicht, aber ich befürchte, du könntest Yorkshire nach all deinen Abenteuern ziemlich langweilig finden.«

Der jüngere Mann lehnte den goldblonden Kopf zurück. Im flackernden Licht der Kerzen wirkte er so fragil, als gehöre er nicht zu dieser Welt. »Wenn du mich fragst, finde ich Abenteuer in höchstem Maße ermüdend. Von der damit verbundenen Gefahr und den Unbequemlichkeiten ganz zu schweigen.«

»Bereust du, was du getan hast?«

»Nein, es war notwendig.« Robins Finger trommelten ein Stakkato auf die Lehne des Sessels. »Aber ich habe nicht vor, die zweite Hälfte meines Lebens so zu verbringen wie die erste.«

»Du bist in der Lage, alles tun zu können, was du dir wünschst. Du kannst dich wissenschaftlich betätigen, sportlich, politisch ... Das sind Freiheiten, von denen die meisten Menschen nur träumen können.«

»Ja«, seufzte sein Bruder und schloß die Augen. »Aber Freiheit ist nicht der Punkt. Der Punkt ist, was ich möchte ...«

Nach einem unbehaglichen Schweigen sagte Giles: »Da du dich auf dem Kontinent aufhieltest und die Nachrichtenverbindungen mehr als kümmerlich waren, konnte ich dich nicht rechtzeitig davon in Kenntnis setzen. Vater hat dir Ruxton hinterlassen.«

»Was?« Robin öffnete die Augen wieder. »Und ich glaubte, von Glück reden zu können, wenn ich mit ein paar Pennies abgefunden werde. Ruxton ist nach Wolverhampton der wertvollste Familienbesitz. Warum um alles in der Welt hat er es mir vermacht?«

»Er bewunderte dich, weil er dich nie zu etwas zwingen konnte, was du nicht wolltest.«

»Er hat mich bewundert? Aber dann hatte er eine verdammt merkwürdige Art, das zu zeigen. Wir konnten uns doch keine zehn Minuten in einem Raum aufhalten, ohne daß es zum Streit kam – und das lag nicht immer an mir.«

»Dennoch warst du es, mit dem Vater bei seinen Freunden geprahlt hat.« Giles lächelte leicht ironisch. »Immer wieder beklagte er meine Dünnblütigkeit und bedauerte, einen so steifleinenen Erben zu haben.«

Robin runzelte die Stirn. »Ich habe deine unendliche Geduld mit dem alten Brummbär nie ganz begreifen können.«

Giles zuckte mit den Schultern. »Ich war geduldig, weil ich sonst Wolverhampton hätte verlassen müssen. Und das würde ich nie tun – wie sehr ich auch provoziert werde.«

Robin fluchte unterdrückt, stand auf und trat an den Kamin, um in den Holzscheiten zu stochern. Nach dem Studium in Oxford hatte Giles die schwere Aufgabe übernommen, die Besitztümer der Andrevilles zu verwalten. Er war stets der Verläßliche gewesen und hatte die harte Arbeit ohne Aussicht auf Anerkennung oder gar Dank klaglos geleistet. »Typisch für Vater, dich auch noch zu beleidigen, obwohl du ihm das Leben unendlich erleichtert hast.«

»Das war keine Beleidigung«, stellte Giles ruhig fest. »Ich weiß, ich bin ein langweiliger Mensch. Ich finde die Landwirtschaft faszinierender als die Jagd, das Leben auf dem Lande wesentlich interessanter als das in London und ziehe das Lesen von Büchern dem Klatsch vor. Vater muß eine gewisse Befriedigung aus der Erkenntnis gezogen haben, daß sein Erbe verläßlich ist, aber das heißt noch lange nicht, daß er mich besonders gern hatte.«

Robin fragte sich, ob diese Einsichten schmerzlich für Giles waren. Laut konnte er die Frage nicht stellen. Ihre Beziehung hatte klar definierte Grenzen. »Die Menschen sind wegen ihrer Persönlichkeit interessant, nicht wegen ihrer Betätigungen. Du bist noch nie langweilig gewesen.«

Giles wechselte das Thema. »Ich könnte mir vorstellen, daß du Ruxton einen Besuch abstatten möchtest. Ich habe mich ein wenig darum gekümmert, und der Besitz entwickelt sich ganz gut.«

»Vielen Dank.« Robin sah zu, wie ein Holzscheit knisternd in sich zusammenbrach und einen Funkenschwarm in den Kamin hinaufschickte. »Mit Ruxton und der Erbschaft von Onkel Rawlson habe ich mehr Geld als ich brauche.«

»Heirate. Ehefrauen verstehen es ganz vorzüglich, Geld wieder loszuwerden.« Zum erstenmal klang Bitterkeit in Giles' Stimme an. Nach einer kurzen Pause fuhr er verbindlicher fort: »Abgesehen davon braucht Wolverhampton einen Erben.«

»O nein!« wehrte sich Robin belustigt. »Die Erzeugung eines Erben ist deine Aufgabe, nicht meine.«

»Ich habe es mit der Ehe versucht, bin aber gescheitert. Jetzt bist du an der Reihe. Vielleicht hast du mehr Erfolg.«

Die Bemerkung brachte Robin auf die Frage, was für ein Mensch die frühere Marquess gewesen war, aber die Miene seines Bruders verbat weitere Erkundungen. »Tut mir leid, aber bisher bin ich nur einer Frau begegnet, mit der ich leben könnte. Und die war klug genug, mich nicht zu nehmen.«

»Meinst du die neue Duchess of Candover?«

Robin sah seinen Bruder durchdringend an. »Offensichtlich bin ich in unserer Familie nicht der einzige mit einer Begabung fürs Spionieren.«

»Von Spionieren kann keine Rede sein. Candover ist ein alter Freund von mir. Und als er nach England zurückkehrte, wußte er, wie sehr ich an Nachrichten über dein Wohlergehen interessiert war. Es lag auf der Hand, daß hinter der Geschichte mehr steckte, als er mir erzählte.« Giles Stimme wurde wärmer. »Ich habe die neue Duchess kennengelernt. Eine bemerkenswerte Frau.«

»Das ist sie wirklich«, stimmte Robin zu. Dann seufzte er auf und fuhr sich mit der Hand durch die Haare, Sie hatten einander zwar nie so nahe gestanden, wie es sich Robin gewünscht hätte, aber er wußte, daß er Giles hundertprozentig vertrauen konnte. »Wenn du Maggie kennst, wirst du verstehen, daß die Vorstellung, eine fade englische Jungfrau zu heiraten, nur wenig Anziehungskraft auf mich ausübt.«

»Ich verstehe, was du meinst. Es gibt niemanden, der sich mit ihr vergleichen ließe.« Sein Bruder lächelte fein. »Wenn keiner von uns bereit ist, seine familiären Pflichten zu erfüllen, bleibt da noch immer Cousin Gerald. Er hat bereits eine ganze Reihe kleiner Andrevilles produziert.«

Robin erinnerte sich an Gerald und nahm an, daß auch seine Kinder einfältig und dümmlich waren.

Wenn Maggie Kinder bekam, würden sie durchaus nicht einfältig und langweilig sein. Er verspürte das vertraute Bedauern und verdrängte es, bis der Schmerz zu heftig wurde. Die Vergangenheit war kein angenehmer Aufenthaltsort.

Kapitel 1

DIE MOORE VON Durham waren so anders als die Wälder und Farmen in Amerika, besaßen aber ihren ganz eigenen Zauber. Seit dem Tod ihres Vaters vor zwei Monaten lief Maxima Collins täglich durch die Hügellandschaft und genoß Wind, Sonne und Regen mit unendlicher Dankbarkeit. Sie würde diese einsamen, leeren Moore mehr vermissen als alles andere diesseits des Atlantik.

Nach zweistündiger Wanderung setzte sich Maxie auf einen moosbewachsenen Felsen und knabberte abwesend an einem Grashalm. Die strahlende Frühlingssonne schien den Nebel der Trauer aufzulösen, der sie seit dem Tod ihres Vaters umgab. Eindeutig war es höchste Zeit, nach Amerika zurückzukehren.

Ihr Onkel Lord Collingwood war zwar auf seine distanzierte Art durchaus freundlich zu ihr, aber der Rest der Familie kam ihr mit mehr als gemischten Gefühlen entgegen. Maxie konnte ihre Vorbehalte schon irgendwie verstehen. Schließlich war sie eine Kuriosität, die nie die Schwelle eines englischen Landhauses hätte überschreiten sollen. Und sie nahm an, daß die Welt der Gesellschaft noch befremdeter auf sie reagieren würde. Aber sie empfand auch gar kein Verlangen, in diese Welt einzudringen. In ihrem Heimatland gab es mehr Raum für das »Anderssein«.

Das größte Hindernis für eine Heimkehr bestand in der Tatsache, daß sie nicht mehr als fünf Pfund besaß. Aber Lord Collingwood würde ihr sicherlich die Überfahrt nach Amerika bezahlen zuzüglich einer kleinen Summe für ihren Lebensunterhalt, bis sie drüben auf eigenen Füßen stand.

Seine Lordschaft würde vermutlich zunächst die Stirn runzeln und sich fragen, ob er dem einzigen Kind seines Bruders gegenüber auch seine Pflicht erfüllte. Wohlerzogene englische Mädchen gingen nicht allein auf Reisen. Sie zogen es vor, in der fürsorglichen Obhut anderer zu bleiben.

Aber Maxie war weder wohlerzogen noch englisch, wie er es ihr in den vier Monaten immer wieder mehr oder weniger deutlich zu verstehen gegeben hatte, seit sie mit ihrem Vater nach Durham gekommen war. Und sie hatte nicht vor, sich von ihrem Onkel abhängig zu machen.

Selbst wenn Seine Lordschaft sie nur ungern scheiden sah, könnte er kaum etwas dagegen unternehmen. Sie war seit kurzem fünfundzwanzig Jahre alt und hatte seit Jahren für ihren Vater und sich selbst gesorgt. Falls nötig würde sie sich irgendwo eine Arbeit suchen und die Überfahrt nach Amerika verdienen.

Nachdem ihr Entschluß gefaßt war, sprang sie recht unladylike auf und strich sich ein paar Grashalme vom schwarzen Rock. Das Trauerkleid war ein Zugeständnis an die Feinfühligkeit ihrer englischen Verwandten; sie hätte ihr Leid nicht so öffentlich zur Schau gestellt. Nun, es wäre ja nicht mehr für lange.

Eine halbstündige zügige Wanderung brachte sie zu Chanleigh Court zurück. Unglücklicherweise traf sie auf ihrer Abkürzung durch die Gärten auf ihre beiden Cousinen, die sich beim Bogenschießen vergnügten. Portia, die ältere, spannte den Bogen, verfehlte aber glatt die Schießscheibe aus knapp zehn oder zwölf Schritt Entfernung.

Maxie wollte sich gerade zurückziehen, als Portia aufblickte und sie entdeckte. »Maxima, wie schön, daß du vorbeikommst«, rief sie unüberhörbar maliziös. »Vielleicht kannst du unsere Fähigkeiten ein wenig verbessern. Oder ist das Bogenschießen eine der modischen Vergnügungen, die man dir vorenthalten hat?«

Portia war achtzehn Jahre alt, sehr hübsch, aber boshaft. Von Anfang an war sie ihrer Cousine nicht gerade freundlich entgegengekommen, aber seit durch Maximus Collins' Tod ihre Einführung in die Londoner Gesellschaft verschoben werden mußte, verhielt sie sich so feindselig, als wäre Maxie persönlich dafür verantwortlich.

Zögernd ging Maxie auf ihre Cousinen zu. »Ich kenne mich ein wenig im Bogenschießen aus. Wie bei fast allem macht Übung den Meister.«

»Dann solltest du dich vielleicht um Übung im Frisieren bemühen«, entgegnete Portia giftig.

An derartige Spitzen war Maxie inzwischen gewöhnt. »Du hast recht«, erwiderte sie ruhig. »Mein Äußeres läßt zu wünschen übrig. Ich hatte gehofft, ungesehen ins Haus schlüpfen zu können.« Selbst in ihren besten Zeiten waren ihre Haare zu lang, zu glatt und zu schwarz, um der gängigen Mode zu entsprechen. Und jetzt waren sie dazu noch windzerzaust.

Im Gegensatz dazu wirkten Portia und Rosalind so adrett, als würden sie im Salon ihrer Mutter den Besuch von Verehrern erwarten. Sie waren auch größer als die Amerikanerin. Aber das war fast jeder.

Der sechzehnjährigen Rosalind, ohnehin zuvorkommender als ihre Schwester, schien Portias Grobheit peinlich zu sein. »Möchtest du meinen Bogen haben, Maxima?« fragte sie in dem schüchternen Versuch, die Atmosphäre zu entkrampfen.

Maxie ergriff den Bogen und spannte ihn mehrmals, um sich mit ihm vertraut zu machen.

»Ich hätte wissen müssen, daß Bogenschießen ein Sport der Wilden war, bevor er allgemein in Mode kam«, murmelte Portia.

Diese Bemerkung zerstörte Maxies Gelassenheit. Sie fuhr so zornfunkelnd zu ihrer Cousine herum, daß Portia unwillkürlich zurückwich. »Du hast völlig recht«, sagte sie mit gefährlich sanfter Stimme. »Es ist tatsächlich ein Sport für Wilde. Sieh zu, daß du mir aus dem Weg kommst.«

Nach dem hastigen Rückzug ihrer Cousinen griff Maxie zu ein paar Pfeilen und zog sich so weit zurück, daß ihre Distanz zur Schießscheibe viermal so groß war wie die der Schwestern.

Sie legte einen Pfeil ein und konzentrierte sich nicht nur auf das Zielen sondern auch auf die Vorstellung, wie es war, ein Pfeil zu sein, der sein Ziel suchte. Das war ihre erste und wichtigste Lektion im Bogenschießen gewesen.

Dann ließ sie den Pfeil los. Einen Augenblick später bohrte er sich ins Zentrum der Schießscheibe.

Während der erste Pfeil noch im Ziel zitterte, schickte sie ihm bereits den nächsten hinterher. In weniger als einer Minute steckten fünf Pfeile so dicht nebeneinander im Zentrum, daß sie sich berührten.

Als Maxie den letzten Pfeil einlegte, wandte sie sich zu ihren Cousinen um, die schreckgelähmt zusahen, wie sie das Geschoß von der Sehne ließ. Der Pfeil bohrte sich in die Linde, unter der die Schwestern standen. Portia schrie entsetzt auf, als ihr ein paar Blätter auf den wohlfrisierten Kopf fielen.

Maxie lief auf die beiden zu, gab Rosalind den Bogen zurück und sagte zu Portia: »Da ich eine Wilde bin, wie du vorhin bemerkt hast, habe ich auch einen Hang zu Chaos und Gewalttätigkeit. Das solltest du zu deinem Besten auf keinen Fall vergessen.«

Dann machte Maxie auf dem Absatz kehrt und lief mit hocherhobenem Kopf ins Haus. Es war töricht gewesen, Portia gegenüber die Beherrschung zu verlieren, aber es hatte auch eindeutig etwas Befriedigendes.

Maxie hob – adrett gekleidet und die Haare in einem züchtigen Knoten – die Hand, um an die Tür des Arbeitszimmers ihres Onkels zu klopfen, als drinnen Lady Collingwoods scharfe Stimme ertönte: »War dieser grauenhafte Mann denn wert, was du ihm gezahlt hast?«

»Er war es. Simmons mag es zwar an Manieren fehlen, aber die Unerfreulichkeit im Hinblick auf Max hat er zu meiner Zufriedenheit bereinigt.« Es folgten ein paar unverständliche Worte, dann schloß ihr Onkel: ». . . mit Sicherheit nicht allgemein bekannt werden, wie mein Bruder gestorben ist.«

Maxie erstarrte. Ihr Vater hatte früher schon Brustkrämpfe erlitten, daher war es nicht besonders überraschend gewesen, als er so plötzlich in London starb. Sein Körper war nach Durham überführt worden und würdevoll in der Familiengruft beigesetzt worden. Es gab keinerlei Grund zu der Annahme, daß er auf unnatürliche Weise gestorben war – bis jetzt.

Mit wild pochendem Herzen vergewisserte sie sich, daß sie niemand beobachtete, dann drückte sie das Ohr an die Eichentür.

»Du kannst sicher sein, daß dein Bruder auch im Tod

so viele Probleme bereitet wie im Leben. Sehr bedauerlich, daß er nicht in Amerika geblieben ist«, bemerkte ihre Tante Althea. »Die Angelegenheit der Erbschaft wird sich als großes Debakel erweisen, und was ist, wenn Maxima erfährt, wie ihr Vater tatsächlich gestorben ist?«

»Die Frage des Vermächtnisses ist fast geklärt, und die Wahrheit über ihren Vater wird sie nicht erfahren. Dafür habe ich gesorgt.«

»Ich kann nur hoffen, daß du recht behältst, denn wenn sie es herausbekommt, brennt die Lunte«, erklärte Lady Collingwood pikiert. »Die kleine Heidin ist nicht dumm.«

»Wärst du ihr gegenüber auch derart feindselig, wenn unsere Töchter so hübsch wie sie wären?« wollte ihr Onkel mit gepreßter Stimme wissen.

Eine schockierte Pause, dann sprudelte seine Frau hervor: »Was bildest du dir ein? Als würde ich mir wünschen, daß meine Töchter so aussehen wie Maxima. Sie sind wohlerzogene junge englische Ladies und keine dunkelhäutigen kleinen Wilden.«

»Wohlerzogen mögen sie sein, aber niemand wird von ihnen Notiz nehmen, wenn ihre Cousine mit ihnen im selben Raum ist.«

»Sie reagieren auf sie wie Hengste auf eine hitzige Stute. Eine solche Aufmerksamkeit wünscht sich keine wirkliche Lady«, zischte Lady Collingwood. »Ich werde nie begreifen, wie sich dein Bruder dazu herablassen konnte, eine Indianerin zu heiraten. Das heißt, wenn er diese Kreatur wirklich geehelicht hat. Diese Unverfrorenheit, uns dieses Halbblut ins Haus zu bringen!«

»Genug, Althea!« rief ihr Mann zornig. »Max mag ein Tunichtgut gewesen sein, aber er war auch ein Collins und Maxima ist seine Tochter. Ich kann an ihr keinerlei Mängel entdecken – weder in ihrem Verhalten noch in ihrem ganzen Wesen. Sie hat sich dir und Portia gegenüber sogar weit mehr als Lady erwiesen als du und Portia umgekehrt.«

»Es ist noch keine Stunde her, seit sie Portia mit Pfeil und Bogen bedroht hat! Ich lebe in der ständigen Angst, daß sie die Beherrschung verliert und uns alle in unseren Betten ermordet. Wenn du nicht dafür sorgst, daß sie hier verschwindet, werde ich es tun.«

»Nun habe doch wenigstens ein bißchen Geduld. Im nächsten Frühling, nach Ablauf der Trauerzeit, könnten wir sie in London in die Gesellschaft einführen. Dann ist auch Rosalind alt genug, und wir können alle drei Mädchen gleichzeitig vorstellen. Bei ihrem Aussehen hat Maxima bestimmt keine Schwierigkeiten, einen geeigneten Ehemann zu finden.«

Bei der Vorstellung einer Saison in London zuckte Maxie unwillkürlich zusammen, aber die nächsten Worte ihrer Tante trafen sie noch tiefer. »Du kannst mir doch unmöglich zumuten wollen, sie zusammen mit unseren Töchtern debütieren zu lassen!« ächzte Lady Collingwood. »Das wäre doch unvorstellbar!«

»Das erwarte ich aber von dir. Es ist durchaus nichts Unvorstellbares dabei, drei Cousinen gemeinsam zu präsentieren.«

»Wir können sie nicht noch ein ganzes Jahr bei uns behalten«, erklärte seine Frau mit schneidender Stimme. »Schon bald kommt Marcus von seiner Europareise zurück, und du weißt sehr wohl, wie beeinflußbar er ist. Willst du etwa riskieren, daß sich dein Sohn in seine Cousine vernarrt? Bist du bereit, diese kleine Wilde als deine Schwiegertochter zu akzeptieren?«

Nach längerem Schweigen meinte ihr Mann zögernd: »Das wäre nicht unbedingt die Partie, die mir für ihn vorschwebt.«

Lady Collingwood erwiderte etwas, doch das konnte Maxie nicht mehr verstehen.

Aber auch so hatte sie mehr als genug gehört. Mit einem Gefühl akuter Übelkeit schlich sie in ihr Zimmer zurück, warf sich verzweifelt aufs Bett und versuchte, einen Sinn in das Gehörte zu bringen.

Zunächst einmal machte es den Anschein, als sei ihr Vater keines natürlichen Todes gestorben. Wie war er ums Leben gekommen? Durch einen Unfall oder durch die Hand von Wegelagerern? Doch in beiden Fällen gäbe es keinen Grund zur Vertuschung. Könnte Max vielleicht im Bett einer Hure gestorben sein? Das war einerseits unvorstellbar und andererseits auch kein so großer Skandal, um derartige Geheimhaltungsmaßnahmen zu rechtfertigen.

Die einzig plausible Erklärung schien ihr die zu sein, daß ihr Vater ermordet worden war. Aber warum sollte jemand den charmanten, völlig harmlosen Max umbringen wollen? Die gängigen Mordmotive waren Geldgier oder Leidenschaft. Da Maximus Collins kaum einen Penny besaß, fiel Gewinnstreben als Motiv aus. Und tödliche Eifersucht kam ihr noch unwahrscheinlicher vor. Ihr Vater war nie ein besonderer Frauenheld gewesen und darüber hinaus schon so lange aus England fort, daß frühere Leidenschaften kaum noch lebendig gewesen sein dürften.

Lady Collingwood hatte auch eine Erbschaft erwähnt. Maximus war von seinem Vater zwar enterbt worden, aber vielleicht hatte ihm ein entfernter Verwandter etwas hinterlassen, und er war getötet worden, um zu verhindern, daß er seine Ansprüche geltend machte. Und falls das so war, befand sich nun auch Maxie als seine Erbin in Gefahr?

Ungläubig schüttelte Maxie bei diesem Gedanken den

Kopf. Solche Dinge ereigneten sich nur in Romanen, nie im wirklichen Leben.

Könnte sich Max auf unlautere Weise Geld beschafft haben und deswegen ermordet worden sein? Am Abend vor ihrer Abreise nach London hatte er aufgeräumt erklärt, ihre finanziellen Sorgen würden bald ein Ende finden. Seine geliebte Tochter wäre bald eine Lady und bekäme das gute Leben und den prachtvollen Ehemann, den sie verdiente. Aber so etwas hatte er schon häufiger verkündet, und es war von Maxie mit einem Lachen und der Feststellung quittiert worden, sie sei mit ihrem jetzigen Leben durchaus zufrieden.

Es war nur schwer vorstellbar, daß sich Max auf legitime Weise eine große Menge Geld beschafft haben könnte. Bedauerlicherweise war es eher vorstellbar, daß er zu illegitimen Methoden gegriffen hatte. Sie liebte ihren Vater aufrichtig, war sich aber auch seiner Schwächen bewußt. Vielleicht besaß er skandalöse Informationen über einen alten Schulfreund und hatte damit gedroht, diese zu enthüllen. Vielleicht war es einem so Erpreßten einfacher erschienen, den Erpresser umzubringen als zu zahlen. Das wäre kein allzu großes Risiko gewesen, denn niemand würde einen mittellosen Gauner vermissen.

Bis auf seine Tochter natürlich.

Aber wen könnte ihr Vater erpreßt haben? Seinen Bruder? Hinter Familiengeheimnisse kam man am einfachsten.

Maxie ballte so fest die Fäuste, daß sich ihre Fingernägel in die Handflächen bohrten. Sie konnte die Möglichkeit nicht ausschließen, daß Lord Collingwood unter Umständen seinen Bruder getötet hatte. Vielleicht war der wenig vertrauenerweckend aussehende Mann aus London ein gedungener Mörder gewesen?

Sie mußte Chanleigh noch heute verlassen, nachdem sich die Familie zur Ruhe begeben hatte. Aber sie würde nicht brav nach Boston zurückkehren – jedenfalls nicht, bevor sie in London die Wahrheit über den Tod ihres Vaters herausgefunden hatte.

Kapitel 2

SCHWEIGEND NAHMEN DIE Brüder das Frühstück ein, nur dann und wann raschelte eine Zeitungsseite. Die Nachrichten waren jedoch ebenso unergiebig wie etliche Tage alt, so daß der Marquis of Wolverhampton statt dessen lieber seinen Bruder über die *Times* hinweg musterte.

In ihrer Kindheit hatte der fünfjährige Altersunterschied zwischen ihnen irgendwie hemmend gewirkt. Giles war stets der große Bruder gewesen. Er hatte gehofft, daß sie während der Wintermonate zu wirklichen Freunden würden.

Das war nicht geschehen. An seinem ersten Abend auf Wolverhampton hatte Robin zwar einiges von sich preisgegeben, sich danach aber wieder in sich zurückgezogen. Er war der perfekte Gast, zu einer Unterhaltung jederzeit ebenso bereit wie zum Schweigen und den gelegentlichen Höflichkeitsbesuchen in der Nachbarschaft keineswegs abgeneigt. Doch hinter der Fassade humorvoller und gutwilliger Geselligkeit verbarg er seine wirklichen Gefühle und Gedanken.

Das alles wäre nicht besonders beunruhigend gewesen, hätte Giles nicht gewußt, daß ein solches Verhalten der Natur seines Bruders total widersprach. Die

Freude am Leben, so typisch für den Robin von früher, war dahin. Zu oft ertappte Giles seinen Bruder nun dabei, ins Leere zu starren. Der Marquis fragte sich, ob die Gründe dafür bei der jetzigen Duchess of Candover lagen oder ob es Motive gab, die so leicht nicht zu ergründen waren.

Mit einem nachdenklichen Seufzer legte er die *Times* auf den Tisch. »Hast du vielleicht schon irgendwelche Pläne für den heutigen Tag?«

Robin zögerte. »Vielleicht sollte ich einen Spaziergang durch die Wälder im Westen unternehmen. In diesem Teil des Besitzes war ich bislang noch nicht.«

»Ich kann kaum glauben, was für ein gemächliches Leben du jetzt führst«, sagte Giles und wußte selbst, wie übertrieben herzlich er sich anhörte. »Mitunter befürchte ich, du könntest ganz einfach verschwinden.«

Sein Bruder lächelte. »Mach dir keine Sorgen, wenn das geschieht. Das würde nur bedeuten, daß ich auf etwas Interessantes gestoßen bin. Auf ein paar Zigeuner beispielsweise, mit denen ich unbedingt davonziehen mußte.«

Giles wäre begeistert gewesen, wenn Robin etwas so interessant fände, daß es ihn zu Unvorhersehbarkeiten veranlaßte. Er stand auf. »Ich habe eine Besprechung mit dem Bürgermeister, die den ganzen Tag in Anspruch nehmen dürfte. Wir sehen uns dann also beim Dinner. Das heißt, wenn du nicht auf ein paar Zigeuner stößt.«

Nachdem Giles gegangen war, machte sich Robin auf den Weg zur Küche, um sich für seine Wanderung zu versorgen. Die Köchin packte ihm das Vierfache dessen ein, was er vertilgen konnte. Sie war entschlossen, ihn ein wenig aufzupäppeln. Nur schade, daß sein Appetit dem nicht entsprach.

Dann verließ er das Haus und strebte Richtung Westen. Die dichte Bewaldung machte das Reiten unmöglich, aber ihm war ohnehin mehr nach Laufen zumute.

Er hatte gehofft, daß ihn der Frieden und die Vertrautheit von Wolverhampton von dem heilte, was ihn quälte. Bis zu einem gewissen Grad war das auch durchaus geschehen. Er war physisch kräftiger geworden und hatte weniger Alpträume. Er wußte keinen Ort, an dem er lieber sein würde. Und schon das allein war Hinweis genug darauf, daß irgend etwas entschieden nicht stimmte. Früher konnte sich Robin kaum entscheiden, welcher faszinierenden Aktivität er sich als nächster zuwenden sollte.

Jetzt empfand er eine Art tiefer Melancholie, eine eher seelische denn körperliche Erschöpfung. Mit Ausnahme eines kurzen Aufenthalts in Ruxton hatte er seine Zeit in den letzten sechs Monaten mit Schlafen, Reiten, Spaziergängen und Lesen verbracht.

Seine energischsten Aktivitäten hatten darin bestanden, den Verlockungen junger Ladies aus der Umgebung zu widerstehen. Bei den gesellschaftlichen Ereignissen des Winters waren die beiden Andrevilles gerngesehene Gäste gewesen. Obwohl Giles den Titel und das größere Vermögen besaß, ging man doch allgemein davon aus, daß er sich nicht wieder verheiraten würde, daher richtete die Damenwelt ihr Augenmerk vor allem auf Lord Robert. Er sah gut aus, besaß eine geheimnisvolle Vergangenheit, ausreichend Vermögen; und die Chancen, daß er eines Tages den Titel erben könnte, standen nicht schlecht.

Robin seufzte tief auf und warf sich den Beutel mit seiner Verpflegung über die Schulter. Er hätte nichts dagegen gehabt, sich Hals über Kopf zu verlieben, aber es war unvorstellbar, eine der schlichten Gänschen zu heiraten, die er in den Herrschaftshäusern von Yorkshire kennenlernte. Er hatte Maggie als junges Mädchen zwar nicht gekannt, aber selbst mit siebzehn konnte sie unmöglich so unbedarft gewesen sein.

Die Sonne stand hoch, es war ein warmer Tag, und Robin war froh, den Schatten des Waldes zu erreichen. Als er zu der kleinen Lichtung am Rand des Baches kam, brachte ihn der Hexenring zum Lächeln. Der Gärtner hatte gesagt, daß ein so großer Ring aus Pilzen Jahrhunderte alt sein mußte. Als Kind war diese Stelle für ihn verzaubert gewesen. Damals legte er sich hier unter einem Baum ins Gras, träumte von der Welt abseits von Wolverhampton und hoffte auf die Begegnung mit einer Fee. Vielleicht würde sich der alte Zauber auch jetzt wieder einstellen.

Er setzte seinen Beutel ab, streckte sich unter einem Baum im Gras aus, verschränkte die Arme unter dem Kopf und starrte in das Laub über ihm hinauf.

Es war ein Fehler, den Kopf von allen Gedanken freizuräumen, denn bald überkam ihn tiefe Hoffnungslosigkeit. Entschlossen verdrängte er sie wieder. Am Tag konnte man die Dämonen vertreiben, auch wenn sie nachts wiederkehrten, wie er wußte. Jeder Alptraum war schlimmer als der vorhergehende, und manchmal befürchtete er, es sei nur eine Frage der Zeit, wann er verrückt wurde.

Doch noch war er bei Verstand. Er zwang sich dazu, an die Zukunft zu denken. Trotz Giles' Großzügigkeit, konnte er den Rest seines Lebens kaum auf Wolverhampton verbringen.

Er konnte reisen. Er kannte zwar Europa wie eine Mutter das Gesicht ihres Kindes, war jedoch noch nie im Orient oder in der Neuen Welt gewesen.

Aber er war des Reisens überdrüssig.

Giles hatte eine Tätigkeit im Parlament vorgeschlagen. Ein von den Andrevilles kontrollierter Parlamentssitz würde bald frei, und er gäbe Robin ein Forum für seine Ansichten über öffentliche Belange. Eine andere Möglichkeit bestand im politischen Journalismus, was seinem Temperament durchaus entsprach. Journalisten waren eine flegelhafte und respektlose Bande. Dort würde er gut hineinpassen – wenn er seine Flegelhaftigkeit und Respektlosigkeit wiederfand.

Offensichtlich hatte die Lichtung ihren früheren Zauber verloren, denn seine Gedanken bewegten sich so ziellos im Kreise wie schon seit Monaten. Keine Initiative, keine Begeisterung regte sich in ihm. Da die Sonne warm schien und das Gras süß duftete, war es einfacher, einzuschlafen und zu hoffen, daß die Alpträume bis zum Einbrechen der Nacht warteten.

Nach der Mittagshitze empfand Maxie die Kühle des Waldes als wohltuend. Es war gut von dem Farmer gewesen, ihr diese Route zu empfehlen, als er sie am Vormittag ein Stück mit seinem Wagen mitgenommen hatte. Maxie mied die Hauptstraßen nach Möglichkeit, denn auf Nebenstraßen fiel ein allein reisender junger Mann weniger auf. Und dieser Pfad war so verlassen, daß sie seit Stunden weder einen Menschen noch eine Behausung zu Gesicht bekommen hatte.

Das Geräusch von Pferdehufen und Rädern ließ sie den Kopf wenden. In der Ferne näherte sich hinter ihr ein Wagen, aber sie wollte an einem so abgelegenen Ort lieber niemandem begegnen.

Schnell wich sie vom Weg ab und lief behende durchs Unterholz, bis sie einen kleinen Bach erreichte. Hinter ihr rumpelte der Wagen vorbei, über ihr trillerte ein Vogel.

Fasziniert blieb Maxie stehen. Das Kennenlernen

neuer Tiere und Pflanzen war ein großer Vorteil ihrer Wanderschaft. Dieser Vogel hörte sich an wie einer der berühmten britischen Nachtigallen. Sie hatte vor einem Monat schon einmal geglaubt, eine zu hören, aber ihre Cousinen hatten es ihr nicht bestätigen können. Die einzigen Vögel, die sie kannten, waren gebraten und wurden mit Sauce serviert.

Lautlos schlich sie weiter durchs Unterholz, und ihre Behutsamkeit wurde mit einem Blick auf braunes Gefieder im Laubgewirr belohnt. Maxie beugte sich weiter vor – und strauchelte.

Fluchend versuchte sie, das Gleichgewicht zu bewahren, aber das Gewicht ihres Bündels vereitelte dieses Vorhaben.

Sie stürzte mit erschreckender Unbeholfenheit zu Boden und erkannte gleich darauf zu ihrem Entsetzen, daß sie nicht auf dem kühlen Waldboden, sondern der Länge nach auf einem wärmeren und zappelnden Gegenstand lag.

Warm, zappelnd und bekleidet.

Während sie nach Atem rang, machte sie sich bewußt, daß sie auf einem Mann lag. Offenbar hatte er geschlafen, war aber sofort wach geworden und streckte erst abwehrend die Arme aus, um sie dann eng an sich zu ziehen.

Die beiden lagen Brust an Brust, Auge in Auge. Verdutztheit zeigte sich in den blauen Tiefen, dann unübersehbare Erheiterung. Lange Zeit blieben sie aneinander gedrückt: Zwei Fremde, einander so nahe wie Liebende.

Der Mund des Fremden verzog sich zu einem Lächeln. »Es tut mit leid, Ihnen im Weg gelegen zu haben.«

»Entschuldigung«, meinte Maxie mürrisch. Sie machte sich frei und dankte dem Himmel, daß ihr Hut noch immer auf ihrem Kopf saß und ihr Gesicht beschattete. »Ich habe nicht aufgepaßt, wohin ich lief.«

Sie kam auf die Beine und wollte so schnell wie möglich wieder im Wald untertauchen. Doch dann machte sie den Fehler von Lots Weib und sah sich um.

Ihr erster Eindruck des Mannes war lückenhaft gewesen. Zwingende Augen, blonde Haare, wohlgeformte und ausdrucksstarke Lippen. Aber erst, als sie ein paar Schritte entfernt war, erkannte sie, daß er der bestaussehendste Mann war, den sie je zu Gesicht bekommen hatte. Seine relativ langen Haare schimmerten in allen vorstellbaren Goldtönen, und der herrliche Schnitt seines Gesichts hätte jeden Engel vor Neid zum Weinen gebracht.

Ein Hexenring im Kreis brachte Maxie auf den abenteuerlichen Gedanken, daß sie über Oberon gestolpert war, den König der Nixen und Elfen. Aber nein, dazu war er zu jung, und ein Elf würde bestimmt keine so weltliche Kleidung tragen.

Der blonde Mann setzte sich auf und lehnte sich gegen den Baumstamm. »Ein- oder zweimal haben sich Frauen zwar schon in meine Arme geworfen, aber noch nie so heftig«, sagte er, und um seine Augen bildeten sich winzige Lachfältchen. »Ich bin jedoch sicher, daß wir eine Lösung finden, wenn Sie sich auf höfliche Weise um mich bemühen.«

»Sie sind offenbar noch immer nicht ganz wach«, entgegnete Maxie brüsk und mit betont tiefer Stimme. »Mein Name ist Jack. Ich bin keine Frau, schon gar keine, die ein Interesse daran hätte, sich in Ihre Arme zu werfen.«

Er hob die Brauen. »Aus der Entfernung können Sie vielleicht als junger Mann durchgehen, aber Sie sind mit beträchtlicher Wucht auf mir gelandet, und ich bin wach genug, um zu erkennen, was mich da getroffen hat.« Er musterte sie von Kopf bis Fuß. »Wenn ich Ihnen einen Rat geben darf, sollten Sie darauf achten, daß Ihnen Rock und Weste nicht verrutschen und sich weitere Hosen besorgen. Noch nie bin ich einem so wohlgeformten jungen Mann wie Ihnen begegnet.«

Errötend zupfte sich Maxie ihren Rock zurecht und wollte gerade davonstürzen, als er abwehrend den Arm hob.

»Sie brauchen nicht vor mir davonzulaufen. Ich bin ein harmloser Bursche. Vergessen Sie nicht: Sie haben mich überfallen, nicht umgekehrt.« Er griff zu einem Beutel, der neben ihm im Gras lag. »Zeit zum Mittagessen. Ich habe mehr Verpflegung dabei, als ein Mensch vertilgen kann. Haben Sie Lust, mir Gesellschaft zu leisten?«

Sie sollte wirklich zusehen, daß sie sich so weit wie möglich von diesem gutaussehenden Fremden entfernte. Aber er war durchaus freundlich, wirkte nicht bedrohlich, und eine kleine Unterhaltung könnte ihr nur gut tun.

Maxies Entscheidung war gefallen, als er eine Cornish Pasty aus seinem Beutel zog. Ein appetitlicher Duft stieg in ihre Nase.

Ihr Magen würde ihr eine Ablehnung nie verzeihen. »Wenn Sie wirklich mehr als genug haben, wäre es mir eine Freude, mich an Ihrem Mahl zu beteiligen.« Maxie ließ ihr Bündel fallen und hockte sich mit überkreuzten Beinen ins Gras – in sicherer Entfernung für den Fall, daß sich der junge Apoll als doch gefährlicher erwies, als es zunächst den Anschein hatte.

Der blonde Mann reichte ihr die Pasty. Dann griff er wieder in seinen Beutel und holte eine weitere Pasty, kaltes Brathuhn, etliche Brötchen und einen kleinen Krug heraus. »Das Ale werden wir uns teilen müssen.«

»Ich trinke kein Ale.« Aber Pasties aß sie und mußte sich sehr beherrschen, sie nicht hinunterzuschlingen. Die knusprige Teighülle und die Füllung aus Kartoffeln, Gemüse und Fleisch schmeckten köstlich.

»In manchen Kreisen wird es als ungemein unhöflich betrachtet, wenn man beim Essen den Hut aufbehält«, meinte er nach einem Biß in seine eigene Pasty nachdenklich.

Maxie zögerte, ihre Gesichtszüge den Blicken dieses Fremden preiszugeben, konnte seinen Appell an gutes Benehmen aber nicht ignorieren. Immerhin hatte er sie zum Essen eingeladen. Also hob sie die Hand und zog sich den Hut vom Kopf.

Einen Moment lang starrte er sie mit angespanntem Gesicht an. Derartige Reaktionen waren ihr nicht fremd, und ihre Hand verschob sich, damit sie notfalls schnell zu ihrem Messer greifen konnte.

Glücklicherweise enthielt er sich aller törichten oder vulgären Bemerkungen. »Möchten Sie vielleicht ein bißchen kaltes Huhn?« fragte er, nachdem er einmal hart geschluckt hatte.

Maxie entspannte sich. »Ja, sehr gern.«

Auch er griff zu einem Schenkel. »Warum wandern Sie eigentlich unerlaubt in den Wäldern des Marquis of Wolverhampton herum?«

»Ich lief gerade einen Pfad entlang, als ich hinter mir einen Wagen kommen hörte. Ich beschloß, es sei besser, sich zu verstecken, und wurde dann von einer Nachtigall abgelenkt. Und was haben Sie als Entschuldigung vorzubringen? Wilderei?«

Er sah sie gekränkt an. »Sehe ich aus wie ein Wilderer?«

»Nein. Zumindest nicht wie ein besonders erfolgreicher.« Sie war mit ihrer Hühnerkeule fertig und leckte sich anmutig die Finger ab. »Andererseits sehen Sie auch nicht aus wie der Marquis of Wolverhampton.«

»Würden Sie mir glauben, wenn ich Ihnen sage, daß ich dennoch der Marquis bin?«

»Nein.« Maxie warf einen abfälligen Blick auf seine Kleidung, die auch schon einmal bessere Tage gesehen hatte.

»Eine junge Dame mit exzellenter Beobachtungsgabe«, erwiderte er bewundernd. »Ich bin ebensowenig der Marquis of Wolverhampton wie Sie eine Britin sind.«

»Was bringt Sie denn darauf?«

»Mit Akzenten kenne ich mich aus. Ihrer ist der des englischen Landadels, aber nicht ganz.« Nachdenklich kniff er die Augen zusammen. »Ich vermute, daß Sie Amerikanerin sind, vermutlich aus New England.«

Er war gut. »Eine auf der Hand liegende Vermutung«, entgegnete sie abweisend.

»Und Sie bestehen noch immer darauf, Jack zu heißen?«

Maxie machte schmale Augen. »Sie stellen entschieden zu viele Fragen.«

»Fragen sind die beste Methode zur Befriedigung der Neugierde«, erklärte er mit verblüffender Logik. »Und nach meiner Erfahrung funktioniert sie in den meisten Fällen.«

»Dem ist kaum zu widersprechen.« Maxie zögerte einen Augenblick, fand aber keinen Grund, es ihm nicht zu sagen. »Meistens werde ich Maxie gerufen, aber mein wirklicher Name ist Maxima.«

»Auf mich wirken Sie eher wie eine Minima«, gab er prompt zurück und musterte ihre zierliche Größe.

Sie lachte. »Aber Sie sind auch nicht gerade ein Herkules.«

»Ja, aber ich heiße nicht Herkules und täusche auf diese Weise nicht die Leute.«

»Mein Vater hieß Maximus, und ich wurde nach ihm benannt. Offenbar nahm man an, ich würde groß genug werden, um dem Namen zu entsprechen.« Maxie verzehrte den letzten Bissen ihres Brötchens. »Aber wenn Ihr Name nicht Herkules ist, wie heißen Sie dann?«

»Das ist nicht so wichtig.« Er trank einen Schluck Ale und schien abzuwägen, was er sagen sollte. Offensichtlich war er ein streunender Halunke mit so vielen Namen, daß er sich selbst nicht daran erinnerte, auf welchen er eigentlich getauft worden war.

»In letzter Zeit nenne ich mich Lord Robert Andreville«, sagte er schließlich.

»Sind Sie tatsächlich adlig?« fragte Maxie verblüfft, dann runzelte sie die Stirn. »Sie wollen mich aufziehen, stimmt's? Mein Vater hat mir das mit den Titeln einmal erklärt. Ein richtiger Adliger verwendet ›Lord‹ nicht zusammen mit seinem Vornamen. Vermutlich ist ›Lord Robert‹ ein erfundener Titel, mit dem Sie Leute beeindrucken wollen.«

»Und ich dachte, ich könnte jemanden aus den Kolonien hinters Licht führen.« Ein amüsiertes Funkeln trat in seine Augen. »Sie haben ganz recht. Ich bin ein ganz gewöhnlicher Mann. Meine Freunde nennen mich Robin.«

Ganz gleich, wie er hieß: Dieser Mann hatte ein ungemein ausdrucksvolles Gesicht. Vielleicht war er eher ein Schauspieler als ein Schwindler. Natürlich konnte er auch beides sein. Auf ihren Reisen waren Maxie und ihr Vater vielen sympathischen Halunken begegnet, und dieser selbsternannte Lord Robert gehörte vermutlich zu dieser Gilde. Im Grunde konnte auch Max in diese Spezies eingeordnet werden. Vielleicht hatte seine Tochter deshalb eine Schwäche für charmante Hochstapler.

Robin betrachtete sie nachdenklich. Obwohl sie sich nach Kräften um Verkleidung bemüht hatte, hatten seine Handflächen wohlverborgene Kurven ertastet. »Wohnen Sie hier in der Nähe?« erkundigte er sich.

»Nein. Ich bin auf dem Weg nach London.« Maxie griff entschlossen zu Bündel und Hut. »Vielen Dank, daß Sie Ihr Mahl mit mir geteilt haben.«

»London!« entfuhr es ihm. »Großer Gott, haben Sie allen Ernstes vor, den ganzen Weg allein und zu Fuß zurückzulegen?«

»Das sind doch nur rund dreihundert Kilometer. In spätestens zwei Wochen bin da. Ich wünsche Ihnen noch einen guten Tag.« Maxie setzte sich den Hut so auf, daß er ihre Züge beschattete.

Robin unterdrückte den impulsiven Wunsch, ihr zu sagen, es sei ein Verbrechen, dieses wundervolle Gesicht zu verstecken. Als sie auf ihn gestürzt war, hatte er sie für eine mutwillige Range in der Kleidung ihres Bruders gehalten. Aber als sie dann ihren absurden Hut abgesetzt hatte, konnte er einen Moment lang weder sprechen noch atmen.

Maxima – Maxie – besaß eine exotische Schönheit, die man mitunter antraf, wenn sich zwei Rassen zusammenfanden. Ihre Züge waren fast englisch, ihr dunkler Teint, die schwarzen, glänzenden Haare und ihr zarter Körperbau waren es nicht.

Es war ein Gesicht, das man nicht vergaß.

Aber ihre Schönheit war es nicht allein. Was ihn vor allem zu ihr hinzog, war eine konzentrierte Direktheit, eine innere Stärke, die sich in jedem ihrer Worte und Gesten zeigte. Das kurze Zusammensein mit ihr hatte eine Flut lange unterdrückter Emotionen ausgelöst, die nun in ihm fast schmerzlich miteinander rangen.

Nur eins war ihm ganz klar: Er durfte nicht zulassen,

daß dieses Ungewöhnliche wieder aus seinem Leben verschwand.

Robin raffte die Reste des Essens zusammen, stand auf, schulterte seinen Beutel und lief Maxie nach. »Die Entfernung nach London ist nicht unüberwindlich«, räumte er ein, »aber für eine alleinreisende junge Frau sind die Straßen nicht sicher genug.«

»Bisher hatte ich keinerlei Schwierigkeiten«, gab sie zurück. »Bisher haben nur Sie mich als Frau erkannt, und noch einmal werde ich nicht so unvorsichtig sein, über jemanden zu stolpern.«

»Ein junger Bursche könnte ähnlich gefährdet sein.« Robin sah auf Maxie hinab und erkannte erst jetzt, wie klein sie war – kaum größer als anderthalb Meter. Da sie so vollkommen proportioniert war, bemerkte man das erst, wenn man direkt neben ihr stand. »Einige der reisenden Herren könnten einen jungen Mann sogar bevorzugen.«

Die braunen Augen musterten ihn schräg. Ein wohlerzogener junger Mann hätte die Bemerkung nicht verstanden, aber Maxie wohl. Vielleicht war sie doch nicht ganz so naiv.

»Hier im Norden sind die Straßen verhältnismäßig sicher, aber je näher Sie nach London kommen, desto riskanter wird es«, fuhr Robin fort, als sie den Pfad erreichten und sich nach Süden wandten.

»Ich kann mich durchaus verteidigen«, entgegnete Maxie schnippisch.

»Mit dem Messer, das Sie da bei sich haben?«

Die Frage brachte ihm einen mißbilligenden Blick ein. »Sie sind ziemlich heftig auf mich geprallt, und ein Messer fühlt sich nun einmal anders an als ein menschlicher Körper«, erklärte er.

»Ja, ich besitze ein Messer. Und ich weiß auch, wie

man damit umgeht«, erwiderte sie mit unüberhörbarer Warnung.

»Das würde Ihnen nicht viel helfen, wenn Sie mehrere Straßenräuber gleichzeitig angreifen.«

»Ich habe nicht die Absicht, mich auf Handgreiflichkeiten einzulassen«, erklärte sie spitz.

»Mitunter bleibt einem keine Wahl«, bemerkte er trokken.

Schweigend liefen sie weiter. Maxie ignorierte beflissen seine Anwesenheit, und Robin dachte angestrengt nach. Obwohl er sie erst eine Stunde kannte, wußte er doch, wie sinnlos es wäre, sie umstimmen zu wollen. Diese junge Frau ließ sich nicht leicht von ihrem einmal gewählten Kurs abbringen.

Vielleicht würde sie London tatsächlich ohne Zwischenfall erreichen, aber das Gegenteil war sehr viel wahrscheinlicher. Auch wenn er von ihr nicht derart fasziniert wäre, hätte er große Bedenken, einer Frau – und dann noch einer so zierlichen – eine solche Reise zu gestatten.

Die Konsequenzen waren unausweichlich.

Als sich der Wald am Rand von Wolverhampton lichtete, ergriff er wieder das Wort. »Es gibt keine andere Möglichkeit. Als Gentleman bleibt mir nichts anderes übrig, als Sie nach London zu begleiten.«

»Was?!« entfuhr es Maxie. Sie blieb wie angewurzelt stehen und starrte ihn an. »Haben Sie den Verstand verloren?«

»Nicht im geringsten. Sie sind eine junge Frau und ganz allein in einem fremden Land. Es wäre sehr unehrenhaft, Sie allein weiterreisen zu lassen.« Er schenkte ihr sein vertrauenswürdigstes Lächeln. »Abgesehen davon habe ich gerade nichts Besseres vor.«

Maxies Miene schwankte zwischen Empörung und

Erheiterung. »Und was qualifiziert Sie als ehrenwerten Gentleman?«

»Gentlemen brauchen nicht zu arbeiten. Ich arbeite gleichfalls nicht, also muß ich ein Gentleman sein.«

Maxie lachte. »Sie sind das absurdeste Wesen, dem ich je begegnet bin. Diese Logik würde nicht einmal ein Kleinkind überzeugen. Und selbst wenn Sie nicht arbeiten, können Sie wohl kaum einfach so loswandern.«

»Das kann ich sehr wohl. Ich tue es nicht zum ersten Mal.«

Maxie musterte ihren Gefährten. Er war kaum mehr als durchschnittlich groß, und auch wenn er damit einen Kopf größer war als sie, eignete sich sein Körperbau nicht unbedingt zur Kraftmeierei.

»Sie scheinen nicht nur harmlos zu sein, sondern auch ausgesprochen untauglich«, erklärte Maxie, als sie weiterliefen. »Sehr wahrscheinlich müßte ich viel eher Sie beschützen als umgekehrt. Ich habe in meinem Leben viel Zeit auf den Straßen verbracht und weiß mich zu verteidigen. Ich brauche und will keinen Begleiter, wie ehrenhaft Ihre Absichten auch sein mögen.«

Als er lächelte, fügte sie spitz hinzu: »Vermutlich geht von Ihnen für mich sehr viel mehr Gefahr aus als von irgendeinem eingebildeten Wegelagerer.«

Ein Hauch von Gekränktsein überzog sein ausdrucksstarkes Gesicht. »Die Lady traut mir nicht.«

»Ich wüßte nicht, warum ich das tun sollte.« Maxie warf ihm einen Seitenblick zu. »Sind Sie vielleicht Schauspieler? Sie machen den Eindruck, ständig etwas darstellen zu müssen.«

»Ich habe schon viele Rollen gespielt«, gab er zu. »Aber nie auf einer Bühne.«

Das hätte sie wissen müssen. Beim Theater wäre er

ein Riesenerfolg gewesen – und sei es nur wegen der Ladies, die ihren letzten Penny dafür ausgeben würden, um ihn sehen zu können. »Haben Sie schon irgendwann einmal etwas Nützliches getan? Oder sind Sie nur eine Lilie auf dem Felde?«

»Aber Arbeit fasziniert mich«, protestierte er. »Ich kann stundenlang dasitzen und ihr zusehen.«

Maxie bemühte sich um ein ernstes Gesicht. »Wie ich sehe, ist aus Ihnen kein einziges vernünftiges Wort herauszubekommen.« Sie entschied sich für eine anderen Taktik. »Ich könnte es mir vielleicht anders überlegen, wenn Sie genügend Geld haben, um uns die Kutschfahrt nach London zu bezahlen, aber ich kann es mir leider nicht leisten, zwei Leute durchzufüttern. Dann bliebe mir nicht genug für mich selbst.«

Das verschlug Robin nur kurz die Sprache. »Im Augenblick bin ich mittellos, und mein Bankier befindet sich bedauerlicherweise in London. Ich kann aber Geld aus der Luft zaubern, falls nötig.«

Bevor Maxie zurückspringen konnte, griff er unter ihren Hut. Seine Fingerspitzen streiften ihr Ohr. Die Berührung war federleicht, aber ihre Haut begann nervös zu prickeln. Mit angehaltenem Atem sah sie zu, wie er ihr einen Schilling vor die Augen hielt.

»Nicht schlecht«, gestand sie ein, »aber durch reine Fingerfertigkeit läßt sich kein Blei in Gold verwandeln.«

»Fingerfertigkeit!« Er wirkte gekränkt. »Hier geht es um Magie, nicht um simple Tricks. Geben Sie mir Ihre Hand.«

Amüsiert blieb Maxie stehen. Er legte den Schilling in ihre rechte Hand und schloß sie. Sein Griff war warm und fest. »Machen Sie zwei Fäuste, dann zaubere ich den Schilling aus einer Hand in die andere.«

Folgsam ballte Maxie die Fäuste. Er wedelte mit den

Händen durch die Luft und murmelte Unverständliches vor sich hin. »Jetzt, der Schilling hat sich bewegt.«

»Sie müssen üben, Lord Robert, denn der Schilling ist noch immer in meiner Hand.« Zum Beweis öffnete Maxie die Hand und erstarrte. In ihrer Handfläche lag nicht nur die Münze, die er ihr gegeben hatte, da lagen zwei. »Wie haben Sie das gemacht?«

»Reine Magie.« Er lächelte umwerfend. »Stimmt, das ist lediglich Fingerfertigkeit, aber darin bin ich ziemlich gut. Das hat mir häufig zu Kost und Logis verholfen, wenn meine Taschen leer waren.«

Dieser Fremde war eindeutig ein vagabundierender Schausteller, wenn auch ein sehr unterhaltsamer. Maxie gab ihm die beiden Münzen zurück. »Das war sehr amüsant, Lord Robert, aber warum kehren Sie nicht zu Ihrem Schlafplätzchen im Wald zurück und lassen mich in Ruhe?«

»Die Straßen sind für alle da.« Er steckte die Münzen ein. »Und da ich mich zur Reise nach London entschlossen habe, können Sie mich davon nicht abhalten.«

Maxie öffnete den Mund, schloß ihn aber wieder, ohne etwas zu sagen. Gegen seine Feststellung war nichts einzuwenden. Wenn sie ihr unerwünschter Begleiter nicht überfiel, wonach es im Moment nicht aussah, hatte er ebensoviel Recht wie sie, die Straßen zu benutzen.

Sie dachte an die Hunde, die ihrem Vater und ihr mitunter gefolgt waren. Und wie ein Hund würde ›Lord Robert‹ irgendwann das Interesse verlieren und sie allein lassen. Bei charmanten Halunken war die Konzentrationsfähigkeit noch weniger ausgeprägt als bei Straßenkötern. Alles was sie brauchte, war Geduld.

Kapitel 3

DAS MORGENZIMMER VON Chanleigh Court war voller ausgewählter Kunstgegenstände, aber Desdemona Ross verschwendete keine Zeit mit der Bewunderung. »Was meinst du damit, Maxima habe sich nach London begeben, um mich zu besuchen?« fragte sie und hob die dichten kastanienbraunen Brauen. »Ich bin nicht in London. Ich bin hier in Durham. Gegen mein besseres Wissen, wenn ich das hinzufügen darf.«

Lady Collingwood schenkte ihrer Schwägerin einen frostigen Blick. »Lies ihren Brief doch selbst.« Sie holte ein zusammengefaltetes Blatt Papier aus ihrem Schreibtisch. »Das undankbare Geschöpf ist vor drei Tagen mitten in der Nacht verschwunden.«

Stirnrunzelnd las Desdemona Ross das Schreiben. »Sie schreibt hier, ich hätte sie zu einem längeren Aufenthalt eingeladen, was einfach nicht zutrifft. Ich kam mit der Absicht in den Norden, sie mit nach London zurückzunehmen, falls wir gut miteinander auskommen. Aber nie habe ich so etwas in schriftlicher Form geäußert.«

»Maxima ist ein höchst unberechenbares Geschöpf, nicht im geringsten zivilisiert oder wohlerzogen.« Lady Collingwood hob die Schultern und musterte die Kleidung ihrer Schwägerin. Desdemona war ein Talent zur

Schäbigkeit eigen, das schon etwas Geniales hatte. Vermutlich verstieß es gegen ihre Blaustrumpfprinzipien, sich anziehend zu kleiden.

Andererseits war es sogar klug von Desdemona, sich in unförmige dunkle Umhänge und Hauben zu hüllen. Ihre feuerroten Haare wirkten hoffnungslos unfein und verdienten es, rücksichtslos aus dem Gesicht gestrichen und im Nacken zu einem festen Knoten zusammengerafft zu werden. Und ihre Figur . . .

Mit einem selbstgefälligen Lächeln für ihre unbestreitbare Eleganz fuhr Lady Collingwood fort: »Sich mitten in der Nacht aus dem Haus zu stehlen, um eine Postkutsche zu besteigen, ist genau das, was man von ihr erwarten darf. Lügereien übrigens auch.« Althea gähnte verstohlen. »Also wirklich, Desdemona, du kannst von Glück reden, sie verpaßt zu haben. Es erstaunt mich noch immer, daß Maximus es gewagt hat, sie hierher nach Chanleigh zu bringen. Sie gehört in den Wald zu ihren wilden Verwandten.«

»Anstatt bei ihren wilden englischen Verwandten zu wohnen?« erkundigte sich Desdemona honigsüß. »Ihre Mutter mag eine Indianerin gewesen sein, aber wenigstens hatte sie mit dem Sklavenhandel nichts zu tun.«

Lady Collingwood errötete heftig. Sie hatte Jahre gebraucht zu vergessen, womit ihr Vater zu seinem Reichtum gekommen war. Der Eintritt ihres Mannes verhinderte ihre empörte Entgegnung.

»Dizzy!« Lord Collingwoods Miene zeigte freudige Überraschung. »Du hättest uns schreiben sollen, daß du kommst.«

Trotz ihres zwanzigjährigen Altersunterschieds fühlten sich die beiden Geschwister tief verbunden. Desdemona stand auf, umarmte ihren Bruder und spürte, wie er zurückzuckte. Sie hatte gewußt, daß ihm diese Demonstration der Zuneigung peinlich war, ebenso wie er wußte, daß sie ihn dennoch umarmen würde. Das war eine uralte Familientradition. »Offensichtlich hätte ich schon drei Tage früher kommen sollen, Clete.«

Seine Lordschaft lächelte gequält. Er verabscheute seinen Spitznamen genauso wie Desdemona das »Dizzy«.

Nachdem die Formalitäten erledigt waren, bedachte Desdemona ihren Bruder mit einem finsteren Blick. »Ich kam, um mich nach dem Wohlergehen meiner Nichte zu erkundigen, mußte aber erfahren, daß sie mit der hanebüchenen Erklärung, mich besuchen zu wollen, auf und davon ist.«

Er hob die Brauen, als ihm die Bedeutung des Besuchs seiner Schwester klar wurde. »Warum bist du denn nicht in London und wartest auf Maxima?«

»Weil ich sie nicht eingeladen habe«, fauchte Desdemona. »Offenbar hat sich das arme Kind hier so wenig wohl gefühlt, daß sie in der Hoffnung davongelaufen ist, ich würde sie besser behandeln.« Sie machte eine winzige Pause und fuhr dann fort: »Es überrascht mich, daß sie das Geld für die Kutsche hatte. Ich nahm an, daß Max bei seinem Tod buchstäblich mittellos war.«

Die Collingwoods tauschten Blicke aus. »Du hast recht, sie hatte kaum Geld«, erklärte Lady Collingwood schnell. Zwischen ihren Brauen stand eine winzige steile Falte. »Ich mußte sogar für ihre Trauerkleidung bezahlen. Wir haben umfassend für sie gesorgt, auch wenn sie erschrekkend wenig Dankbarkeit zeigte.«

»Wenn Dankbarkeit von ihr verlangt wurde, ist es kein Wunder, daß sie das Weite gesucht hat.« Desdemona Ross wandte sich wieder ihrem Bruder zu. »Dieses Mädchen ist absolut fremd in England. Auf dem Weg nach

London kann Maxima alles Mögliche zustoßen – besonders, wenn sie gezwungen sein sollte, zu Fuß zu gehen.«

»Allmächtiger, so etwas würde sie doch nie in Erwägung ziehen.« Lord Collingwood zögerte, Unsicherheit breitete sich auf seinem Gesicht aus. »Heute früh stellte ich fest, daß meine alte Straßenkarte verschwunden ist. Ich nahm an, jemand hätte sie sich ausgeliehen.«

»Offensichtlich ist genau das auch geschehen. Da Max und sie die meiste Zeit des Jahres durch die Wildnis von New England gestreift sind, muß ihr die Reise nach London vergleichsweise harmlos vorgekommen sein.« Desdemona ließ jedes Bemühen auf Beherrschung fahren. »Ihr zwei solltet euch schämen! Mit Fug und Recht konnte Max davon ausgehen, daß seine Tochter hier auf Chanleigh gut untergebracht ist. Aber statt dessen habt ihr sie davongetrieben!«

Collingwood wurde hochrot. »Ich nahm an, daß sich Maxima bei uns wohl fühlt. Ich hatte vor, sie gemeinsam mit den Mädchen in die Londoner Gesellschaft einzuführen, übte aber in dieser Hinsicht keinen Druck auf sie aus. Es erschien mir nicht passend, über ihre Zukunft zu sprechen, bevor sie sich vom Verlust ihres Vaters erholt hat.«

Desdemona fixierte ihre Schwägerin mit grimmigem Blick. »Hast du auch dafür gesorgt, daß sie sich hier wohl fühlt, Althea? Keine kleinen bissigen Bemerkungen über ihre Herkunft? Hast du für eine passende Garderobe gesorgt und ihr die jungen Herren der Umgebung vorgestellt?«

»Wenn dir diese kleine Wilde so sehr am Herzen liegt, warum hast du dich dann nicht selbst um sie gekümmert?« entgegnete Lady Collingwood mit der Empörung der Schuldbewußten. »Du wärst jederzeit in den letzten vier Monaten willkommen gewesen, aber du hast ja nur ein paar Briefe geschrieben.«

»Wir waren mit der Vorbereitung einer Parlamentsvorlage zum Schutz der Lehrlinge beschäftigt, daher konnte ich London nicht verlassen«, erwiderte Desdemona unbehaglich. »Aber du hast recht, ich hätte mich mehr um sie kümmern müssen.«

»Es hat wenig Sinn, sich gegenseitig Vorwürfe zu machen«, mischte sich Collingwood in der Hoffnung ein, die Auseinandersetzung zu beenden. »Das wichtigste ist, Maxima wohlbehalten zurückzubekommen.«

»Und wie willst du das bewerkstelligen, wenn ich fragen darf?« wollte Desdemona wissen.

Nach einem Moment des Nachdenkens nickte ihr Bruder erleichtert. »Ich weiß, wen wir ihr nachschicken können. Simmons hält sich zur Zeit in Newcastle auf. Ich werde ihn rufen lassen und ihm das Nötige erläutern. Mit ein wenig Glück haben wir Maxima bald wieder bei uns.«

»Du kannst den Mann rufen lassen, wenn du unbedingt willst. Aber ich werde selbst nach ihr suchen«, erklärte Desdemona energisch. »Jemand aus der Familie sollte es zumindest versuchen. Wie sieht sie aus?«

Lord Collingwood wollte sagen, daß sich seine Schwester absurd verhielt, daß man derartige Dinge besser Menschen mit entsprechender Erfahrung überließ. Aber ein Blick in Desdemonas Gesicht überzeugte ihn davon, ihr ihren Willen zu lassen. Seine Schwester war schließlich eine selbstbewußte und lebenserfahrene Witwe, der Diener zur Verfügung standen. Was sollte ihr schon groß passieren?

Es war längst Nachmittag, aber Maxies unerwünschter Begleiter zeigte keinerlei Anzeichen von Langeweile oder

Ermüdung. Er erhob auch keine Einwände gegen das forsche Tempo, das sie vorlegte. Gelegentlich machte er eine Bemerkung über die Landschaft, und sie wechselten drei oder vier Sätze. Dann und wann begann er – sehr musikalisch – zu pfeifen. Maxie mußte zugeben, daß in seiner Gesellschaft die Zeit sehr viel schneller verging.

Gegen Abend erreichten sie ein kleines Dorf. »Darf ich Sie zum Abendessen einladen?« fragte er und deutete auf ein Wirtshaus mit dem Namen *King Richard.* »Alles, was Sie mögen. Es darf jedoch nicht mehr als zwei Schilling kosten.«

Maxie musterte ihn kühl. »Sie können einkehren, wenn Sie mögen, aber ich habe die Absicht, meine Wanderung fortzusetzen. Gute Reise, Mister Anderson.«

»Andreville«, korrigierte er ungerührt. »Anderson wäre zu gewöhnlich, um jemanden zu beeindrucken. Wollen Sie nicht doch einkehren? Ich habe zwar noch genug Proviant für morgen, aber eine warme Mahlzeit würde uns die kalte Nacht besser überstehen lassen.«

»Es gibt kein *uns,* Mister Andreville«, erwiderte Maxie. »Wir sind lediglich zwei Individuen, die seit ein paar Stunden zufällig dieselbe Straße entlangziehen.«

»Sie nehmen mich noch immer nicht ernst, stimmt's? Aber das tut man selten, Sie befinden sich also in guter Gesellschaft. Nun gut, also essen wir kalt.«

Als Maxie an dem Wirtshaus schon fast vorbei war, kam ihr eine Idee. Wenn sie sich zu seinem »warmen Abendessen« bereitfand, konnte sie bestimmt eine Möglichkeit finden, ihm zu entschlüpfen. Mit ein paar Minuten Vorsprung könnte sie auf eine der Nebenstraßen ausweichen, und er würde sie nie wiederfinden. »Sie haben recht, eine warme Mahlzeit würde mir wirklich gut tun. Aber ich bestehe darauf, für mein Essen selbst zu bezahlen.«

Seine blauen Augen blitzten, und Maxie hatte das unangenehme Gefühl, daß er sie durchschaute. Egal, sie würde ihn schon noch in der Sicherheit wiegen, sie hätte sich mit seiner Begleitung abgefunden.

Als die Wirtin im rauchgeschwängerten Schankraum das dampfende Essen vor sie hinstellte, beäugte Maxie skeptisch ihren Teller. Karbonade und Kartoffeln, etwas anderes hatte die Speisekarte nicht zu bieten.

»Karbonade stammt aus der Schweinekeule«, erklärte Robin. »Es schmeckt nicht allzu schlecht.«

Maxie nahm einen Bissen und kaute nachdenklich. »Sie haben recht. Allzu schlecht ist es nicht, aber auch nicht gut.«

»Stimmt, aber es ist warm und schmeckt immerhin besser, als man dem Namen Karbonade nach vermuten könnte.«

Sie versteckte ihr Lächeln hinter einen weiteren Bissen. »Ich habe schon Schlimmeres gegessen. Stachelschwein beispielsweise. Das bekommt man nur hinunter, wenn man am Verhungern ist.«

Während sie aßen, bemühte sich Maxie um Liebenswürdigkeit. Das war nicht allzu schwer, aber die Folgen erwiesen sich als verhängnisvoll. Es führte zu großer Vertrautheit, mit einem gutaussehenden Mann an einem Tisch zu sitzen und zu lachen, der ihr seine ganze Aufmerksamkeit schenkte. Die Düsternis des Schankraums vermittelte den Eindruck, als wären Robin und sie ganz allein. Selbst die Karbonade konnte der Atmosphäre nichts von ihrer Romantik nehmen.

Diese Erkenntnis bestärkte Maxies Entschluß. Sie konnte es sich nicht leisten, sich in einen faszinierenden Halunken zu verlieben. Und so konzentrierte sie sich auf ihren Teller und wartete auf eine Chance, sich davonmachen zu können.

Robin war früher fertig als sie. Sein Blick schweifte durch den Raum und blieb an den eisengeschmiedeten Gegenständen an der Wand hängen.

»Haben Sie solche Geduldsspiele auch in Amerika? Dabei geht es darum, ein Objekt auseinanderzunehmen, um es danach wieder richtig zusammenzusetzen.« Er stand auf und nahm einen der Gegenstände von der Wand.

»Ich kenne derartige Spiele. Vermutlich gibt es sie überall dort, wo Schmiede sie herstellen und wo Schenken existieren, in den sich die Gäste unterhalten wollen.« Sie schluckte die letzte Kartoffel hinunter. »Ich nehme an, Sie sind damit sehr erfolgreich.«

»Mit der Annahme, daß ich mich in allen nutzlosen Fähigkeiten auszeichne?«

»Genau.« Sie mußte lächeln.

Stirnrunzelnd betrachtete er das glockenförmige Objekt, dem mehrere verschlungene Kreise und Dreiecke angefügt waren. »Wahrscheinlich war ich in letzter Zeit zu selten in Wirtshäusern. Ich bin mir nicht einmal sicher, welche Teile zu entfernen sind.«

Auch Maxie warf einen Blick auf den Gegenstand. Dabei fiel ihr auf, daß seine linke Hand leicht verformt war – offenbar von mehreren Knochenbrüchen. Er besaß schmale, elegante Hände, die er gestenreich und ausdrucksstark einsetzte. Schade, daß eine so beschädigt war, besonders für ihn als Linkshänder.

Maxie betrachtete die unregelmäßigen Konturen des Gegenstands näher. »Das erinnert mich an eine Konstruktion mit dem Namen ›Teufels Steigbügel‹, aber diese Ausführung ist komplizierter. Ich glaube, diese Teile müßten zu trennen sein.« Sie studierte den Gegenstand noch eine Minute länger, machte ein paar geschickte Drehungen und das Geduldsspiel zerfiel in drei Teile.

Robin lachte. »Wer von uns verfügt über nutzlose Fähigkeiten?«

»Das Auseinandernehmen ist nur die Hälfte der Aufgabe. Das Zusammensetzen ist genau so schwierig.« Sie schob ihm die Teile zu. »Ich wette Sixpence darauf, daß Sie es nicht zusammenbekommen, bevor ich von einem gewissen Örtchen zurück bin.«

»Ich halte dagegen.« Er hob ein Dreieck und einen Ring hoch und versuchte, sie ineinander zu fügen.

Ihr Moment war gekommen. Kein Mann würde zulassen, von einer Frau bei einer solchen Aufgabe geschlagen zu werden. Für die nächste Stunde wäre er so konzentriert, daß er gar nichts vermissen würde.

Maxie stand auf und griff unauffällig zu ihrem Bündel. Das Essen hatten sie bereits bei der Bestellung bezahlt, also konnte sie das Wirtshaus guten Gewissens verlassen. Sie verließ den Schankraum durch die Hintertür, die zum Hof hinausführte. Sobald sie draußen war, lief sie über einen kleinen Umweg zur Hauptstraße zurück.

Ihr Gefühl tiefer Befriedigung war nicht von langer Dauer. Als sie auf die Hauptstraße einbog, wäre sie fast mit Robin zusammengestoßen, der dort mit verschränkten Armen an einer Gartenmauer auf sie wartete.

»Sie haben eine sehr niedrige Meinung von mir, wenn Sie glauben, mir so leicht entwischen zu können«, meinte er grinsend und packte ihre Handgelenke mit eisernem Griff.

Maxie funkelte ihn zornig an und glaubte erstmals, daß dieser Mann tatsächlich vorhatte, sie bis nach London zu begleiten.

Aber Maxie weigerte sich, jede Hoffnung fahren zu lassen, ihm irgendwann doch noch entkommen zu können. »Also gut, Mister Andreville«, erwiderte sie kühl.

»Ich finde mich mit Ihrer offenbar unvermeidlichen Begleitung ab – zumindest für den Moment. Aber denken Sie daran, Ihre Hände bei sich zu behalten, sonst trenne ich sie Ihnen an den Handgelenken ab.«

»Eher könnte ich einen Tiger zähmen. Sie gehören zu den zwei bemerkenswertesten Frauen, die ich je kennengelernt habe«, fügte er versonnen hinzu und gab ihre Handgelenke frei.

»Und wer ist die andere?« Als die Frage heraus war, hätte sich Maxie am liebsten auf die Zunge gebissen.

Er lächelte. »Eine alte Freundin von mir. Sie würde Ihnen gefallen.«

»Das bezweifle ich.« Maxie drehte sich um und lief die Straße hinunter. In etwa einer Stunde würde es dunkel werden, aber bis dahin konnten sie noch eine beträchtliche Strecke hinter sich bringen. »Ich hoffe nur, Ihr pseudoaristokratisches Ich wird es verwinden, unter einer Hecke schlafen zu müssen, wenn wir keine Scheune finden.«

»Es gibt schlimmere Schlafstellen als eine Hecke«, antwortete er und fiel in ihren Schritt. »Fast jede Gefängniszelle beispielsweise.«

»Waren Sie schon in vielen Gefängnissen?« Sie nahm es an und hoffte, daß er lediglich wegen Streunerei hinter Gitter gekommen war, obwohl er sich vermutlich weit größerer Vergehen schuldig gemacht hatte.

»In einigen«, gestand er ein. »Das angenehmste traf ich in Frankreich an, mit annehmbaren Mahlzeiten, gutem Wein und einem Herzog als Gesellschaft.«

»Klingt fast verlockend. Und welches war das schlimmste?«

Er dachte nach. »Vermutlich das Gefängnis von Konstantinopel. Ich spreche nicht Türkisch und kannte nicht einmal die örtlichen Wettspiele. Eine höchst bedauerliche Situation. Aber immerhin habe ich dort diesen überaus interessanten Chinesen kennengelernt . . .«

Sie kamen inzwischen durch ein verlassenes Moorgelände. Mit wohltönender Tenorstimme erzählte Robin eine empörend unwahrscheinliche, aber erheiternde Geschichte von Intrige und Flucht. Er war ganz unbestreitbar ein Halunke. Aber wenn er mit ihr sprach, konnte Maxie vorübergehend die Trauer um ihren Vater vergessen.

Kapitel 4

KURZ VOR SONNENUNTERGANG trafen sie auf eine Zigeunerfamilie. Die Kesselflicker waren auf dem Weg nach Norden. Robin winkte und rief ihnen etwas in einer Sprache zu, die Maxie noch nie gehört hatte.

»Sie sprechen Zigeunerisch?« fragte sie überrascht.

»Die Sprache heißt Romani, und ich kann nur ein paar Worte.« Um seine Mundwinkel zuckte es. »Aber ich möchte ihnen ein paar Dinge abkaufen, und wenn man die Leute in ihrer Sprache anredet, betrügen sie einen nicht allzu eklatant.«

Der Planwagen hielt und der Kutscher stieg vom Bock. Obwohl Robin das Licht seiner Sprachkenntnisse gerade unter den Scheffel gestellt hatte, unterhielt er sich nun sehr fließend. Beide Männer redeten höchst gestenreich auf einander ein. Trotz seiner blonden Haare wirkte ihr Begleiter ausgesprochen unenglisch.

Mehrere Kinder kletterten aus dem Planwagen, gefolgt von einer gutaussehenden, farbenfroh gekleideten Frau mit einem Kleinkind auf der Hüfte. Sie kam zu Maxie geschlendert und sagte zu ihr etwas in Romani.

Maxie schüttelte den Kopf. »Tut mir leid, aber ich spreche Ihre Sprache nicht.«

»Nein?« Die Frau neigte den Kopf zur Seite. »Und ich

dachte, Sie wären eine *didikois*, eine halbe Roma, und daß Sie den Giorgio unsere Sprache gelehrt hätten.«

»Nein, ich komme aus Amerika.«

Die Augen der Frau wurden ganz groß. »Haben Sie je einen dieser blutrünstigen Indianer zu Gesicht bekommen?«

Seit ihrer Ankunft in England hatte Maxie derart unsinnige Fragen zur Genüge gehört. »Ich bin einer dieser blutrünstigen Indianer, Madam«, erwiderte sie trocken. »Genau wie Sie eine diebische Zigeunerin sind.«

Erst kniff die Frau ihre dunklen Augen zornig zusammen, dann lachte sie laut auf. »Die Menschen haben oft sehr dumme und falsche Vorstellungen von denen, die anders sind als sie selbst, oder?«

»Ja«, stimmte Maxie zu. Doch inzwischen bedauerte sie ihre Äußerungen fast. Robin hätte sie hören können, und sie war nicht bereit, ihre Herkunft einem Mann preiszugeben, der ein solches Rätsel war.

Glücklicherweise war er in seine Verhandlungen vertieft und hatte sie nicht gehört. Maxie beobachtete ihn voller Bewunderung: Seine Fähigkeiten im Feilschen hätten jedem Pferdehändler Ehre gemacht.

Als die Verhandlungen einen kritischen Punkt erreichten, zog er dem nächststehenden Kind einen Schilling hinter dem Ohr hervor und veranlaßte das kleine Mädchen zu entzücktem Lachen. Der Vater hob resigniert die Hände und schloß den Handel zu Robins Bedingungen ab. Für die fürstliche Summe von zwei Schilling überließ er ihm ein Rasiermesser, ein paar zerbeulte Koch- und Eßutensilien sowie eine kleine Decke. Außerdem tauschte Robin seinen feinen Lederbeutel für einen Rucksack ein, der groß genug war, um seine neuen Besitztümer aufzunehmen.

Als sie außer Hörweite des Planwagens waren, fragte Maxie: »Wo haben Sie Romani gelernt?«

Er zuckte mit den Schultern. »Ich bin gelegentlich mit Roma herumgezogen. Wenn sie einen erst einmal akzeptiert haben, sind sie die gastfreundlichsten Menschen der Welt.«

Bevor Maxie weitere Fragen stellen konnte, fügte er hinzu: »Der Roma meinte, ungefähr anderthalb Kilometer von hier sei ein guter Lagerplatz.«

Maxie warf einen Blick über das verlassene Moor. »Ich hoffe, er hat recht. In der letzten Stunde haben wir keine einzige Hütte oder Scheune gesehen.«

Nach kurzer Zeit zeigte Robin auf eine kleine Steinpyramide rechts neben der Straße. »Das ist ein Zigeunerzeichen. Zum Lagerplatz geht es hier entlang.«

Nach zehn Minuten gelangten sie zu einer Senke, die von der Straße aus unsichtbar war. Kleine Bäume boten Schutz vor dem Wind, ein Bach hielt Trinkwasser bereit, und es gab eine von Steinen umgrenzte Feuerstelle. Allein hätte Maxie diese Stelle nie gefunden.

Es wurde dunkel, die Luft kühlte sich ab, und so sammelten sie schnell Reisig für ein Feuer. Maxie setzte es mit ihrem Feuerstein in Brand, steckte zu beiden Seiten Äste überkreuz in den Boden und hängte einen kleinen Wasserkessel an den quer darüber gelegten Ast. Als das Wasser zu sprudeln begann, tauchte Robin mit einem Arm voller frischgrüner Wedel wieder auf.

»Farn«, erklärte er und legte seine Last ab. »Er gibt ein ganz praktikables Bett ab.«

»Ich nehme an, Sie meinen zwei praktikable Betten«, bemerkte sie kühl und goß dampfendes Wasser auf ein paar Teeblätter.

»Selbstverständlich.« Robins Stimme klang ernst, aber seine Augen funkelten vergnügt über ihr Mißtrauen.

Noch dreimal verschwand er und kehrte jedesmal mit neuem Farn zurück, den er zu beiden Seiten des Feuers zu Lagern aufschichtete.

Maxie reichte ihm einen Becher Tee und hockte sich mit ihrem auf eines der Farnbetten. »Wissen Sie eigentlich, daß Sie ziemlich verrückt sind? Vermutlich haben Sie gestern sehr viel bequemer geschlafen als heute.«

»Korrekt, aber unerheblich«, entgegnete Robin. »Ich habe mich schon seit langem nicht mehr so gut unterhalten.«

»Mehr als verrückt.« Aber harmlos. Schweigend tranken sie ihren Tee. Robins sachlich-gelassene Haltung machte ihre eigentümliche Partnerschaft ganz problemlos. Jetzt, da sich Maxie mit seiner Anwesenheit abgefunden hatte, fühlte sie sich in seiner Nähe sogar erstaunlich wohl. Es war kaum zu glauben, daß sie sich erst vor ein paar Stunden kennengelernt hatten.

Als sie ihren Chinatee getrunken hatten, setzte Maxie erneut Wasser auf und bereitete eine Tasse ihres speziellen Kräutertees zu.

»Was machen Sie denn jetzt?« Der Geruch ließ Robin die Nase kraus ziehen.

»Das ist ein Tee für Frauen«, erläuterte sie.

»Und was qualifiziert ihn besonders für Frauen?«

»Er verhindert eine Empfängnis«, erwiderte sie aus dem Verlangen heraus, ihn zu verblüffen. »Als ich zu dieser Reise aufbrach, wußte ich, daß ich Überfälle nicht hundertprozentig vermeiden kann. Aber so kann ich mich wenigstens vor den ärgsten Folgen schützen.«

Sein Gesicht war eine Studie in Fassungslosigkeit. Nach längerem Schweigen sagte er: »Sie sind wirklich eine bemerkenswert kaltblütige junge Frau.«

Maxie nahm einen Schluck des heißen, bitteren Getränks. »Ich war bedauerlicherweise nie in der Lage, vor unerfreulichen Realitäten die Augen zu verschließen.«

»Hat man Ihnen irgendwann einmal Gewalt angetan?« fragte er sehr leise.

»Nein.«

Er starrte in seinen Becher. »Das ist gut. Ich habe die Ergebnisse gesehen. Das ist etwas, was ich keiner Frau wünsche.« Seine Stimme klang so düster, wie seine Miene aussah.

Unbehaglich rutschte Maxie hin und her. Sie hatte ihn verblüffen, aber keine bösen Erinnerungen wecken wollen. In anderer Hinsicht beruhigten sie seine Worte: Was auch geschah, sie brauchte nie zu befürchten, daß er über sie herfiel.

Um die Stimmung aufzuheitern, zog sie ihre Mundharmonika aus der Jackentasche und begann zu spielen. Robins Gesicht entspannte sich, und er ließ sich mit im Nacken verschränkten Händen ins Farnkraut fallen.

Während sie die getragene Melodie einer Frontierballade spielte, studierte Maxie ihren Reisebegleiter. Seine Sprache und sein Benehmen wiesen ihn als Privilegierten aus. Was hatte ihn in die Welt der Normalsterblichen verschlagen, die um ihre Existenz kämpfen mußten? Die Vergehen ihres Vaters waren die üblichen Jugendsünden gewesen: Glücksspiele und Frauen, aber an Robin war etwas, was sie bezweifeln ließ, daß sein Sturz nicht mit konventionellen Lastern zusammenhing.

Die flackernden Flammen vergoldeten sein blondes Haar, und sein Profil war ebenso unnahbar wie makellos. Vielleicht war er gar nicht wegen irgendwelcher Untugenden ausgestoßen worden, sondern kam aus einer Familie, die das Glück verlassen hatte. Oder vielleicht war er von illegitimer Geburt, mit bestimmten Privilegien aufgewachsen, dann aber in die Welt hinausgestoßen worden, um auf eigenen Beinen zu stehen. Vermutlich würde sie die Wahrheit über ihn nie erfahren.

Ihre Melodien wechselten zwischen traditionellen Balladen und den Klängen berühmter europäischer Komponisten. Schließlich, als aus den züngelnden Flammen ruhigere Glut geworden war, ging sie zu der Musik der Irokesen über. Die ersten Klänge, die sie je gehört hatte, waren die Wiegenlieder ihrer Mutter gewesen. Später hatte sie auch viele der zeremoniellen Melodien und Arbeitslieder der Mohikaner gelernt.

Maxie hatte angenommen, daß Robin eingeschlafen war, aber als sich die Melodien und Rhythmen veränderten, wandte er den Kopf in ihre Richtung. Sein Augenausdruck war unergründlich. Sie spielte noch eine Weile weiter, steckte dann die Mundharmonika wieder ein und zog ihren Umhang aus ihrem Reisesack.

»Gute Nacht.« Robins Stimme war kaum lauter als der Wind in den Gräsern. »Vielen Dank für das Konzert.«

»Gern geschehen.« Als sich Maxie in ihren Umhang hüllte und es sich auf dem Farnkraut bequem machte, gestand sie sich insgeheim ein, daß sie in seiner Nähe ruhiger schlafen würde.

Ein seltsames Geräusch ließ Maxie aus dem Schlaf hochfahren. Ihre Hand fuhr zum Messer. Zunächst dachte sie, die ächzenden Laute würden von einem Tier verursacht. Aber als sie sich wiederholten, erkannte sie, daß sie vom anderen Lager kamen.

Hatte Robin vielleicht irgendwelche Atembeschwerden? Sie stand auf, ging um die Feuerstelle herum und kniete sich neben ihn. Im Sternenlicht war sein Gesicht sehr bleich, sein Atem ging in flachen Stößen, und er wälzte sich auf dem Farn hin und her.

Sie legte ihm die Hand auf die Schulter. »Robin?«

Unter ihren Fingern verspannten sich seine Muskeln. Das Ächzen hörte auf, seine Lider öffneten sich. »Hatte ich einen Alptraum?« fragte er heiser.

»Ich glaube ja. Können Sie sich an ihn erinnern?«

»Nicht genau. Könnte alles Mögliche gewesen sein.« Rasselnd holte er Luft. »Die Folgen eines schlechten Gewissens.«

»Haben Sie häufiger Alpträume?«

»Nicht unbedingt häufig, aber regelmäßig.« Er fuhr sich mit der Hand über das Gesicht. »Verzeihen Sie, daß ich Sie geweckt habe.«

Maxie wollte gerade etwas sagen, als sie die Feuchtigkeit auf seinen Wangen bemerkte. Kein Wunder, daß er sich so verzweifelt um Nonchalance bemühte. Sie legte ihre Hand auf seine, die neben ihrem Knie im Farn ruhte. »Kein Problem. Ich werde leicht wach.« Seine Finger waren kalt, und sie nahm an, daß das nicht an der Nachtkühle lag. »Besser von Ihnen geweckt zu werden als von einem ausgehungerten Wolf.«

»In dieser Gegend sind Schafe sehr viel häufiger als Wölfe.« Er drückte kurz ihre Hand. »Dennoch zweifle ich keine Sekunde lang an Ihren Fähigkeiten, mein unwürdiges Ich vor allen Gefahren der Wildnis zu beschützen.«

»Und ich zweifle nicht daran, daß Sie jeden Wolf zu Tode reden könnten«, erwiderte sie leichthin. »Gute Nacht.«

Maxie ging zu ihrem Lager zurück, um das zu nutzen, was von der Nacht noch übrig war. Doch sie konnte lange Zeit nicht wieder einschlafen, obwohl Robin schon bald ruhig und regelmäßig atmete.

Die Irokesen nahmen Träume sehr ernst, für sie waren es Wünsche der Seele, die erfüllt werden mußten.

Und Alpträume hatte Maxies Mutter als Verwundungen der Seele bezeichnet, die der Heilung bedurften.

Bevor sie endlich wieder einschlief, fragte sich Maxie, was Robins Nächte heimsuchte.

Hätte Desdemona Ross gewußt, wie schwierig es war, einer Ausreißerin auf die Spur zu kommen, hätte sie diese Aufgabe dem Mann überlassen, den ihr Bruder engagieren wollte. Aber da sie sich nun einmal dazu entschlossen hatte, würde sie um nichts eingestehen, daß sie sich der Herausforderung nicht gewachsen fühlte.

Dabei hatte es so ausgesehen, als wäre alles nur eine Frage der Logik. Desdemona berechnete, welche Strekke ein zügiger Wanderer seit dem Zeitpunkt zurückgelegt haben konnte, zu dem Maxima verschwunden war. Dann wählte sie die drei wahrscheinlichsten Routen aus und stellte in Schenken und Poststationen Nachforschungen an. Sie fragte nach einem jungen Burschen, da sie davon ausging, daß ihre Nichte genug Verstand besaß, nicht in Frauenkleidern zu reisen.

Ihre Erkundungen ergaben entweder zu viele Beobachtungen junger Burschen oder gar keine – auf jeden Fall nichts Nützliches. Nach drei Tagen erfolgloser Suche hatte Desdemona die Angelegenheit gründlich leid. Nur ihre beträchtliche Sturheit hielt sie vom Aufgeben ab.

Sie befand sich bereits mitten in Yorkshire, als ihr in einem Wirtshaus namens *Kind Richard* das Glück plötzlich hold war. Es war Mittagszeit, und die Einheimischen sprachen dem Ale zu, als Desdemona eintrat. Entschlossen marschierte sie auf die Frau hinter dem Tresen zu. »Sie werden entschuldigen, Madam. Aber ich bin auf der Suche nach meinem jungen Neffen. Der Junge ist aus der Schule fortgelaufen. Durchaus möglich, daß er hier vorbeigekommen ist.«

»Aye?« machte die Wirtin höchst desinteressiert.

Desdemona Ross hob die Hand. »Ungefähr so groß, ziemlich dunkler Teint. Er trägt vermutlich einen Hut, um sein Gesicht zu verbergen, und ist so gekleidet, daß er möglichst nicht auffällt.«

»So ein Bursche war neulich hier.« Die Antwort kam nicht von der Wirtin, sondern von einer zahnlosen Alten an einem der Tische. Die Greisin kam mühsam auf die Füße und auf Desdemona zu. »Aber er hatte einen Freund dabei.«

»Oh?« äußerte Desdemona ermunternd.

Eine andere Frau gesellte sich zu ihnen, eine stämmige Frau mit Tonpfeife. »Aye, wenn das Euer Neffe war, braucht Ihr Euch keine Sorgen zu machen. Lord Robert Andreville war bei ihm. Vielleicht kennt Ihr Seine Lordschaft, der Adel ist ja irgendwie immer miteinander versippt. Lord Robert muß den Burschen erkannt und zu Euch zurückgeschickt haben.«

Die Alte widersprach. »Der Gent sagte, er sei nicht Lord Robert.«

»Auf meine Augen kann ich mich verlassen, Granny. Das war Lord Robert, ganz gleich, was er behauptet«, beharrte die Pfeifenraucherin. »Kurz vor Weihnachten habe ich ihn in York gesehen. Dieser blonde Schopf kann keinem anderen gehören.«

Bevor die Alte wieder Einwände erheben konnte, fragte Desdemona: »Und was ist geschehen?«

»Der junge Bursche und Seine Lordschaft haben einen Happen gegessen«, trug die Wirtin, nun sehr viel interessierter, zur Debatte bei. »Saßen da in der Ecke. Deshalb hat niemand Lord Robert erkannt. Nach dem Essen ist der Bursche zur Hintertür hinaus.«

»Aye, wollte wieder entwischen«, sagte die Pfeifenraucherin. »Deshalb nehme ich ja an, daß es sich um den Burschen handelt, den Ihr sucht. Seine Lordschaft ist ihm nachgelaufen und hat Euren Neffen dazu gebracht, mit ihm zu gehen.«

Desdemona runzelte die Stirn. »Wollen Sie damit sagen, er hätte ihn gezwungen?«

Die andere Frau nickte. »Hat den Burschen bei den Handgelenken gepackt und zum Dorf hinausgeführt. Sicher hat irgendwo eine Kutsche gewartet. Kann mir nicht vorstellen, daß ein Lord weit zu Fuß geht.«

Desdemona hatte von den Andrevilles natürlich gehört und wußte auch, daß sich ihr Familiensitz irgendwo in der Nähe befand. Aber keiner von ihnen konnte Maxima kennen, die sich erst seit wenigen Monaten in England aufhielt. Es war mehr als unwahrscheinlich, daß jemand von ihnen das Mädchen als Ausreißerin aus guter Familie erkannt hatte. »Erzählen Sie mir ein wenig mehr über diesen Lord Robert.«

Ein erregter Frauenchor erläuterte, daß es sich bei Lord Robert um den jüngeren Bruder des Marquis von Wolverhampton handelte, der während der Kriege heikle und gefährliche Dinge getan hatte, der aussah wie ein gefallener Engel, aber im Hinblick auf Ladies ein wahrer Teufel war. Der Eifer, mit dem die Dorfbewohner seine Heldentaten schilderten, zeigte deutlich, wie stolz sie auf das schwarze Schaf in ihrer Mitte waren.

Selbst wenn nur die Hälfte der Geschichten stimmte, war das Resultat höchst besorgniserregend. Lord und Lady Collingwood hatten keinen Zweifel an Maximas Schönheit gelassen, die offenbar genau von der Art war, die die unerwünschte Aufmerksamkeit von Schwerenötern erregte. Es sah ganz so aus, als hätte der zügellose Lord Robert die Verkleidung des Mädchens durchschaut und es in unlauterer Absicht gezwungen, ihn zu begleiten.

»Wie kommt man nach Wolverhampton?« erkundigte sich Desdemona mit grimmiger Miene. Nachdem ihr die Richtung beschrieben worden war, griff sie in ihren Ridikül, holte eine goldene Guinee heraus und legte sie auf den Tresen. »Vielen Dank für Ihre Hilfe, werte Ladies. Heute nachmittag trinken Sie Ihr Ale auf meine Kosten.«

Desdemona marschierte hinaus zu ihrer wartenden Kutsche und ignorierte die guten Wünsche für ihre ewige Gesundheit. Sie überlegte fieberhaft, was sie mit einem Aristokraten machen sollte, der ein unschuldiges junges Mädchen ins Verderben stürzen wollte.

Kapitel 5

DER MARQUIS OF Wolverhampton wollte den Nachmittag nutzen, um seine Korrespondenz zu beantworten. Nachdem sein Sekretär Charles ihm einen Brief vorgelesen hatte, würde er ihm die Antwort diktieren und dann zum nächsten übergehen. Alles wie üblich, absolut normal.

Die Normalität wurde jedoch erschüttert, als eine erzürnte Amazone in die Bibliothek gestürmt kam. »Es interessiert mich nicht, wie beschäftigt der Marquis ist«, fauchte sie, als sie die Schwelle überschritt. »Er wird mich empfangen. Und zwar jetzt!«

Hinter ihr tauchte ein hochroter Diener auf. »Verzeihen Sie, Euer Lordschaft. Lady Ross bestand darauf, Sie unverzüglich zu sehen. Es geht um Lord Robert.«

Giles blickte auf. Vor drei Tagen war Robin verschwunden. Obwohl er ihm geraten hatte, sich keine Sorgen über eine mögliche plötzliche Abwesenheit zu machen, war es doch nicht leicht, völlig unbeteiligt zu bleiben.

Lady Ross stürmte auf ihn zu wie ein Schlachtschiff unter vollen Segeln. Ihr Umhang bauschte sich, ihr Schirm war drohend gezückt.

Giles erhob sich höflich und fragte sich verzweifelt,

was sie mit Robin zu tun haben könnte. »Ich bin Wolverhampton. Sie bringen Neuigkeiten von meinen Bruder?«

»Also wissen auch Sie nicht, wo er sich aufhält«, grollte Lady Ross.

»Er ist seit einigen Tagen abwesend, und ich bin mir nicht sicher, wann er zurückkommt«, erwiderte Giles und versuchte, sich an das zu erinnern, was er über Lady Ross gehört hatte. Der Name kam ihm bekannt vor, aber er wußte nicht, in welchem Zusammenhang. »Was haben Sie mit ihm zu schaffen?«

»Es geht weniger darum, was ich mit ihm zu schaffen habe, sondern vielmehr um das, was er meiner Nichte angetan hat.« Die Lady funkelte den Marquis an. »Alle Anzeichen deuten daraufhin, daß Ihr Bruder sie entführt hat.«

»Wie können Sie so etwas behaupten?« Giles' Kinn schob sich bedrohlich vor. »Wer wagt es, derartige Verleumdungen zu verbreiten?«

Die Spitze ihres Schirms zitterte wie der Schwanz einer wütenden Katze. »Einige Dorfbewohner haben gesehen, daß Lord Robert eine junge Person dazu gezwungen hat, mit ihm zu kommen. Der Beschreibung nach handelt es sich um meine Nichte Maxima Collins, eine junge Amerikanerin.«

Der Marquis fixierte seine Besucherin mit eisigem Blick. »Wie und wann ist dieses Mädchen abhanden gekommen? Ich vermag nicht zu glauben, daß mein Bruder ein unschuldiges Mädchen ihrer Familie entführt.«

Unbehaglich wandte Lady Ross den Blick ab. »Die exakten Umstände sind mir nicht bekannt. Maxima hat bei meinem Bruder Lord Collingwood gewohnt. Ihr Vater ist kurz nach ihrer Ankunft in England gestorben, und das Mädchen war verzweifelt. Vor einer Woche hat sie Collingwoods Haus überraschend verlassen und auf einem Zettel mitgeteilt, sie wolle zu mir nach London. Aber da war ich bereits auf dem Weg nach Durham, um sie zu besuchen. Seit ihrem Verschwinden suche ich nach ihr.« Sie kniff die grauen Augen zusammen. »Vor drei Tagen beobachteten Dorfbewohner Lord Robert mit seinem unwilligen Begleiter.«

Giles' Miene war ausdruckslos, aber innerlich stöhnte er auf. Robin würde zwar nie ein unschuldiges Mädchen entführen, aber wie sähe die Sache aus, wenn das »Opfer« jung und nicht unbedingt unwillig war? »Wie alt ist Ihre Nichte?«

Lady Ross zögerte einen Moment mit der Antwort. »Fünfundzwanzig.«

»Fünfundzwanzig! Ihrer Empörung glaubte ich entnehmen zu können, es handele sich um ein fünfzehn- oder sechzehnjähriges Mädchen. Ihre Nichte ist kaum eine blutjunge Unschuld. In ihrem Alter sind die meisten Frauen bereits Ehefrauen und Mütter. Wenn sie mit meinem Bruder gegangen ist, dann muß das freiwillig geschehen sein.«

»Maxima ist erst seit vier Monaten in England und fast unmittelbar nach der Ankunft hier verwaist«, grollte Lady Ross. »Sie ist ganz allein in einem fremden Land. Ein Mann, der das ausnutzt, handelt absolut schändlich.«

Giles rang um Beherrschung. »Wir verfügen über keinerlei Beweise dafür, daß sich das von Ihnen Vermutete ereignet hat.«

»Und wo ist meine Nichte, wenn Lord Robert sie nicht entführt hat?« wollte Desdemona wissen. »Vorhin gaben Sie mir zu verstehen, daß Sie über seinen Verbleib nichts wissen. Den Dorfbewohnern zufolge steht er in dem Ruf, ein Lebemann zu sein – genau die Art Mann, der ein junges Mädchen verführen könnte.«

»Unsinn«, zischte Giles. »Robin hat lange Jahre außerhalb Englands verbracht. Und in den sechs Monaten seit seiner Rückkehr hat er hier sehr zurückhaltend gelebt und keineswegs Ladies reihenweise umgemäht.«

»Die Dorfbewohner scheinen anderer Ansicht zu sein.«

Der Marquis holte tief Luft. »Sie haben keinerlei Beweise dafür, daß sich mein Bruder etwas zuschulden hat kommen lassen. Auch wenn ich volles Verständnis für Ihre Sorgen habe, rate ich Ihnen doch, keine grundlosen Beschuldigungen gegen meinen Bruder zu erheben. Guten Tag, Lady Ross. Mein Deiner wird Sie hinausbegleiten.« Damit setzte sich Giles und wandte sich betont seiner Korrespondenz zu.

Er ging davon aus, daß sich seine Besucherin mit ihrer Verabschiedung abfand, aber statt dessen schrie der Diener entsetzt auf, und der Marquis nahm aus dem Augenwinkel eine Bewegung wahr. Er hob den Kopf gerade rechtzeitig, um Lady Ross' Schirm auf sich zuschießen zu sehen. Bevor er sich rühren konnte, landete er vor ihm auf dem Schreibtisch, verfehlte sein Gesicht nur um wenige Zentimeter und ließ Papiere zu Boden flattern.

»Glauben Sie ja nicht, Sie könnten mich entlassen wie einen Ihrer Lakaien, Wolverhampton!« fauchte Lady Ross. »Ich kenne Ihren Ruf. Anstatt an Parlamentssitzungen teilzunehmen, hocken Sie hier in Yorkshire wie eine Kröte und ignorieren ihre Verantwortung. Bei dem Beispiel, das Sie geben, ist es kaum verwunderlich, daß Ihr Bruder ein Halunke geworden ist.« Ihre vollen Lippen verzogen sich verächtlich. »Obwohl es vermutlich sogar positiv ist, daß Sie Ihren Sitz im House of Lords nicht in Anspruch nehmen. Zweifellos würden Ihre Ansichten Attila den Hunnen geradezu barmherzig erscheinen lassen.«

Noch nie in seinem Leben war Giles einer Frau gegenüber grob geworden, aber die wenigen Minuten mit Lady Ross änderten das. Er sprang auf, beugte sich vor und stützte die Fäuste auf die Schreibtischplatte. »Ich nehme an Parlamentssitzungen teil, sobald ein wirklich wichtiges Thema zur Debatte steht, aber meine Hauptverantwortung liegt hier. Es gibt keinen besseren Dünger für das Land als den Fuß des Eigentümers, und ich nutze meine Zeit besser, wenn ich hier meinen Besitz verwalte, anstatt in London Pharao zu spielen und Intrigen zu spinnen.«

In der verspäteten Erkenntnis, wie absurd sein Ausbruch war, fügte er gelassener hinzu: »Nicht, daß Sie das etwas anginge.«

Lady Ross ergriff ihren Schirm. Einen Augenblick lang nahm Giles an, sie wollte ihn wie einen Kricketschläger einsetzen.

Aber statt dessen zischte sie durch ihre zusammengebissenen Zähne: »Ich muß mich entschuldigen. Ihre Ländereien sind als Beispiele für fortschrittliche Agrarwirtschaft berühmt. Ich hätte das nicht sagen dürfen.« Sie wirkte, als hätte sie diese Entschuldigung fast das Leben gekostet, fuhr aber tapfer fort: »Zweifellos hat Ihr Bruder sein schändliches Verhalten nicht von Ihnen.«

So leicht war Giles nicht zu versöhnen. »Ich schlage vor, daß Sie gehen, bevor mich Ihre haltlosen Beschuldigungen vergessen lassen, daß ich ein Gentleman bin. Ich bedauere außerordentlich, daß Ihre Nichte verschwunden ist, aber es gibt nichts, womit ich Ihnen helfen könnte.«

»Es war töricht von mir, irgendwelche Hilfsbereitschaft zu erwarten«, erklärte Lady Ross verbittert. »Männer Ihres Schlages ruinieren ein Mädchen so beiläufig, wie sie eine Krawatte ablegen. Ich bin in der Hoffnung gekommen, daß Lord Robert die Schutzbedürftigkeit meiner Nichte erkannt und sie als Gentleman zu ihrer Familie zurückgebracht hat. Statt dessen hat er sie gegen ihren Willen entführt, und Sie decken sein verbrecherisches Verhalten auch noch. Aber Maxima ist nicht schutzlos. Ich schwöre Ihnen, wenn Lord Robert ihr oder ihrem Ruf ein Leid zugefügt hat, wird er dafür teuer bezahlen.«

Giles kam eine finstere Erkenntnis. »Also darum geht es! Ihre Nichte war darauf aus, Lord Robert zu verführen. Und dann kamen Sie zu mir, um mir vorzuweinen, daß sie eine verführte Unschuld sei, der Gerechtigkeit widerfahren müsse. In der Hoffnung, ich würde meinen Bruder dazu veranlassen, sie zu heiraten. Nun, Ihre Rechnung wird nicht aufgehen, Madam. Weder bei meinem Bruder noch bei mir. Wenn er mit ihr auf und davon ist, dann mit ihrem Einverständnis.« Erneut beugte er sich über den Schreibtisch. »Hören Sie gut zu, Lady Ross. Ich versichere Ihnen höchstpersönlich, daß mein Bruder nie ein hergelaufenes Frauenzimmer heiraten würde, das ihn in die Falle locken will.«

Wäre Lady Ross' Schirm ein Schwert gewesen, wäre es zum Mord gekommen. »Seien Sie versichert«, rief sie mit blitzenden grauen Augen, »daß es nicht in meiner Absicht liegt, das Mädchen zu einer Heirat mit einem degenerierten Wüstling zu zwingen. Es ist jedoch meine erklärte Absicht, Ihren Bruder hinter den Gittern von Newgate zu sehen. Vergessen Sie nicht, Wolverhampton, Entführung ist ein Kapitalverbrechen. Glauben Sie nicht, Sie könnten ihn mit Ihren Beziehungen freikaufen. Ich bin auch nicht ohne Einfluß. Falls ein Verbrechen geschehen ist, werde ich Lord Robert vor Gericht bringen.«

Sie machte auf dem Absatz kehrt und marschierte auf

die Tür zu. Als sie die Schwelle erreicht hatte, fiel dem Marquis endlich ein, wer sie war: eine überzeugte Reformerin, die sich der Unterstützung prominenter Politiker in beiden Parteien erfreute. Sie war Giles dem Hörensagen nach seit Jahren bekannt, und er hatte sie für sehr viel älter gehalten. Aber in Wahrheit war die berühmte und leidenschaftliche Reformerin etliche Jahre jünger als er selbst, wahrscheinlich noch nicht einmal dreißig.

Herr im Himmel, sie könnte tatsächlich über genügend Einfluß verfügen, um den Andrevilles beträchtliche Schwierigkeiten zu machen, selbst wenn Robin nicht Ungesetzliches getan hatte.

»Lady Ross, einen Augenblick bitte.«

Sie drehte sich um. »Ja?«

Giles durchquerte den Raum und erklärte in seinem versöhnlichsten Tonfall: »Wir sollten uns nicht zu Unbeherrschtheiten hinreißen lassen. Selbstverständlich sorgen Sie sich um Ihre Nichte. Dennoch bin ich davon überzeugt, daß Sie einen Fehler begehen. Es geht doch vor allem darum, das Mädchen wiederzufinden, und ich bezweifle, daß es sich bei meinem Bruder aufhält. Es mag durchaus Männer geben, deren Verhalten Frauen gegenüber verwerflich ist, aber Robin ist keiner von ihnen.«

Ihre kastanienbraunen Brauen stiegen in die Höhe. »Sind Sie davon absolut überzeugt?«

Giles wollte das bestätigen, zögerte dann aber. »Wovon im Leben kann man schon absolut überzeugt sein?«

»Keine besonders überzeugende Ehrenerklärung für Lord Robert«, bemerkte sie trocken.

»Ich vertraue ihm wie mir selbst.«

Lady Ross' Züge wurden nachgiebiger, und Giles glaubte schon, sie überzeugt zu haben. Dann schob sie das

Kinn wieder trotzig vor. »Sie genießen den Ruf eines rechtschaffenen Mannes, und Ihre Loyalität gegenüber Ihrem Bruder ist bewundernswert. Bedauerlicherweise können sich Männer untereinander durchaus ehrenhaft verhalten, während sie sich nichts dabei denken, eine Frau ins Verderben zu stürzen. Woher wollen Sie eigentlich wissen, wozu Lord Robert fähig ist, wenn er so lange Jahre von England abwesend war?«

Die verdammte Frau hatte recht. Gefühlsmäßig vertraute Giles seinem Bruder, machte sich aber gleichzeitig unbehaglich bewußt, daß Robin seine zwölfjährige Spionagetätigkeit im Herzen des napoleonischen Reichs ohne eine gewisse Rücksichtslosigkeit nie hätte überleben können. »Robin ist Einflüssen ausgesetzt gewesen, die sich von den Gepflogenheiten der englischen Gesellschaft unterscheiden, aber ich bin sicher, daß er sich niemals an einem unschuldigen Mädchen vergehen würde.«

Lady Ross wandte sich schulterzuckend ab. »Wir werden sehen. Ich werde nicht nachlassen, bis ich meine Nichte gefunden habe. Und falls Ihr Bruder ihr etwas angetan hat, dann gnade ihm Gott.«

Als sie gegangen war, starrte Giles die geschlossene Tür lange Zeit an und hatte das Gefühl, als wäre der Kirchturm auf ihn herabgestürzt. Kein Mensch hatte ihn jemals so wütend gemacht, dennoch war er nicht besonders stolz auf die Art und Weise, in der er mit Lady Ross gesprochen hatte.

Kopfschüttelnd drehte er sich um. »Was halten Sie von dem allen, Charles?« fragte er seinen Sekretär, der die Szene in fasziniertem Schweigen verfolgt hatte.

Der Mann zögerte einen Augenblick lang. »Ich glaube nicht, daß ich Lady Ross gern zur Feindin hätte«, sagte er dann diplomatisch.

»Sie meinen also, Robin könnte in Teufels Küche kommen, wenn er tatsächlich mit der Nichte der Lady herumtändelt?«

Charles lächelte bekümmert. »Ich fürchte ja, Mylord.«

Der Marquis versank in seinem tiefen Ledersessel und dachte nach. So unwahrscheinlich es klang: Die verschwundene Maxima mußte zu Fuß nach London unterwegs sein. Sonst wäre Lady Ross nicht so sicher, daß sie sich eine Woche nach ihrem Verschwinden aus Durham noch in Yorkshire aufhielt.

An dem Tag, an dem auch er verschwand, wollte Robin eine Wanderung durch die Wälder im Westen unternehmen. Sie wurden von einer Straße durchquert, die in Richtung Durham – und umgekehrt – führte. Konnte Robin das Mädchen getroffen und aus dem Impuls heraus beschlossen haben, es nach London zu begleiten?

Fast erleichtert machte sich Giles mit dieser Möglichkeit vertraut. Ein derart unüberlegtes Verhalten wäre nicht nur typisch für Robin, es spräche auch für seine Ehrenhaftigkeit. Aber wenn das Frauenzimmer fünfundzwanzig Jahre alt und nicht unwillig war, könnten die beiden sehr bald auf vertrauterem Fuß stehen, als es der Tante des Mädchens lieb war.

Lady Ross schien erregter, als es der Situation zukam. Vielleicht steckte mehr hinter der Geschichte, als sie bereit war zuzugeben. Aber vielleicht war es auch nur ihr Temperament, das sie durchgehen ließ wie eine gereizte Stute.

Stirnrunzelnd zog der Marquis Bilanz. Robin war ebenso verschwunden wie Miss Collins. Angeblich hatte man sie zusammen gesehen. Es war nicht von der Hand zu weisen, daß sie gemeinsam auf dem Weg nach London waren.

Lady Ross verfolgte die Flüchtigen und schnaubte

Rache. Und wenn sie die beiden aufspürte, wären die Konsequenzen mehr als unerfreulich. Ein Skandal würde dem Mädchen zwar mehr schaden als Robin, aber eine rachedurstige Lady Ross könnte zu erregt sein, um das zu bedenken.

Robin mochte die Aussicht auf einen Skandal kalt lassen – den Marquis keineswegs. Und das hieß, daß er sich gleichfalls an die Fersen der Ausreißer heften mußte. Mit ein bißchen Glück konnte er sie vor Lady Ross finden und so die größte Katastrophe abwenden.

Düster dachte Giles darüber nach, wie sehr er Reisen verabscheute. Lange Stunden in rumpelnden Kutschen, klammes Bettzeug und kaum genießbare Mahlzeiten. Und er verfügte noch nicht einmal über einen ordentlichen Kammerdiener, da der bisherige vor kurzem seinen Dienst verlassen hatte und noch nicht ersetzt worden war.

Darüber hinaus würde er sich auf der Jagd nach einem amerikanischen Flittchen, einem Spion außer Diensten und einer hitzköpfigen Reformerin wie ein verdammter Idiot vorkommen.

Während er diese Aussichten bedachte, machte sich der Marquis of Wolverhampton bewußt, daß er lächelte.

Kapitel 6

MAXIE ZOG SICH den Hut gegen die Sonne in die Stirn und nutzte die Gelegenheit, einen verstohlenen Blick auf ihren Begleiter zu werfen. Und wieder verspürte sie diese Atemlosigkeit, die sie häufig überfiel, wenn sie Robin ansah. Er war zu gut aussehend, zu geheimnisvoll, um wahr zu sein.

Geheimnisvoll, aber nicht unzugänglich. Im Gegenteil: Er war der einzige Mann, mit dem sie sich so unbeschwert unterhalten konnte wie mit ihrem Vater. Wenn Robin des Schweigens müde war, plauderte er überaus witzig über alle möglichen Themen: die Landschaft, das Wetter, die kürzliche bedauerliche kriegerische Auseinandersetzung zwischen ihren Ländern.

Aber nie ließ er auch nur ein Wort über sich selbst verlauten, das sie ihm glauben konnte. Allmächtiger, sie wußte doch nicht einmal, wie er wirklich hieß. Nie wieder würde sie der Täuschung erliegen, daß geheimnisvoll gleichbedeutend mit Schweigen war.

Noch merkwürdiger war die Tatsache, daß er sich wie ein vollendeter Gentleman benahm – so vollendet, daß sie sich zu fragen begann, ob mit ihr vielleicht etwas nicht stimmte. Nicht, daß sie sich wünschte, er würde ihr zu nahe treten, aber zumindest wäre das ein Verhalten, das sie verstanden hätte.

Statt dessen befand sie sich in der Gesellschaft eines Reisegefährten, der sich in höchstem Maße unbegreiflich verhielt. Das alles wirkte äußerst verwirrend, und man vergaß dabei allzu leicht, daß Robin bei all seinem Charme ein unverbesserlicher Schurke war.

Als ihr Weg durch einen kleinen Wald führte, brach Robin das Schweigen mit der Frage: »Habe ich Ihnen eigentlich schon von der Zeit erzählt, als ich in Australien bei einem Zirkus gearbeitet habe?«

Lächelnd fragte sie sich, was er ihr nun wieder auftischen würde. »Noch nicht. Ihr Repertoire an amüsanten und zutiefst unglaubwürdigen Geschichten scheint grenzenlos zu sein. Erzählen Sie mir von dem Zirkus. Höchstwahrscheinlich waren Sie die Krönung des Hochseilakts.«

»Keineswegs«, entgegnete er freundlich. »Der Umgang mit Pferden ist sehr viel einfacher, daher beschränkte ich mich auf Reiterkunststückchen. Mein Kosakentrick wurde sehr bewundert.«

»Robin, erzählen Sie mir auch die Wahrheit?«

Er warf ihr einen tiefverletzten Blick zu. »Die Wahrheit kann jeder Dummkopf erzählen. Aber zum Lügen muß man schon begabt sein.«

Maxie lachte noch immer, als zwei Reiter aus dem Unterholz brachen. Beide waren maskiert und hatten Pistolen in den Händen.

»Her mit Geld und Gut!« schrie der eine. Er war drahtig und blond, hinter den Sehschlitzen funkelten frettchenähnliche Augen.

Maxies Herz krampfte sich vor Angst zusammen. Obwohl sie die Gefahren der Straße kannte, hätte sie doch nicht erwartet, tatsächlich auf Straßenräuber zu treffen. Die beiden wirkten nervös und sehr, sehr gefährlich.

Neben ihr hob Robin die Hände. »Ihr müßt wirklich arm dran sein, wenn Ihr Leute wie uns ausrauben müßt«, erklärte er ruhig. »Bei uns ist nichts zu holen. Ihr solltet Euch lieber auf der Great North Road an den feinen Kutschen schadlos halten.«

»Zuviel Betrieb da drüben«, brummte der andere Räuber, ein dunkelhaariger, untersetzter Mann, der seine Waffe unverwandt auf Robins Brust gerichtet hielt. »Da verliert man leicht das Leben.«

»Die Zeiten sind hart«, sagte der Blonde. »Ihr mögt nicht viel haben, aber selbst ein paar Schilling sind besser als nichts. Sieh nach, was sie bei sich tragen, Jem.«

Jem stieg vom Pferd und durchsuchte Robins Taschen, in denen er ein paar Münzen fand. Nachdem er auch den Rucksack gefilzt hatte, meinte er gereizt: »Er hat nicht gelogen. Da ist nichts.«

Der blonde Mann fuchtelte mit seiner Pistole. »Durchsuche den Burschen. Vielleicht hat der die Wertsachen bei sich, weil man sie bei ihm nicht vermutet.«

Maxie stand stocksteif, während er an ihr herumtastete. Sie hatte sie sich die Brüste flach an die Rippen gebunden, und das verhinderte glücklicherweise, daß er das Geschlecht seines Opfers herausfand. Auch das Messer in ihrem Stiefel entdeckte er nicht. Aber ihre Innentaschen fand er schnell und zog die Mundharmonika heraus. »Was ist das, Ned?«

»Eine Art Mundorgel«, erwiderte Ned. »Möglicherweise einen Schilling oder zwei wert.«

Maxie biß sich auf die Lippe. Wenigstens waren ihm die Ohrringe entgangen, die sich in derselben Tasche befanden. Härter war es da schon, daß Jem die Uhr ihres Vaters erspähte. Er zog sie heraus und ließ einen befriedigten Pfiff hören. »Du hattest recht. Der Bursche hat das Wertvolle. Die hier ist aus Gold und ein hübsches Sümmchen wert.«

»Gib sie mir.« Nachdem er sie inspiziert hatte, nickte Ned und steckte die Uhr ein. »Und nun untersuche den Hals den Burschen. Er trägt eine silberne Kette.«

Maxie zuckte unwillkürlich zurück, als Jems schmutzige Finger an ihrem Hals nestelten. Sein Alkoholatem wehte ihr ins Gesicht. »Nun, ich will verdammt sein, wenn heute nicht unser Glückstag ist.« Er zog das Kreuz heraus, öffnete den Verschluß und steckte die Kette in die Tasche.

»Nein!« flehte sie. »Nehmen Sie mir das nicht fort. Es ist von meiner Mutter – das einzige, was ich noch von ihr habe.«

»Zu schade«, grinste Jem und begann, ihren Rucksack zu durchwühlen.

Blind vor Zorn wollte Maxie schon nach ihrem Messer greifen, als Robin sie am Ellbogen packte. »Es ist Ihr Leben nicht wert!« flüsterte er ihr zu.

Und als sie ihn wütend ansah, fügte er hinzu: »Denken Sie nach, verdammt noch mal! Würde Ihre Mutter wollen, daß sie wegen dieses Stückchens Metall sterben?«

Seine Worte brachten sie zur Vernunft. Sie blickte auf und sah, daß Neds Pistole auf sie zielte.

Er grinste tückisch. »Sobald du einen Schritt auf Jem zumachst, Bürschchen, bist du tot.« Er spannte den Hahn. »Aber vielleicht sollte ich euch beide erledigen, bevor ihr uns den Behörden melden könnt.«

Maxis spürte, wie sich Robins Hand an ihrem Ellbogen verspannte, aber seine Stimme klang gelassen, als er sagte: »Wenn Ihr zwei Leichen an der Straße zurücklaßt, werden sie wirklich nach Euch suchen. Es ist klüger, uns am Leben zu lassen. Wir sind gar nicht schnell genug im nächsten Ort, um Euch Schwierigkeiten zu machen.«

»Wahrscheinlich richtig«, erwiderte Ned fast bedauernd.

Maxie seufzte erleichtert auf. Robin merkte, daß sie sich wieder unter Kontrolle hatte und ließ ihren Ellbogen los.

Jem tätschelte liebevoll seine Rocktasche. »Das ist eine verdammt gute Beute. Wir sollten uns häufiger um Wanderer kümmern.«

»Hast du alles von Wert, Jem?« wollte Ned wissen.

»Was ist mit dem Rock des Älteren? Er müßte dir passen.«

Ned inspizierte Robins abgetragenen, aber gutgeschneiderten Rock. »Du hast recht. Er muß ihn gebraucht gekauft haben, denn so etwas bringt kein Dorfschneider zustande. Nicht einmal dieser Brummel brauchte sich dieser Jacke zu schämen.« Wieder fuchtelte er mit der Pistole. »Zieht ihn aus.«

Robin sträubte sich. »Einem Mann die Kleidung vom Leib zu stehlen, ist ziemlich mies. Wenn Ihr meinen Rock wollt, dann müßt Ihr ihn Euch schon holen.«

»Seien Sie doch vernünftig, Robin«, ächzte Maxie.

»Wenn sie auf mich schießen, ruinieren sie den Rock«, erwiderte er sachlich.

Das begriff sogar Ned. »Nimm ihn ihm ab, Jem.«

Grinsend rieb sich Jem die rechte Faust in der linken Handfläche. Dann rammte er seine Faust bösartig in Robins Magengrube, gefolgt von einem weiteren Schlag gegen seine Brust. Robin stöhnte vor Schmerz auf und stürzte vorwärts, gegen seinen Angreifer.

Mit einem verächtlichen Grunzen schob ihn Jem zur Seite und riß ihm den Rock vom Körper. Robin wehrte sich nicht. Sein Gesicht war schneeweiß und seine Schultern hoben sich, als müßte er nach Atem ringen. Maxie hätte ihn am liebsten wegen seiner unvernünftigen Widerspenstigkeit gekniffen.

Jem warf die Jacke seinem Kumpanen zu. Ned nickte und zeigte mit seiner Waffe die Straße entlang. »Ihr solltet euch auf die Beine machen, während ich noch guter Laune bin.«

Maxie hob die Rucksäcke von der staubigen Straße auf, packte Robins Hemdärmel und zerrte ihn die Straße hinunter. Noch immer war er nach vorn gebeugt und holte ächzend Luft.

»Idiot!« zischte sie. »Wie konnten Sie wegen eines Rocks ein solches Risiko eingehen? Das Kreuz meiner Mutter hat mir immerhin etwas bedeutet.«

Er antwortete nicht, aber als sie um die nächste Wegbiegung waren, richtete er sich plötzlich auf. »Diesen Pfad hinunter! Wir müssen verschwinden, bevor sie feststellen, was geschehen ist«, sagte er hastig.

Sie starrte ihn an. »Zum Teufel noch mal, wovon reden Sie?«

Lächelnd streckte er die Hände aus. In einer Handfläche lagen das Kreuz ihrer Mutter und ein paar Münzen, in der rechten ihre Mundharmonika.

Maxie starrte sie Gegenstände an. »Wie haben Sie die zurückbekommen?«

»Indem ich seine Taschen gefilzt habe, natürlich.« Er gab ihr das Kreuz und die Mundharmonika. Das Geld steckte er in seinen Rucksack. »Kommen Sie, es ist keine Zeit zu verlieren.« Und schon rannte er den Pfad hinunter.

»Indem Sie seine Taschen gefilzt haben?« Nach einem Moment der Fassungslosigkeit steckte Maxie ihre Besitztümer in die Jackentasche und lief ihm nach. »Robin, Sie sind unmöglich!«

Er lachte sie über die Schulter hinweg an. »Gott wird mir vergeben – dazu ist er da.« Dann wurde seine Miene ernst. »Tut mir leid, daß ich die Uhr nicht wiederbekommen habe, aber mir fiel kein plausibler Grund ein, diesem Ned ausreichend nahe zu kommen.«

Allmächtiger, er hatte diese Schläge freiwillig eingesteckt, um ihr Kreuz zurückzubekommen. Und sie hatte ihn für töricht gehalten! Als Taschendieb war er hervorragend. Sie hatte direkt neben ihm gestanden und absolut nichts bemerkt.

In den nächsten beiden Stunden liefen sie zügig über Pfade, die sich quer durch die Landschaft schlängelten. Die Sonne neigte sich bereits dem westlichen Horizont zu, als sie einen Hügel überquerten und auf eine größere Straße hinabblickten. Dort unten waren zwei Bauernkarren, ein Mann mit einem Esel und ein paar Kühen zu sehen, und das hieß, daß sie auf dieser Route sicherer sein würden, als auf den Pfaden, denen sie bisher gefolgt waren.

Sie machten eine kurze Pause. Maxie war so erschöpft, daß ihr jeder Muskel weh tat. Sie stellte ihren Rucksack ab und schlang haltsuchend einen Arm um Robins Hüfte. Als sich daraufhin sein Arm um ihre Schulter legte, wollte ihr ihre eigene Geste fast provokativ erscheinen. Und doch kam sie ihr ganz natürlich vor: Die gemeinsam überstandene Gefahr hatte eine Atmosphäre der Kameradschaft geschaffen.

»Glauben Sie, daß wir jetzt in Sicherheit sind?« japste sie nach einem Moment der Entspannung.

»Ich bezweifle, daß sie sich auf unsere Fährte gesetzt haben«, erwiderte Robin. »Vermutlich haben sie beschlossen, ihre Energien für die nächsten Reisenden zu schonen.«

Maxie runzelte die Stirn. »Wir sollten die Behörden informieren.«

»Und ihnen was erzählen? Es muß ihnen bekannt sein, daß sich Straßenräuber in diesem Bezirk aufhalten. Zu dem Zeitpunkt, an dem wir ihnen etwas sagen können, sind Jem und Ned über alle Berge.« Er grinste. »Ich glaube, wir haben fast zehn Pfund erbeutet. Wenn der Verlust der Uhr nicht wäre, würde ich sagen, wir haben den Zwischenfall gut genutzt.«

Maxie begann zu lachen und lehnte ihren Kopf an Robins Schulter. »Können Sie sich Jems Gesicht vorstellen, wenn er seine Taschen leer vorfindet? Sie haben ihn doch total zum Narren gemacht!«

»Das hat der Schöpfer vor mir besorgt!«

Lachend blickte sie zu ihm auf, um etwas zu sagen, und in diesem Moment sah er ihr in die Augen. Sein Hemd war am Hals auseinandergefallen und enthüllte etliche Zentimeter nackter Brust, seine Haare fielen ihm in feuchten, gelockten Strähnen in die Stirn. Er war lebenssprühend, er war wunderschön, und sie wollte ihn, wie sie nie zuvor einen Mann gewollt hatte.

»Sie haben einen recht blasphemischen Humor«, sagte sie, um Distanz bemüht.

»Blasphemie gehört zu meinen Spezialitäten.« Er hob die Hand und fuhr federleicht mit den Fingern über ihre leichtgeöffneten Lippen – und ihre Zungenspitze. Der salzige Geschmack machte ihn plötzlich sehr real, gar nicht mehr geheimnisvoll und rätselhaft.

Er stöhnte rauh auf, legte seine Hand in ihren Nakken und hob ihren Kopf seinem Kuß entgegen. Seine Lippen waren warm, seine Zunge ein spielerischer Genuß. Ganz selbstverständlich öffnete sie den Mund. Der Kuß wurde leidenschaftlicher, Verlangen regte sich in ihr, entzog ihr jede Widerstandskraft. Ihre Lider schlossen sich, und sie streichelte seinen Nacken, wand seidenweiche Haarsträhnen um ihre Finger.

Robin murmelte ihren Namen, der Klang kam ganz tief aus seiner Kehle. Seine rechte Hand glitt ihren Rükken hinab, schickte ihr Schauer über das Rückgrat und drückte sie eng an sich. Ihre Hände an seinen Rippen öffneten und schlossen sich, krallten sich in sein Leinenhemd. Sie hatte ihn für kühl gehalten, aber an seinem Mund, seinem harten, fordernden Körper war nichts Kühles.

Das Wiehern eines Pferdes brachte sie zur Vernunft. Mit fast ungläubigem Erstaunen machte sie sich bewußt, daß sie einen Taschendieb küßte, einen Halunken, der sich vermutlich nicht einmal mehr an seinen wirklichen Namen erinnerte. Und sie küßte ihn nicht nur – sie verschlang ihn so begierig wie das erste Stück Ahornzukker nach einem langen kalten Winter.

Maxie öffnete die Augen, trat einen Schritt zurück, stemmte die Hände gegen seinen Oberkörper und rang nach Atem. Ihre Blicke trafen sich, und sie sah in seinen Augen wieder die Schatten, die ihr zuvor schon ein- oder zweimal aufgefallen waren.

Die Gefahr instinktiv spürend, suchte sie Zuflucht bei einem unverfänglichen Thema. »Ohne Rock sehen Sie ausgesprochen verdächtig aus. Wie weit wird es wohl bis zur nächsten Stadt sein, damit Sie sich einen neuen kaufen können?«

Er holte tief Atem, sein Gesichtsausdruck wurde gelassener. »Ich vermute, daß diese Straße nach Rotherham führt. Dort finden wir bestimmt einen Händler für gebrauchte Kleidung, wenn nicht schon früher.«

Maxie hob ihren Rucksack und Hut auf. Als sie den Hügel zur Straße hinabliefen, fragte sie sich unwillkürlich, ob sie es wirklich wagte, diese gemeinsame Reise fortzusetzen.

Schläfrig lehnte der Marquis of Wolverhampton in den bequemen Polstern seiner Kutsche. Wenigstens fand diese bizarre Verfolgungsjagd bei gutem Wetter statt und die Straßen waren in erträglichem Zustand. Giles war sich nicht sicher, ob er den Ausreißern tatsächlich auf der Spur war, aber einwandfrei befand er sich dicht hinter Lady Ross. Ihre gelbabgesetzte Kutsche war sehr viel leichter zu verfolgen als zwei Fußgänger.

Er war fast eingeschlafen, als scharfe Schüsse das gleichmäßige Rumpeln der Kutsche übertönten. Giles riß das Fenster auf und rief seinem Kutscher zu: »Kannst du sehen, was da vor sich geht?«

»Es scheint sich um einen Überfall zu handeln, Mylord«, rief der Kutscher zurück. »Ich nehme an, Sie wünschen nicht umzukehren, um der Auseinandersetzung zu entgehen?«

»Du vermutest richtig. Bereite dich darauf vor, notfalls eingreifen zu müssen.« Während Giles die Pistole lud, die für Notfälle in der Kutsche mitgeführt wurde, fragte er sich plötzlich, ob es sich bei dem Opfer um Lady Ross handeln könnte. Wohl kaum. Allerdings reiste sie in geringem Abstand vor ihm, und eine Kutsche wie ihre war ein hervorragendes Ziel. Herr im Himmel, vermutlich würde sie die Straßenräuber wüst beschimpfen und für ihre Unbotmäßigkeit erschossen werden.

Giles' Kutsche bog um eine Kurve, und der Kutscher zügelte die Pferde mit aller Kraft, um zu verhindern, daß sie mit einem quer zur Straße stehenden Fahrzeug zusammenprallten. Er stieß die Tür auf und sprang hinaus. Einen Moment gesellte sich sein Leibwächter, der auf dem Kutschbock gesessen hatte, mit einem Karabiner zu ihm. Vor ihnen verschwand ein reiterloses Pferd laut wiehernd und auskeilend im Wald.

Es handelte sich in der Tat um die gelb abgesetzte

Kutsche, aber ihre Hilfe war nicht mehr vonnöten. Lady Ross stand reglos da und starrte auf einen Körper zu ihren Füßen, während ihr Leibwächter in der Nähe einen anderen am Boden Liegenden inspizierte. In der Luft lag der metallische Geruch von Blut. Beide Kutscher waren bemüht, die Pferde ruhig zu halten.

Giles war erleichtert, Lady Ross unversehrt vorzufinden. Es wäre höchst bedauerlich gewesen, wenn eine so prachtvoll energische Person einen so sinnlosen Tod gefunden hätte.

Sie blickte auf und erkannte ihn. Trotz der Feindseligkeit ihrer ersten Begegnung schien sie erfreut, ein bekanntes Gesicht zu sehen.

Giles senkte die Pistole und ging auf sie zu. »Sind Sie und Ihre Leute unversehrt?«

Sie nickte und wollte etwas sagen, aber kein Ton kam über ihre Lippen. Nachdem sie ein paarmal heftig geschluckt hatte, sagte sie: »Offenbar haben die Räuber kaum mit Widerstand gerechnet. Offenbar zwei Amateure.« Sie hob die Hand, um ihre Haube zu richten, hielt aber inne und starrte die Pistole in ihrer Hand an.

»Großer Gott«, rief Giles. »Haben Sie sie selbst erschossen?«

»Glücklicherweise ist es dazu nicht gekommen. Meine Männer sind Kriegsveteranen.« Ihr Lächeln geriet ein wenig schief. »Sie hatten Schwierigkeiten, nach der Entlassung aus der Armee Arbeit zu finden. Ich dachte, ich würde ihnen einen Gefallen tun, als ich sie einstellte. Keineswegs rechnete ich damit, daß meine gute Tat auf so dramatische Weise belohnt werden würde.«

»Ein gutes Argument für Wohltätigkeit.« Giles blickte zu dem Mann hinüber, der neben der Kutsche lag. »Sind beide Räuber tot?«

»Ich nehme es an.«

Als Giles den hingestreckten Mann betrachtete, durchzuckte es ihn eiskalt. Die Haare waren sehr blond und ein bißchen länger als üblich. Nein, das war doch unmöglich . . . Sein Herz setzte einen Schlag aus. »Der Rock . . .«, flüsterte er heiser. »Es sieht genauso aus wie der, den Robin am Tag seines Verschwindens trug. Und die Haare sind . . .« Er begann auf den Mann zuzulaufen.

Desdemona holte scharf Luft. Der Tote konnte unmöglich Lord Robert sein. Dennoch . . . Es war nicht unüblich, daß sich ungebärdige junge Gentlemen mit dem Straßenraub vergnügten, und die Räuber hatten keinen sehr erfahrenen Eindruck gemacht. Sie warf einen entsetzten Blick auf die andere Leiche, aber die war mit Sicherheit nicht Maxima.

Doch das schloß nicht aus, daß der Tote dennoch Lord Robert war. Die Möglichkeit, daß der Halunke eine so verabscheuungswürdige Tat begangen haben könnte, empörte sie. Er mußte ganz anders sein als sein Bruder.

Der Marquis kniete neben dem Toten nieder und drehte ihn um. Dann atmete er tief aus, senkte den Kopf und schlug eine Hand vors Gesicht.

Desdemonas Empörung verrauchte und machte tiefem Mitgefühl Platz. Auch sie hatte in dieses blutverschmierte, zerschmetterte Gesicht geblickt und wußte, daß es in künftigen Alpträumen wieder auftauchen würde.

Sie trat neben den Marquis und legte sanft eine Hand auf seine Schulter. »Es tut mir leid, Wolverhampton. Ist das Ihr Bruder?«

»Nein.« Er hob den Kopf und rang sichtbar um Haltung. »Aber einen Moment lang nahm ich an, er könnte es sein. Ich war . . . erleichtert, als ich feststellte, daß ich mich geirrt hatte.«

Also hatte der Marquis seinen Bruder nicht nur aus familiärer Loyalität verteidigt, sondern aus Liebe. Sie fragte sich, womit sich der verschwundene Lord Robert diese Zuneigung verdient hatte. »Sie haben Ihren Bruder eines Überfalls für fähig gehalten?«

Giles sah sie gereizt an. »Selbstverständlich nicht. Die Vorstellung wäre absurd.« Er berührte den Ärmel des Räubers. »Aber ich wette, daß dieser Rock Robin gehört. Der Schnitt ist französisch, nicht englisch. Ich frage mich, warum dieser Kerl ihn trägt.«

»Vielleicht hat ihn Ihr Bruder diesem Schurken verkauft?«

»Ich glaube nicht, daß ich bereit bin, an Zufälle zu glauben.« Mit grimmiger Miene begann der Marquis die Taschen des Toten zu durchsuchen. Er fand ein paar Münzen, ein Taschenmesser, eine goldene Uhr, aber nichts, was auf den Namen des Räubers hinwies.

Desdemona runzelte die Stirn. »Lassen Sie mich die Uhr doch einmal sehen.« Sie öffnete den Deckel mit einem Fingernagel. Auf der Innenseite war der Name »Maximus Benedict Collins« graviert. Wortlos zeigte sie die Gravur Giles.

Er pfiff leise durch die Zähne. »Sie hat also Ihrem Bruder gehört?«

Sie nickte. Er hat sie zu seinem achtzehnten Geburtstag geschenkt bekommen, glaube ich. Nach seinem Tod muß sie an Maxima übergegangen sein.« Sie sah den Marquis beunruhigt an. »Offensichtlich sind diese Männer Ihrem Bruder und meiner Nichte begegnet. Sie nehmen nicht an, daß . . . daß sie sie ausgeraubt und . . . getötet haben könnten?«

Als der Marquis aufstand, waren seine schieferblauen Augen fast schwarz. »Das bezweifle ich. Es bestand keine Veranlassung, zwei unbewaffnete Leute zu töten.

Aber anscheinend wurden sie überfallen, und dieser Rock wie auch die Uhr gehören zur Beute.«

Desdemonas Hand schloß sich um die Uhr ihres toten Bruders. »Verbrecherische Menschen brauchen keine Veranlassung zum Mord. Und zwei Menschen zu erschießen und ihre Leichen irgendwo zu verstecken, würde nicht allzu viele Spuren hinterlassen.«

Der Marquis blickte finster. Das alles wußte er genauso gut wie sie, hätte es aber vorgezogen, daß die Worte nicht ausgesprochen worden wären. »Möglich, aber nicht sehr wahrscheinlich. Robin ist sehr gewandt im Überwinden von Schwierigkeiten. Ich kann mir beim besten Willen nicht vorstellen, daß er so leicht umzubringen ist. Oder daß er zuläßt, daß einer jungen Frau in seiner Begleitung ein Leid geschieht.«

»Lord Robert verfügt also über beträchtliche Erfahrung, sich aus heiklen Situationen herauszuwinden. Ehrenwerte Männer brauchen derartige Fähigkeiten nicht«, stellte Desdemona spitz fest.

»Falls Ihre lockere Nichte sicher nach London gelangt, dann hat sie das ausschließlich dem Schutz meines Bruders zu verdanken, da ihre Vernunft offensichtlich ebensowenig entwickelt ist wie ihre Moral«, entgegnete der Marquis giftig. »Welches wohlerzogene Mädchen würde auch nur im Traum daran denken, ganz England zu Fuß zu durchqueren? Allerdings hatte sie zumindest soviel Verstand, sich einen Mann zu angeln, der sie nach London begleitet.«

»Sie hat ihn sich nicht ›geangelt‹. Sie wurde gezwungen!« fauchte Desdemona. »Und Sie müssen sich gleichfalls Sorgen über Lord Roberts Verhalten machen, sonst wären Sie mir nicht gefolgt.«

»Um Sie mache ich mir Sorgen, nicht um meinen Bruder.« Der Marquis wurde immer lauter. »Nachdem Sie aus meiner Bibliothek gestürmt waren, kam ich zu der Erkenntnis, daß ich Robin vor dem stursten, rachedurstigsten Frauenzimmer schützen muß, dem ich in meinem ganzen Leben begegnet bin. Es liegt doch auf der Hand, daß Sie Ihr Urteil bereits gefällt haben, obwohl nicht die geringsten Beweise vorliegen.«

»Wen meinen Sie mit dem ›stursten, rachedurstigsten Frauenzimmer‹?« Desdemonas Hand zuckte hoch, um Wolverhampton eine schallende Ohrfeige zu verpassen.

Sie hatte die Pistole vergessen. Ihre hastige Bewegung löste die Waffe aus, und die Kugel pfiff wenige Zentimeter an Giles' Ohr vorbei. Einer der Kutscher schrie etwas, beide Leibwächter kamen auf sie zugerannt.

»Herr im Himmel!« Mit aschfahlem Gesicht wich der Marquis zur Seite aus. »Haben Sie den Verstand verloren?«

Desdemona ließ die Pistole und ihren Ridikül fallen. Am ganzen Körper zitternd preßte sie beide Hände gegen die Schläfen. »D . . . das wollte ich nicht«, stammelte sie und schien der Ohnmacht nahe. »Ich hatte die Pistole in meiner Hand vergessen. Es war ein Unfall, das schwöre ich bei allem, was mir heilig ist!«

Giles wehrte die Leibwächter ab, nahm Desdemonas Arm und geleitete sie zu ihrer Kutsche. »Führt Lady Ross vielleicht Brandy mit sich?« fragte er die ängstlich aus dem Fenster blickende Zofe.

Das Mädchen nickte. Wenig später drückte Giles die silberne Taschenflasche Desdemona in die Hand. »Trinken Sie!«

Sie hob den Kopf, trank einen Schluck und verzog angewidert das Gesicht. Dann sah sie ihm direkt in die Augen und sagte tiefbekümmert: »Ich habe ein gräßliches Temperament und sage oft Dinge, die ich später bereue. Aber nie, niemals würde ich einem Menschen Schaden zufügen wollen.«

»Das glaube ich Ihnen«, erwiderte er beruhigend. »Wenn Sie mich wirklich hätten erschießen wollen, läge ich jetzt verblutend im Staub.«

Desdemona erschauerte. »Bitte, sagen Sie doch so etwas nicht.«

»Entschuldigung.« Er genehmigte sich einen tiefen Schluck aus der Taschenflasche, bevor er fortfuhr: »Vielleicht haben unsere beiden Ausreißer eine Abkürzung quer durch die Landschaft genommen, daher wäre es vielleicht angebracht, auf parallelen Routen nach ihnen zu suchen.«

Desdemona nickte. »Könnten Sie so freundlich sein, mir einen Boten schicken, falls Sie sie finden? Damit ich weiß, daß Maxima unversehrt ist.«

»Kein Problem. Ich wüßte es zu schätzen, wenn Sie das gleiche täten.«

»Selbstverständlich.« Desdemona bestieg ihre Kutsche. »Und . . . vielen Dank, Wolverhampton.«

Er lächelte, und sie erkannte, daß er wirklich sehr gut aussah, wenn sie ihn nicht zur Weißglut trieb.

»Lady Ross, mein Leben ist in der Tat sehr viel aufregender geworden, seit ich Sie kennenlernen durfte.« Er wandte sich ab und lief zu seiner eigenen Kutsche.

Desdemona sah ihm mit gemischten Gefühlen nach. Seine Suche erschwerte ihre eigene beträchtlich. Und doch hätte sie nichts dagegen, ihn wiederzusehen.

Kapitel 7

DIE SCHEUNENTÜR KNARRTE. Maxie fuhr aus dem Schlaf und öffnete die Augen. Heller Sonnenschein blendete sie, wütendes Kläffen drang in ihre Ohren. Weniger als zwei Meter entfernt standen zwei riesige Doggen und fletschten die Zähne.

Maxie erstarrte. Ihr Messer befand sich in ihrem Rucksack, aber um ihn zu erreichen, hätte sie aufstehen müssen. Und das hätte die Hunde nur weiter gereizt. Ohne den Kopf zu bewegen, sah sie zu Robin hinüber. Er verhielt sich reglos wie sie und ließ die fast hysterischen Tiere nicht aus den Augen.

»Platz!« rief eine Stimme.

Widerwillig setzten sich die Doggen auf die Hinterbeine, aber ihre funkelnden Augen, die gefletschten Zähne, ihr wütendes Hecheln ließen keinen Zweifel daran, daß sie nur darauf warteten, die Eindringlinge in Fetzen reißen zu können. Hinter ihnen tauchte ein verärgerter Bauer auf. »Verdammtes Streunerpack«, grollte er. »Ich sollte Euch der Polizei übergeben.«

»Das bleibt Euch natürlich überlassen, aber wir haben keinerlei Schaden angerichtet«, erwiderte Robin besänftigend und setzte sich vorsichtig auf. »Entschuldigt unser Eindringen. Wir wollten längst schon wieder unterwegs sein, um niemandem Ungelegenheiten zu bereiten, aber wir sind gestern lange gewandert, und meine Frau befindet sich in . . . äh, heiklen Umständen.«

Auch Maxie setzte sich auf und warf ihrem Gefährten einen indignierten Blick zu. Mit ihren langen Haaren konnte sie kaum als junger Mann durchgehen, aber mußte er sie gleich zu einer Schwangeren machen? Lächelnd stand Robin auf und half auch ihr mit unendlicher Fürsorge auf die Beine.

Der untersetzte Bauer zeigte sich nicht im mindesten beeindruckt. »Raus da, oder ich lasse die Hunde los!«

»Falls Ihr irgendwelche Arbeiten zu erledigen habt, würden wir auf diese Weise gern für die Unterkunft bezahlen«, bot Robin an.

Unterdessen begann Maxie ruhig und freundlich in ihrer Muttersprache auf die Hunde einzureden. Zunächst knurrten sie noch, aber dann wedelte das größere Tier mit dem Schwanz und seine Ohren stellten sich auf. Maxie streckte eine Hand aus und nannte ihren indianischen Namen: Kanawiosta. Die Dogge trat einen Schritt näher, beschnupperte die Hand und begann sie zu belecken.

Lächelnd kraulte sie den Hund hinter den Ohren. Er belohnte sie mit einem kleinen, zufriedenen Schnaufen. Die andere Dogge ließ ein neidisches Jaulen hören, drängte sich vor und verlangte ähnliche Aufmerksamkeit.

Der Bauer stimmte gerade ein Klagelied über nutzloses, diebisches Gesindel, das seine Tage unnötig erschwerte, brach aber ab, als seine Doggen Maxie eifersüchtig umdrängten und sie dabei fast zu Boden warfen. »Was zum Teufel . . .?«

»Meine Frau kann sehr gut mit Tieren umgehen«, erklärte Robin recht überflüssig.

»Das kann man wohl sagen«, knurrte der Bauer wider Willen beeindruckt. »Jeder einzelne von ihnen wiegt mehr als sie. Eure Frau, sagt Ihr? Wo ist ihr Ehering?«

Verblüfft nahm Maxie die Veränderung wahr, die mit Robin vor sich gegangen war. Normalerweise wirkte er wie ein verwahrloster Aristokrat, doch nun war von seiner nachlässigen Eleganz nichts mehr zu spüren. Jetzt war er ein Mann von bescheidener Herkunft, den das Schicksal arg gebeutelt hatte.

Sie starrte ihn an und nahm sich fest vor, ihm nie auch nur ein Wort zu glauben. Bei seinen schauspielerischen Talenten würde man vermutlich nie wissen können, ob er die Wahrheit sprach.

»Mußte ihren Ring verkaufen«, sagte Robin bekümmert. »Die Zeiten sind hart, jetzt, da der Krieg vorüber ist. Wir sind auf dem Weg nach London, wo ich hoffe, eine Arbeit zu bekommen.«

»Ihr seid Soldat gewesen?« fragte der Bauer. »Mein Sohn diente bei der Zweiundvierzigsten zu Fuß.«

Robin nickte ernst. »Eins der hervorragendsten Regimenter der ganzen Armee. War selbst auf der Halbinsel. Hatte das Glück, Sir John Moore kennenzulernen, wenige Monate bevor er bei Corunna fiel.«

Die dünnen Lippen des Bauern bewegten sich einen Moment lang wortlos. »Mein Junge fiel bei Vittoria. Er sagte immer, Moore sei der beste von allen gewesen, wahrhaft unersetzlich.« Seine Feindseligkeit war verschwunden.

»Der Tod des Generals war ein tragischer Verlust«, stimmte Robin zu.

Der Bauer nahm die Kappe ab und fuhr sich durch die schütteren Haare. »Mein Name ist Harrison«, grummelte er. »Ihr habt einen langen Weg vor Euch. Falls Ihr hungrig seid, könnte ich Euch einen Happen geben, bevor Ihr weiterzieht.«

Eine kurze Wanderung brachte sie zum Bauernhaus, und ein einziges Lächeln von Robin bewirkte die Bäuerin zu hingerissenem Entzücken. Bei einem üppigen Frühstück aus Eiern, Würstchen, frischen Muffins, Erdbeerkonfitüre und Tee redete er über den Krieg auf der Iberischen Halbinsel und das Soldatenleben. Er hörte sich sehr überzeugend an. Hätte es Maxie nicht besser gewußt, hätte sie ihm jedes Wort geglaubt. Er krönte seinen Auftritt damit, daß er Mrs. Harrisons Kaminuhr reparierte, die schon seit Jahren nicht mehr gegangen war.

Maxie sah sich im Zentrum mütterlicher Aufmerksamkeit, hörte schauerliche Geschichten über die Qualen einer Geburt, »besonders für ein so kleines, schmächtiges Ding« wie sie, und wurde mit einer Extraportion Verpflegung sowie dem Rat auf den Weg geschickt, wegen des Kindes gut auf sich zu achten. Mrs. Harrison winkte den Reisenden nach, und die beiden Doggen begleiteten sie bis zur Grenze des Besitzes ihres Herrn und blieben nur höchst unwillig zurück.

»Schämen Sie sich eigentlich jemals über sich selbst, Lord Robert?« erkundigte sich Maxie eisig, als sie außer Hörweite waren.

»Warum sollte ich mich denn schämen?« erkundigte er sich unschuldig.

Sie funkelte ihn empört an. »Sie haben absolut keinen Respekt vor der Wahrheit.«

»Im Gegenteil. Ich schätze die Wahrheit sogar außerordentlich. Deshalb bediene ich mich ihrer mit äußerster Vorsicht.«

»Robin!« sagte sie gefährlich leise.

»Unsere Gastgeber haben die Befriedigung, etwas

Gutes getan zu haben, wir haben ausgezeichnet gefrühstückt, die Hunde haben eine Freundin gefunden, und Mistress' Harrisons Uhr geht wieder. Wo liegt das Problem?«

»Aber so viele Lügen«, wandte Maxie ein.

»So viele waren das gar nicht. Ich habe eine gewisse Zeit auf der Iberischen Halbinsel verbracht und bin Sir John Moore begegnet. Ich habe mit keinem Wort behauptet, einer seiner Soldaten oder gut befreundet mit ihm gewesen zu sein.« Seine Miene wurde besorgt. »Ich weiß, warum Sie so empfindlich sind. Das hängt mit Ihrem Zustand zusammen.«

»Sie . . . Sie unmöglicher Mensch!« rief sie, hin- und hergerissen zwischen Verärgerung und Lachen. »Wie konnten Sie ihm vormachen, ich wäre Ihre schwangere Frau?«

Er betrachtete sie nachdenklich. »Falls Sie Einwände dagegen haben, daß es nicht stimmt, können wir das sehr schnell ändern, zumindest zum Teil.«

Maxie schnaufte verächtlich. »Ich habe weiß Gott schon viele unsittliche Angebote erhalten, aber das eben war wohl das absurdeste. Selbst wenn ich Interesse hätte – was ich nicht habe –, wäre es schwachsinnig, ausgerechnet auf einer Wanderung quer durch England schwanger zu werden.«

»Ich dachte eher an den anderen Teil. Wir müßten nach Norden, nach Gretna Green. Allzu weit sind wir nicht von Doctor's Commons entfernt, um eine Sondererlaubnis zu erwirken.«

Selbst eine Amerikanerin wußte, daß das Heirat bedeutete. »Ihre Späße werden immer ärgerlicher, Lord Robert«, entgegnete Maxie spitz. »Es geschähe Ihnen ganz recht, wenn ich Ihr Angebot akzeptieren und Sie für den Rest Ihres Lebens an mich binden würde.«

»Ich kann mir Schlimmeres vorstellen.«

Sie blieb wie angewurzelt stehen und sah ihn an. »Warum sagen Sie so etwas, Robin?« fragte sie leise.

»Keine Ahnung«, erwiderte er mit trübsinniger Aufrichtigkeit. »Aber es scheint mir kein schlechter Vorschlag zu sein.«

Das letzte, was Maxie brauchte, war ein charmanter Halunke. Dennoch stellte sie schockiert fest, daß die Vorstellung nicht ohne Reiz war. Robin mochte in Wort und Tat zwar mehr als unzuverlässig sein, aber er war auch liebenswürdig, amüsant und so gutaussehend, daß sie sich von ihm angezogen fühlte wie eine Motte vom Licht.

Dennoch blieb er ein Halunke. Falls sie je heiratete, würde sie sich einen Mann erwählen, der ihr ein Dach über dem Kopf bieten konnte. Sie löste sich von seinem beunruhigenden Blick und lief weiter. »Ich nehme an, daß Sie überall in Europa bereits drei oder vier Ehefrauen haben, so daß eine weitere keine größere Belastung wäre. Aber bedauerlicherweise verabscheue ich Ansammlungen, daher verzichte ich dankend auf die Ehre.«

»Es gibt keine anderen Ehefrauen. Wie Sie bemerken konnten, bin ich nicht sehr erfahren in Heiratsanträgen. Das einzige Mal, als ich einen machte . . .« Er verstummte abrupt.

Als er stumm blieb, hakte sie nach: »Was geschah?«

»Die Lady hat selbstverständlich abgelehnt. Eine sehr kluge Frau. Ihnen nicht unähnlich.« Er lächelte. »Ich bin mir nicht sicher, ob ich eine Frau heiraten möchte, die so unklug ist, mich zu nehmen.«

Er war wieder der alte Spaßmacher, obwohl Maxie annahm, daß sich hinter seinen Worten irgendeine schmerzliche Wahrheit verbarg. Kopfschüttelnd lief

Maxie weiter. Sie konnten vielleicht Freunde werden, aber sie würde ihn wohl nie wirklich begreifen.

Die Fährte von Lord Collingwoods Nichte zu verfolgen, war keine große Affäre für einen Mann von Simmons' Fähigkeiten. Da das Vögelchen nicht wußte, daß es verfolgt wurde, war sie eine Straße hinuntergelaufen wie eine Gans, die nur darauf wartete, gerupft zu werden.

Anfangs war es dennoch gar nicht so leicht gewesen, denn nur wenige erinnerten sich an einen kleinen Burschen mit einem großen Hut. Leichter wurde es, als sich das Frauenzimmer mit einem blonden Kerl zusammentat. An ihn erinnerten sich alle Frauen entlang ihrer Route ausnahmslos.

Mit hämischen Vergnügen fragte sich Simmons, was Collingwoood wohl zu der Nachricht sagen würde, daß seine Nichte eine kleine Hure war. Vielleicht würde es Seiner Lordschaft nichts ausmachen. Er wollte vor allem verhindern, daß sie London erreichte, wo sie die Wahrheit über ihren Vater herausfinden könnte. Und Simmons konnte es Collingwood nicht übelnehmen, daß er gerade die mit allen Mitteln verbergen wollte.

Obwohl er seine Beute einmal aus den Augen verlor, als sie südlich von Sheffield querfeldein von einer Straße auf eine andere wechselten, nahm er ihre Spur bald wieder auf. Jetzt waren sie nur noch wenige Stunden vor ihm. Sehr wahrscheinlich hatten das Mädchen und sein Begleiter Unterschlupf in irgendeiner Scheune oder einem Lager im Umkreis von ein oder zwei Meter gefunden. Mit ein wenig Glück würde er sie noch heute nacht aufspüren.

Er lachte rauh auf. Das Vögelchen war bestimmt nicht bereit, seinen Kerl zu verlassen, um nach Durham zurückzukehren, aber das war unerheblich. Simmons würde mit beiden von ihnen fertig werden.

Dankbar dafür, einen annehmbaren Lagerplatz gefunden zu haben, ließ Maxie ihren Rucksack zu Boden gleiten und lief in das nahe Wäldchen, um Reisig zu sammeln. Als sie zurückkehrte, bemühte sich Robin gerade, ein Feuer zu entzünden.

Er blickte auf. »Sobald es richtig brennt, können Sie es im Auge behalten, während ich Wasser für den Tee hole.«

Sie ließ das Reisigbündel fallen und bewegte lockernd die müden Schultern. »Ich werde Wasser holen.«

»Würden Sie es als tödliche Beleidigung empfinden, wenn ich vorschlage, daß Sie sich ein wenig ausruhen? Sie sehen müde aus, und der Bach ist ein bißchen weit weg.«

Sein Vorschlag war enorm verlockend. Aber . . . »Ich habe nicht um besondere Nachsicht gebeten.«

»Das weiß ich auch.« Der Zunder fing Feuer, aber erst als die Flammen hochzüngelten, stand er auf. »In Anbetracht Ihrer kleineren Schritte sind Sie dreimal so weit gelaufen wie ich. Also sollte ich das Wasser holen.«

Maxie lachte auf und fühlte sich sehr viel weniger erschöpft. »Ein unschlagbares Argument. Sie könnten einem Mann am Galgen sogar noch den Strick verkaufen, an dem er aufgehängt wird.« Sie ließ sich ins Gras sinken und zog die Stiefel aus. »Wenn ehrliche Arbeit nicht Ihrer Philosophie widerspräche, könnten Sie auch Anwalt werden, um jeden Fall von beiden Seiten gleich gut zu vertreten.«

Sie setzte ihren Hut ab, nahm die Nadeln aus den Haaren und ließ sie sich mit einem Seufzer der Erleichterung über die Schultern fallen. Sie war Stiefel, hochgesteckte Haare und plattgebundene Brüste mehr als leid. Der Gedanke an ein heißes Bad ließ sie vor Verlangen aufstöhnen. »Haben Sie irgendwann Jura studiert? Manchmal reden Sie tatsächlich wie ein Anwalt.«

Robin warf ihr einen entsetzten Blick zu. »Herr im Himmel, nein. Ich kann nicht leugnen, mich etlicher verwerflicher Dinge schuldig gemacht zu haben, verfüge aber doch immmerhin über gewisse Prinzipien!«

Lachend streckte sich Maxie im Gras aus. »Können Sie denn nie ernst sein?«

Es entstand eine Pause, und als sie aufblickte, sah er sie mit unergründlichem Gesichtsausdruck an. Als er bemerkte, daß sie ihn beobachtete, lächelte er und sagte in seinem üblichen lockeren Tonfall: »So selten wie möglich.«

Er griff zu den Töpfen und machte sich auf den Weg zum Bach.

Schläfrig schloß Maxie die Augen und konzentrierte sich auf die Geräusche und Gerüche der Umgebung. Die trillernden Vogelrufe. Das leise Rascheln der Blätter. Den süßen Duft des Geißblatts. Und fühlte sich eins mit der Natur. Zutiefst zufrieden.

Auf den Wind lauschend schlief sie ein.

Als Robin den Bach erreichte, beschloß er, sich gründlich zu waschen. Dabei dachte er an seine Reisegefährtin. Von Anfang an war ihm klar gewesen, daß sie ein exotisch schönes Gesicht und einen messerscharfen Verstand besaß. Mit gewisser Überraschung hatte er dann aber erkannt, daß sie darüber hinaus etwas von einer Hexe an sich hatte.

Oder auch etwas von einer Heiligen. Anders war die seltsame Episode nicht zu erklären, als sie versuchte, ihn Naivität zu lehren. Er hatte sich ihrer Anleitung überlassen und dann fasziniert festgestellt, daß es möglich war, die Welt um sich auf eine Weise zu erfahren wie nie zuvor.

Das war ungemein entspannend gewesen, und er hatte sich Maxie sehr nahe gefühlt. Er hatte sogar daran gedacht, sie erneut zu küssen, auf eine absolut schickliche Weise natürlich.

Dann hatte ihn etwas aus seinem Zustand der Entspannung in einen Moment akuter Panik gestürzt, der einem wachen Alptraum glich. Vielleicht war er für die Naivität nicht geschaffen. Es war eine höchst interessante Episode gewesen, aber eine, die er nicht zu wiederholen gedachte. Es war leichter, sich von einer Stunde zur nächsten treiben zu lassen, Maxies Anwesenheit zu genießen und den Moment zu leben, wie er es seit mehr als einem Jahrzehnt nicht mehr getan hatte.

Das Knacken von Zweigen unter schweren Füßen unterbrach seine Überlegungen. Er blickte zur Lichtung hinüber und sah einen hochgewachsenen, bulligen Mann von der anderen Seite herankommen.

Bei Maxies Anblick überzog ein befriedigtes Lächeln sein Gesicht. »Da seid Ihr also, Miss Collins. Höchste Zeit, nach Hause zu gehen.«

Maxie fuhr hoch und brachte sich in eine sitzende Position. Ihre Augen wurden ganz schmal. »Ich habe Sie im Haus meines Onkels gesehen«, sagte sie mit bewundernswerter Gelassenheit. »Wer sind Sie?«

»Ich heiße Ned Simmons, und Euer Onkel schickt mich, um Euch nach Hause zu bringen«, sagte er und trat näher auf seine Beute zu.

Lautlos, aber schnell wählte Robin seinen Rückweg so, daß er sich hinter dem Londoner befand, falls ein Eingreifen nötig wurde.

Maxie stand langsam auf und sah den bulligen Mann

so wachsam an wie ein Terrier den Stier. »Sie haben kein Recht dazu, meine Rückkehr zu meinem Onkel zu erzwingen«, erklärte sie und wich auf Strümpfen vor ihm zurück. »Er ist nicht mein Vormund, und ich habe kein Verbrechen begangen.«

»Macht keine Schwierigkeiten, Miss«, sagte Simmons leutselig, »sonst muß ich Euch zum nächsten Sheriff bringen und aussagen, daß Ihr eine Straßenkarte und Lebensmittel gestohlen habt. In England können Leuten dafür gehängt werden. Aber Euer Onkel wird Euch sicherlich verzeihen, wenn Ihr ein gutes Mädchen seid und mit mir nach Durham kommt.« Er streckte die Hand nach ihrer Schulter aus. »Wo ist Euer eleganter Begleiter? Hat er Euch bereits verlassen und das Weite gesucht?«

Maxie anzufassen erwies sich als Fehler. Blitzschnell entzog sie sich seinem Griff und trat ihm gleichzeitig zwischen die Beine. Unwillkürlich krümmte sich Robin zusammen. Simmons konnte von Glück reden, daß sie keine Schuhe trug.

Auch der Mann krümmte sich. »Ihr mieses kleines . . .« Der sich anschließende Fluch war unvorstellbar gemein, und Robin war froh, daß er in Gaunersprache herausgebrüllt wurde, die Maxie vermutlich nicht verstand. Immer noch fluchend griff der Londoner in seine Jacke und zog eine Pistole hervor.

Bevor er zielen konnte, hatte ihn Maxie angesprungen und griff nach der Waffe. Ihr Gewicht ließ ihn das Gleichgewicht verlieren und beide stürzten ins Gras.

Sie sprang schon wieder auf die Füße, als Simmons noch immer verblüfft nach Luft rang. Das unangenehme Klicken, mit dem eine Pistole gespannt wurde, erfüllte die Lichtung. »Ich würde es vorziehen, dieses Ding nicht zu benutzen, Mister Simmons«, sagte sie mit gefährlich leiser Stimme, »aber ich werde eher schießen, als Ihnen zu folgen. Und nun drehen Sie sich um und verschwinden Sie!«

Simmons starrte sie verdutzt an. »Laßt das Ding fallen, kleine Schlampe, oder Ihr werdet bereuen, jemals geboren worden zu sein.«

Er machte den möglicherweise tödlichen Fehler, Maxie zu unterschätzen. In der Erkenntnis, daß sie den Mann töten könnte, wenn er nicht eingriff, rannte Robin genau in dem Moment auf die Lichtung, als sie die Pistole hob und zielte.

Da er sich direkt hinter dem großen Londoner befand, wußte Robin nicht, ob Maxie seine Aktivitäten mitbekam. Im Vertrauen darauf, daß sie relativ hoch schießen würde, ließ er sich nach vorn fallen und packte Simmons bei den Beinen. Sie stürzten ins Gras, als über ihnen die Kugel in die Lichtung pfiff.

»Ihr widerwärtiger, hinterlistiger Hund! Ich werde Euch lehren, was es heißt, einen Mann von hinten anzuspringen!« brüllte Simmons und wandte sich seinem neuen Gegner zu.

Der Cockney kämpfte ebenso geschickt wie brutal, aber Robin genoß den Vorteil der Überraschung. Er hatte auch einen knotigen Stock in der Hand, der seinen Schlägen zusätzliche Wirkung verlieh.

Ein harter Treffer am Kinn ließ Simmons zurücktaumeln, dann hieb er seine Faust gegen Robins Schulter. Er packte Robins Hemdkragen und versuchte, den kleineren Mann nahe genug an sich heranzuziehen, um wirkungsvollere Treffer landen zu können.

Auf die Gefahr hin, daß sein Hemd bis zur Taille aufplatzte, riß sich Robin los. Er täuschte einen Schlag in das Gesicht des Londoners vor und nutzte dann dessen Abwehrbewegung, um ihm die Faust in den Magen zu rammen.

Mit weit aufgerissenen Augen sank Simmons zu Boden. Robin rollte ihn behende auf den Bauch und drehte den rechten Arm auf dem Rücken so um, daß er kurz vor dem Brechen stand. »Der elegante Begleiter ist immer noch da«, keuchte er. »Sie hätten vorsichtiger sein sollen.«

Simmons verfügte über ebensowenig Einsicht wie Schmerzempfindlichkeit. Er begann mit seiner freien Hand so wild um sich zu schlagen, daß er um ein Haar freigekommen wäre. Robin beugte sich vor, griff nach seinem Hals und übte an einer bestimmten Stelle enormen Druck auf die Arterie aus. Simmons gab ein gurgelndes Geräusch von sich, bäumte sich einmal kurz auf und versank in gnädige Bewußtlosigkeit.

Maxie ließ die Pistole sinken. »Das ist ein sehr beeindruckender Trick«, meinte sie mit leicht unsicherer Stimme. »Könnten Sie mir den beibringen?«

»Auf gar keinen Fall. Er ist sehr gefährlich, weil es den Tod oder dauerhaften Schaden verursachen kann, wenn man zu lange zudrückt.« Robin rollte Simmons auf den Rücken und band dem Mann mit dessen Halstuch die Hände zusammen. »Ganz zu schweigen von der Möglichkeit, daß Sie ihn beim nächsten Mal an mir ausprobieren könnten, wenn ich etwas tue, was Sie reizt.«

»Wahrscheinlich sehr klug von Ihnen«, stimmte Maxie zu. »Wenn ich die Beherrschung verliere, kann ich für nichts garantieren.«

»Das habe ich bemerkt«, erwiderte Robin trocken. »Wollten Sie ihn töten?«

»Nein, auch wenn es mir in den Fingern juckte.« Sie holte ihre Stiefel und zog sie sich an. »Ich habe auf seinen Arm gezielt, um ihn durch einen Streifschuß von seinen Absichten abzubringen.« Mit zitternden Händen warf sie Erde aufs Feuer. »Ich glaube wir sind beide der

Meinung, daß wir von hier so schnell wie möglich verschwinden sollten.«

Der Marquis von Wolverhampton überlegte gerade mürrisch, daß er in Blyth eine Rast hätte einlegen sollen, als seine Kutsche plötzlich zum Stehen kam. Er blickte aus dem Fenster und bemerkte, daß sein Kutscher mit einem vierschrötigen, ziemlich ramponierten Mann sprach, der neben ihnen auf der Straße dahintrottete.

Giles stieg aus. »Ist Ihnen irgend etwas zugestoßen?«

»Ich wurde überfallen und beraubt«, knurrte der Mann finster. »Außerdem wurde mir mein Pferd gestohlen.« Nach einem Blick auf die Krone auf der Kutsche fügte er bemüht höflich hinzu: »Könnten Eure Lordschaft mich vielleicht bis zur nächsten Ortschaft mitnehmen?«

»Selbstverständlich.« Giles ließ dem Unbekannten den Vortritt, stieg selbst wieder ein und dachte darüber nach, daß die Straßen noch wesentlich unsicherer waren als er angenommen hatte. Er entzündete die Kutschenlampe und zog eine Taschenflasche Brandy hervor. »Sie haben sich da aber ein hübsch blaues Auge eingehandelt«, stellte er beiläufig fest und goß seinem Gast einen großzügigen Schluck ein.

»Ist nicht das erste.«

Giles beäugte die kräftige Statur des Mannes. »Das möchte ich glauben. Sie sind Boxer, oder irre ich mich?«

»War einer. Ich heiße Ned Simmons, habe aber unter dem Namen Cockney Killer im Ring gestanden.« Angenehm von dem Interesse berührt, das er erregte, goß er sich den Brandy hinter die Binde. »Habt Ihr je einen meiner Kämpfe gesehen?«

»Ich bedauere, mit dem Boxen nicht allzu vertraut zu sein, aber ein Freund von mir hat auf Sie einmal ein hübsches Sümmchen gesetzt und gewonnen.« Giles forschte in seinem Gedächtnis. »Als Sie Game Chicken in neunzehn Runden geschlagen haben, glaube ich.«

»In einundzwanzig Runden. Aye, das war die beste Prügelei meines Lebens.«

»Dann muß es ja einer ganzen Anzahl von Männern bedurft haben, Sie heute in die Knie zu zwingen.«

Diese Bemerkung erwies sich als Fehler. Simmons brach in eine Flut von Flüchen und Ausflüchten aus, die alle darauf hinausliefen, daß er gegen alle Gesetze eines anständigen Faustkampfes höchst unfair geschlagen worden war. Giles hörte nur bedingt aufmerksam zu, bis die Worte »strohblonder eleganter Fatzke« sein Interesse erregten.

»Dieser blonde Mann muß aber ein immens kräftiger Bursche gewesen sein«, stellte Giles betont beiläufig fest.

Simmons zögerte offensichtlich, eine für ihn wenig schmeichelhafte Wahrheit einzugestehen. »Eher ein mickriger Zwerg, hat aber geredet wie ein Buch«, räumte er dann unwillig ein. »Hätte nie geglaubt, daß er so kämpfen kann. Aber er hätte mich nie zu Boden schicken können, wenn er mich nicht von hinten überfallen und das Frauenzimmer die Pistole auf mich gerichtet hätte.«

Giles unterdrückte ein Lächeln. Robin und die behütete Unschuld waren also vor kurzem hier entlang gekommen. Und es hörte sich ganz so an, als hätte die letztere eine eindeutige Ähnlichkeit mit ihrer Tante. »Warum haben die beiden Sie denn überfallen?«

Simmons Gesicht wurde verschlossen wie eine Auster. »Mehr kann ich nicht sagen. Streng vertraulich.«

Giles überlegte gerade, ob er den Mann mit Geld zu weiteren Informationen überreden sollte, als draußen ein Pferd wieherte.

Simmons blickte aus dem Fenster. »Das ist mein Pferd! Der verdammte Bastard konnte vermutlich nicht richtig reiten. Kann nur hoffen, daß er sich den Hals gebrochen hat, als ihn die Mähre abwarf.«

Dem Marquis war noch nie ein Pferd unter die Augen gekommen, das seinen Bruder abwerfen konnte, eine so klapprige Schindmähre wie die da draußen schon gar nicht. Mit Sicherheit hatte Robin das Tier frei gelassen. Dem Schöpfer sei Dank, daß er die Latte seiner Vergehen nicht auch noch mit einem Pferdediebstahl bereichert hatte.

Das Pferd wurde eingefangen, hinten angebunden, und die Kutsche setzte ihre Fahrt in die nächste Stadt fort.

Dort setzte Giles Simmons auf dessen Wunsch vor einer mehr als schäbigen Herberge ab. Er selbst stieg im besten Gasthaus ab, das Workshop zu bieten hatte. Es konnte mit Wolverhampton natürlich bei weitem nicht mithalten, verfügte aber zumindest über saubere Bettwäsche.

Als er einschlummerte, träumte er weder von den Ausreißern noch von möglichen Skandalen, sondern von Lady Ross, dieser wahrhaft erstaunlichen Amazone.

Simmons hatte in diesem Teil des Landes bereits gearbeitet und sich innerhalb von einer Stunde mit einer neuen Pistole sowie mehreren Männern versorgt, die ihn bei seiner Verfolgungsjagd unterstützen sollten.

Als er wenig später eine Scheibe rohes Fleisch gegen sein blaues Auge drückte und literweise einheimisches Ale schluckte, dachte er an den blonden Fatzke, der ihn von hinten angesprungen hatte. Collingwood hätte zwar etwas dagegen, daß seiner Nichte ein Leid geschah, aber nichts in der Welt konnte Simmons davon abhalten, diesen Strohkopf zu handlichen Kleinteilen zu verarbeiten.

Kapitel 8

SIE BRAUCHTEN FAST eine Stunde, bis sie einen verlassenen Schuppen fanden. Wären sie auf ihrem ursprünglichen Lagerplatz geblieben, hätte Maxie ein paar Gemüse mit Schinken gekocht, doch unter den gegebenen Umständen mußten sie sich mit Brot und Käse begnügen.

Danach lehnte sich Robin ins Heu zurück. Das durch ein schmales Fenster einfallende Mondlicht ließ seine Haare silbern aufschimmern. »Ich glaube, es ist an der Zeit, mir endlich zu erklären, worum es eigentlich geht. Ist die ganze Straße nach London voller großer, kräftiger Männer, die Sie entführen wollen?«

Obwohl es Maxie nicht gewohnt war, sich jemandem anzuvertrauen, wußte sie doch, daß Robin eine Erklärung verdient hatte. »Ich bin mir nicht sicher, was vor sich geht. Ich weiß ja nicht einmal, wo ich anfangen soll. Was wollen Sie wissen?«

»Was Sie bereit sind, mir zu sagen«, erwiderte er.

Plötzlich hatte sie das Bedürfnis, ihm alles über ihre Herkunft anzuvertrauen. »Mein Vater Maximus Collins war der jüngere Sohn einer sogenannten guten Familie. Er erkannte sehr schnell, daß seine Zukunftsaussichten nicht allzu großartig waren, und verbrachte seine

Zeit vor allem beim Glücksspiel und anderen Zerstreuungen.«

Sie lächelte kläglich. »Mein Großvater kam zu der Ansicht, daß Max ein nutzloses, kostspieliges Ärgernis war, womit er vermutlich nicht einmal unrecht hatte. Er bot ihm an, seine Schulden zu bezahlen, wenn er bereit war, England zu verlassen. Meinem Vater blieb keine andere Wahl, und er beschloß, nach Amerika auszuwandern.«

Regen begann aufs Dach zu trommeln. Fröstelnd hüllte sich Maxie in ihre Jacke und wünschte sich, sie wäre dicker. »Mein Vater war kein schlechter Mensch, nur ziemlich nachlässig, was Geld und anderen Besitz anbelangt. In Amerika gefiel es ihm recht gut, weil das Leben dort in gewisser Weise nicht so reglementiert ist wie hier in England. Eine Weile blieb er in Virginia, dann zog er weiter nach Norden.

Nach einem kurzen Aufenthalt in New York wollte er mitten im Winter von Albany aus nach Montreal. Er wäre in einem Schneesturm fast gestorben, wurde aber rechtzeitig von einem Mohikaner gefunden und gerettet. Den Rest des Winters verbrachte Max in der Unterkunft des Jägers. Dort lernte er auch meine Mutter kennen.«

Maxie machte eine kleine Pause und fragte sich, wie Robin auf die Tatsache reagieren würde, daß sie ein Halbblut war. Ein häßliches Wort, dieses »Halbblut« . . .

Aber seine Stimme verriet nichts als Interesse, als er fragte: »Die Mohikaner sind eins der sechs Völker der Irokesen-Konföderation, nicht wahr?«

»Ja.« Seine Kenntnisse überraschten und freuten sie. »Die Mohikaner waren die Hüter des Östlichen Tores und verteidigten die sechs Völker gegen die Algonquin-Stämme aus New England. Vier der sechs Völker leben jetzt hauptsächlich in Kanada, weil sie sich während der amerikanischen Revolution den Briten gegenüber loyal verhielten. Aber wenigstens überlebt das Volk meiner Mutter mit seiner Würde und seinen Traditionen. Anders als die Eingeborenen von New England, die durch Krankheiten und Kriege buchstäblich ausgerottet wurden.«

»Das ist keine besonders angenehme Geschichte«, meinte Robin leise. »Nach allem, was ich gelesen habe, waren die Indianer starke, gesunde und großzügige Menschen, als die ersten Europäer zu ihnen kamen. Sie schenkten uns Mais, Medikamente und die Möglichkeit zur Niederlassung. Wir schenkten ihnen Windpocken, Typhus, Masern, Cholera und der Himmel mag wissen, was sonst noch. Manchmal auch den Tod.« Er hielt kurz inne und fragte dann: »Hassen Sie uns eigentlich sehr?«

Noch nie hatte sie jemand das gefragt oder den Zorn gespürt, den sie im Hinblick auf das Volk ihrer Mutter empfand. Merkwürdigerweise nahm Robins Sensibilität diesem Zorn etwas von seiner Schärfe. »Wie könnte ich das, ohne mich selbst zu hassen? Schließlich bin ich zur Hälfte englisch. Mehr als zur Hälfte, da ich weniger Zeit bei meinen mohikanischen Verwandten verbrachte. Sie haben mich übrigens liebevoller aufgenommen als meine englische Familie.«

Sie erschauerte unter einer Kälte, die von innen kam. Selbst zum Stamm ihrer Mutter hatte sie nicht richtig dazugehört.

Robin rückte näher und legte den Arm um sie. »Verwandte können wahre Teufel sein.«

»Können sie denn nicht wenigstens gerecht sein?« Ihr Kopf ruhte an seiner Schulter und langsam vertrieb seine Körperwärme ihr Gefühl innerer Kälte. Sie fühlte sich sehr wohl und geborgen in seinen Armen.

»Meine Mutter war jung, unruhig und an der Welt außerhalb ihrer behüteten Umgebung interessiert. Trotz ihrer großen Unterschiede haben sich mein Vater und sie ineinander verliebt.«

»Sie rebellierten beide gegen die Umstände, in die sie hineingeboren waren«, stellte Robin fest. »Das muß ein großes Bindeglied gewesen sein.«

»Ich glaube, damit haben Sie recht. Als es Frühling wurde, bat Max sie, mit ihm zu kommen. Sie tat es, und ein Jahr später wurde ich geboren. Die meiste Zeit lebten wir in Massachusetts, besuchten aber jedes Jahr im Sommer den Stamm meiner Mutter, da sie wollte, daß ich mit Sprache und Gebräuchen ihres Volks vertraut werde.«

»Hat Sie Ihr Vater begleitet?«

»Ja, er kam hervorragend mit den Verwandten meiner Mutter aus. Die sogenannten Indianer sind sehr poetische Menschen. Sie lieben Geschichten, Spiele und lachen gern. Mein Vater zitierte fließend in Englisch, Französisch und Griechisch. Er sprach auch sehr gut Mohikanisch.« Sie lachte auf. »Mein Gott, wenn er einmal anfing, hörte er nicht wieder auf. Ich weiß noch, wie alle fasziniert an seinen Lippen hingen, als er die *Odyssee* zitierte. Jetzt, da ich sie selbst gelesen habe, weiß ich, daß er sie ziemlich frei übersetzt hat, aber dennoch war es eine hinreißende Geschichte.«

Ihr Lächeln schwand. »Ich bekam zwei Geschwister, die aber bald nach der Geburt starben. Meine Mutter starb, als ich zehn Jahre alt war. Ihre Familie wollte mich bei sich aufnehmen, doch das lehnte mein Vater ab. Er hatte nie eine feste Arbeit gefunden, die ihm zusagte, daher wurde er nach Mamas Tod ein Hausierer für Bücher und nahm mich auf seine Reisen mit.«

»Sie sind also ›unterwegs‹ aufgewachsen. Hat Ihnen das gefallen?«

»Meistens.« Maxie drehte sich so, daß ihr Rücken an Robins Brust ruhte. »Bücher und Bildung werden in Amerika sehr geschätzt. Da viele der Farmen und Dörfer sehr einsam liegen, waren wir überall willkommen, wohin wir auch kamen.«

Ihre Stimme wurde eintönig. »Zu willkommen mitunter. Die sozialen Gepflogenheiten der amerikanischen Ureinwohner unterscheiden sich sehr von denen in Europa, und unverheiratete Frauen genießen eine Freiheit, die gemessen an europäischen Maßstäben für Zügellosigkeit gehalten werden könnte. Und so gab es immer wieder Männer, die die Tugend eines Halbbluts auf die Probe stellten wollten.«

Der Druck seiner Arme verstärkte sich. »Kein Wunder, daß Sie lernten, auf der Hut zu sein.«

»Es war notwendig. Hätte ich Max davon erzählt, hätte er unter Umständen jemanden getötet. Oder wäre vielmehr selbst getötet worden. Er war ein Redner, kein Kämpfer.« Sie machte eine kurze Pause und fuhr dann fort: »Warum sollten Frauen vor der Heirat nicht die gleichen Rechte haben wie Männer? Aber die Wahl muß mir überlassen bleiben, nicht irgendeinem volltrunkenen Hinterwäldler, der sich mir unter der Annahme aufzwingt, ich sei eine willfährige Beute.«

»Nur ein Dummkopf könnte das glauben«, meinte Robin leise.

Sie lächelte ihn flüchtig an. »Wir hatten eine feste Route durch New England und den Norden des Staates New York. Neben einer Standardauswahl an Büchern konnten wir auch Aufträge der Leute erfüllen.«

»Faszinierend.« Robin schlang seinen Arm um ihre Taille. »Was führten Sie für gewöhnlich mit sich?«

»Vor allem das Neue Testament, Bücher mit Predigten und Chorälen, Raubdrucke englischer Buchausgaben. Aber es gab auch anderes. Ein Farmer in Vermont bestellte beispielsweise alljährlich ein philosophisches Werk. Beim nächsten Besuch diskutierten mein Vater und er dann über das Buch, das wir ihm ein Jahr zuvor geliefert hatten. Wir blieben stets zwei Tage bei Mister Johnson. Ich glaube, das war der Höhepunkt seines Jahres.«

Maxie lächelte. »Hausierer wie mein Vater waren so erfolgreich, daß Verleger ausschließlich für dieses Gewerbe bestimmte Bücher herausbrachten. *Die verlorene Tochter* beispielsweise, in dem amoralisches Verhalten gegeißelt wird.«

»In allen Einzelheiten, könnte ich mir vorstellen«, schmunzelte Robin.

»Genau. Woher sollen die Leute wissen, wie verwerflich ein Verhalten ist, wenn es nicht ausführlich beschrieben wird?« Maxie lachte. »Wir haben Unmengen davon verkauft.«

Ihre Schilderungen machten Robin deutlich, was für eine erstaunliche Mischung aus Reife und Unschuld Maxie doch war. Was für ein ungewöhnliches Leben sie geführt hatte – zwischen zwei Kulturen aufgewachsen, aber zu keiner von beiden wirklich gehörend. Zweifelsohne war ihr Vater sehr gebildet und charmant gewesen, und sie hatte ihn angebetet. Ähnlich zweifelsfrei stand für ihn fest, daß Max überaus unstet und labil gewesen war. Er hätte jede Summe darauf verwettet, daß sich Maxie um ihre Geschäfte gekümmert und rührend für ihren Vater gesorgt hatte.

Und dieses Leben hatte eine unabhängige junge Frau hervorgebracht, die sich so perfekt in seine Umarmung fügte. Sie an sich zu drücken, vertrieb mit Sicherheit die Kühle der Nacht, und Robin war auf eine Weise warm, die mit Temperaturen nichts zu tun hatte.

»Ein interessantes, aber sehr unstetes Leben«, bemerkte er, um sich selbst wieder auf andere Gedanken zu bringen.

»Oft habe ich mir nichts mehr gewünscht als ein richtiges Zuhause«, gestand sie fast kläglich ein. »Den Winter verbrachten wie in Boston, bei einer Witwe, deren Kinder erwachsen waren. Ich war immer froh, dorthin zurückkehren zu können und zu wissen, daß ich für die nächsten Monate ein und dasselbe Dach über dem Kopf hätte. Aber alles in allem war es ein gutes Leben. Wir hatten stets genug zu essen, unendlich viele Bücher und Leute, mit denen wir uns unterhalten konnten. Das Dasein als Hausierer entsprach meinem Vater. Er hatte Hummeln in den Füßen.«

Zumindest schien Maximus Collins ein liebevoller Vater gewesen zu sein, liebevoller jedenfalls als der verstorbene Marquis of Wolverhampton. Auch wenn die Welt ihm nicht zustimmen würde, glaubte Robin doch, daß Maxie mit ihren Eltern mehr Glück gehabt hatte als er mit seinen. »Was hat Sie nach England gebracht?«

»Max wollte seine Familie wiedersehen. Und er wollte, daß ich sie kennenlerne.«

»Und dann ist Ihr Vater hier in England gestorben?«

»Vor zwei Monaten, in London. Sein Gesundheitszustand war nicht gut. Manchmal glaube ich, daß das der eigentliche Grund für seine Rückkehr war: Er wollte England vor seinem Tod noch einmal sehen.« Einen Moment lang konnte sie nicht weitersprechen. »Er wurde in der Familiengruft in Durham bestattet. Doch dann, als ich gerade beschlossen hatte, nach Amerika zurückzukehren, hörte ich zufällig ein Gespräch zwischen meiner Tante und meinem Onkel mit an.«

Dann schilderte sie den Inhalt der Unterhaltung, und wie sie beschlossen hatte, nach London zu gehen, um Nachforschungen anzustellen.

»Und damit komme ich zur Gegenwart«, endete sie. »Eigentlich möchte ich noch nimmer nicht glauben, daß irgendein Geheimnis hinter dem Tod meines Vaters steckt. Und doch scheint die Tatsache, daß mir mein Onkel einen Mann wie Simmons nachschickt, meine schlimmsten Befürchtungen zu bestätigen. Vielleicht reagiere ich übertrieben, aber sieht es nicht ganz so aus, als wolle er verhindern, daß ich die Wahrheit herausfinde? Was meinen Sie?«

»Ganz offensichtlich verheimlicht Ihr Onkel irgend etwas«, stimmte Robin zu. »Aber es könnte gefährlich sein, in London auf eigene Faust Erkundungen anzustellen. Und nichts, was Sie da erfahren könnten, würde Ihnen Ihren Vater wiedergeben. Ist es das Risiko wert?«

»Ich muß die Wahrheit erfahren«, entgegnete Maxie entschlossen. »Versuchen Sie nicht, mich davon abzubringen.«

»Das würde mir nicht einmal im Traum einfallen«, erwiderte Robin lächelnd. »Aber es ist schon spät, und wir beide sind müde. Morgen können wir immer noch entscheiden, wie wir Simmons am besten ausweichen können, um ungefährdet nach London zu kommen.«

»Sie wollen mir helfen?« erkundigte sie sich unsicher.

»Ja, ob Ihnen das nun gefällt oder nicht. Ich habe nichts Besseres vor, und es scheint wir eine sinnvolle Aufgabe zu sein.« Er ließ sich ins Heu fallen und zog Maxie mit sich.

Zappelnd versuchte sie sich zu befreien. »Es war ein langer, anstrengender Tag, und ich habe keine Lust, mich jetzt auch noch gegen Sie wehren zu müssen.«

»Sie unterschätzen meine Intelligenz noch immer. Ganz zu schweigen von meinem Selbsterhaltungstrieb. Mir ist sehr wohl bewußt, daß Sie mir ein Messer in einen wertvollen Teil meiner Anatomie bohren, wenn ich mich unziemlich benehme. Aber es ist nun einmal eine kalte Nacht, und uns beiden ist wärmer, wenn wir uns aneinander schmiegen. Einverstanden?«

Mit einem kleinen Seufzer hörte sie auf zu kämpfen. »Einverstanden. Tut mir leid, so argwöhnisch zu sein, Robin.«

»Jetzt weiß ich ja, warum das so ist.« Er hauchte ihr einen Kuß auf die Schläfe und stopfte dann die Decke um sie beide fest.

»Wie Mistress Harrison schon sagte, sind sie nur ein kleines, schmächtiges Ding.« Er schlang einen Arm um ihre Taille und zog sie noch näher an sich. »Ich dachte immer, Indianer wären größer.«

»Alle Rassen haben ihre Ausnahmen. Meine Mutter war schon zierlich, aber ich bin der Winzling auf beiden Seiten meiner Familie.«

»Das wird durch Leidenschaft wettgemacht.« In seiner Stimme lag ein Lächeln. »Haben Sie neben Ihrem englischen auch einen Mohikanernamen?«

Nach kurzem Zögern sagte sie: »Im Volk meiner Mutter heiße ich Kanawiosta.«

»Kanawiosta.« Der Name rollte von seiner Zunge. Mit Ausnahme ihres Vaters war Robin der erste Weiße, der ihn aussprach. »Hat er eine bestimmte Bedeutung?«

»Das ist gar nicht einfach zu definieren. Es impliziert fließendes Wasser, aber auch Verbesserung, etwas besser zu machen.«

»Fließendes Wasser«, wiederholte er versonnen. »Das paßt zu Ihnen.«

Sie lachte. »Romantisieren Sie meinen Namen nicht.

Genausogut könnte er mit ›Sumpfverbesserer‹ übersetzt werden. Wie viele Engländer kennen eigentlich die ursprüngliche Bedeutung ihrer Namen?«

»Robert bedeutet ›von strahlendem Ruhm‹«, erwiderte er prompt.

»Aber Sie ziehen Robin vor, wie Robin Hood.« Ließ die Tatsache, daß er die Bedeutung von Robert kannte, darauf schließen, daß das sein wirklicher Name war? Angesichts seines umfassenden Wissens bedeutete es jedoch vermutlich gar nichts.

Warm und sicher wie lange nicht mehr, trieb Maxie langsam in einen zärtlichen Schlaf hinüber – dem Wind lauschend, dem Regen und dem gleichmäßigen Schlagen von Robins Herz.

Kapitel 9

MAXIE ERWACHTE MIT einem warmen, wohligen Gefühl. Der Geruch frischen Heus stieg ihr in die Nase, und Robins schlafender Körper schützte sie vor der morgendlichen Kühle. Eine seiner Hände lag auf ihrer Brust. Das fühlte sich angenehm an – zu angenehm –, aber es wäre nicht gut, wenn er es beim Erwachen für eine Art Präzedenzfall halten würde. Sanft schob sie seine Hand fort.

Ihre Bewegung weckte ihn. Langsam rollte er auf den Rücken und streckte sich. Maxie stützte sich auf einen Ellbogen und betrachtete sein wirres, blondes Haare. So mußte er auch als kleiner Junge ausgesehen haben, den es nach einer Piratenaugenklappe und Degennarben verlangte.

Sie lächelte. »Guten Morgen. Ich habe hervorragend geschlafen. Sie auch?«

Er lächelte zurück. Und das hatte den erstaunlichen Effekt, daß sich Maxie wünschte, ihn für den Rest ihres Lebens jeden Morgen sehen zu können. »Sogar sehr hervorragend«, sagte er mit heiserer Morgenstimme.

Robin legte ihr lässig eine Hand auf die Schulter. Ihre Blicke trafen sich. Sehr langsam, fast wie gegen seinen Willen, glitt seine Hand ihren Ärmel hinunter. Unter seiner warmen Hand regte sich in Maxie eine beunruhigende Sinnlichkeit. Mit heftiger pochendem Herzen dachte sie an ein altes Lied, in dem es hieß, daß Kleidung für ein entschlossenes Paar keine Barriere darstellte.

Seine Augen verdunkelten sich, seine Hand hielt inne, um mit dem Daumen die Innenseite ihres Ellbogens zu streicheln. Fast entsetzt über ihre Empfindungen hielt Maxie den Atem an.

Er strich über ihren Unterarm, dann umklammerte seine Hand ihr Handgelenk. Da war die Haut nackt und begann unter dem Druck seiner Fingerspitzen förmlich zu glühen.

Der Riß in Robins Hemd ließ die Vertiefungen an seinem Schlüsselbein sehen. Sie sehnte sich danach, auch den Rest des Hemdes zu zerreißen, damit sie den sehnigen, kräftigen Körper sehen und berühren konnte, der sie die ganze Nacht in den Armen gehalten hatte. Sie sehnte sich danach, eine Mohikanerin zu sein, die sich ohne Bedenken und Scham hingeben konnte.

Aber Bedenken hatte sie mehr als genug. Er mußte etwas davon bemerkt haben, denn er atmete tief durch und wandte sich abrupt ab. »Eine wundervolle Art, die Nacht zu verbringen«, sagte er eine Spur heiser und stand auf. »Bis auf die bedauerliche Tatsache, sich nach dem Erwachen wieder voneinander trennen zu müssen.«

Unsicher fuhr sich Maxie mit den Fingern durch die Haare. »Vielleicht war es doch ein Fehler, so eng beieinander zu schlafen.«

Er wirkte gekränkt. »Ich mache nie Fehler in meinem Leben. Zumindest keine, die ich nicht sofort entschuldigen kann.«

Maxie lachte, und plötzlich war wieder alles in Ordnung. »Beim nächstenmal werde ich darauf achten, nach dem Erwachen sofort aufzustehen.«

»Es freut mich sehr, daß es ein nächstes Mal geben wird. Wir brauchen Übung.«

Es war ein grauer, feuchter Tag, aber wenigstens regnete es nicht mehr. Robin hatte am Abend Reisig in den Schuppen geholt, und das war inzwischen trocken genug, um damit draußen vor der Tür ein kleines Feuer entfachen zu können. Maxie holte Wasser aus der Regentonne und bereitete Tee zu, während Robin Brotscheiben über dem Feuer röstete. Mit den Resten von Mrs. Harrisons Schinken ergab es ein herzhaftes Frühstück.

»Hätten Sie etwas dagegen, daß ich mich hier drinnen rasiere?« fragte Robin, während Maxies Kräutertee zog. »Draußen ist es ziemlich ungemütlich.«

»Nur zu.« Sie betrachtete sein zerrissenes Hemd und bemühte sich, den nackten Oberkörper darunter nicht zur Kenntnis zu nehmen. »Wir müssen Ihnen ein neues Hemd besorgen. Das da ist nicht mehr zu flicken.«

Robin verzog das Gesicht. »Ich kann es ohnehin kaum noch sehen.« Er holte sich sein Rasiermesser sowie ein Stück Seife und kniete sich vor den Topf mit dem Rest warmen Wassers.

Robin widmete sich seiner Rasur so intensiv wie sie ihrem Tee, aber es war eine Tätigkeit, die er sonst immer außerhalb ihrer Blickweite vorgenommen hatte. Ohne ihre neue Vertrautheit wäre das vermutlich auch heute so gewesen.

»Haben Sie schon einmal daran gedacht, sich einen Bart wachsen zu lassen?« fragte sie. »Ich bin so unscheinbar, daß ich kaum auffalle, aber bei Ihnen ist das etwas anderes. Ein Bart würde Ihr Aussehen verändern und es so Simmons erschweren, uns zu finden.«

Er ließ Seife zwischen den Handflächen aufschäumen und verteilte sie auf Wangen und Kinn. »Mein Bart wird rot, was mein Aussehen noch auffälliger machen würde. Aber Sie haben recht. Wir müssen ein paar Veränderungen vornehmen. Wir wurden von Straßenräubern überfallen, und Simmons ist uns auf den Fersen. Es ist höchste Zeit für eine neue Strategie.«

Maxie sah ihn über den Rand ihres Teebechers hinweg an. Es war etwas sehr Intimes, einem Mann beim Rasieren zuzusehen. Obwohl sie es bei ihrem Vater viele hunderte Male getan hatte, war ihr nie bewußt geworden, wie männlich Gesichtsbehaarung war. »Was schwebt Ihnen vor? Für eine Kutsche haben wir nicht genug Geld. Oder denken Sie daran, sich durch Zauberkunststückchen vielleicht etwas dazuzuverdienen?«

»Ich habe da so eine Idee. Es wäre zwar nicht die schnellste Art des Vorankommens, aber man könnte uns nicht mehr so leicht verfolgen. Sagen Ihnen Treiber etwas?« Er wetzte das Rasiermesser einige Male an einem Lederriemen und spannte dann seine Wangenhaut mit zwei Fingern, um sich die rotblonden Stoppeln abschaben zu können.

Diese Stoppeln hatten in der vergangenen Nacht ihren Nacken gekitzelt. Maxie mußte schlucken. »Sie meinen die Männer, die Vieh in die Städte treiben?«

»Genau. Alle Städte müssen mit Nahrungsmitteln versorgt werden, und in London ist der Bedarf so groß, daß Lebensmittel aus allen Teilen Großbritanniens herangeschafft werden.« Er säuberte die Messerklinge mit einem Büschel Heu von Seife und Bartstoppeln, um sich dann der anderen Wange zu widmen. »Das meiste Fleisch, das in London verzehrt wird, kommt aus Schottland und Wales.«

»Aus Schottland?« Maxie hob erstaunt die Braunen. »Dann muß es ja ziemlich zäh sein, wenn es endlich eintrifft.«

»Die Tiere werden für gewöhnlich auf Weiden im Süden der Stadt gemästet, bevor sie auf den Markt gebracht werden«, erklärte er. »Und es werden nicht nur Rinder nach London getrieben, sondern auch Schafe, Gänse, Schweine, sogar Truthühner – wenn auch nicht über allzu große Entfernungen.«

»Und wie treibt man Truthühner?« wollte sie wissen.

»Unter großen Schwierigkeiten«, erwiderte er augenzwinkernd. »Das ist vielleicht ein Anblick. Am Abend machen es sich die Puten dann in den Zweigen der Bäume bequem – buchstäblich Hunderte von ihnen.«

Entzückt stellte sich Maxie vor, daß sich Baumäste unter der Last schlafender Truthühner bogen. Es lenkte sie wohltuend von Robins Gesichtszügen ab. »Und was hat das mit uns zu tun?«

»Die Treiber halten sich soweit wie möglich an freies Gelände und vermeiden Straßen, auf denen Wegezoll erhoben wird. Dann und wann begleiten Wanderer die Treiber, weil sie Gesellschaft und Sicherheit suchen. Manchmal auch nur aus Vergnügen am Ungewöhnlichen.« Nachdem er mit den Wangen fertig war, schob er das Kinn vor und rasierte sich den Hals.

Fasziniert sah Maxie zu, wie ihm ein glitzernder Wassertropfen über den Hals rann, weiter hinunter und in der Brustbehaarung verschwand.

Ihr Blick entging ihm nicht. »Stimmt etwas nicht?«

»Weibliche Empfindlichkeit«, erwiderte sie schnell. »Es macht mich nervös, ein Rasiermesser so nahe an einer Kehle zu sehen.«

Er schmunzelte. »Bisher habe ich mir noch keine ernsthaften Schäden zugefügt.« Er beendete seine Tätigkeit mit drei behenden Handbewegungen, wischte die Klinge ab und klappte das Messer wieder zusammen.

»Die Vorzüge sind ersichtlich«, meinte Maxie und war froh, dem Anblick sinnlicher Männlichkeit nicht länger ausgesetzt zu sein. »Gibt es hier in der Nähe irgendwelche Treiberrouten?«

»Eine verläuft westlich von Nottingham, zwei Tage von hier entfernt. Zu dieser Jahreszeit besteht eine gute Chance, daß wir innerhalb kurzer Zeit auf Treiber stoßen.«

»Sind Sie schon einmal mit Treibern unterwegs gewesen?«

»Ja. Deshalb ist mir diese bestimmte Route bekannt.« Er tauchte ein Tuch in das warme Wasser, wrang es aus, wusch sich Gesicht und Hals. »Als ich von Zuhause fortlief, traf ich auf eine Gruppe Viehtreiber.«

Das klang so, als könnte es wahr sein. »Sie müssen Ihrer Mutter mehr als einmal schlaflose Nächte bereitet haben.«

Nach längerer Pause sagte er: »Überhaupt nicht. Nach meiner Geburt warf sie einen Blick auf mich und verlor prompt und schockiert das Bewußtsein.«

Die betonte Unbekümmertheit konnte den Hauch von Schmerz nicht übertönen. »Das tut mir leid«, sagte sie leise.

»Nicht so leid wie meinem Vater.« Robin nahm den Wassertopf, trat vor die Tür und schüttete das Rasierwasser fort. »Den Bildern zufolge sehe ich genauso aus wie sie. Er konnte mich nicht ansehen ohne zusammenzuzucken.«

Am liebsten hätte sie aus Mitgefühl für das Kind Robin geweint, aber statt dessen fragte sie ruhig: »Warum erzählen Sie mir das?«

Er schwieg sehr lange. Sein Profil wirkte so kühl und

abweisend wie der graue Himmel. »Ich weiß nicht, Kanawiosta. Vielleicht bin ich es manchmal leid, alles über mich zu verbergen.«

Ihn den Namen nennen zu hören, den ihr ihre Mutter gegeben hatte, schickte ihr einen leichten Schauer über den Rücken. Zum erstenmal hatte er ihr freiwillig etwas anvertraut, was unter seinem glatten, undurchdringlichen Äußeren verborgen lag. Vielleicht lag das daran, daß sie am Abend zuvor so viel von sich selbst preisgegeben hatte. Vielleicht hatte aber auch die so nahe verbrachte Nacht etwas von den Barrieren beseitigt, die sie voneinander trennten.

Erleichtert nahm Desdemona Lord Wolverhamptons Botschaft zur Kenntnis, daß die Ausreißer auf der Rotherham Road gesehen worden waren. Zumindest ging es den beiden den Verhältnissen entsprechend gut. Nähere Hinweise hatte sie von dem Marquis jedoch nicht erhalten. Sie würde die Flüchtigen also auf eigene Initiative verfolgen und Nachforschungen anstellen müssen.

Inzwischen hatte sie gelernt, die richtigen Fragen an den richtigen Orten zu stellen. Die kleinen Dörfern, in denen kein Fremder unbemerkt blieb, waren die besten Informationsquellen und die besten Informanten ältere Leute, die in den örtlichen Schenken zusammenhockten. Auch Händler und Geschäftsinhaber waren nicht schlecht.

Zum dritten Mal an diesem Tag betrat Desdemona das einzige Geschäft einer winzigen Ortschaft. Diesmal in Wingerford. Der Laden hielt das übliche Sammelsurium an Kurzwaren, Stoffen, Keramikwaren, Salz, Zukker, Mehl und Süßigkeiten für Kinder bereit. Eine braunrot getigerte Katze schnarchte friedlich auf einem Haufen gebrauchter Kleidung.

Bei Desdemonas Eintritt eilte die stämmige Ladenbesitzerin beflissen herbei, um ihre elegant gekleidete Besucherin zu begrüßen. »Womit kann ich Euch dienen, Mylady?«

»Ich frage mich, ob Sie vielleicht in den letzten Tagen meine Nichte und ihren Ehemann hier im Ort gesehen haben. Sie ist dunkelhaarig, ziemlich klein und wie ein Junge gekleidet. Er ist von durchschnittlicher Größe, sehr blond und gutaussehend.«

»Aye, sie waren gestern hier.« Die Frau musterte Desdemona mit wachsamer Neugierde. »Der Gentleman hatte sich sein Hemd zerrissen und brauchte ein neues.« Sie hüstelte verstohlen. »Er benötigte auch einen Hut und ein wenig Unterwäsche. Ich konnte ihm zwar bedauerlicherweise nicht annähernd so etwas Feines bieten, wie er am Leibe trug, aber er schien recht zufrieden zu sein.«

Desdemona begann mit ihrer vorbereiteten Erklärung. »Das alles ist ziemlich absurd. Der Ehemann meiner Nichte hat unsinnigerweise gewettet, zu Fuß nach London zu wandern, und das Mädchen beschloß, ihn zu begleiten. Sie sind noch nicht lange verheiratet, und sie hielt das Ganze offenbar für einen großen Spaß. Selbstverständlich war ich ganz und gar nicht einverstanden, aber verbieten konnte ich es ihnen schließlich nicht.«

Sie seufzte tief und bekümmert auf. »Vermutlich wäre alles gar nicht so schlimm, wenn den Vater des Mädchens nicht plötzlich eine ernsthafte Krankheit befallen hätte. Jetzt versuchen wir, meine Nichte zu erreichen, damit sie zu ihrem Vater zurückkehrt, bevor es vielleicht zu spät ist.« Desdemonas Stimme zitterte leicht. Wenn sie diese Geschichte noch häufiger erzählte, würde sie noch irgendwann selbst daran glauben.

»Hat meine Nichte oder ihr Mann vielleicht erwähnt, welche Route sie von hier aus nehmen wollen?«

»Ist das so?« Die Ladenbesitzerin hob die Brauen. Ihre Miene verriet, daß sie ernste Zweifel am Wahrheitsgehalt der Schilderung hatte, aber nie im Traum daran denken würde, ihre vornehme Besucherin der Lüge zu bezichtigen.

Es war an Desdemona, den nächsten Schritt zu tun. Eine unverblümte Bestechung könnte eine einfache, aber aufrechte Frau wie diese da womöglich vor den Kopf stoßen. Etwas Sensibleres war vonnöten. Sie blickte sich im Laden um, bis sie ein passendes Objekt gefunden hatte. »Oh, was für ein wundervolles Band. Seit einer Ewigkeit suche ich nun schon nach genau diesem Blau.« Sie zog die Rolle mit dem Band aus dem Regal. »Wäre es denkbar, daß Sie es mir für – sagen wir fünf Pfund verkaufen?«

»Fünf Guiness, und es gehört Euch.« Das spöttische Glitzern in den Augen der Ladenbesitzerin deutete an, daß sie sich der eigentlichen Absicht der geschäftlichen Transaktion durchaus bewußt war.

»Ausgezeichnet«, verkündete Desdemona begeistert, als wüßte sie nicht, daß der wahre Wert des Bandes weit unter einem Pfund lag.

Die Ladenbesitzerin wickelte das Band in einen Bogen schon einmal benutzten Papiers. »Ganz zufällig hörte ich das junge Paar miteinander sprechen. Vom Viehtrieb.«

»Vom Viehtrieb?« fragte Desdemona perplex.

»Aye, westlich von hier verläuft eine Treiberroute. Vielleicht wollten sie mit den Treibern weiterziehen. Es wäre nicht das erste Mal, daß feine Leute so etwas für ein Abenteuer halten.«

Desdemona schürzte die Lippen. Das hörte sich durchaus glaubhaft an, auch wenn es ihre Verfolgung weiter komplizierte. »Könnten Sie mir erklären, wie ich zu dieser Treiberroute gelange?«

Der Blick der Ladenbesitzerin wanderte zur Hand ihrer Kundin. Desdemona überreichte das Geld und erhielt eine ausführliche Wegbeschreibung.

Bevor sie den Laden verließ, stellte sie noch eine Frage: »Welchen Eindruck hatten Sie von meiner Nichte und ihrem Mann?«

Die Besitzerin zuckte mit den Schultern. »Schienen ganz prächtig miteinander auszukommen. Jedenfalls lachten sie viel.«

Desdemona lächelte bemüht. »Das freut mich. Ich befürchtete schon, die Belastungen der recht primitiven Reise hätten zu einer Entzweiung geführt. Und das wäre bedauerlich für ein frisch verheiratetes Paar.«

Als Lady Ross' Kutsche in einer Staubwolke verschwand, gestattete sich die Ladenbesitzerin ein breites, zufriedenes Schmunzeln. Die beiden jungen Leute hatten sich als ihre bisher größte Einnahmequelle erwiesen.

Der hochgewachsene Cockney, der vorgeblich nach zwei Dieben suchte und ihr zwei Pfund zusteckte, hatte ihr Mißtrauen noch nicht geweckt. Aber der feine Gentleman mit der Krone auf seiner Kutsche, der nach zwei jungen Vettern suchte, die sich auf einer Spritztour befanden, aber unbedingt nach Hause zurückkehren mußten, da ihre Großmutter auf dem Sterbebett lag. Seine Lordschaft war für fünf Pfund gut gewesen. Und nun war auch noch diese Lady aufgetaucht, die nach ihrer Nichte und ihrem Mann suchte. Vermutlich hätte die auch zehn Pfund gegeben.

Während sie die Schürze hob, um die fünf Guineen in die Börse zu stecken, die sie um die Taille geschnallt darunter trug, fragte sie sich, wer noch bei ihr vorbeikommen würde. Und vor allem: Was den Flüchtlingen wohl bevorstand, wenn die Verfolger sie erreichten.

Sie lachte hell auf. Sie wettete auf den blonden Gentleman. Mit seiner flinken Zunge würde sich dieser junge Bursche aus allem herausreden.

Kapitel 10

SIE HÖRTEN DAS Muhen, bevor sie das kleine Haus mit dem windschiefen Dach sahen. Passend *Drover Inn* genannt, stand es auf der Kuppe einer Anhöhe inmitten einer sanften Hügellandschaft. Schon bald waren sie nahe genug, um die riesige Herde schwarzer Rinder zu sehen, die auf der Wiese hinter dem Inn graste.

»Wir haben Glück«, sagte Robin, »es ist Sonntag.«

Sie sah ihn schräg von der Seite an. »Warum?«

»Das sind walisische Rinder. Und fromme Methodisten sind sonntags nicht unterwegs, deshalb haben sie hier einen Tag Pause eingelegt.«

Maxie warf einen sehnsüchtigen Blick auf das Inn. »Glauben Sie, daß wir uns eine Übernachtung leisten könnten, Robin? Vielleicht sogar ein warmes Bad?«

»Ein Bad steht auch auf meiner Wunschliste ganz oben. Vermutlich ist eine kleine Zaubervorstellung angeraten. Nach einem ruhigen Sonntag sind die Leute bestimmt in der richtigen Stimmung für eine solche Vorführung.«

Er blieb einen Moment stehen, um Münzen und Taschentuch taktisch klug an seinem Körper zu verstauen. Nachdem er noch eine Butterblume gepflückt und versteckt hatte, liefen sie auf das Inn zu.

Die Treiber und etliche andere Gäste standen vor der Schankstube, plauderten, schwatzten und genossen die späte Nachmittagssonne. Niemand schenkte den Neuankömmlingen mehr als einen flüchtigen Blick.

Maxie folgte Robin in das Gasthaus, in dem der Wirt und seine Frau hinter dem Tresen standen. Obwohl sich Robins Züge kaum veränderten, nahm er plötzlich eine andere Persönlichkeit an.

Er stellte sich als der Erstaunliche Lord Robert vor und begann, Münzen verschwinden und an den unmöglichsten Stellen wieder auftauchen zu lassen. Begeistertes Gelächter klang auf. Zur Bereicherung des »Programms« wurde ein Kartenspiel präsentiert. Scherze flogen durch die rauchgeschwängerte Luft, leere Bierkrüge wurde geschwenkt.

Robin beendete seine Vorstellung damit, daß er die Butterblume aus seinem Taschentuch zauberte und der Wirtin mit einer Verbeugung und ein paar charmanten Worten überreichte.

Wenig später kam er zu ihr an den Ecktisch, an dem sie auf ihn wartete. »Wir haben Glück«, sagte er. »Unter dem Dach ist ein Doppelzimmer frei. Die Wirtsleute sind bereit, es uns zu geben, dazu Abendessen, Frühstück und ein warmes Bad. Und das alles für nicht mehr als Fourpence.«

»Hervorragend. Und was müssen Sie dafür tun?«

»Zwei abendliche Vorstellungen im Schankraum.« Und mit fast ehrfürchtiger Stimme setzte er hinzu: »Und danach – ein warmes Bad!«

»Das Schicksal ist uns hold«, sagte sie ernst.

»So ist es.«

Einen Moment lang glaubte Maxie, den wirklichen Robin in seinem Blick zu entdecken, aber dann sagte er lediglich: »Jetzt müssen wir nur den Haupttreiber finden und ihn um seine Erlaubnis bitten, mit ihnen weiterreisen zu dürfen. Sehr wahrscheinlich brechen sie morgen früh gegen sieben Uhr auf.«

Sie verzog das Gesicht. »Da können wir des zivilisierten Lebens ja kaum überdrüssig werden.«

Er lächelte. »Ein rollender Stein setzt kein Moos an, gewinnt aber einen gewissen Glanz.«

Lachend folgte sie ihm vor das Gasthaus.

Maxie sank mit einem so sinnlichen Wohlgefühl in das warme Badewasser, daß ein Puritaner-Prediger sie unverzüglich den Qualen der Hölle überantwortet hätte. Aber nach dem tagelangen Waschen in kalten Bächen war das heiße Bad der reine Himmel.

Als sich ihre Haut zu runzeln begann, spülte sie sich die Seife aus den Haaren und stieg fast widerstrebend aus dem Wasser. Die Zinkwanne stand zwar hinter einem Paravent, aber sie wollte wieder angezogen sein, bevor Robin von seiner zweiten Vorstellung heraufkam.

Die Vorstellung, er könnte sie im Bad überraschen, brachte sie auf die Frage, was dann wohl geschehen würde. Die Antwort lag auf der Hand und war mehr als erotisch. Mit hochroten Wangen rieb sie sich energisch trocken. Es war nicht Robin, den sie zur Ordnung rufen mußte, es war sie selbst.

Sie hatte sich seine erste Vorstellung angesehen und ebenso laut gelacht wie alle anderen. Dann war sie zu ihrem Zimmer hinaufgestiegen und hatte alle Kleidungsstücke gewaschen, die sie im Moment nicht brauchte. Sie hingen jetzt über einer Stuhllehne vor dem Kamin. Für die Kohlen hatten sie zwar zwei Pence extra bezahlen müssen, aber es war ein höchst angenehmes Gefühl, morgen saubere Sachen anziehen zu können.

Sie nutzte ihr einziges Hemd als Nachtgewand. Es war

mehr als angenehm, den weichen Batiststoff auf der Haut zu spüren. Heute würde sie wie eine richtige Frau schlafen, auch wenn sie morgen früh wieder in Stiefel und Breeches schlüpfen mußte.

Mit überkreuzten Beinen hockte sie sich auf den Boden vor den Kamin und begann, ihre langen, dichten Haare zu kämmen und zu trocknen. Bis auf die gedämpften Geräusche aus der Gaststube und das Muhen der unruhigen Rinder war es ganz still. Sie machte sich bewußt, daß sie zum erstenmal, seit sie Robin getroffen hatte, für sich war. Maxi empfand das Alleinsein als sehr angenehm – allerdings nur, weil sie wußte, daß er bald wieder bei ihr sein würde.

Ihre Gedanken wandten sich London und der Frage zu, was sie dort wohl erfahren würde. Noch immer war sie fest entschlossen, die Wahrheit über den Tod ihres Vaters herauszufinden, und dafür zu sorgen, daß der gesühnt wurde, falls er tatsächlich ermordet worden war. Und doch empfand sie unwillkürlich Furcht vor dem, was sie unter Umständen erfahren könnte. Trotz seiner Schwächen hatte sie ihren Vater sehr geliebt und war nicht begierig darauf, neue Beweise für etwaiges Fehlverhalten zu bekommen. Und falls Lord Collingwood irgend etwas mit dem Tod ihres Vaters zu tun hatte, würde sie das zwar bedauern, dennoch könnte sie das nicht von ihrer Pflicht abhalten, für Gerechtigkeit zu sorgen.

Aber es war leichter, den Augenblick zu leben. Ihre Reise hatte eine merkwürdige zeitaufschiebende Qualität. In der Vergangenheit lag Trauer, aber in der Zukunft warteten schwere Entscheidungen, nicht nur im Zusammenhang mit dem Tod ihres Vaters, sondern auch über ihr künftiges Leben.

Sie ließ den Kamm sinken und dachte an Robin. Obwohl sie sich zunächst gegen seine Begleitung gesträubt hatte, war seine Unterstützung und Hilfe doch nahezu unschätzbar gewesen, und ihr Gefühl für Fairness sagte ihr, daß sie ihm das irgendwo entgelten mußte.

Sich ihm körperlich hinzugeben, schien die offensichtliche Lösung zu sein. Das wäre eine mit Sicherheit lustvolle Erfahrung, und ihr Kräutertee würde möglichen unerwünschten Folgen vorbeugen. Dennoch befürchtete Maxi, daß aus ihren komplizierten und schwer verständlichen Gefühlen für Robin Liebe werden könnte, wenn sie so intim mit ihm wurde. Und nach ihrem Schmerz über den Tod ihres Vaters brauchte sie das Leid über eine unerwiderte Liebe nun wirklich nicht.

Darüber hinaus bestand durchaus die Möglichkeit, daß so etwas gar nicht willkommen war. Robin fühlte sich zwar eindeutig zu ihr hingezogen, schien aber genau wie sie Zweifel daran zu haben, ob es wirklich klug wäre, wenn sie ein Liebespaar würden.

Mit einem kleinen, kläglichen Lächeln nahm sie ihre Tätigkeit wieder auf. Sie war wie die Katze, die sich stets auf der falschen Seite der Tür befindet. Es hatte ihr nie gefallen, ein Objekt der Begierde zu sein. Jetzt stellte sie fest, daß es ihr ebensowenig gefiel, ein Objekt absolut begierdeloser Freundschaft zu sein.

Mit einem Kupferkessel voll kochendheißem Wasser eine Treppe zu erklimmen war nicht unbedingt leicht, aber Robin wurde diese Aufgabe durch die Mengen des von ihm konsumierten Ales zusätzlich erschwert. Nur mit größter Mühe gelang es ihm, die Stufen ohne Zwischenfall zu bewältigen. Er klopfte an die Tür, um Maxi auf sein Kommen vorzubereiten. Dann trat er ein.

Sie saß mit verschränkten Beinen vor dem Kamin und kämmte sich die Haare, die ihr dicht und pechschwarz bis auf die Hüften fielen. »Wie war die zweite Vorstellung?« fragte sie lächelnd.

Verblüfft blieb er stehen. Sie war ihm vom ersten Moment an hübsch und attraktiv erschienen, doch noch nie so faszinierend weiblich. Die flackernden Flammen im Kamin tauchten ihre Figur in ein warmes Licht und ließen den dünnen Stoff ihres Hemdes fast durchscheinend wirken.

Er hatte zwar gewußt, daß ihre Knabenverkleidung eine schlanke feminine Gestalt verbarg, aber die Wirklichkeit übertraf alle seine Vorstellungen. Sie war perfekt proportioniert, mit vollen Hüften, einer schmalen Taille und Brüsten, die hervorragend in seine Handflächen passen würden. Die Kehle wurde ihm trocken, und seine Selbstbeherrschung geriet bedenklich ins Wanken, als er die dunklen Kreise ihrer Brustwarzen unter dem dünnen Hemd sah.

Es war schwer, nicht in den Ausschnitt zu starren, wo die silberne Kette auf ihrer samtglatten Haut funkelte. Noch schwer war es, nicht den Raum zu durchqueren, sie in die Arme zu ziehen und herauszufinden, ob er in ihr nicht doch so etwas wie Leidenschaft wecken konnte.

Nur mit Mühe erinnerte er sich daran, daß sie eine Frage gestellt hatte. »Die Vorstellung lief gut. Bedauerlicherweise wollte mich danach jedermann unbedingt zu einem Krug Bier einladen, und um einige kam ich nicht herum.«

Ihr Lächeln wich wachsamer Besorgnis. »Sind Sie etwa jenseits von Gut und Böse?«

Er schien gründlich nachzudenken. »Nur jenseits von Böse. Mit ein bißchen Glück werde ich keinen Kater bekommen, aber heute nacht werde ich vermutlich schlafen wie ein Bär und auch nur sehr mürrisch aufwachen.

Ihnen kommt die Aufgabe zu, mir kaltes Wasser ins Gesicht zu schütten, wenn ich mich nicht rechtzeitig rühre.«

»Dagegen habe ich absolut nichts einzuwenden«, lächelte Maxi. »Wir werden wohl um sechs Uhr aus den Federn müssen, um gegen sieben aufbrechen zu können.«

»Ich fürchte es.« Er trat hinter den Paravent und goß das heiße Wasser in die Zinkwanne. Bei dem Gasthaus handelte es sich nicht um eine der fortschrittlicheren Herbergen, in denen benutztes Badewasser fortgeschüttet wurde. Es reichte für die Gäste des *Drover Inn* durchaus, wenn es neu erwärmt wurde.

Er zog seinen braunen Rock aus und legte ihn über den Paravent. »Machen Sie sich auf einen langen Tag gefaßt. Treiber kommen nur langsam voran, aber sie sind täglich an die zwölf Stunden unterwegs.«

Behende sprang Maxi auf die Beine und fing an, sich die schwarzen Haare zu Zöpfen zu flechten. »Dann sollte ich jetzt besser zu Bett gehen.«

Sie wirkte ein wenig verlegen. Und da er den Grund erriet, meinte er beiläufig: »Seltsames Gefühl, sich plötzlich ein Schlafzimmer zu teilen.«

»Stimmt. In den vergangenen Nächten haben wir im Freien ganz friedlich nebeneinander gelegen, aber irgendwie wirkt es unter einem Dach anders.« Sie biß sich auf die Lippe. »Irgendwie unschicklich . . .«

Hätte sie ihn auch nur im geringsten ermutigt, wären alle seine ehrwürdigen Bedenken beim Teufel gewesen. Aber offenbar bebte sie nicht gerade vor Verlangen nach ihm. Er knöpfte sich das Hemd auf und warf es gleichfalls über den Wandschirm. »Ich werde auf dem Boden schlafen.«

Sie sah kurz auf seine nackten Schultern oberhalb des Wandschirms und blickte dann schnell wieder fort. »Unsinn. Wir verdanken dieses Zimmer Ihren Zauberkünsten, und es wäre recht schäbig von mir, wenn ich Sie aus Zimperlichkeit zum Schlafen auf dem harten Boden zwinge. Bisher haben Sie sich mir gegenüber anständig verhalten, und ich vertraue darauf, daß Sie das auch weiterhin tun. Abgesehen davon«, fügte sie praktisch hinzu, »ist es ein sehr breites Bett.«

Ihr Vertrauen wäre sehr viel geringer gewesen, hätte sie seine Gedanken gekannt. Es war eine höchst zweischneidige Sache, daß Frauen ihm vertrauten, denn dieses Vertrauen band stärker als Fesseln aus Eisen. »Ich kann mir nicht vorstellen, daß Sie zimperlich sind.«

Sie schlüpfte unter die Bettdecke und schloß die Augen. »Ich glaube, Zimperlichkeit ist etwas für Frauen, die Geld und Zeit haben. Eine Frau, die ihren eigenen Weg durchs Leben finden muß, kann sich so etwas nicht leisten.«

Mit einem wohligen Seufzer setzte sich Robin in die Wanne. Je älter er wurde, desto mehr wußte er die einfachen Wohltaten zu schätzen. Fast verblüfft dachte er an die Dinge, die er früher für entspannend und amüsant gehalten hatte. Die Jugend hatte eigentümliche Vorstellungen von Entspannung und Amüsement.

Als er fertig war, sich abtrocknete und die Sachen anzog, die Maxi für ihn gewaschen hatte, schlief seine Reisegefährtin tief und fest. In dem flackernden Licht sah sie sehr jung und unschuldig aus. Und doch zeigte sie selbst im Schlaf etwas von der leidenschaftlichen Unabhängigkeit, die so typisch für sie zu sein schien.

Er verbrachte noch ein paar Minuten damit, seine getragene Kleidung zu waschen und ans Feuer zu hängen. Dann stieg er ins Bett und hielt sich sehr bewußt auf seiner Seite. Schwer vorstellbar, wie die Waliser als Verlobte das Nebeneinanderschlafen mit voller Kleidung praktizierten. Selbst die dicken Hüllen eines Eskimos würden nicht ausreichen, um Maxis Tugend zu schützen. Sie schützte etwas sehr Zerbrechliches, das man Vertrauen nannte.

Er hätte sich liebend gern umgedreht und die Arme um sie gelegt wie in den vergangenen beiden Nächten. Aber sie hatte recht. Im Bett war es etwas anderes. Betten waren wesentlich mehr dazu geeignet als Scheunen, sich in ihnen zu lieben. Auch wenn kitzelndes und piekendes Heu mitunter recht reizvoll sein konnte ...

Er zwang sich dazu, die Tatsache zu verdrängen, daß eine betörende Frau nur Zentimeter von ihm entfernt lag.

Alles in allem wäre es leichter gewesen, neben einem Skorpion zu schlafen.

Kapitel 11

MAXIE WAR NICHT allzu überrascht, als sie beim Erwachen feststellte, daß sie eng an Robin geschmiegt lag. Mit dem Ersterben des Kaminfeuers war es kühl im Raum geworden, und die Wärme ihres Bettgefährten hatte sie angezogen wie ein Magnet.

Bei ihren Fahrten durch das unwegsame New England hatte sie manchmal ihr Bett mit Kindern oder unverheirateten Verwandten geteilt. Die nächtlichen Kämpfe um die Bettdecke, die mitunter mit Ellbogen und Knien ausgetragen wurden, hatten sie gelehrt, daß mit den meisten Menschen nicht leicht zu schlafen war.

Erstaunlicherweise waren Robin und sie nahezu perfekte Bettgefährten. Obwohl sie sich nachts häufig umdrehten, paßte sich doch jeder von ihnen den Bewegungen des anderen wie selbstverständlich an. Darüber hinaus erwachte sie stets guter Stimmung und gründlich erholt, selbst nach jener Nacht, die sie auf der harten und kalten Erde verbracht hatten. Und Robin schien ähnlich gut zu schlafen.

Draußen schimmerte das erste Licht des Morgens, die Sonne war noch nicht aufgegangen. Bald mußten sie aufstehen, aber einige Minuten lang konnte sie noch so liegenbleiben, mit dem Kopf an Robins Schulter und dem

Arm auf seiner Brust. Fast unbewußt hob sie lächelnd den Kopf und küßte ihn ganz sacht auf die Lippen.

Robin rührte sich leicht, schob ihr unbewußt seinen Kopf entgegen. Offenbar hatte er tatsächlich zuviel Bier getrunken, denn er schlief noch ganz fest. Diese Erkenntnis versetzte Maxi in übermütige Stimmung: So konnte sie ihn küssen und tun, als wäre nichts geschehen, denn er würde sich nicht daran erinnern.

Als seine Zunge ihren Mund berührte, öffnete sie die Lippen. Der Kuß wurde leidenschaftlicher. Ganz langsam wanderte seine Hand über ihren Rücken, ihre Hüfte. Der dünne Batist ihres Hemdes erwies sich kaum als Hindernis, und sie spürte den sinnlichen Druck jedes einzelnen Fingers. Hätte sie gewußt, wie man das macht, hätte sie geschnurrt wie eine zufriedene Katze.

Als sich ihre Arme wie von selbst um seinen Hals schlangen, wußte sie, daß es höchste Zeit zum Aufhören war. Ihre naive Freude an der körperlichen Nähe wich langsam dem drängenden Wunsch, das auch fortzuführen, was sie da angefangen hatten. Und er würde bald ganz wach werden. Dann wäre es sehr unfair, plötzlich die Prüde zu spielen, nachdem sie so bereitwillig mitgemacht hatte.

Maxi wollte sich ihm vorsichtig entziehen, aber sie hatte zu lange gezögert. Bevor sie zu irgendeiner Fluchtbewegung kam, hob er die Hand und umfaßte ihre Brust. Brennendes Verlangen nahm ihr fast den Atem, sie brauchte dringend Luft, konnte sich aber nicht dazu durchringen, den schier endlosen, berauschenden Kuß abzubrechen.

Sie war schon nicht mehr ganz bei sich, als er plötzlich seine Lippen von ihrem Mund hob und flüsterte: »Wie wunderschön du doch bist.«

Er hatte sie früher schon als schön bezeichnet, aber

das war nichts im Vergleich zu der rauhen Sinnlichkeit, die jetzt in seiner Stimme mitklang. Während sie erschauernd Luft holte, senkten sich seine Lippen ganz sanft auf ihren Hals. Die Rauheit seiner Bartstoppeln bildeten einen höchst reizvollen Gegensatz zu der Samtweiche seiner Zunge und der Intimität seines Atems.

Sein Mund liebkoste die leichte Höhlung an ihrem Schlüsselbein, bewegten sich sacht weiter, ihrer Brust entgegen ...

»O Gott, Maggie, es ist so lange her«, murmelte er rauh und abgehackt. »So unerträglich lange ...«

Das Verlangen verließ Maxie wie die Flut bei Ebbe den Strand. Verzweifelt fragte sie sich, ob sie sich vielleicht verhört hatte, aber in einer so entscheidenden Angelegenheit durfte sie sich nicht belügen. »Ich heiße nicht Maggie«, sagte sie eiskalt. »Ich heiße Maxie.«

Robins Lider öffneten sich. Sehr schnell und so nahe, daß Maxie den Schock in seinem azurblauen Blick sah. Den Schock und etwas, was an Entsetzen grenzte.

Nach einem Moment absoluter Reglosigkeit zuckte er von ihr zurück, warf die Bettdecke zur Seite und stand auf. Doch sofort sank er fast taumelnd wieder auf das Bett zurück. Er stützte den Kopf in die Hände. »Großer Gott«, murmelte er heiser. »Das wollte ich nicht!«

Er zitterte am ganzen Körper. Sie wußte zwar nicht, was genau ihn so quälte, aber Maxie spürte, daß es über enttäuschtes sexuelles Verlangen weit hinausging.

Verzweifelt setzte sie sich auf und versuchte, inmitten ihrer ganzen Verwirrung die Haltung wiederzufinden. Was für eine Törin sie doch gewesen war!

»Es war nicht deine Schuld. Es liegt am Bett«, sagte sie, als sie ihren instinktiven, irrationalen Zorn etwas unter Kontrolle hatte. »Wünschst du dir denn, ich wäre

Maggie?« fügte sie hinzu und verabscheute sich für ihre Eifersucht.

Seine Kinnmuskeln verspannten sich. Nach einem schier endlosen Schweigen sagte er: »Manche Fragen sollten nicht gestellt werden. Wenn doch, sollten sie keine Antwort erwarten.«

Maxie machte sich bewußt, daß sie sich erneut töricht verhielt. Tiefe Schamröte stieg ihr in die Wangen. Die nächste Frage kam ihr fast wider Willen über die Lippen. »Sollten oder können nicht?«

Er ließ die Hände sinken. Sein Gesicht war eine einzige innerliche Qual. »Können nicht, nehme ich an.« Er stand auf, trat ans Fenster und starrte in die dunstige Hügellandschaft hinaus.

»Ist Maggie die Frau, die du heiraten wolltest?« fragte Maxie leise.

»Ja.« Er holte sehr langsam und sehr tief Luft. »Wir waren Freunde und viele Jahre lang Partner bei einem Verbrechen.«

Partner bei einem Verbrechen? Darüber wollte Maxie jetzt nicht nachdenken. »Ist sie gestorben?«

Er schüttelte den Kopf. »Sie ist glücklich mit einem Mann verheiratet, der ihr sehr viel mehr geben kann als ich.«

Maxie empfand eine plötzliche, sehr intensive Wut auf diese Maggie. Eine Frau, die einen Mann wie Robin leichten Herzens für einen reicheren aufgab, war eine solche Verzweiflung einfach nicht wert.

Und das hätte Maxie auch gesagt, wenn Worte ein Trost für Robin gewesen wären, aber in Herzensdingen war Logik selten überzeugend. Abgesehen davon konnte diese Maggie ihre Wahl auch aus Gründen der Sicherheit getroffen haben, nicht nur aus schnödem Gewinnstreben. Als Frau, der es stets nach einer gewissen

Stabilität verlangte, konnte Maxie das durchaus verstehen. Ein Leben mit Robin war bestimmt sehr anregend und spannend, aber mit ebensolcher Gewißheit sehr unsicher.

Das heller werdende Licht der Morgendämmerung enthüllte feine Narben auf seinem Rücken. Maxie brauchte einen Moment, um zu begreifen, daß das Peitschenspuren waren. Ihr Herz krampfte sich zusammen, und sie fragte sich, welche unerzählte Geschichte sich hinter diesen Narben verbarg.

Erst jetzt wurde ihr die Kühle des Raums wirklich bewußt. Sie stand auf, nahm Robins Hemd von der Stuhllehne und legte es ihm um die Schultern. »Deine Maggie ist ziemlich dumm«, verkündete sie barsch.

Er drehte sich um und sah sie an. Ein leichtes Lächeln lag auf seinen Lippen. Im Morgenlicht wirkten seine Haare mehr silbern als blond. Er zog sich das Hemd über den Kopf, legte ihr einen Arm um die Schultern und zog sie an sich. »Das ist sie zwar nicht, aber ich danke dir für deine Solidarität.«

Da ihr dünnes Hemd kaum Schutz gegen die Kälte bot, schmiegte sich Maxie eng an ihn. Immer wenn sie einander berührten, verspürte sie instinktiv Wärme. Die zufällige Leidenschaft des Bettes war gewichen, aber zwischen ihnen knisterte es. Und das würde wohl immer so sein, auch wenn sie diesem Knistern nicht nachgaben.

Und da war auch ein eigenartiges Gefühl von Nähe. Eine Empfindung, wie sie wohl Soldaten nach einer gemeinsam überstandenen Schlacht hatten. »Wie ist Maggie eigentlich?« fragte Maxie aus dem Glauben heraus, es tät ihm gut, sich zu unterhalten.

Er zögerte, dachte offensichtlich über seine Antwort nach. »Stark, intelligent, mutig, integer bis ins Mark.

So ähnlich wie du, Kanawiosta, obwohl du ihr äußerlich gar nicht ähnlich bist.« Der Druck seines Armes um ihre Schultern verstärkte sich. »Auch wenn ihr beide sehr schön seid.«

Sie schwiegen, während am Horizont langsam die Sonne aufging. Vermutlich sollte sie sich durch diesen Vergleich geehrt fühlen, obwohl das keineswegs den Schmerz über das Wissen auslöschen konnte, daß er sie aus einem Mißverständnis heraus lieben wollte – in der Annahme, sie wäre eine andere.

Sie wollte verhindern, daß er ihre Tränen sah und verbarg das Gesicht schnell an seiner Schulter. Auch sein anderer Arm umfing sie.

»Vermutlich tut es dir leid, mir begegnet zu sein«, sagte er ernst. »Ich verursache mehr Probleme, als ich verhindern wollte.«

»Mir tut es nicht leid . . ., wenn es dir nicht leid tut«, murmelte sie in sein Hemd.

Er drückte seine Wange in ihre Haare. »Nein, Kanawiosta, mir tut es nicht leid.«

Maxies Kehle wurde eng. Ja, sie verband wirklich etwas ganz Besonderes. Aber Liebe würde es nie sein.

Bis zu ihrem Abschied in London würde sie sich von nun an sehr logisch und vernünftig verhalten, beschloß sie. Sie würde seine Freundschaft und seine Späße dankbar akzeptieren, sich aber nicht gestatten, nach mehr zu verlangen.

Doch in ihrem Innersten gestand sie sich ein, daß Logik und Vernunft sehr viele bedauernde Erinnerungen zurücklassen würden, wenn Robin nicht mehr bei ihr war.

Während Desdemona Ross müde und erschöpft in der heftig schaukelnden Kutsche ihrem nächsten Ziel – einem Gasthaus namens *Drover Inn* – zustrebte, fragte sie sich, ob Maxima und Lord Robert dort gewesen waren. Nun, bald würde sie es wissen.

Als die Kutsche endlich vor ihm hielt, entdeckte Desdemona in der Nähe des Gasthauses eine andere Kutsche mit einem ihr inzwischen vertrauten Wappen am Schlag. Offensichtlich war sie schnell genug vorangekommen, um den Vorsprung wettzumachen, den der Marquis of Wolverhampton nach dem Zwischenfall mit den Straßenräubern erlangt hatte.

In diesem Moment öffnete sich die Tür des Gasthauses und der Marquis höchstpersönlich trat heraus. Auf der Schwelle verharrte er einen Moment lang und schenkte ihr dann ein so erfreutes Lächeln, daß es Desdemona vorübergehend die Fassung raubte.

Doch dann erinnerte sie sich daran, daß sie Gegner und keine Freunde waren. »Guten Tag, Lord Wolverhampton. Ich nehme an, daß Sie unsere Ausreißer noch nicht gefunden haben.«

»Noch nicht. Aber möchten Sie hören, was ich inzwischen in Erfahrung gebracht habe?«

Desdemona zögerte, warf einen Blick auf das Gasthaus und sah dann wieder den Marquis an. »Sie können sich später beim Wirt immer noch vergewissern, ob ich Ihnen irgendwelche Informationen vorenthalten habe«, sagte er, als könnte er ihre Gedanken lesen. »Aber ich fände es nicht schlecht, wenn wir uns unterhielten.«

Großer Gott, war sie so leicht zu durchschauen? Ja, das bin ich wohl, seufzte sie innerlich auf. Offenbar sah ihr jedermann sofort an der Nasenspitze an, was sie dachte – für eine Frau mit politischen Interessen ein entscheidender Nachteil. »Also gut.«

Der Marquis bot ihr den Arm, als befänden sie sich im St. James's Park. Sie war eine große Frau, aber er überragte sie.

»Hoffentlich hatte der Überfall keine unangenehmen Folgen für Sie.«

»Überhaupt keine.« Sie musterte ihn aus den Augenwinkeln. Er war wirklich ein ausgesprochen gutaussehender Mann. »Und ich hoffe, es hatte keine unangenehmen Folgen für Sie, daß ich Sie um ein Haar erschossen hätte.«

In seinen Augen blitzte es. »Im Gegenteil. Meine wundersame Rettung läßt mich das Leben mehr schätzen als seit Jahren.«

»Falls Sie wünschen, daß ich dann und wann impulsiv auf Sie schieße, so wird es mir ein Vergnügen sein.«

Er schmunzelte. »Ich bin mir nicht sicher, ob ich darauf vertrauen darf, daß Sie Ihr Ziel auch ein zweites Mal verfehlen.« Als sie sich weit genug vom Gasthaus entfernt hatten, fuhr er ernster fort: »Vor zwei Tagen sind hier walisische Viehtreiber durchgekommen. Mein Bruder und die ›Behütete Unschuld‹ haben sich ihnen angeschlossen.«

»Ihr Bruder und wer?«

»Ich muß mich entschuldigen, aber ich habe es mir angewöhnt, Miss Collins als ›Behütete Unschuld‹ zu bezeichnen«, erwiderte er und wirkte ganz und gar nicht verlegen.

Desdemona machte ganz schmale Augen über seine Unverfrorenheit, hütete sich aber, ihn zurechtzuweisen. Zunächst wollte sie erfahren, was er wußte.

»Vermutlich sind sie inzwischen in Leicester«, fuhr er fort. »Im Hinblick auf Miss Collins bin ich mir nicht ganz sicher – offenbar hat sie eine Begabung dafür, unbemerkt zu bleiben –, aber jemand hat die Treiber mit Zaubertricks unterhalten. Das muß Robin gewesen sein. Schon als Junge war er fasziniert von Taschenspielereien und übte so lange, bis er ganz geschickt darin war.«

Das machte den Halunken ja fast sympathisch. »Und wo war meine Nichte, als Lord Robert den Hanswurst spielte?« erkundigte sich Desdemona spitz.

»Auf ihrem Zimmer. Sie nahm ein Bad.« Der Marquis warf ihr einen bezeichnenden Blick zu. »Miss Collins hatte also jede Möglichkeit zur Flucht. Und das läßt nur den Schluß zu, daß sie freiwillig mit Robin unterwegs ist.«

Desdemona schnaufte verächtlich.

Wolverhamptons Lippen verzogen sich, als müsse er ein Lächeln unterdrücken. »Ich halte es für sehr wahrscheinlich, daß mein Bruder Miss Collins angeboten hat, sie nach London zu begleiten. So etwas wäre durchaus typisch für ihn und würde bedeuten, daß sie sich in keiner Gefahr befindet. Ganz im Gegenteil. Und das erklärt auch, warum die junge Lady nicht vor ihm geflüchtet ist.«

Obwohl Desdemona innerlich einräumte, daß der Marquis mit dieser Einschätzung durchaus recht haben könnte, war sie doch nicht bereit, das auch laut zu äußern. »Ihre Einbildungskraft ehrt Sie, aber ich bin keineswegs überzeugt.«

Sie setzte sich auf einen großen Felsblock und achtete sorgsam darauf, daß sie ihr voluminöser Umhang von Kopf bis Zeh einhüllte. »Maxima könnte sehr wohl gegen ihren Willen in ihr Zimmer eingesperrt worden sein. Darüber hinaus ist allgemein bekannt, daß eine genügend eingeschüchterte Frau zu ängstlich ist, um an Flucht auch nur zu denken. Ich werde erst überzeugt sein, wenn ich mit ihr gesprochen habe.«

»Irgendwie überrascht es mich nicht, das zu hören«, murmelte der Marquis, setzte sich neben sie und schlug ein Bein über das andere.

Sie musterte ihn kühl. »Was sind Ihre Absichten für

den Fall, daß Sie die beiden vor mir finden? Den Namen Ihrer Familie unter allen Umständen vor einem Skandal zu bewahren?«

»Das ist eine Möglichkeit.« Seine schiefergrauen Augen ließen sie nicht los. »Warten wir ab, bis es so weit ist.«

»Aber was werden Sie tun, wenn Sie gezwungen sind, zwischen der Gerechtigkeit und Ihrem Bruder zu entscheiden?«

Seufzend wandte der Marquis den Blick ab. »Ich hoffe aufrichtig, daß es dazu nicht kommt. Sie kennen das Mädchen, Lady Ross. Ist es wirklich so untadelig, daß jeder Schritt vom Pfad der Tugend unvorstellbar erscheint? Ihre Nichte ist kein Kind mehr, und wie ich hörte, sind Amerikaner in gewissen Dingen nicht so strikt wie wir.«

Desdemona spürte, wie sie errötete. Wolverhampton ließ sie nicht aus den Augen, und sie ahnte den Moment voraus, in dem ihm die intuitive Erkenntnis kam.

»Wie gut kennen Sie Miss Collins eigentlich?« fragte er, und sein Blick wurde schärfer. »Miss Collins hält sich erst seit wenigen Monaten im Land auf, und Sie sagten, Sie wollten nach Durham, um sie zu besuchen.«

Desdemona spielte angelegentlich mit dem Jadegriff ihres Sonnenschirms. »Wir sind uns noch nie begegnet«, räumte sie mit halberstickter Stimme ein. »Wir haben jedoch ausgiebig miteinander korrespondiert, und ich glaube, sie sehr gut zu kennen. Sie ist ein sehr kluges, besonnenes Mädchen. Nie hatte ich Anlaß dazu, an ihrer moralischen Einstellung zu zweifeln.«

»Großer Gott, Sie haben das Mädchen noch nie gesehen?« Mit sichtbarer Anstrengung bemühte sich der Marquis dann wieder um einen gelasseneren Ton. »Vielleicht übertreiben Sie Ihre Sorge um Ihre Nichte ein wenig, Lady Ross. Meine Erkenntnisse legen den Schluß nahe, daß es sich um eine sehr unabhängige und energische junge Lady handelt. Wenn sie darüber hinaus eine tugendhafte Unschuld ist, so hat sie von meinem Bruder absolut nichts zu befürchten. Vielleicht sollten Sie nach London fahren und dort auf Ihre Nichte warten. Ich bin überzeugt davon, daß Miss Collins dort bald auftaucht, und Sie ersparen sich diese anstrengende und mühselige Suche.«

Lady Ross stand auf und funkelte ihn zornig an. »Vielleicht haben Sie recht und Maxima wird sicher nach London gelangen. Da ich jedoch nicht über Ihr geradezu rührendes Vertrauen in Ihren Bruder verfüge, werde ich meine Suche fortsetzen, bis ich mich persönlich von ihrem Wohlergehen überzeugt habe.«

Giles wäre enttäuscht gewesen, wenn sie sich von ihrem Vorhaben hätte abbringen lassen. Auch er stand auf und studierte ihr Gesicht, das ihn weit mehr interessierte als das Schicksal der Behüteten Unschuld. Die von ihrer Strohschute beschatteten Züge waren ausgeprägter, als es der gängigen Mode entsprach, aber wohlgeformt und sehr attraktiv. Ein Sonnenstrahl durchdrang das Stroh und zeigte ihm, daß die Brauen, die er für dunkel gehalten hatte, in Wahrheit kastanienbraun waren. »Welche Haarfarbe verbergen Sie eigentlich unter Ihrem höchst kleidsamen Hut?«

Ihre großen grauen Augen starrten ihn verdutzt an.

Obwohl Giles für gewöhnlich ein Muster an Schicklichkeit war, konnte er einem plötzlichen Drang nicht widerstehen. Ganz langsam, so daß sie ihn jederzeit hätte hindern können, wenn sie es gewollt hätte, trat er vor, löste die Bänder ihrer Schute und nahm sie ihr vom Kopf.

Der Anblick der feuerroten, dichten Flechten verschlug ihm den Atem. Ein paar Locken waren den Zöpfen entkommen und fielen ihr über den langen Schwanenhals. Jetzt sah sie nicht mehr aus wie eine intellektuelle Reformerin. Wenn sie diese Haare löste, würde sie aussehen wie eine heidnische Göttin.

»Jetzt sehen Sie, warum ich sie verstecke«, sagte Lady Ross fast verlegen. »Sie sind irgendwie unanständig. Meine Schwägerin Lady Collingwood geriet in regelrechte Verzweiflung, als sie mit mir zu einer gesellschaftlichen Veranstaltung ging. Sie erklärte, mein Äußereres würde eher zu einer Kurtisane passen als zu einer Lady.«

Giles hatte nie groß über rote Haare nachgedacht, verspürte nun aber einen nahezu überwältigenden Drang, ihre Flechten zu lösen. Er wollte sich die schimmernden, rotgoldenen Locken durch die Finger gleiten lassen, sein Gesicht darin verbergen, damit er nichts anderes sehen und fühlen konnte, als diese dichten, glänzenden Haarsträhnen.

Allmächtiger, was war nur in ihn gefahren? Er näherte sich seinem vierzigsten Geburtstag und war damit weiß Gott über das Alter hinaus, in dem einem rohe, sexuelle Lust die Sinne verwirrte. »Grundsätzlich sind Haare weder moralisch noch unmoralisch«, erklärte er, nachdem er einmal tief durchgeatmet hatte.

»Da bin ich mir nicht so sicher«, entgegnete sie fast kläglich. »Jedenfalls habe ich festgestellt, daß ich sie verstecken muß, wenn ich ernst genommen werden möchte.«

»Schon von Anfang an hatte ich den Eindruck, daß Ihre Besorgnis für Ihre Nichte größer ist, als es die Situation erfordert. Warum mißtrauen Sie Männern so?«

Desdemona wandte den Blick ab. Ihr Teint hatte den milchweißen Schimmer aller Rothaarigen. »Ich mißtraue keineswegs allen Männern. Väter und Brüder sind ganz passabel – und einige andere auch.«

Das erklärte vieles. »Wie ich hörte, soll Ihr Mann, Sir Gilbert, ein eher unsteter Typ gewesen sein«, bemerkte Giles ruhig.

Ihr Kopf fuhr herum, ihre Züge verhärteten sich. »Sie maßen sich Dinge an, die Ihnen nicht zukommen, Mylord. Wenn ein Mann Ihres Rufes so impertinent sein kann, überrascht es mich kaum, daß Ihr Bruder ein radikaler Halunke ist.«

Sie entriß ihm ihre Schute, setzte sie sich heftig auf und schritt von dannen. Trotz der verhüllenden Falten ihres Umhangs wirkte ihr Rücken sehr gerade.

Giles machte sich bewußt, daß er sie bisher nur in diesem unförmigen Zelt von Umhang gesehen hatte. Er fragte sich, wie sie wohl ohne diesen Kokon aussah. Auch wenn sie recht stämmig wirkte, schien sie doch eine Menge weiblicher Kurven zu besitzen. Und er mochte mollige Frauen. Höchst bedauerlich, daß die Lady so reizbar war.

Der schnelle Abgang von Lady Ross wurde durch ihre leichten Schuhe ebenso behindert wie durch die Notwendigkeit, sich ihren Weg durch das hohe Gras mit Bedacht zu suchen. Mit wenigen Schritten hatte er sie eingeholt. »In zwei Tagen werden die Viehtreiber durch Market Harborough kommen. Sie könnten vor ihnen dort sein.«

»Werden Sie sich dorthin begeben, Lord Wolverhampton?« Ihre Stimme klang kühl, ihr Gesicht war vom Rand der Schute beschattet.

»Selbstverständlich. Ich halte Market Harborough für den idealen Ort, unsere Ausreißer wieder einzufangen.« Doch trotz seiner optimistischen Worte war sich Giles keineswegs sicher, ob sich Robin so leicht einfangen ließ. Geschicktes Ausweichen war für einen Spion unerläßlich, und sein Bruder hätte nicht all die Jahre auf dem

Kontinent überlebt, wenn er sich in Täuschungsmanövern nicht perfekt auskennen würde.

Eine entscheidende Kleinigkeit hatte der Marquis bewußt für sich behalten. Wenn Robin seine eingeschlagene Route beibehielt, würde sie ihn in die Nähe seines Besitzes Ruxton bringen. Und es war durchaus vorstellbar, daß er und die Behütete Unschuld dort für eine Zeitlang unterschlüpften – besonders, wenn sie davon ausgingen, verfolgt zu werden.

Falls er das Pärchen nicht vorher fand, würde Giles die beiden in Ruxton suchen. Im Hinblick auf Lady Ross' argwöhnische und mißtrauische Natur wäre es für alle Betroffenen sehr viel besser, wenn er die Flüchtigen dingfest machte.

Kapitel 12

MAXIE BISS VON ihrem Schinkenbrot ab und lehnte sich zufrieden an die sonnenwarme Steinmauer. »Das Reisen mit Treibern hat nur zwei Nachteile.«

Robin spülte seinen Bissen Brot mit einem Schluck Ale hinunter. »Und die wären?«

»Das Getöse von Hunderten von Rindern sowie diversen Hunden und Menschen. Und der Geruch. Vor allem der Geruch.«

Er schmunzelte. »Irgendwann merkt man es gar nicht mehr.«

»Dann lebe ich mit dieser Hoffnung.« Maxie schluckte den letzten Bissen Schinkenbrot hinunter. »Aber die Treiber gefallen mir. Sie erinnern mich an die Farmer in New England. Sie haben die Solidität und den Wirklichkeitssinn erdverbundener Menschen.«

»Weil ihnen das Vermögen ihrer Nachbarn anvertraut wird, müssen Viehtreiber zuverlässige Menschen sein. Ich glaube, sie müssen mindestens dreißig Jahre alt, verheiratet und Hausbesitzer sein, um eine Lizenz zu erhalten.«

Maxie rümpfte die Nase. »In England werden zu viele Dinge durch Lizenzen und Bestimmungen geregelt.«

»Der Preis der Zivilisation. Wenn einem Engländer

diese Last unerträglich wird, kann er immer noch seine Freiheit und sein Glück in Amerika suchen.«

»In Amerika genießt man größere Freiheiten«, erwiderte sie langsam, »aber nach Glück kann man überall streben. Bedauerlicherweise kann kein Gesetz garantieren, daß man es auch findet.«

Robin nickte zustimmend und wandte sich wieder seinem Brot zu. Die Herde begab sich langsam zur Ruhe, und die meisten der Treiber nahmen in der winzigen Gaststube ihr Abendessen ein. Maxie und Robin hatten es vorgezogen, draußen zu bleiben – zum Teil, weil das Wetter so schön war, vor allem jedoch, weil der Erfolg ihrer Maskerade davon abhing, daß sie nicht allzu nahe in Augenschein genommen wurde.

Eine Bewegung erregte ihre Aufmerksamkeit. Sie blickte sich um und sah einen Ahornsamen langsam zu Boden segeln. Die Sonne verfing sich in dem flügelförmigen Gebilde und verwandelte es in durchscheinendes Gold. Von einem leichten Wind getragen schwebte es lange Zeit scheinbar schwerelos dahin, bis es schließlich etwa dreißig Zentimeter von ihrer Hand entfernt auf der Erde landete. Maxie ließ ihren angehaltenen Atem entweichen und lächelte versonnen.

Sie wußte nicht, daß sie beobachtet worden war, bis Robin feststellte: »Eben wirktest du wie jemand, der ein religiöses Erlebnis hat.«

Sie wollte eine leichtfertige Antwort geben, besann sich dann aber anders. Vielleicht konnte Robin ihre Erklärung nicht verstehen, aber er würde sie akzeptieren. »In gewisser Weise war es auch so. Im Volk meiner Mutter wird die Natur als umfassende Einheit betrachtet. Ein Ahornsamen ist ebenso ein Aspekt des großen Geistes wie eine Wolke, der Wind oder eine menschliche Seele. Wenn man einem Eichhörnchen Nüsse fortnimmt, die es für den Winter gesammelt hat, muß man ihm genügend übrig lassen, daß es überleben kann, denn die Tiere haben das gleiche Anrecht auf die Geschenke der Erde wie die Menschen.«

Höchst interessiert zogen sich seine Brauen zusammen. »Das ist ein völlig anderes Verständnis als das europäische, das in der Natur einen Feind sieht, der besiegt werden muß, oder einen Gabentisch, der zur alleinigen Befriedigung der menschlichen Bedürfnisse dient.«

»Offengestanden halte ich die indianische Einstellung für besser und heilsamer.« Maxies Blick ging in die Ferne, während sie versuchte, Begriffe zu erklären, die sich nicht leicht ins Englische übertragen ließen. »Meine Mutter konnte die Einheit der Natur schon erfahren, wenn sie eine Blume oder eine Wolke betrachtete. Wenn man sie in diesem Zustand sah, erkannte man, was Freude heißt.«

»Hat sie sich dabei einer Art von Meditation bedient?«

Maxie zuckte mit den Schultern. »Vermutlich ist das die beste englische Erklärung, obwohl es nicht ganz genau trifft. Ich würde eher sagen, daß sie ein Teil des Strömens der Natur wurde – wie ein Regentropfen in einem Fluß.«

»Kannst du das auch?«

»Ich konnte es bis zu einem bestimmten Punkt, als ich noch ein kleines Kind war –, viele von Wordsworths Gedichten handeln übrigens davon. Und selbst jetzt, wenn ich über die Natur nachdenke, kommt es mir so vor . . ., als wolle die Energie der Erde in mir aufsteigen. Wenn das so wäre, würde ich in die Naturströmungen eingehen.«

Sie seufzte. »Doch das ist nie geschehen. Vermutlich habe ich zu viele Bücher gelesen und zuviel Zeit innerhalb der Kultur des weißen Mannes verbracht, um in absoluter Harmonie mit der Erde leben zu können. Es ist sehr enttäuschend, diese Ganzheit fast mit den Händen greifen zu können und sie doch nicht zu erreichen. Aber vielleicht gelingt es mir irgendwann einmal.«

»Ganzheit – ein sehr verlockendes Konzept.« Er verzog das Gesicht. »Vielleicht, weil ich grundsätzlich nur aus Fragmenten zu bestehen scheine.«

»Das glaubst du nur, weil du zuviel aus dem Kopf heraus lebst. Sieh dir diesen Ahornsamen an und versuche, dich in ihn hineinzuversetzen. Benutze deinen Geist, deine Imagination, nicht deinen Verstand.«

»Ich glaube, ich verstehe dich zumindest ein wenig, Kanawiosta«, sagte er nach langem Schweigen. »Der Versuch, mit der Natur eins zu sein, ist kein religiöser Akt, sondern eine Form des Daseins.«

»Es besteht durchaus noch Hoffnung für dich, Lord Robert.« Obwohl sie froh über sein Verständnis war, wollte sich Maxie nicht ausführlicher über ein derart persönliches Thema äußern. Sie deutete zu einer Szene hinüber, die sich rund hundert Meter entfernt von ihnen abspielte. »Was macht denn Dafydd Joes da?«

Robin sah zu dem breitschultrigen rotgesichtigen Viehtreiber hinüber. »Er wird gleich den Schmied spielen. Vielleicht ist es dir noch nicht aufgefallen, aber die Tiere bekommen Hufeisen, damit sie unterwegs nicht zu lahmen beginnen. Sie selbst zu beschlagen erspart den Treibern den Weg zum örtlichen Schmied.«

»Wie beschlägt man denn Paarhufer?«

»Für jeden Huf werden eigene Eisen benutzt«, erläuterte Robin. »Wahrscheinlich wurden vorgefertigte Eisen mitgebracht, um sie nicht eigens schmieden zu müssen.«

Fasziniert stand Maxie auf. »Ich denke, das sehe ich mir an.«

Dafydd Jones war einer der wenigen Viehtreiber, die fließend Englisch sprachen, daher hatte sie sich bereits häufiger mit ihm unterhalten. Sein walisischer Akzent war zwar so ausgeprägt, daß sie ihn nicht immer verstand, aber sie hörte seinem wohltönenden Bariton gern zu.

»Hast du Lust, mir zu helfen, Junge?« fragte Jones, als sie nähertrat.

Maxie blickte skeptisch auf das Dutzend Ochsen, die friedlich in der Nähe grasten. »Ich weiß nicht, ob ich von großem Nutzen sein kann, Sir. Ich habe noch nie an einem Amboß gestanden und noch niemals einen Ochsen beschlagen. Bestimmt brauchen Sie dazu jemanden, der größer ist als ich.«

»Du brauchst mir lediglich die Eisen zuzureichen, um die ich dich bitte.« Mr. Jones zeigte auf die bereitliegenden Werkzeuge, hob dann ein Seil und warf die breite Schlinge geschickt über einen von den kurzbeinigen Hunden abgesonderten Ochsen. Das Seil glitt über den Körper des Tieres, seine Beine. Jones zog die Schlinge zusammen und riß. Brüllend stürzte der schwere Koloß zu Boden – mehr überrascht als erbost.

Maxie reichte dem Treiber ein vorgefertigtes Stück Metall, und er hämmerte es ebenso schnell wie geschickt fest. Die Enden der Nägel bog er um und schlug sie vorsichtig in den Huf, während er gleichzeitig ein wachsames Auge auf den Ochsen hatte. Bei diesem Tier brauchte nur ein Huf neu beschlagen zu werden, daher wurde es schon bald wieder freigelassen und trottete mit empört wedelndem Schweif davon.

Der Rest der Rinder wurde mit ähnlicher Leichtigkeit beschlagen. Hinter ihnen im Schankraum stimmten die Treiber ein walisisches Lied an, eine musikalische Untermalung des Sonnenuntergangs. Maxie reichte bei

Bedarf Eisen, Nägel und Hammer zu und dachte darüber nach, wie lange es hier hell war. Erstaunlich war, daß sie hier sehr viel nördlicher war als in ihrer Heimat, aber die englischen Winter sehr viel milder ausfielen.

Robin schlenderte herbei, um zuzusehen. Obwohl er hinter ihr stand, war sie sich seiner Anwesenheit sehr wohl bewußt. Sie würde ihn vermissen, sobald sie voneinander Abschied genommen hatten, davon war sie schon jetzt überzeugt.

Das dreizehnte Rind hielt, was seine Unglückszahl versprach. Es war ein nervöses Tier, das nur die schnappenden Zähne der Hunde vom Auskeilen abhielt. Mr. Jones warf das Seil. Nachdem der Ochse zornig brüllend zu Boden gestürzt war, näherte sich ihm Jones, um ihn zu beschlagen.

Urplötzlich und schneller, als ein Auge folgen konnte, befreite sich der Ochse von seinen Fesseln und sprang wutschnaubend auf die Füße. Ein scharfes Horn bohrte sich dem Waliser in die Rippen, riß ihm den Rock auf und warf ihn zu Boden und damit vor die Hufe des erregten Tieres.

Erstarrt fragte sich Maxie, was sie tun sollte. Wenn sie um Hilfe schrie, würden die Viehtreiber sie über ihr bierseliges Singen hinweg kaum hören. Wenn sie versuchte, Dafydd Jones wegzuzerren, würde der Ochse sie gleichfalls zu Boden schleudern.

Aber sie hatte Robin vergessen. Während sie noch schreckensstarr vor sich hin starrte, hastete er an ihr vorbei und packte den Ochsen bei den Hörnern. Unter Einsatz seiner ganzen Körperkraft begann er den Kopf des Tieres zur Seite zu drehen und es so zu Boden zu ringen.

Als der auf seinen Nacken ausgeübte Druck das Tier

aus dem Gleichgewicht brachte, keuchte Robin: »Maxie, schaff Jones fort!«

Ein auskeilender Huf schlug ihr den Hut vom Kopf und streifte ihre Schulter, als sie sich bückte, um den Waliser aus der Gefahrenzone zu ziehen. Sie war nur halb so groß wie Jones, aber die Angst verlieh ihr ungeahnte Kräfte. Maxie hielt nicht inne, bis sie Jones weit genug fortgezerrt hatte.

Als sie aufsah, bot sich ihr ein erstaunlicher Anblick. Robins Hände klammerten sich um die Hörner des Ochsen, seine Arme waren starr vor Anstrengung, derer es bedurfte, das Tier am Boden zu halten. Brüllend wehrte es sich gegen seinen Unterdrücker, war aber unfähig, seine Kräfte wirkungsvoll einzusetzen.

Maxie war tief beeindruckt von Robins körperlicher Kraft. Auch wenn es vorübergehend so aussah, als hätte er das Tier unter Kontrolle, war es doch so, als hätte er einen Tiger am Schwanz gepackt. Der Himmel mochte wissen, wie er einer Verletzung entgehen wollte.

Maxie wollte gerade in das Gasthaus laufen, um Hilfe zu holen, als Robin die Kraft zu ein paar durchdringenden Pfiffen fand. Einige der Hunde kamen herbeigelaufen. Robin wartete, bis sie nahe genug waren, dann gab er den Ochsen frei.

Mensch und Tier kamen auf die Beine, und der wütende Ochse ging auf den Mann los, der es gewagt hatte, ihn zu demütigen. Kurz bevor ein Horn seine Brust traf, duckte sich Robin gerade noch rechtzeitig ab.

Bevor das Tier erneut angreifen konnte, kreisten es die Hunde ein und trieben ihn mit geschickt in die Beine plazierten Bissen zur Herde zurück. Mit verblüffender Schnelligkeit vergaß es seine Wut und begann friedlich zu grasen.

Keuchend und ausgepumpt lief Robin zu Mr. Jones.

»Wie geht es ihm?« fragte er Maxie, die neben dem Treiber kniete.

Bevor sie antworten konnte, setzte sich der Mann auf und murmelte etwas, was wie ein walisischer Fluch klang. Lehmige Hufabdrücke auf seinen Hosen zeigten die Stellen, wo ihn der Ochse getroffen hatte. »Kann nicht sagen, daß es mir leid tut, wenn dieses Biest zu Roastbeef verwandelt wird«, erklärte er grimmig. »Vielleicht sollte ich künftig lieber nur noch Gänse beschlagen.«

Mit Robins und Maxies Hilfe kam er auf die Füße. Er verzog schmerzverzerrt das Gesicht, aber nach einer ausgiebigen Untersuchung seiner Rippen sagte er: »Dank Eurer Hilfe scheint nichts gebrochen zu sein.«

Robin holte das Seil des Treibers und hielt nach kurzer Inspektion ein verschlissenes Ende hoch. »Das Seil ist ausgefranst. Kein Wunder, daß es gerissen ist, als der Ochse um sich zu treten begann.«

Auch Mr. Jones begutachtete das Seil. »Aye. Eine solche Sorglosigkeit kann einen Mann gut und gern umbringen. Ich schulde Euch einen Krug Ale oder zwei.« Sein Blick fiel auf Maxie, und seine Augen wurden ganz groß. Nach einem Moment meinte er lächelnd: »Ihr solltet lieber wieder Euren Hut aufsetzen.«

Desdemona Ross hatte nicht gewußt, daß es in England so viele Rinder gab, wie sie an diesem einen Morgen in den Straßen von Market Harborough erblickte. Ohne den Blick von dem sich ihr bietenden Schauspiel zu wenden, trank sie ihre dritte Tasse Tee aus. Das obere Zimmer an der Straßenseite des *Three Swans* war zwar schon vergeben gewesen, aber sie hatte es sich unter Anwendung von Geld und harschen Worten doch noch gesichert.

Als die ersten walisischen Schwarzrinder unter ihrem Fenster vorbeigetrieben wurden, hatte sie voller Spannung die Straße hinuntergeblickt. Doch jetzt, nach schier unendlicher Zeit, fühlte sie sich müde und erschöpft. Sie begann sich zu fragen, ob ihre wachsame Beobachtung zum Scheitern verurteilt war.

Inzwischen hatte sie unzählige schwarze Kühe, Ochsen und Stiere gesehen, aber niemanden, der so aussah, als könnte er Maxima Collins sein. Ebensowenig wie jemanden, der der höchst unzuverlässige Lord Robert hätte sein können.

Als sie die Tasse absetzte, fragte sie sich, wo wohl Lord Wolverhampton war. Mit Sicherheit irgendwo in der Nähe und mit Sicherheit ähnlich wachsam wie sie. Es sei denn, er hätte die Ausreißer bereits abgefangen, was immerhin erklären würde, warum Desdemona keinen Erfolg hatte.

Wolverhamptons Abwesenheit weckte in ihr durchaus gemischte Gefühle. Der Mann schien eine ausgesprochene Begabung zu haben, sie zu reizen. Und wenn das geschah, benahm sie sich wie eine komplette Törin. Dennoch konnte sie nicht leugnen, daß sie ihre Begegnungen genossen hatte.

Endlich kam das Ende der Herde in Sicht. Ganz hinten entdeckte sie drei staubbedeckte Personen und zwei schnell dahintrabende Hunde. Tief Luft holend beugte sich Desdemona vor, um sich zu vergewissern.

Einer der drei war ein Treiber, der zweite ein leichtfüßiger Mann von mittlerer Größe und der dritte eine sehr zierliche Gestalt, gekleidet wie ein Junge und mit dem unmöglichen Hut, der ihr immer wieder beschrieben worden war. Desdemona sah, wie der Mann etwas sagte, was die beiden anderen mit einem Lachen quittierten.

Außer sich vor Erregung lief Desdemona auf die Treppe zu.

Ein Viehtrieb ist auch auf einer Landstraße keine leise Angelegenheit, aber er wird noch wesentlich lauter, wenn das Hufgeklapper, das gereizte Muhen und Brüllen der Tiere von Häuserwänden widerschallen. Zusammen mit Dafydd Jones bildeten Maxie und Robin das Ende des langen Zugs schwarzer Rinder. Die meisten der Ortsbewohner hatten sich weise hinter verschlossene Türen zurückgezogen.

Normalerweise mieden Treiber Städte und Orte, doch die Route durch Market Harborough war unerläßlich, um einen der wichtigsten Viehmärkte Englands zu erreichen. Nach der offenen, übersichtlichen Landschaft gab Maxie das Durchqueren einer Stadt ein Gefühl von Gefahr. Aber bisher hatten sie noch keine Spur von Simmons entdecken können. Er mußte die Verfolgung aufgegeben haben.

Doch mit dieser Vermutung irrte sie. Sie näherten sich gerade dem Marktplatz, als eine nur zu bekannte Stimme schrie: »Da sind sie!«

Kaum zwanzig Meter entfernt tauchte Simmons aus einem Hauseingang auf, einen Ausdruck grimmiger Genugtuung auf dem vernarbten Gesicht. Gleich hinter ihm sein Spießgeselle – ebenso groß und fast noch brutaler aussehend.

»Verdammt!« fluchte Robin unterdrückt.

Ein ohrenbetäubendes Pfeifen durchschnitt die Luft, als Dafyyd Jones den Ernst der Lage erkannte und mit einer Schnelligkeit reagierte, die man seiner walisischen Gelassenheit nie zugetraut hätte. Auf sein Pfeifen hin brachten die Hunde die letzte Gruppe der Rinder zum Umdrehen und jagten die Tiere in entgegengesetzter Richtung zurück. Innerhalb von Sekunden war die Straße von verwirrten, laut brüllenden Ochsen blockiert.

Robin packte schnell Maxies Arm. »Vielen Dank!« rief er dem Waliser zu.

Mr. Jones winkte. »Viel Glück!«

Maxie sah gerade noch Simmons vor Wut hochrotes Gesicht. Zusammen mit seinem Kumpan versuchte er vergeblich, sich einen Weg durch die nervösen und verunsicherten Tiere zu bahnen.

Mit wildklopfendem Herzen ließ sich Maxie von Robin zur nächsten Gasse ziehen. Die Rinder hielten einen kleinen Abstand zu den Hauswänden, so daß es dort eine schmale Passage für sie gab. Maxie fühlte sich erschrekkend klein und hilflos, während die massiven Leiber an ihr vorbeistürmten, aber solange sie sich dicht an die Hauswände hielten, waren sie sicher.

»Alles in Ordnung?« erkundigte sich Robin, als sie die Nebengasse endlich erreicht hatten.

»Selbstverständlich.« Sie wischte sich mit einer staubigen Hand über die Stirn. »Kennst du dich eigentlich in Market Harborough aus?«

»Nein, aber das wird sich ändern«, erwiderte er mit einem umwerfenden Lächeln.

Maxie empfand ein unerklärliches Gefühl heiterer Erleichterung. Robin mochte vielleicht ein Halunke sein, aber unter den gegebenen Umständen konnte sie sich keinen besseren Gefährten wünschen.

Desdemona stieß die Tür des Gasthauses gerade in dem Moment auf, als sich der ständig fließende Strom der Rinder in Chaos auflöste. Entsetzt blickte sie auf die wildwogende dunkle Masse. Auf gleicher Höhe waren Ochsen sehr viel größer als aus dem Fenster im ersten Stock, und ihre Hörner sehr viel schärfer.

Hinter ihr stieß die Wirtin des *Three Swans* einen spitzen Schrei aus. Desdemona achtete nicht weiter auf sie, drückte sich an die Hauswand und bewegte sich langsam, aber entschlossen die Straße entlang. Sie hätte ihren Kutscher mitnehmen sollen. Nein, ihren Leibwächter, der war größer und kräftiger.

Schritt für Schritt arbeitete sie sich auf die Stelle zu, an der sie Maxima gesehen hatte. Doch nirgendwo konnte sie eine Spur ihrer Nichte entdecken. Gereizt und erschöpft reckte sie sich auf die Zehenspitzen und hob die Hand gegen die Sonne, um besser sehen zu können.

Das erwies sich als ernsthafter Fehler. Das Horn eines Ochsen verfing sich im Ärmel ihres Kleides und riß sie zur Seite. Als Desdemona versuchte, ihre Balance zu wahren, verhedderten sich ihre Füße in ihrem Rock, und sie stürzte kopfüber auf das Kopfsteinpflaster.

Sie blickte auf, sah, daß sich die eisenbeschlagenen Hufe eines Ochsen auf sie senkten, und wußte, daß sie nun sterben würde.

Maxie und Robin rannten die Gasse entlang, bis diese an einer anderen endete, die parallel zur Hauptstraße verlief. Als sie in diese einbogen, hörten sie hinter sich einen Schrei, der ihnen bewies, wie nahe ihnen Simmons und sein Spießgeselle waren.

Auf der Parallelstraße herrschte reger Verkehr, und sie mußten einen Zickzackkurs einschlagen, um nicht mit einem der vielen Passanten zusammenzustoßen. Als ihnen ein Pferdewagen den Weg versperrte, von dem vor einem Geschäft Waren abgeladen wurden, ließ sich Maxie kurzentschlossen fallen und kroch unter dem Gefährt hindurch. Robin tat es ihr nach.

Auf der anderen Seite des Pferdewagens rappelten sich die beiden wieder hoch und sahen sich den Auslagen eines Tuchladens gegenüber. Nachdem er sich den Staub von den Hosen geklopft hatte, marschierte Robin, Maxie voran, in das Geschäft und schenkte der Frau hinter dem Ladentisch ein strahlendes Lächeln. »Verzeihen Sie, Madam, aber wir müssen dringend Ihre Hintertür benutzen!«

Während die verblüffende Frau nur gurgelnde Geräusche von sich geben konnte, durchquerte er den Verkaufsraum und öffnete die einzig sichtbare Tür. Halb damit rechnend, mit einem Stoffballen beworfen zu werden, hastete Maxie ihm nach.

Ein schmaler Flur führte zu einer Küche an der Rückseite des Gebäudes. Robin beglückte die verdutzte Köchin mit einem weiteren hinreißenden Lächeln, dann liefen sie durch den Garten. Die unverschlossene Tür an seinem Ende führte auf eine weitere Gasse hinaus.

Wie viele alte Städte verfügte Market Harborough über ein verschlungenes Straßengewirr. Durch schieres Pech führte eine der Gassen Maxie und Robin Richtung Hauptstraße zurück und damit in Sichtweite von Simmons' Kumpan. Sofort schrie der Mann nach seinem Gefährten.

Maxie und Robin hetzten durch die Gassen und Sträßchen, bis ihnen die Lungen wehtaten. Wäre es dunkel gewesen, hätten sie ihren Verfolgern mit Leichtigkeit entkommen können, doch das helle Tageslicht gab Simmons einen entscheidenden Vorteil.

Sie kamen in eine steilansteigende Straße, in der hinter einer Schenke leere Holzfässer standen. »Warte, Robin«, keuchte Maxie.

Sie stieß eines der Fässer um und wartete, bis die Verfolger um die Ecke bogen. Dann rollte sie ihnen laut lachend das Faß vor die Füße. Robin folgte ihrem Beispiel und beide schickten ein halbes Dutzend Fässer die abschüssige Straße hinunter. Wilde Flüche folgten den beiden, als sie ihre wilde Flucht wieder aufnahmen.

Die nächste Straße bog scharf nach rechts. Als sie um die Biegung kamen, blieb Maxie schwer atmend und tief enttäuscht stehen.

Die Gasse endete an einer übermannshohen Steinmauer.

Den Hufen des ersten Ochsen konnte Desdemona noch dadurch ausweichen, daß sie sich behende auf die Seite rollte. Aber schon als sie sich hochrappeln wollte, wußte sie, daß ihr Bemühen zum Scheitern verurteilt sein mußte. Doch schon bald würde ihr alles gleichgültig sein . . .

Da griffen starke Hände nach ihr und rissen sie in die relative Sicherheit eines schmalen Hauseingangs. Gleich darauf drückte sie ihr Gesicht an die Schulter eines Wollmantels.

Ohne das Gesicht ihres Retters zu sehen, wußte sie, daß es Wolverhampton war. Er drehte sie herum, daß sie mit dem Rücken zur Tür stand, und sein Körper schützte sie vor den vorbeipreschenden Rindern.

»Hat man Ihnen eigentlich schon einmal gesagt, daß Ihr Mut wesentlich größer ist als Ihre Vernunft?« ertönte eine amüsierte Baritonstimme an ihrem Ohr.

»Ja, schon oft.«

Hinter ihm schien das Getöse der Herde abzunehmen. Fast bedauernd löste sich Desdemona von ihrem Retter. Ihre zittrigen Knie versagten ihr den Dienst, aber bevor sie erneut stürzen konnte, fing er sie auf.

»Meine Beine wackeln wie Pudding«, sagte sie unsicher.

»Eine absolut verständliche Reaktion. Sie sind nur sehr knapp entkommen.«

Sie lehnte sich gegen die Tür und rang um Beherrschung. »Aber ich stehe tief in Ihrer Schuld, Wolverhampton. Sie hätten immerhin meinetwegen zu Tode getrampelt werden können.«

Er hob nachlässig die Schultern. »Ich habe einige Zeit mit Rindern verbracht, daher kenne ich mich mit ihrem Verhalten ein wenig aus.«

Obwohl ein Großteil der britischen Aristokratie sein Vermögen der Landwirtschaft verdankte, würden nur wenige von Desdemonas Londoner Bekannten zugeben, Farmer zu sein. Vielleicht verbrachte sie zuviel Zeit in London.

Mit bebenden Fingern strich sie sich über die Haare. Ihr Kleid war ruiniert, ihre Schute lag zertreten auf dem Pflaster. »Hätte ich gewußt, daß ich mich einer durchgehenden Rinderherde stellen muß, hätte ich mich anders gekleidet.«

Die Ochsen hatten sich inzwischen soweit beruhigt, daß sie ihren Weg zum Markt wieder aufnahmen. Vom Ende der Herde kam ein Treiber auf sie zu. »Ich hoffe, es ist Euch nichts zugestoßen, Ma'am«, sagte er mit weichem walisischem Akzent. »Ich könnte es mir nicht verzeihen, wenn Euch ein Leid geschehen wäre.«

»Ich bin heil und unversehrt.« Um das zu beweisen, entfernte sich Desdemona einen vorsichtigen Schritt von der Tür. Diesmal trugen sie ihre Knie. »Es war sehr töricht von mir, genau in dem Moment die Straße zu betreten, als die Herde hindurchgetrieben wurde.«

Als sich der Treiber wieder entfernen wollte, fragte Giles: »Warum haben Sie die Tiere umdrehen lassen? Das war sehr riskant.«

Der Viehtreiber blieb mit undurchsichtiger Miene stehen. »Ein Irrtum, Sir. Die Hunde haben den Befehl falsch verstanden.«

»Ach ja? Dieser Irrtum hat also weder etwas mit den

beiden Leuten in Ihrer Gesellschaft zu tun, noch mit den beiden anderen, die sie verfolgten?«

»Nay«, erklärte der Treiber unerschüttert, »nicht das geringste.« Der Mann legte zwei Finger an seine Mütze. »Jetzt muß ich mich wieder um meine Tiere kümmern. Ich wünsche Euch und der Lady einen guten Tag.«

Überrascht starrte Desdemona dem breiten Rücken des Mannes nach. »Wollen Sie damit etwa sagen, er hätte Maxima und Lord Robert absichtlich zur Flucht verholfen?«

»Ohne jeden Zweifel. Es war eindeutig Robin, auch wenn ich von seiner Begleitung unter diesem gräßlichen Hut nicht allzuviel erkennen konnte.« Er lächelte leise. »Mein Bruder hat ein ausgesprochenes Talent dafür, sich Verbündete zu schaffen.«

Besorgt runzelte Desdemona die Stirn. »Aber warum wurden sie von zwei Männern verfolgt?«

Der Marquis nahm ihren Arm und geleitete sie zum *Three Swans* zurück. »Darüber können wir beim Mittagessen plaudern.«

Desdemona öffnete den Mund, um aus Prinzip zu widersprechen, schloß ihn aber wieder. Ihr war nicht nach Protest.

Kapitel 13

VÖLLIG UNBEEINDRUCKT VON der Höhe der Steinmauer nahm Robin Anlauf und sprang – gerade hoch genug, um sich mit ausgestreckten Händen auf der Mauerkrone festzukrallen. Dann zog er sich hinauf. Er schnallte sich seinen Rucksack ab und ließ dessen Gurt zu Maxie hinunter.

Maxie ergriff den Gurt. Er spannte sich unter ihrem Gewicht, hielt aber. »Ganz offensichtlich hast du deine Kindheit mit nützlicheren Dingen als dem Sticken verbracht«, erklärte er grinsend, als sie schwer atmend neben ihm auf der Mauer stand.

»Für mich war es eine Sache der Ehre, meine Mohawk-Cousins im Laufen, Schwimmen und Klettern zu übertreffen«, grinste sie zurück.

Ihre Verfolger hatten den Fuß der Mauer fast erreicht, und Robin winkte ihnen noch übermütig zu, bevor sie zur anderen Seite hinabsprangen und sich in einem gepflegten Garten wiederfanden. Während sie durch den Garten eilten, ertönte ein verärgerter Ruf aus einem der geöffneten Fenster des Hauses.

»Tritt bloß nicht auf die Blumen«, warnte Robin. »Nichts läßt sich mit dem Zorn eines englischen Gärtners vergleichen, dessen Rosen entweiht werden.«

Sie näherten sich einer weiteren Mauer, an der Obstbäume in Reih und Glied standen. Die Zweige der Spalierbäume, an denen kleine grüne Pfirsiche hingen, ergaben eine perfekte Leiter. »Dürfen wir vielleicht Obstbäume entweihen?« erkundigte sich Maxie atemlos.

»Auch das ist ein ernsthaftes Vergehen, aber nicht ganz so gravierend wie die Entweihung von Rosen«, entgegnete er und begann bereits, über die Äste nach oben zu klettern.

Bevor noch jemand aus dem Haus eingreifen konnten, hatten sie die Mauer überwunden und befanden sich wieder auf einer Gasse.

»Unsere Verfolger sind bemerkenswert hartnäckig«, sagte Robin, als sie einen Moment stehenblieben, um sich zu verpusten. »Offenbar will dich dein Onkel unter allen Umständen zurückhaben.«

»Es sieht ganz danach aus«, stimmte sie grimmig zu und fragte sich wieder einmal, was Collingwood wohl zu verbergen hatte. Aber als sie wieder ihren Gefährten ansah, geriet ihre Stimme ins Stocken. »Es tut mir leid, daß ich dich da hineingezogen habe. Damit hast du mit Sicherheit nicht gerechnet, als du mir deine Begleitung angeboten hast.«

Er lächelte warm. »Ich habe dir meine Begleitung nicht angeboten, ich habe sie dir aufgedrängt. Und mir tut nichts leid, absolut nichts.« Er zeigte nach links. »Nördlich von Market Harborough führt ein Kanal nach Leicester. Ich denke, wir sollten dem Treidelpfad folgen. Dort fällt man weniger auf als auf den Straßen.«

»Glaubst du wirklich, daß alle Straßen überwacht werden?« fragte sie beunruhigt. »Dafür braucht Simmons doch eine kleine Armee.«

Robin zuckte mit den Schultern. »Vielleicht sind die

Straßen auch sicher, aber im Zweifelsfall sollte man von dem Schlimmsten ausgehen.«

Das hörte sich überzeugend an, und Maxie war sich sicher, daß seine Erfahrungen mit Verfolgungsjagden ihre eigenen bei weitem überstiegen. Sie fiel in seinen Schritt und lief so schnell, wie es ihre müden Glieder erlaubten.

Dieser Teil der Stadt war unbelebt, aber in einiger Entfernung sahen sie größere Gebäude, bei denen es sich um Lagerhäuser handeln konnte. Vermutlich befand sich hinter ihnen der Kanal.

Aber bevor sie die Gebäude erreichten, kam plötzlich Simmons mit triumphierender Miene aus einer Nebengasse gerannt. Ganz offensichtlich kannte sich der Kerl in Market Harborough weit besser aus als sie selbst und hatte ihren Fluchtweg vorausgeahnt. Entsetzt blickte sich Maxie um und sah zwei weitere Kerle aus einer anderen Seitenstraße heranskeuchen. Wie viele Kumpane hatte dieser Simmons eigentlich noch zur Verfügung? Robin und Maxie saßen in der Falle, diesmal war kein Dafydd Jones zur Stelle, um ihnen aus der Patsche zu helfen.

Simmons verstellte ihnen den Weg und gab seinen Männern ein Zeichen, die sich schweigend um den Londoner versammelten. »Diesmal gibt es kein Entkommen. Die Jungfer wird zu ihrem Onkel zurückgebracht, und Ihr, mein hübscher Lord, erhaltet eine saftige Lektion dafür, mich von hinten anzugreifen.«

»Darüber sollten Sie froh sein. So hatten Sie eine Entschuldigung dafür, den Kampf verloren zu haben.« Ganz ruhig reichte Robin Maxie seinen Rucksack.

»Großer Gott, du wirst dich doch nicht etwa auf einen Kampf einlassen«, zischte Maxie. »Er ist doppelt so groß wie du.«

Lächelnd streifte Robin seinen Rock ab. »Eine Einladung zum Essen oder zu einer Partie Karten darf man ablehnen, eine Einladung zum Kampf nie.«

»Ihr habt verdammt recht, meine Einladung lehnt man nicht ab«, höhnte der Londoner. »Und es ist mir völlig egal, wie gut Ihr seid. Ein guter großer Mann schlägt einen guten kleinen jederzeit.«

»Das hängt ganz davon ab, wie gut der kleine Mann ist, oder?« Hinter einem sonnigen Lächeln flüsterte Robin Maxie schnell zu: »Simmons Leute werden durch unseren Kampf abgelenkt sein. Nutz das zur Flucht!« Sie wollte protestieren, aber er fügte scharf hinzu: »Keine Widerworte! Keine Angst, er wird mich schon nicht umbringen – das würde ihn in größere Schwierigkeiten bringen, als die Sache wert ist.«

Bevor er noch etwas sagen konnte, trat Simmons auf ihn zu und begann ihn abzutasten. »Suchen Sie nach verborgenen Waffen oder können Sie einfach die Hände nicht von mir lassen?« erkundigte sich Robin honigsüß.

»Dreckiger Perversling!« schrie Simmons und hob die Faust, um einen Treffer am Kinn seines Gegners zu landen.

Robin duckte sich geschwind zur Seite, packte Simmons' Arm und drehte ihn um. Krachend landete der Londoner auf dem Pflaster.

Einen Moment lang lag Simmons benommen da, dann rappelte er sich entschlossen wieder hoch. »Das habt Ihr nicht in Jacksons Salon gelernt«, fauchte er böse.

»Nein.« Verglichen mit Simmons wirkte Robin wendig und elegant, ein David gegenüber einem Goliath. Aber seine Körperhaltung war die eines Kämpfers, wie er da mit leicht gebeugten Knien auf den Fußballen balancierte, die Arme entspannt und einsatzbereit. »Ich habe nie behauptet, ein Schüler von Jackson zu sein.

Ich habe in einer härteren Schule gelernt, in der die Einsätze höher waren.«

»Ich auch, Jüngelchen.« Auch der Londoner begann zu tänzeln. »Wenn Ihr es so wollt, soll es mir recht sein.«

Unauffällig glitt Maxies Hand in die Tasche von Robins Rock und umfaßte den Schlagstock. Dann konnte sie nur noch angespannt zusehen. Denn ganz gleich, was er auch gesagt hatte, sie würde ihn nie im Stich lassen. Vielleicht hatte Simmons wirklich nicht die Absicht, ihn umzubringen, aber es bestand immerhin die Möglichkeit, daß er ihn unabsichtlich tötete. Und mit Maxie als Zeugin war dieses Risiko wesentlich geringer.

Die beiden Männer umkreisten einander langsam, und ihre angespannte Wachsamkeit entlud sich in gelegentlichen kurzen Attacken. Robin hielt sich so fern wie möglich, sprang vor und brachte behende Schläge an, um sich flink wieder aus Simmons' Reichweite zurückzuziehen. Für ihn sprach seine Schnelligkeit, aber der ältere Mann hatte die unübersehbaren Vorteile seiner Reichweite und seines Körpergewichts.

Mit Widerwillen machte sich Maxie bewußt, daß sich Simmons zu amüsieren schien. Nach einem besonders geglückten Angriff seines Gegners meinte er gönnerhaft: »Ihr seid verdammt gut, besonders für einen adligen Burschen.«

Er ließ seinen Worten eine Reihe mörderischer Treffer gegen Robins Kopf und Schultern folgen. Robin duckte sich ab, konnte aber nicht allen Schlägen ausweichen, die ihm den Atem raubten und aus dem Gleichgewicht brachten.

Simmons krönte seine Leistung mit einem Leberhaken, der den kleineren Mann zu Boden schickte. Mit lautem Triumphgeschrei schickte sich der Londoner an, den Kampf endgültig zu beenden.

Entscheidend weniger geschlagen als er wirkte, holte Robin seinen Gegner mit einem gezielten Fußtritt von den Beinen. Noch im Fallen deckte er Simmons mit Schlägen ein, die selbst für Maxies Blicke zu schnell erfolgten. Es endete damit, daß der Londoner mit dem Gesicht auf dem Boden lag und Robin auf seinem Rükken kniete.

Seine Hände drückten so heftig zu, daß sie den Hals eines Mannes brechen konnten, der unvernünftig genug war, sich nicht geschlagen zu geben. »Ergib dich!« zischte Robin.

Selbst in seiner Wut war Simmons kein Dummkopf. Zögernd hob er eine Hand zum Zeichen der Niederlage.

Bedauerlicherweise waren seine Kumpane nicht bereit, das Ergebnis zu akzeptieren. Mit Wutgeschrei und ohne jeden Sportsgeist stürzten sich zwei von ihnen auf den Mann, der ihren Anführer besiegt hatte.

»Robin!« schrie Maxie warnend, ließ Robins Rock fallen, bückte sich, griff eine Handvoll Erde auf und schleuderte sie den Angreifern entgegen. Aufheulend rieben die sich die Augen.

Diesen Augenblick nutzte Robin, um auf die Füße zu springen. Mit einem gutgezielten Schlag schickte er einen der Männer zu Boden. Sofort wirbelte er herum, packte den anderen Mann am Arm und schleuderte ihn aufs Pflaster.

Während sich Robin so zweier seiner Angreifer entledigte, ergriff der dritte einen Stein und schleuderte ihn gegen Robins Kopf. Maxie sprang hoch und hängte sich mit ihrem ganzen Gewicht an den Arm des Mannes. Als er ins Taumeln geriet, rammte sie ihre Faust mit dem Schlagstock in seine Rippen.

Er gab einen erstickten Schrei von sich, aber ihre Attacke war nur teilweise erfolgreich. Der Stein traf Robin dicht oberhalb des Ohres. Obwohl es Maxie gelungen wäre, die Wucht des Wurf zu mindern, reichte sie dennoch aus, Robin zu Boden sinken zu lassen.

Außer sich vor Wut und Angst um Robin ging Maxie mit ausgestreckten Fingern gegen das Gesicht des dritten Mannes vor. Während er versuchte, seine Augen zu schützen, rammte sie ihm ein Knie in die Lenden. Dann zog sie ihm den Schlagstock mit voller Kraft über die Kehle. Er klappte in sich zusammen wie ein Taschenmesser.

Jetzt sprang Simmons auf die Füße und nahm Maxie von hinten in den Schwitzkasten. Sie strampelte verzweifelt mit Füßen und Händen, konnte sich aber nicht befreien, auch wenn es ihr gelang, ein paar sehr geschickte Bisse und Knüffe anzubringen.

»Laßt das, Ihr Satansbraten!« keuchte Simmons und drückte ihr die Hände auf dem Rücken mit einer kräftigen Faust zusammen. Mit der anderen entrang er ihr den Stock und schleuderte ihn von sich. »Meine Freunde hätten in den fairen Kampf nicht eingreifen dürfen, aber wenn Ihr Euch nicht endlich benehmt, werdet Ihr es bei Gott bitter bereuen.«

Widerstrebend erkannte Maxie die Notwendigkeit eines strategischen Waffenstillstands. Sie hörte auf, sich zu wehren. Ihr ängstlicher Blick flog zu Robin. Bewußtlos lag er auf dem Boden, aus der Wunde sickerte Blut in seine blonden Haare.

Sie fest im Griff behaltend, ranzte Simmons die beiden Männer an, die langsam wieder auf die Füße kamen. »Ihr habt gekämpft wie Frauenzimmer«, sagte er verächtlich. »Schlimmer – die kleine Jungfer hier hat allein mehr Mumm in den Knochen als ihr drei.«

Mit hinterhältiger Miene hob einer der Schläger den Fuß, um nach Robin zu treten.

»Wenn du ihn anrührst, breche ich dir höchstpersönlich den Hals«, röhrte Simmons. »Lauft lieber hinüber zum Stall und hol die Kutsche her.«

Murrend trotteten die beiden Männer von dannen. Der dritte lag noch immer halb bewußtlos auf dem Pflaster.

Maxie fragte sich verärgert, wo die Einwohner von Market Harborough eigentlich waren, aber zu deren Ehrenrettung befanden sie sich in einer abgelegenen Gegend, in der es nur Lagerhäuser und kaum Wohnbauten gab. »Lassen Sie mich los, damit ich nach Robin sehen kann«, forderte sie energisch. »Er könnte immerhin schwer verletzt sein.«

»Er wird es überleben, was mit Sicherheit nicht der Fall gewesen wäre, wenn Ihr Wilby nicht in den Arm gefallen wärt.« Bekümmert schüttelte Simmons den Kopf. »So etwas hätte Wilby nicht tun dürfen. Es ist wirklich schwer, anständige Hilfskräfte zu bekommen.«

Maxies Mitgefühl hielt sich in Grenzen. »Was haben Sie nun mit uns vor?« erkundigte sie scheinbar resigniert.

»Ihr kommt nach Durham zurück, notfalls dressiert wie eine Weihnachtsgans. Und was Euren Freund anbelangt . . .« Simmons runzelte die Stirn. »Ich könnte ihn da liegen lassen, aber vermutlich heftet er sich dann an meine Fersen. Er scheint mir von der nachtragenden Sorte zu sein. Vielleicht übergebe ich ihn den Behörden und erkläre, er hätte mir mein Pferd gestohlen.«

Er schwieg einen Moment und begann dann zufrieden zu glucksen. »Aye, das ist die Lösung. Wenn er vor Gericht gestellt wird, seid Ihr längst wieder in Durham und damit Collingwoods Problem.« Er rieb sich die Wange, auf der sich eine große Beule zu bilden begann.

Während er laut überlegte, lockerte er seinen Griff. In der klugen Erkenntnis, daß sie eine solche Chance vielleicht nicht wieder bekam, versuchte sich Maxie zu befreien. Es gelang ihr auch, jedoch nur für einen kurzen Moment. Dann hielt er sie wieder fest gepackt.

Ein weiteres wildes Gerangel entspann sich. Obwohl Maxie wußte, wie sinnlos es war, wehrte sie sich nach Kräften. Es gelang ihr, die Hand zu heben und Simmons' Wange bis aufs Blut zu zerkratzen.

»Ich habe Euch gewarnt, Ihr kleine Hexe!« rief Simmons, zerrte Maxie zu einer kleinen Steinbrüstung am Rand der Straße und setzte sich. Dann legte er sie sich über die Knie und begann allen Ernstes, sie zu versohlen.

Einen Augenblick war sie fassungslos vor Verblüffung. Die Mohawk wendeten nie Gewalt gegenüber Kindern an. Und da auch ihr Vater Vernunftsgründe über körperliche Züchtigungen stellte, war Maxie noch nie in ihrem Leben geschlagen worden.

Die Kämpfe zuvor waren zwar leidenschaftlich und verbissen geführt worden, aber nie in entwürdigender Absicht. Jetzt fielen die letzten Fesseln englischer Zurückhaltung von Maxie ab.

Sie holte tief Luft und gab dann ein Kriegsgeheul von sich, das in den Fenstern der umliegenden Lagerhäuser die Scheiben erbeben ließ. Eine derartige Geräuschexplosion hatte man auf englischem Boden seit Zeiten der Kelten nicht mehr gehört.

Entsetzt hielt Simmons' Hand mitten in der Luft inne. »Allmächtiger, was war denn das?« ächzte er.

Und diesen Moment seiner Ablenkung nutzte Maxie dazu, das Messer aus ihrem Stiefel zu ziehen.

Kapitel 14

ROBIN VERLOR NIE ganz das Bewußtsein, kam aber erst wieder ganz zu sich, als Simmons Maxie übers Knie legte. Er wollte den Londoner vor dieser unüberlegten Handlung warnen, aber seine Stimme schien ihm nicht gehorchen zu wollen. Benommen und schwerfällig mühte er sich auf die Knie.

Maxies Kriegsgeheul durchfuhr ihn wie ein Adrenalinstoß. Er hob den Kopf und sah, wie sie ihr Messer in Richtung auf Simmons' Kehle schwang. Fluchend fuhr der Londoner zurück. Die blitzende Klinge verpaßte seinen Hals nur um Zentimeter.

Bevor es seine blutdürstige Gefährtin noch einmal versuchen konnte, krächzte Robin mit letzter Kraft: »Hör auf, Maxie!«

Um Schlimmeres zu verhüten, taumelte Robin aus einer Richtung auf Simmons zu, wo der ihn nicht sehen konnte. Dann schlug er den Londoner mit einem Handkantenschlag bewußtlos. Das war nicht ungefährlich, aber Simmons' Überlebenschancen standen so weitaus besser, als wenn Maxie zum Einsatz gekommen wäre.

Simmons gab einen erstickten Laut von sich, glitt von der Steinbrüstung und riß Robin um ein Haar mit sich. Maxie fing Robin schnell auf. Ihre Arme waren eine willkommene Hilfe, aber ihre Worte klangen spitz: »Du hättest ihn mir überlassen sollen.«

Robin klammerte sich an sie, während ihm leicht schwarz vor Augen wurde. »Entschuldige«, murmelte er kaum verständlich, »aber ich sehe es nun einmal nicht gern, wenn Leute umgebracht werden.«

Sie gab einen Laut von sich, der sowohl Verachtung als auch den Wunsch ausdrücken konnte, die Unterhaltung zu einem anderen Zeitpunkt fortzusetzen. Aber mit bewundernswerter Konzentration auf das Wesentliche setzte sie hinzu: »Kannst du gehen? Die anderen werden bald zurück sein.«

Er ließ sich auf die Brüstung fallen, verbarg das Gesicht in den Händen und versuchte trotz der bohrenden Schmerzen in seinem Kopf, einen klaren Gedanken zu fassen. »Du wirst mir helfen müssen.«

Schnell steckte sie ihr Messer wieder in den Stiefel und half ihm in seinen Rock. Dann holte sie den Schlagstock, hängte sich beide Rucksäcke um, zog Robin auf die Füße und legte sich seinen Arm um die Schulter.

Während sie sich die Straße hinunterschleppten, dachte er darüber nach, wieviel Kraft in ihrem zierlichen Körper steckte. Dennoch konnten sie von Glück reden, daß der Kanal nicht allzuweit entfernt war.

Die Frage war nur, was sie tun sollten, wenn sie ihn erreicht hatten.

Sobald sie das Gasthaus betreten hatten, bat Giles darum, daß ihnen erst Brandy und dann ein Mittagsmahl in einem abgeschiedenen Raum serviert wurde. Lady Ross war nach ihrer Rettung um Haaresbreite noch so durcheinander, daß sie ihm willenlos folgte. Ein Zustand, der nicht lange anhalten würde, wie Giles wußte.

Nachdem er sie zu einem Sessel geleitet hatte, untersuchte er ihren Oberarm, der vom Horn des Ochsen verletzt worden war. Die Haut unter ihrem zerfetzten Ärmel war aufgerissen, aber die Wunde glücklicherweise belanglos. »Es blutet kaum, aber die Prellung werden Sie noch längere Zeit spüren.«

Ein Schankmädchen brachte den Brandy. Giles goß Desdemona ein Glas ein. Sie verschluckte sich zwar fast an dem ersten Schluck, aber immerhin kehrte ein wenig Farbe in ihr Gesicht zurück. »Prellungen habe ich auch an etlichen weniger erwähnenswerten Stellen«, erklärte sie mit einem schiefen Lächeln.

»Das müssen Sie besser wissen als ich.«

Sie strich sich die Haare mit Händen aus der Stirn, die kaum noch zitterten. »Entschuldigen Sie mich für ein paar Minuten, damit ich mich auf meinem Zimmer wieder in einen präsentablen Zustand bringen kann. Dann möchte ich mehr über die Männer erfahren, die hinter Maxima und Lord Robert her sind.«

Lady Ross stellte ihre ehrfurchtgebietende Erscheinung erstaunlich schnell wieder her. Als sie zurückkehrte, waren ihre Haare gebändigt und unter einer Haube verborgen. Sie hatte ein anderes Kleid angezogen, ebenso schlicht wie das zerfetzte, und hüllte ihre Gestalt zusätzlich in ein voluminöses Tuch. In ihrem zuvorigen Zustand hatte sie Giles besser gefallen, dennoch trug ihr nunmehriges Äußeres nichts zur Dämpfung seiner eindeutig sexuellen Erregung bei.

Sobald sie den Raum betrat, wurde das Mittagsmahl serviert. In stillschweigendem Einverständnis vertagten sie die ernsteren Themen bis nach der Mahlzeit. Aber als der Kaffee gebracht wurde, hob Desdemona fragend die Brauen. »Was ist nun mit diesen Männern?«

»Einen von ihnen habe ich erkannt. Ich halte ihn für denjenigen, den Ihr Bruder Miss Collins hinterhergeschickt hat.« Dann erklärte Wolverhampton, wie er einige Tage zuvor mit Simmons zusammengetroffen war. »Also sind nicht nur wir beiden den Flüchtigen auf der Spur, sondern offensichtlich auch Simmons und seine Helfer.«

»Das Ganze hat entschieden etwas von einer Farce.« Unwillkürlich verzogen sich Desdemonas Lippen zu einem Lächeln. »Aber wenn ich ganz ehrlich sein soll, gefallen mir Simmons und seine Kumpane ganz und gar nicht.«

»Männer, die derartige Aufträge übernehmen, stammen nun einmal nicht aus den allerbesten Kreisen«, entgegnete der Marquis trocken. »Aber wenn sie beauftragt sind, Miss Collins nach Durham zurückzubringen, werden sie ihr kaum etwas antun. Ich befürchte allerdings, daß sie mit meinem Bruder nicht ganz behutsam umgehen könnten.«

»Nach allem, was Sie mir erzählten, scheint Lord Robert doch bisher jede Runde gewonnen zu haben.« Desdemona nahm einen tiefen Schluck des brühheißen schwarzen Kaffees. »Sie sagten, er hätte sich lange Jahre nicht in England aufgehalten. Als Diplomat oder bei der Armee?«

Wolverhampton seufzte tief auf, spielte mit seiner Tasse und schien unschlüssig, wie er reagieren sollte. »Darauf antworte ich Ihnen nur, wenn Sie mir versprechen, mit niemandem darüber zu reden.«

»War sein Verhalten denn so entwürdigend?«

Der Marquis hob den Kopf. Seine schiefergrauen Augen funkelten kälter, als sie sie je zuvor gesehen hatte. »Ganz im Gegenteil. Aber seine Betätigung war höchst geheim und könnte Konsequenzen für die nächsten Jahre oder gar Jahrzehnte haben. Darüber hinaus bin ich im Grunde nicht befugt, Ihnen davon zu erzählen.«

»Ihr Bruder war ein Spion?« Dieser Schluß lag nahe. »Daher also seine Vorstellungen von noblem Verhalten«, fügte sie mit beißendem Spott hinzu.

Bei ihrem Ton bekam Giles ganz schmale Augen. »Ja, er war ein Spion. Ein Ausübender des gefährlichsten und am wenigsten lohnenden Kriegshandwerks, äußerst notwendig und ungemein geheim. Robin war fast noch ein Junge, als er während des Friedens von Amiens auf den Kontinent reiste und dort etwas in Erfahrung brachte, was seiner Ansicht nach die britische Regierung wissen sollte. Man schlug ihm vor, an Ort und Stelle zu bleiben, und in den folgenden zwölf Jahren riskierte er Tausende von Malen Leben und Gesundheit, um sein Land zu beschützen und den Krieg schneller zu beenden.«

Der Marquis brach ab, so lange, bis sein Schweigen eine irgendwie bedrohliche Qualität erhielt. Dann setzte er mit leiser, aber harter Stimme hinzu: »Und das alles, damit Menschen wie Sie sicher und selbstgefällig in England sitzen und über ihn urteilen können.«

Erröten ist der Fluch aller Rothaarigen, und Desdemona bildete da keine Ausnahme. »Ich muß mich entschuldigen«, brachte sie mühsam hervor. »Ganz unabhängig davon, wie erzürnt ich darüber bin, was Ihr Bruder meiner Nichte angetan hat – so hätte ich nicht sprechen dürfen.« Sie war mehr als beschämt. Sie litt aber auch unter dem Entzug von Wolverhamptons üblicher Liebenswürdigkeit. Zu ihrer Erleichterung hellte sich seine Miene wieder auf.

»Ihre Reaktion ist nicht ungewöhnlich«, sagte er. »Die Spionage verlangt eiserne Nerven und eine Reihe von Fähigkeiten, die ein Gentleman eigentlich nicht haben sollte. Und Robin war sehr, sehr gut. Sonst hätte er nicht überlebt. Er wurde auf eine Weise auf die Probe gestellt, die die meisten Männer gebrochen hätte, und auch ihn fast gebrochen hat.«

»Verhalten Sie sich ihm gegenüber deshalb so beschützend?« fragte sie leise.

»Ich würde mich auch sonst nicht anders verhalten. Er ist der einzige Familienangehörige, den ich noch habe, und obwohl er brennend gern unabhängig ist, bleibt er doch mein kleiner Bruder.« Giles seufzte. »Über das Wenige hinaus, was er mir nach seiner Rückkehr nach England anvertraute, weiß ich kaum etwas von den damaligen Vorgängen. Und dafür bin ich dankbar. Es war weiß Gott schlimm genug, mich immer wieder fragen zu müssen, ob ich ihn je wiedersehen würde oder ob er irgendwann, irgendwo verschwinden würde wie die vielen unbeweinten Toten dieses Krieges.«

Wieder brach der Marquis abrupt ab. Es vergingen ein paar Sekunden, bis er hinzufügte: »Nur um Ihnen eine Vorstellung von den Leistungen zu geben, die Robin während seiner ›entwürdigenden‹ Laufbahn vollbracht hat. Im letzten Jahr hat er einen Coup vereitelt, der darauf abzielte, die Britische Botschaft während der Pariser Friedenskonferenz in die Luft zu sprengen.«

Desdemona hielt unwillkürlich den Atem an, als sie daran dachte, wie viele Menschen bei einer derartigen Explosion hätten getötet werden können. Sehr wahrscheinlich der Außenminister Castlereagh, unter Umständen sogar Wellington. Die politischen Auswirkungen wären katastrophal gewesen – nicht nur für Großbritannien, für ganz Europa.

Wolverhampton lächelte sparsam. »Sehen Sie jetzt, warum ich erklärte, das müsse vertraulich behandelt werden? Und das ist nur ein Beispiel von vielen. Ich habe gehört, daß man in Whitehall darüber nachdenkt, ihn für seine Verdienste zum Baron zu ernennen, man weiß nur nicht, welche Gründe man der Öffentlichkeit angeben soll.«

»Für Spionage geadelt zu werden, wäre auf jeden Fall eine Premiere.«

»Für Robin nicht. Er hat schon immer ganz neue Wege beschritten. Selbst als Junge konnte er auf verblüffend durchtriebene Weise erfindungsreich sein.« Jetzt lächelte der Marquis wirklich. »Beispielsweise war er meines Wissens der einzige Junge, der schon an seinem ersten Schultag Eton wieder verlassen mußte.«

Desdemona schmunzelte. »Eine recht zweifelhafte Ehre. Wie hat er das fertiggebracht?«

»Er hat sechs Schafe in das Arbeitszimmer des Direktors geschmuggelt. Keine Ahnung, wie er das geschafft hat. Aber es war eine sehr bewußte Tat, weil er lieber nach Winchester wollte als nach Eton.« Giles lächelte versonnen. »Selbst wenn ihm ein Titel angeboten werden sollte, bin ich mir gar nicht so sicher, daß er ihn annehmen würde. Als wir als Jungen im See von Wolverhampton schwammen, bekam ich plötzlich einen Krampf und wäre fast ertrunken. Er hat mich herausgezogen – eine beachtenswerte Leistung angesichts der Tatsache, daß ich doppelt so groß war wie er und wie mit Windmühlenflügeln um mich schlug. Nachdem ich mich wieder ein wenig erholt hatte, wies ich ihn darauf hin, daß er der nächste Marquis of Wolverhampton sein könnte, wenn er mich nicht gerettet hätte.«

»Und?«

Seine Augen blitzten vergnügt. »Er erklärte, das nicht werden zu müssen, sei sein Hauptgrund gewesen, mich rauszuziehen.«

Desdemona biß sich auf die Lippe. »Je mehr ich über Ihren Bruder erfahre, desto liebenswürdiger kommt er mir vor.«

»Robin ist der charmanteste und schneidigste der ganzen Familie. Und ganz im Gegensatz zu Ihrer Vermutung ist er auch überaus nobel.«

Desdemona musterte die anziehenden Züge des Marquis mit einem kleinen Lächeln. »Sie scheinen von allen drei Tugenden aber auch ein gerütteltes Maß abbekommen zu haben.«

Giles starrte sie einen Moment lang an. Tiefe Röte übergoß sein Gesicht. Abrupt stand er auf und trat ans Fenster. Es war das erste Mal, daß sie ihn außer Fassung sah.

Geschieht ihm ganz recht, dachte Desdemona befriedigt. Mich hat er vom ersten Moment unserer Bekanntschaft an aus der Fassung gebracht. In der Erkenntnis, daß es Zeit war, allzu persönliche Themen zu verlassen, fragte sie: »Glauben Sie, daß Simmons und seine Männer unsere Ausreißer inzwischen eingeholt haben?«

Der bislang flüchtige Blick des Marquis aus dem Fenster wurde konzentrierter. »Möglicherweise. Ich sehe da gerade zwei ziemlich ramponierte Gestalten die Straße entlang kommen. Da ich einen von beiden kürzlich in der Gesellschaft von Simmons beobachtet habe, nehme ich an, daß sie kein Glück beim Ergreifen von Robin und Ihrer Nichte hatten.«

Desdemona trat zu ihm ans Fenster und blickte konsterniert auf die beiden zusammengeschlagenen Männer. »Das hat Ihr Bruder getan?«

»Vermutlich. Als Junge war er klein und fast mädchenhaft hübsch. Der Schrecken englischer Public-Schools war so groß, daß er sich zwischen Kämpfen und Unterwürfigkeit entscheiden mußte. Wenn er in Eton geblieben wäre, hätte ich mich um ihn kümmern können, aber so . . .« Wolverhamptons Stimme versickerte.

»Offensichtlich hat Ihr Bruder für Unterwürfigkeit

absolut nichts übrig.« Plötzlich machte sie sich bewußt, wie nahe sie der hochgewachsenen, männlichen Gestalt des Marquis war und trat schnell einen Schritt zur Seite. »Was nun, Mylord? Ich bezweifle, daß sie zu den Viehtreibern zurückkehren werden.«

Er hob die Brauen. »Da stimme ich Ihnen zu. Jetzt, da unsere Ausreißer aufmerksam geworden sind, wird es fast unmöglich sein, sie auf den Straßen zu finden. Dafür gibt es zu viele Routen, zu viele Möglichkeiten, sich zu verstecken und zu verkleiden. Vielleicht ist es für Sie an der Zeit, nach London zu fahren und dort auf Ihre Nichte zu warten.«

Sie musterte ihn argwöhnisch. Das Gefühl, in ihm einen Verbündeten zu haben, löste sich sehr schnell in Nichts auf. »Haben Sie vielleicht irgend etwas Bestimmtes im Sinn?«

»Mir ist da so ein Gedanke gekommen.« Er kam ihrer Frage mit einer Handbewegung zuvor. »Wenn ich richtig vermute, verspreche ich Ihnen, beide Ausreißer zu Ihnen nach London zu bringen.«

»Und wenn sie nicht mitkommen wollen?« erkundigte sie sich, um seiner Frage auszuweichen, ob sie ihre Suche nun abbrechen würde.

»Ich werde Vernunftsgründe ins Feld führen. Robin zwingen zu wollen, wäre nicht unbedingt ratsam.«

Sie erinnerte sich an die beiden Männer, die sie gerade gesehen hatte, und mußte ihm zustimmen.

Wolverhampton griff zu seinem Hut, um zu gehen, hielt aber noch einmal inne. »Warum hat man Ihnen den Namen Desdemona gegeben?«

»In unserer Familie ist es Tradition, den Jungen lateinische Namen zu geben und den Mädchen welche aus Shakespeare-Stücken.«

»Ihre Nichte trägt aber einen lateinischen Namen.«

»Es gibt Ausnahmen von der Regel. Mein Bruder Maximus wurde nach Großtante Maxima genannt und gab diesen Namen an seine Tochter weiter. Tante Maxima ist vor einigen Monaten reif an Jahren und Bosheit gestorben. Sie wird mir fehlen.«

»Meinen Sie Lady Clendennon? Das ist die einzige Maxima, die ich kenne.« Als Desdemona nickte, fügte er hinzu. »Starke Frauen sind eindeutig eine weitere Collins-Tradition. Ich bin immer weniger der Ansicht, daß Ihre Nichte gegen ihren Willen bei Robin geblieben sein könnte.«

»Das bleibt abzuwarten«, entgegnete sie trocken. Derart an ihre Mission erinnert, griff sie nach ihrem Ridikül und bereitete sich auf den Aufbruch vor.

Der Marquis wollte ihr die Tür öffnen, doch bevor er das tat, blieb er stehen und blickte auf sie herab. Wie gebannt hob er eine Hand und zeichnete mit den Fingerspitzen die Konturen ihrer Schläfen und ihres Ohrs nach, fuhr ihr sanft über die Wange und den Hals. Seine Berührung war sehr leicht. Ganz so, als wollte er sich die Beschaffenheit ihrer Haut mit den Fingerspitzen einprägen.

Desdemona verharrte reglos und bemühte sich, ihre Haltung zu wahren. Jede Stelle, die er berührte, löste in ihr Stürme von Empfindungen aus. In ihrer Ehe hatte sie keine Zärtlichkeit erfahren und war nun schockiert, wie empfindsam sie darauf reagierte.

Sie sah Wolverhampton in die Augen und bereute es sofort. Die Wärme, die sie in ihnen sah, war verhängnisvoller als ein körperlicher Schlag. Im nächsten Moment konnte er sich vorbeugen und sie küssen. Und wenn das geschah . . .

Sie riß sich los und öffnete die Tür selbst. »Ich hoffe sehr, Sie und unsere Ausreißer in London wiederzusehen, Wolverhampton«, sagte sie. Damit schoß sie davon.

Giles starrte die Tür an, die sie ihm vor der Nase zugeworfen hatte. Warum benahm sich eine kluge welterfahrene Frau so zimperlich wie eine im Kloster erzogene Jungfrau, sobald er Interesse an ihr zeigte? Weil er ihr unsympathisch war, lautete die einfache Erklärung.

Doch er hegte keinerlei Zweifel, daß die einfache Erklärung in diesem Fall nicht zutraf. Es war keine Abneigung gewesen, die er in ihren Augen gesehen hatte, sondern Furcht.

Der Marquis of Wolverhampton hatte sich seinen Ruf als umgänglicher Mann mehr als verdient. Aber wenn er einmal eine Entscheidung getroffen hatte, ließ er sich nicht davon abbringen. Jetzt, beim Klang der sich schnell entfernenden Schritte von Lady Ross, beschloß er, den Grund für ihre Ängste in Erfahrung zu bringen.

Und dann – vielleicht – etwas dagegen zu unternehmen.

Kapitel 15

OBWOHL SICH ROBIN sehr bemühte, es ihr so leicht wie möglich zu machen, mußte Maxie ihn doch zum Kanal fast tragen. Der Weg dorthin schien sich schier endlos hinzuziehen. Und die ganze Zeit befürchtete sie, daß Simmons aus seiner Bewußtlosigkeit erwachte oder seine Männer zurückkehrten und die Flüchtenden verfolgten.

Ginge es nach ihr, würde sie Simmons bevorzugen, denn der hatte zumindest etwas Menschlichkeit gezeigt, aber seinen Kumpanen traute sie nicht über den Weg.

Maxie hoffte, anderen Menschen zu begegnen, aber die Gegend wirkte wie ausgestorben. Vermutlich saßen alle gerade beim Mittagessen. Als sie mit Robin eine schattige Gasse zwischen zwei Lagerhäusern betrat, flehte sie um ein Wunder. Viel weiter würden ihre Kräfte kaum reichen.

Wenig später erreichten sie einen sonnenüberfluteten kleinen Hafen, in dem ein vollbeladener Lastkahn vor Anker lag. An Deck bereiten sich ein Mann und ein Junge auf das Ablegen vor. Der Captain war ein kleiner, stämmiger Mann mit ergrauten Haaren. Er richtete sich auf und blickte den Ankömmlingen neugierig entgegen.

Ein Appell an seine Hilfsbereitschaft schien Maxie das

Sinnvollste zu sein. »Bitte, Sir, können Sie uns helfen? Wir wurden überfallen und mein Mann ist verletzt.«

Die verdutzte Miene des Captain erinnerte sie an ihren Aufzug. Schnell riß sie sich mit ihrer freien Hand den Hut von den Haaren. Die Augen des Mannes wurden noch größer.

»Sie wurden am hellen Tag mitten in der Stadt überfallen?« fragte er mit unüberhörbarem Mißtrauen in der Stimme.

Was für eine Geschichte würde einen Kanalschiffer beeindrucken? Im Zweifel bot sich eine Variation der Wahrheit an. »Es handelte sich um meinen Cousin und seine Freunde. Sie wollten verhindern, daß wir nach London gelangen.« Maxie warf einen Blick über die Schulter zurück und brauchte sich nicht zu verstellen, um Furcht zu zeigen. »Können wir vielleicht ein Stück des Weges mit Ihnen kommen? Unterwegs kann ich Ihnen alles ausführlich erzählen, aber jetzt ist keine Zeit. Sie können jeden Moment hier sein.«

Maxie sah den Captain flehend an und bemühte sich nach Kräften, schutzbedürftig auszusehen. Sie hätte ihre Cousine Portia genauer beobachten sollen, denn die hatte Jahre damit zugebracht, Hilflosigkeit zu kultivieren.

»Wahrscheinlich geht es ihnen nur um eine kostenlose Fahrt, Pa«, mischte sich der sommersprossige Junge ein.

Der Captain musterte Robin, der leicht hin und her schwankte. »Das Blut an seinem Kopf sieht aber sehr echt aus.« Dann rang er sich zu einem Entschluß durch. »Also gut, junge Frau. Ich nehme Euch auf Treu und Glauben ein paar Meilen mit.«

Er kam die paar Schritte auf sie zu, hob Robin hoch und warf ihn sich wie einen Schuljungen über die Schulter. »Kommt an Bord.«

Maxie folgte ihm und übersprang den kurzen Spalt zwischen Kaimauer und Boot. Der Lastkahn war eine recht einfache Konstruktion, mit stumpfem Bug und Heck sowie einem quadratischen Aufbau in der Deckmitte. Mit Persennig abgedeckte Stapel waren mit Seilen gesichert, und es roch nicht unangenehm nach Wolle. Vermutlich bestand die Ladung aus Teppichen, denn Dafydd Jones hatte ihnen erzählt, daß diese in dieser Gegend hergestellt wurden.

»Vermutlich wollt Ihr lieber außer Sicht sein, falls Euer Cousin hier auftaucht«, sagte der Captain. »Mach achtern die Luke auf, Jamie.«

Eilfertig lief der Junge nach hinten. Durch die Luke konnte Maxie im Laderaum weitere Teppiche sehen. Nachdem Jamie hinuntergeklettert war und Platz zwischen den Rollen geschaffen hatte, ließ der Captain Robins schlaffen Körper hinuntergleiten. »Sorgt dafür, daß er mir nicht meine Ladung mit Blut befleckt.«

»Ich tue mein Bestes«, versprach Maxie. »Können Sie vielleicht ein paar Stoffetzen entbehren, damit ich ihm das Blut abwaschen und die Wunde verbinden kann?«

Sofort rannte Jamie davon, um ihre Bitte zu erfüllen.

Maxie kletterte durch die Luke, kniete sich neben Robin und untersuchte die Verletzung. Es bildete sich zwar bereits eine Beule, aber Maxie stellte mit Befriedigung fest, daß die Wunde nicht tief war und kaum noch blutete.

Eine Minute später brachte ihr Jamie das Verlangte und Basilikumpuder, zum besseren Heilen der Verletzung. So behutsam wie möglich wusch Maxie das Blut ab und legte einen Verband an. Mit stoischer Gelassenheit ließ Robin alles über sich ergehen, dennoch sah Maxie, daß sich seine Hand auf dem Teppich neben ihm öffnete und schloß.

»Höchste Zeit, daß wir uns auf den Weg machen«, erklärte der Captain, als Maxie Robins Wunde versorgt hatte. »Wir sollten die Luke besser wieder schließen.«

»Wahrscheinlich ist das besser so«, stimmte sie zu. »Mein Cousin könnte uns folgen, falls er annimmt, wir würden auf dem Wasserweg flüchten. Es . . . es ist eine sehr komplizierte Geschichte.«

Das wettergegerbte Gesicht wirkte ironisch. »Daran hege ich keinerlei Zweifel.«

Nachdem er die schwere Luke geschlossen hatte, hörte Maxie schürfende Geräusche, und der Lichtspalt zwischen Lukendeckel und Deckplanken verschwand. Der Captain mußte Teppiche über die Luke gezogen haben. Insgeheim dankte sie ihm für seine Weitsicht. Selbst wenn Simmons den Lastkahn verfolgte, würde er sie in ihrem Versteck kaum finden.

Aber die Vorsichtsmaßnahme bewirkte, daß es im Laderaum stockdunkel war. Ihr Versteck war knapp zwei Meter lang, sowie einen breit und hoch. Irgendwie kam sich Maxie vor wie in einem gepolsterten Sarg. Sie bemühte sich, ihre Abneigung gegen die räumliche Enge zu verdrängen. Entscheidend war, daß sie Simmons auf diese Weise entkamen, und der Captain schien ein guter Verbündeter zu sein.

Verschwommen hörte sie, wie Jamie das Pferd antrieb. Der Kahn geriet in Bewegung. Erst jetzt merkte Maxie wirklich, wie erschöpft sie war. Sie streckte sich neben Robin aus. »Bist du bei dir?«

»Den letzten Akt habe ich mehr oder weniger bewußt miterlebt, auch wenn ich mich fühle wie ein nasser Sack«, erwiderte er mit schwacher Stimme.

Sie lächelte erleichtert. »Hört sich so an, als hätte dir der Stein wenigstens nicht den Humor zerschlagen.«

»Natürlich nicht. Mein Kopf ist mein unzerbrechlichster Körperteil.« Nach einer winzigen Pause fügte er hinzu: »Ist da vielleicht noch irgendwo etwas Wasser?«

Sie hob seinen Kopf an, so daß er aus der Flasche trinken konnte. Nachdem sie den Rest wieder verkorkt hatte, fragte sie: »Hast du neben der Kopfwunde noch andere Verletzungen?«

Es entstand eine Pause, und sie hörte, wie er sich betastete und bewegte. »Nichts zu vermelden«, sagte er schließlich.

»Gut. Dann kannst du dir ja einen plausiblen Grund dafür einfallen lassen, warum uns mein Cousin Simmons und seine Kumpane verfolgen.«

»Aber du bist so hervorragend im Erfinden, daß es eine Schande wäre, sich da einzumischen«, protestierte er.

»Verglichen mit dir bin ich im Geschichtenspinnen die reinste Amateurin.«

»Im Geschichtenspinnen vielleicht, aber nicht im Schauspielern. Hätte ich es nicht besser gewußt, ich hätte dich für zu Tode verschreckt und absolut hilflos gehalten.«

»Woher willst du wissen, daß ich es nicht war?« erkundigte sie sich und war sich nicht sicher, ob sie sich über sein Zutrauen geschmeichelt oder durch sein mangelndes Mitgefühl gekränkt fühlen sollte.

»Weil eine Frau, die einen dreimal so großen berufsmäßigen Schläger angreift, bis zum Selbstmord mutig ist, Kanawiosta.« Er drehte sich um, legte einen Arm um sie und zog sie an sich. »Du würdest einen hervorragenden Leibwächter abgeben.«

Lächelnd lehnte sie sich an ihn, ihre Wange ruhte an seiner Brust. Obwohl sie wußte, wie irrational das war, fühlte sie sich in seinen Armen unendlich sicher.

Wenig später ging sein Atem ganz ruhig und regelmäßig. Er schien einzuschlafen. Maxie widerstand dieser Versuchung. Sie hielt sich bewußt wach, lauschte auf das Wasser, das gegen den Rumpf schlug, und überlegte sich eine überzeugende Geschichte, die sie dem Captain erzählen konnte.

Der Lastkahn *Penelope* fuhr gerade in die erste der Schleusen von Foxton hinein, als zwei schwer keuchende Männer auf dem Treidelpfad auftauchten. »Ey, Ihr da!« rief der größere von beiden mit deutlichem Cockney-Akzent. »Moment mal! Ich will Euch ein paar Fragen stellen.«

John Blaine nahm die Pfeife aus dem Mund und beäugte den Ankömmling. Der Bursche sah aus, als hätte er eine heftige Rauferei hinter sich. »In einer Schleusenkammer hält ein Kanalkahn nicht an«, wies er den Mann zurecht und rief seinem Sohn zu: »Mach das untere Falltor auf.«

Jamie öfnnete die Kammer, Wasser begann einzuströmen.

»Verdammt, ich rede mit Euch!« fluchte der Cockney.

Blaine konnte sich für das Benehmen des Fremden nicht erwärmen. Im Gegensatz dazu war die kleine Lady ganz bezaubernd gewesen. »Und ich habe zu tun«, gab er zurück. »Macht Euch nützlich und helft bei den Toren. Wenn wir durch sind, habe ich Zeit zum Reden.«

Der Pegel zwischen der ersten und zweiten Schleusenkammer glich sich aus, und Jamie öffnete die Tore zwischen ihnen. Das Pferd zog den Kahn vorwärts, die Tore schlossen sich hinter ihm, und das Fluttor der nächsten Kammer wurde geöffnet.

Während er zusah, wie die *Penelope* schnell sank, hopste der Cockey ungeduldig von einem Fuß auf den anderen, als überlege er, ob er an Deck springen und die Beantwortung seiner Frage erzwingen sollte. Nach wenigen

Momenten winkte er seinen Begleiter heran, und die beiden halfen Jamie beim Öffnen der Schleusentore.

Die Schleusen von Foxton bestanden aus zweimal fünf Schleusenkammern, die in der Mitte durch ein Becken miteinander verbunden waren, in denen Boote wenden konnten. Das Durchqueren von zehn Schleusenkammern ist eine langwierige Angelegenheit, und Blaine hätte jederzeit Gelegenheit gehabt, ein paar Fragen zu beantworten, aber unter den gegebenen Umständen beschäftigte er sich pausenlos mit anderen Dingen.

Schließlich erreichte der Kahn die unterste Schleusenkammer, gut fünfundzwanzig Meter unterhalb seines Ausgangspunktes. Der Cockney sprang an Bord und fragte aufgesetzt höflich: »Hättet Ihr jetzt vielleicht die Güte, mir ein paar Fragen zu beantworten?«

Blaine stopfte frischen Tabak in seine Tonpfeife, schlug Funken, entzündete einen Fidibus, steckte den Tabak an und zog einige Male, bis die Pfeife ordentlich brannte. »Was wollt Ihr wissen?«

»Ich suche nach zwei Verbrechern, einem blonden Mann und einer jungen Lady. Sie sind sehr gefährlich.«

»Aye?« Blaines Miene wirkte höchst gelangweilt.

Der Cockney begann über die gesamte Länge des Decks zu stolzieren, ließ seine Blicke nach irgendwelchen Spuren seiner Beute schweifen und begann die Flüchtigen zu beschreiben und ihre Missetaten zu schildern.

Maxie kam es so vor, als wären sie schon seit Tagen in ihrer tiefen Dunkelheit gefangen, obwohl es höchstens zwei Stunden sein konnten. Als sie deutliche Vibrationen an Deck hörte, fuhr sie aus ihrer Benommenheit hoch. Das Geräusch von Stimmen übertönte das leise Gurgeln des Wassers.

Zwei Männer sprachen miteinander, einer von ihnen

hatte einen harten Cockney-Akzent. Obwohl Maxie sich sehr anstrengte, konnte sie den Sinn ihrer Worte nicht verstehen. Robin schlief noch immer, aber sie setzte sich angespannt auf.

Als sich schwere Schritte näherten, wagte sie kaum zu atmen. Die Planken erbebten unter dem Gewicht eines sehr großen Mannes. Simmons mußte nahe genug sein, um die Teppiche von der Luke schieben, ihr wildes Herzklopfen hören zu können.

Rund einen Meter von ihrem Kopf entfernt verstummten die Schritte. Diese Situation war bei weitem schrecklicher, als sich einem Feind im Freien zu stellen. Maxies Nerven waren so angespannt, daß sie das hysterische Verlangen verspürte, laut zu schreien oder mit der Faust gegen den Lukendeckel zu klopfen – irgend etwas zu tun, was diese entsetzliche Spannung beendete.

In der anhaltenden Stille bewegte sich Robin und holte tief Luft, als wolle er etwas sagen. Sofort streckte sie die Hand aus, tastete in der pechschwarzen Finsternis nach seinem Mund und verschloß ihm die Lippen.

Und dann konnte sie Simmons Stimme ganz deutlich hören: »Jeder, der Verbrechern hilft, vergeht sich gegen die Gesetze des Königs und wird zusammen mit den Übeltätern vor Gericht gestellt.«

Die dreiste Scheinheiligkeit, mit der dieser Lump auf die Gesetze verwies, verschlug Maxie fast den Atem.

Als sich die Schritte endlich wieder entfernten, wollte sie ihre Hand von Robins Mund nehmen. Doch bevor sie es tun konnte, hauchte er einen Kuß in ihre Handfläche.

Überrascht holte Maxie tief Luft. Wie unterschiedlich sie doch auf scheinbar ähnliche Dinge reagierte. Warum löste dieser schmetterlingsleichte Kuß derartige

Gefühle in ihr aus, während der Druck ihrer Hand auf seine Lippen es nicht getan hatten?

Plötzlich barg die sie umgebende Dunkelheit keine Gefahr mehr, sondern zärtliche Sinnlichkeit. Sie streckte die Hand aus und fuhr ihm mit den Fingern sanft über die Haare, über seinen Verband. Ihre Fingerspitzen fanden seine Wange, seine Lippen. Er öffnete sie und fing ihren Finger mit seiner Zunge ein. Maxie erschauerte unwillkürlich. Als sich sein Arm um ihren Nacken legte und sie auf sich zog, war sie willig. Mehr als willig. Ihre Lippen öffneten sich zu einem leidenschaftlichen Kuß.

Sie vergaß ihre Anspannung, die Angst vor den Verfolgern an Deck. Nichts existierte mehr – nur der Mann in ihren Armen, die samtene Rauheit seiner Zunge und die männliche Kraft seines Körpers.

Seine Hand schob sich zwischen ihre beiden Körper, bis sie die empfindliche Stelle zwischen ihren Schenkeln erreicht hatte. Als er sie dort liebkoste, stöhnte sie laut auf. Wogen der Leidenschaft schlugen über ihr zusammen. Ihre Hand wanderte seinen Körper hinab und legte sich um das steife, potente Zeichen seiner Männlichkeit.

Sein gesamter Körper erstarrte. Sie liebkoste ihn und genoß ihre Macht ebenso wie sie die Kleider verabscheute, die sie voneinander trennten.

Über ihnen erbebten die Deckplanken unter schweren Schritten. Sie erstarrten. Das Gewicht des Mannes brachte den ganzen Kahn zum Schaukeln.

Die Schritte kamen näher, immer näher . . . blieben direkt neben der Luke stehen. Dann ertönte Simmons' Stimme. Seine Worte waren nicht zu verstehen, wohl aber die Drohungen, die sie enthielten.

Derart abrupt in die Wirklichkeit zurückgeholt, hätte

sich Maxie am liebsten geohrfeigt. Was war aus ihrer Entscheidung geworden, jede tiefere Beziehung zu Robin unbedingt zu vermeiden? Sie besaß nicht mehr Verstand als eine Haselmaus. Langsam zog sie sich von ihm zurück.

Robin umklammerte ihr Handgelenk, aber sie machte sich steif, und er ließ sie sofort los – wenn auch sehr widerwillig, wie sie an der erotischen Trägheit merkte, mit der seine Handfläche über ihr Handgelenk und dann ihren Handrücken glitt. Die federleichte Berührung war Öl auf die Flammen des Verlangens, die sie bereits zu verzehren drohten.

Als er seine Hand von ihr löste, mußte sie sich dazu zwingen, nicht erneut nach ihm zu greifen. Aber wenn sie ihn jetzt noch einmal berührte, gäbe es kein Zurück mehr.

Sie zog sich soweit es die Teppiche zuließen von ihm zurück und wünschte, ihr Versteck wäre größer. Ihr Herz hämmerte so laut, daß es Robins heiseren Atem fast übertönte.

Planken knarrten, als Simmons sein Gewicht verlagerte. Dann ein schürfendes Geräusch, als würden Teppiche fortgezogen. Großer Gott, wußte er etwa, daß sich ein weiterer Lukendeckel verbarg?

Vom Bug her rief eine Stimme etwas. Erneut knarrten Planken. Simmons schien sich auf die Stimme zuzubewegen.

Nach einer fast endlosen Stille, in der Maxie insgeheim Stoßgebete zum Himmel schickte, setzte sich das Boot wieder in Bewegung.

Die Geräusche, mit denen sich der Lukendeckel öffnete, weckten Maxie aus tiefem Schlummer. Dem einfallenden Licht nach schien es bereits Nachmittag zu sein.

Wachsam sah Maxie nach oben, aber es war nicht Simmons, der zu ihnen herabblickte, sondern der Captain.

»Alles in Ordnung da unten?«

»Ja, und dafür sind wir Ihnen sehr dankbar«, antwortete Robin. Er stand auf, schwang sich mit verblüffender Behendigkeit an Deck, drehte sich um und streckte Maxie die Hand entgegen, um ihr heraufzuhelfen. »Ich heiße übrigens Robert Anderson, und das ist meine Frau Maxima.«

Maxie entging nicht, daß es diesmal Anderson war und nicht Andreville. Glücklicherweise besaß er soviel Verstand, nicht mit irgendeinem erfundenen Titel zu protzen. Sie wirkten auch ohne das dubios genug.

Sie blickte sich um und stellte fest, daß der Kahn am Rand einer Schleuse festgemacht hatte. Am Ufer befanden sich ein steinernes Stallgebäude und ein kleines, von einem Blumengarten umgebenes Schleusenwärterhäuschen. Alles wirkte sehr friedlich und sicher.

Der Captain nahm seine Pfeife aus dem Mund. »Ich heiße John Blaine. Mein Sohn Jamie bringt gerade das Pferd in den Stall.«

Beide Männer schüttelten sich die Hände. »Ich hoffe, Simmons ist nicht allzu grob mit Ihnen umgesprungen«, sagte Robin.

»Nun, er war es.« Hinter der Rauchwolke blitzte ein Lächeln auf. »Fürchte, es hat einen kleinen Unfall gegeben. Der Bursche stolperte über das Tau und fiel in den Kanal. Das hat ihm offenbar den Geschmack an einer Bootsfahrt genommen, denn er ist an Land gekrochen und auf und davon.«

Lächelnd fragte sich Maxie, wie Blaine diesen »Unfall« initiiert hatte.

»Habt Ihr Lust, uns beim Abendessen Gesellschaft zu leisten?«

Seine Worte erinnerten Maxie daran, daß sie seit ihrem Frühstück mit den Viehtreibern nichts mehr gegessen hatten. War das wirklich erst ein paar Stunden her? »Diese Einladung nehmen wir sehr gerne an.«

John Blaine führte sie in die einfache Kabine, in der das Essen auf dem Tisch stand, das Blaines Frau in Market Harborough vorbereitet hatte. Glücklicherweise hatte sie sehr großzügige Vorstellungen von den Mengen, die ihren Mann und Sohn vor dem Verhungern bewahrten, und es gab mehr als genug Lammpastete, Brot, Käse und eingelegte Zwiebeln. Während die vier aßen, wehte ein linder Abendwind zur offenstehenden Tür herein.

Als sie fertig waren, stopfte sich Blaine eine weitere Pfeife. »Nun, Mistress Anderson, Ihr sagtet, Ihr könntet alles erklären? Euer Cousin behauptete jedoch, Ihr und Euer Ehemann hättet Euch des Diebstahls und Überfalls schuldig gemacht.« Bei dem Wort »Cousin« zuckte ein leicht ironisches Lächeln über seine Züge.

»Simmons ist gar nicht mein Cousin«, entgegnete Maxie offen. »Das habe ich nur gesagt, weil die wirkliche Erklärung so heikel ist.«

»Ich konnte auch Familienähnlichkeit entdecken«, schmunzelte er. »Und wie verhält sich das alles nun tatsächlich?«

In groben Zügen umriß Maxie die Ereignisse der letzten Wochen: daß ihr Vater unter eigentümlichen Umständen in London gestorben war, ihr Onkel sie jedoch mit allen Mitteln von Nachforschungen abhalten wollte.

»Ich versichere Ihnen, Captain Blaine«, schloß sie aufrichtig, »daß wir uns keine Vergehen zuschulden kommen ließen.« Zumindest sie nicht; Robin in den Kreis der Unschuldigen einzubeziehen, war vielleicht eine

Spur übertrieben. »Bis auf eine alte Straßenkarte meines Onkels habe ich nichts gestohlen, und wir haben uns nur gegen Simmons und seine Männer verteidigt.«

»War Euer Onkel vor der Hochzeit Euer Vormund?« fragte Blaine und setzte den Tabak in seiner Pfeife in Brand.

Sie schüttelte den Kopf. »Niemals. Selbst wenn ich unverheiratet wäre, brauchte ich keinen gesetzlichen Vertreter, da ich vor kurzem fünfundzwanzig Jahre alt geworden bin. Mein Onkel hat also kein Recht, sich in meine Angelegenheiten zu mischen.«

Nicht nur Blaine sah sie überrascht an, sondern auch Robin. Wegen ihrer zierlichen Figur neigte man dazu, sie für jünger zu halten, als sie tatsächlich war.

»Hört sich ganz so an, als wäre das die Wahrheit – wenn vielleicht auch nicht die ganze. Ich hätte doch zu gern gesehen, wie Ihr Euch gegen Simmons und seine Kerle ›selbstverteidigt‹ habt.« Blaine zog an der Pfeife, Tabak glühte in der Dämmerung auf. »Vermutlich seid Ihr darauf aus, so schnell wie möglich nach London zu kommen, aber wenn Ihr die Nacht im Laderaum verbringen wollt, so soll es mir recht sein.«

Maxie beugte sich über den Tisch und hauchte einen schnellen Kuß auf seine wettergegerbte Hand. »Gott segne Sie, Captain Blaine. Sie und Jamie haben sich uns gegenüber wundervoll verhalten.«

John Blaine wäre um ein Haar die Pfeife aus dem Mund gefallen. »Wenn du das deiner Mutter erzählst«, sagte er an Jamie gewandt, »dann vergiß nicht zu erwähnen, daß der Kuß nicht meine Idee war.«

Außer sich vor Zorn forschte Simmons weit und breit nach den Flüchtigen, aber sie schienen wie vom Erdboden verschwunden. Der nicht gerade helle Kanalschiffer hatte etwas von zwei Leuten gemurmelt, die er auf einem Pferdewagen gesehen haben wollte, andere erzählten von anderen Beobachtungen, aber nichts davon führte zu einer erfolgversprechenden Spur.

Sich für sein offensichtliches Scheitern verfluchend, schickte er widerwillig Lord Collingwood die Nachricht, er hätte die Fährte verloren und könne nicht ausschließen, daß das Mädchen London erreiche. Er schloß mit der Empfehlung, daß Seine Lordschaft durch andere Arrangements verhinderte, daß seine Nichte die Wahrheit über den Tod ihres Vaters erfuhr.

Er selbst würde die Jagd fortsetzen.

Kapitel 16

MISSMUTIG BLICKTE ROBIN zu den dunklen Wolken hinauf. Bisher hatten sie auf ihrer Reise gutes Wetter gehabt, doch das würde sich wohl ändern. Zumindest kam da ein größeres Gewitter auf sie zu, vermutlich auch heftige Regenschauer.

»Was hältst du davon, die Nacht vornehm zu verbringen?« fragte er Maxie angesichts der neuen Situation.

»Sehr viel, wenn das ein Bad einschließt!«

Sie begleitete ihre Worte mit einem ihrer impulsiven Lächeln, bei denen sein Herz immer so tat, als könnte es sich nicht daran erinnern, wie es schlagen mußte. Sie war die umgänglichste Frau, die er je kennengelernt hatte und fand sich offenbar mit allem ab, was ihnen auch zustieß. Mitunter schien sie sich über ihn aufzuregen – wer könnte es ihr verübeln? –, doch kein einziges Mal hatte sie sich beklagt oder geschmollt. Maggie war ähnlich gewesen.

Überrascht machte sich Robin bewußt, daß er seit Tagen nicht mehr an Maggie gedacht hatte. Maxies faszinierende Gesellschaft ließ die Vergangenheit sehr fern erscheinen.

Seit dem Verlassen des Lastkahns waren sie gut vorangekommen. Inzwischen befanden sie sich auf einer

Straße in der Nähe von Northampton, nur noch wenige Tage von London entfernt. Der kleine Umweg auf dem Kanal nach Norden und ihre größeren Bemühungen, keine Aufmerksamkeit zu erregen, schienen Simmons von ihrer Spur abgebracht zu haben. Vor neuen Abenteuern waren sie bislang verschont geblieben.

Dagegen hatte Robin absolut nichts einzuwenden. Das Zusammensein mit Maxie und die Anstrengungen, seine Hände von ihrem erregenden kleinen Körper fern zu halten, waren Abenteuer genug. Um sich besser gegen ihre Anziehungskraft zu wappnen, redete er sich ein, sie sei für ihn »unerreichbar« – mit einem anderen verheiratet, fast noch ein Kind oder eine Blutsverwandte. Das hatte bislang ganz gut funktioniert, dennoch blieb er sich ihrer aufreizenden Nähe sehr wohl bewußt.

Ein greller Blitz, gefolgt von einem ungeheuren Donnerschlag, unterbrach seine Tagträumereien. Fast sofort begann es zu regnen, aber das war kein sanfter englischer Landregen, sondern ein heftiger Guß, der sie innerhalb kürzester Zeit bis auf die Haut durchnäßte.

»Wie weit ist es noch bis zu der Unterkunft, die dir vorschwebt?« schrie Maxie über das Rauschen des Regens hinweg.

»Nicht sehr.« Er begann schneller zu laufen. »Aber dieser Regen ist nichts im Vergleich zu den Wetterbedingungen, unter denen sich Napoleon aus Moskau zurückzog.«

Sie lachte, erneut verblüfft über seine Phantasie. »Willst du mir etwa erzählen, du wärst bei der Grande Armée gewesen?«

Weiteres Donnergetöse durchschnitt die Luft. »Eine Zeitlang, aber es war nicht besonders angenehm, also habe ich ein Pferd gestohlen und bin auf eigene Faust nach Preußen zurückgeritten.«

Sie stellte weitere scherzhafte Fragen, auf die er blitzschnell Antworten erfand. »Hier entlang«, rief er plötzlich. »Wir sind fast da.«

Er bog von der schmalen Landstraße ab und drängte sich durch eine Lücke in einer Hecke. Maxie folgte und sah, daß Robin vor einer hohen Mauer auf sie wartete. Sie erstreckte sich in beide Richtungen soweit das Auge reichte.

Verblüfft sah sich Maxie um. »Vielleicht hat mein Verstand durch den Regen Schaden genommen, aber ich kann nichts entdecken, was auch nur entfernt einer Unterkunft ähnelt.«

»Wir müssen über die Mauer klettern.« Und schon nahm er Anlauf, fand Halt auf der Mauerkrone und schwang sich hinauf. Dann beugte er sich herunter und streckte Maxie seinen Rucksack als Kletterhilfe entgegen.

»Großer Gott, Robin!« rief sie entsetzt. »Was hast du vor? Das ist doch mit Sicherheit Privatbesitz.«

»Ja, aber der Besitzer ist abwesend und das Haus leer«, erklärte er. Als sie noch immer zögerte, fügte er hinzu: »Ich verspreche dir, daß es keine Probleme geben wird.«

Sie wog seine Zuversicht gegen ihre Zweifel ab. Wie stets wirkte er erstaunlich aufrichtig. Sie erinnerte sich an ihre Gedanken, als sie ihn zum ersten Mal gesehen hatte: Er hat das Gesicht eines Mannes, der einem ein Dutzend Dinge aufschwatzen kann, die man nicht will. Ein engelähnlicher Schurke.

Aber bisher waren seine Einschätzungen durchaus verläßlich gewesen. Sie griff nach dem Rucksack und kletterte auf die Mauer.

Sie sprangen auf der anderen Seite in einen kleinen Hain hinab, dessen Baumkronen den Regen ein wenig abhielten. Robin lief einen schmalen Pfad entlang und schließlich ließen sie den Hain hinter sich.

Ein Blitz erhellte kurz die Szenerie. Beim Anblick des stattlichen Herrenhauses vor dem dunklen Gewitterhimmels blieb Maxie überrascht stehen.

Unter den gegebenen Umständen hätten manche Häuser bedrohlich und gespenstisch gewirkt, doch das war hier nicht der Fall. Umgeben von gepflegten Rasenflächen und Gärten stand das Gebäude aus dem achtzehnten Jahrhundert auf einer leichten Anhöhe und wirkte weder übermächtig groß noch protzig. Seine Proportionen und die Art und Weise, wie es sich seiner Umgebung anpaßte, ließen es selbst unter dem düsteren Himmel anmutig und fast heiter erscheinen.

»Wir sollten nicht hier sein, Robin«, erklärte Maxie energisch.

»Es gibt zwar Diener und Gärtner, aber die wohnen in eigenen Unterkünften. Das Haus selbst ist leer«, versicherte er. »Wir können ohne weiteres dort übernachten.«

Maxie zögerte noch immer. »Was macht dich so sicher, daß es auch jetzt leer ist?«

»Solche Dinge weiß ich eben«, beschied er sie vage. »Komm schon. Ich weiß ja nicht, wie es dir geht, aber ich friere.«

Nach einem sichernden Blick in die Runde machte sie ein paar Schritte vorwärts. »Wie heißt dieser Besitz und wem gehört er?«

»Der Name ist Ruxton. Lange Jahre lang war es der Zweitwohnsitz einer der großen Adelsfamilien. Untadelig unterhalten, aber selten bewohnt«, erklärte er, während er sie um das Gebäude herum zu einer Hintertür führte.

»Wie schade.« Sie blickte bewundernd an der Fassade empor. »Es sollte bewohnt werden. Die englische Aristokratie ist eine Verschwenderbande.«

»Da kann ich dir nicht widersprechen.«

Sie blieben vor einer Tür stehen, die offenbar in eine Küche führte. Robin drehte am Knauf. Kaum überraschend war die Tür verschlossen. Ohne Zögern zog er sich seinen rechten Stiefel aus.

Zu ihrer Verblüffung entfernte er ein Lederstück des Absatzes und holte zwei seltsam geformte Metallhaken hervor. Nachdem er wieder in den Stiefel geschlüpft war, steckte er einen der Metallhaken in das Schlüsselloch.

»Was machst du denn da?« rief sie erschreckt.

»Ist das nicht offensichtlich?«

Als sie erneut die Lippen öffnete, hinderte er sie vorwurfsvoll am Sprechen: »Sei bitte still. Ich bin aus der Übung und muß mich konzentrieren.«

Allzusehr aus der Übung konnte er nicht sein. Nachdem er zum zweiten Haken gewechselt war, hatte er das Schloß innerhalb einer Minute geöffnet.

Als er die Tür aufstieß, musterte sie ihn mit einem vernichtenden Blick. »Du verfügst über ausgesprochen abscheuliche Fähigkeiten«, zischte sie durch zusammengebissene Zähne.

»Vielleicht abscheulich, aber mit Sicherheit nützlich«, entgegnete er mit einem engelgleichen Lächeln. »Sitzt du nicht lieber an einem Kamin im Trocknen, als weiter durch den strömenden Regen zu laufen?«

»Das hängt ganz von den Bedingungen ab«, murmelte sie und trat über die Schwelle.

Die geschlossenen Fensterläden ließen genügend Helligkeit ein, um feststellen zu können, daß die Küche leer war. An der gegenüberliegenden Wand hingen düster schimmernde Pfannen, in der Mitte des Raums standen saubergeschrubbte Arbeitstische, aber von den Benutzern keine Spur. Offensichtlich trafen Robins Informationen zu. Trotzdem war Maxie unbehaglich, als sie ihren Rucksack auf den gekachelten Boden stellte und sich den nassen Rock auszog.

Robin öffnete die Tür zu einem Vorratsraum und sagte: »Ich werde ein Feuer entzünden. Bei diesem Gewitter fällt ein bißchen Rauch aus dem Schornstein niemandem auf.«

Offenbar war er nicht zum ersten Mal hier. Hatte er eine gutmütige Köchin um etwas Eßbares angeschnorrt? Oder war er in seinen besseren Jugendtagen hier Gast gewesen?

Was auch immer die Gründe für seine Ortskenntnis sein mochten: Innerhalb weniger Minuten hatte er eine Lampe angezündet, ein Kohlenfeuer in Gang gebracht und einen Wasserkessel aufgesetzt. Zutiefst dankbar stellte sich Maxie vor den Herd und nahm seine Wärme in sich auf.

Robin verschwand erneut und kehrte dann mit einem Schal zurück, den er ihr um die Schultern legte. »Ich habe einen Garderobenraum entdeckt, in dem jede Menge alter Kleidungsstücke hängen. Wollen wir uns unsere Zimmer aussuchen, während sich das Badewasser erwärmt?«

Maxie sah sich in der Küche um. »Offengesagt würde ich lieber hier bleiben. Es gehört sich nicht, in eine fremde Privatsphäre einzudringen, selbst wenn das Haus zur Zeit unbewohnt ist.«

»Es ist seit vielen Jahren unbewohnt – nicht nur zur Zeit.« Er griff zu einem Kerzenleuchter und winkte ihr lächelnd zu. »Komm. Wir richten schon keinen Schaden an.«

Sie folgte ihm aus der Küche und wußte, wenn er so lächelte, würde sie ihm auch in die Hölle folgen.

Das flackernde Kerzenlicht zeigte Maxie, daß die Einrichtung geschmackvoll und anheimelnd war. Darüber hinaus fehlte ihr der Hang zur Größe, der ihr in Chanleigh so unangenehm aufgefallen war. Obwohl die meisten Möbelstücke mit Tüchern abdeckt waren, verrieten ihre Formen zeitlose Eleganz. Hohe Fenster warteten darauf, daß die Läden aufgestoßen wurden und dicke Orientteppiche dämpften ihre Schritte.

Im Musikzimmer öffnete sie den Deckel des Cembalo und schlug einen Akkord an. Klar und hell schwebten die Töne durch den Raum. »Ich finde es sehr bedauerlich, daß niemand hier ist, um das alles zu würdigen.«

»Ein Herrenhaus ist für Jahrhunderte gebaut. Ein oder zwei Jahrzehnte der Leere sind kein allzu großes Vergehen. Ruxton war früher ein Heim und wird es wieder sein.«

Maxie hoffte, daß er recht hatte. Sie gingen ins obere Stockwerk hinauf. Auf dem Treppenabsatz gab es ein rundes Fenster ohne Läden. Maxie blieb stehen und blickte bewundernd auf die hügelige Landschaft hinaus. Die Umgebung war nicht so dramatisch wie die wilden Moore von Durhamshire, sondern lieblich und sanft.

Sie verzog die Lippen. Wie konnten die Besitzer hier nicht wohnen wollen? Hatten sie keine weniger begüterten Verwandten, die ein Heim brauchten? Kopfschüttelnd folgte sie Robin.

Er öffnete eine Tür und warf einen Blick in den Raum. Er war groß und verfügte über ein Himmelbett auf einem rosenfarbenen Teppich. »Ich glaube, es ist das Schlafgemach der Hausherrin. Zum Schlafzimmer des Hausherrn führt die Tür dort.«

Sie sah ihn an und erinnerte sich an das *Drover Inn.* »Also ist es gefährlicher, gemeinsam in einem Bett zu schlafen, als im Wald, in einer Scheune oder auf einem Stapel Teppiche?«

Er sah ihr direkt in die Augen und wirkte unvermittelt ernst. »So hat es sich erwiesen. Ich halte es für besser, im Nebenzimmer zu schlafen.«

Er hatte natürlich recht.

Zum zwanzigsten Mal schob sich Maxie die Ärmel ihrer kostbaren Robe zurück. Es wäre ganz und gar nicht gut, wenn ihr der rote Samt in ihr Essen hing. In den letzten drei Stunden war ihre Stimmung entscheidend besser geworden. Während Robin badete, hatte sie den Schinken und das Gemüse aus ihren Vorräten zubereitet. Ihre Abneigung gegen das Trinken von Alkohol erstreckte sich nicht auf das Kochen mit Wein, und ein großzügiger Schuß Bordeaux hatte für die eher schlichten Zutaten ebenso Wunder gewirkt wie ein paar getrocknete Kräuter aus der Vorratskammer.

Während ihr Bad an der Reihe war, ein wundervolles, lavendelparfümiertes Bad, hatte Robin aus dem gesamten Haus Schätze zusammengetragen, um eine angenehme Atmosphäre für ihr Mahl zu schaffen. Da sich das Eßzimmer als zu groß und formell erwies, hatte er den Tisch im Frühstückszimmer gedeckt. Kristallgläser, Silberbestecke und hauchdünnes Porzellan schimmerten im Kerzenlicht, feinbemalte Schalen enthielten eingelegtes Gemüse und kandierte Früchte aus der Vorratskammer.

Mit bedenklicher Mißachtung für Eigentumsrechte hatte er auch die beiden Samtroben gesichert, die sie trugen, während ihre eigenen Kleidungsstücke trockneten. Als Maxie nach ihrem Bad in das luxuriöse Gewand schlüpfte, kam sie sich vor wie eine Prinzessin.

Sie schluckte den letzten Bissen hinunter, lehnte sich mit einem zufriedenen kleinen Seufzer zurück und schob sich erneut die Ärmel hoch. Die Robe war viel zu groß für sie, der Saum ringelte sich wie eine Schleppe auf dem

Boden, aber sie paßte geradezu perfekt für diese unwirkliche Atmosphäre, in der ihr die langen Haare offen wie einem Kind über die Schultern hingen und warme Wollstrümpfe ihre Füße wärmten.

Maxie war fest entschlossen, sich zu entspannen und die Umgebung zu genießen. Sie hatte das merkwürdige Gefühl, daß das Haus sie willkommen hieß. Vielleicht war es froh, endlich wieder Bewohner zu haben – selbst so flüchtige und unberechtigte wie sie.

Verstohlen musterte sie ihren Gefährten. Seine Robe saß wie angegossen und war von einem Blau, das hervorragend zu seinen Augen paßte. Die Farbe betonte das Blond seiner Haare und ließ ihn unergründlich und gefährlich attraktiv aussehen.

Als er nach seinem Weinglas griff, öffnete sich seine Robe am Hals. Interessiert stellte sie fest, daß die Behaarung seiner Brust einen leicht rötlichen Ton aufwies. Vermutlich würde ihm auch ein rötlicher Bart wachsen, nahm sie an.

»In Momenten wie diesen«, bemerkte Maxie, während sie sich Wasser aus einem Silberkrug eingoß, »wäre es bestimmt sehr angenehm, sich mit einem Glas Brandy in der Hand zurückzulehnen.«

»Das kannst du doch tun. Niemand sagt, daß du den Brandy auch trinken mußt.« Er hob sein Glas, das den Rest des Bordeaux enthielt, mit dem sie ihr Essen bereichert hatte. »Wollen wir nicht auf die Zukunft trinken?«

Lachend griff Maxie nach ihrer Tasse. »Geht auch ein Trinkspruch mit Tee in Erfüllung?«

»Bei symbolischen Handlungen kommt es allein auf die Absicht an, die Details sind unerheblich«, versicherte er ihr.

Sie zögerte einen Moment lang und empfand unwillkürlich ein seltsames, tiefes Verlangen. Es wurde zunehmend schwerer, sich die Trennung von Robin, seinem faszinierenden Charme, seinem bezwingenden Humor und seiner selbstverständlichen Akzeptanz ihrer Herkunft vorzustellen. Eine Zukunft mit ihm lag jedoch im Bereich unerfüllbarer Träume. Jeder Versuch, ihn halten zu wollen, wäre so, als wollte man den Wind mit den Händen fangen.

Versonnen lächelnd hob sie ihre Tasse und leerte sie schnell und mit einem Schluck. Sie war eine Amerikanerin und das hieß, daß sie nichts für unmöglich hielt.

Nachdem sie sich Tee nachgeschenkt hatte, wählte sie ein Stück kandierten Ingwer aus der Porzellanschale. »Irgendwann in deiner undurchsichtigen Vergangenheit mußt du ein Butler gewesen sein.« Sie deutete auf den stilvoll gedeckten Tisch. »Das hast du ganz hervorragend gemacht.«

»Damit hast du sogar recht. Irgendwann einmal war ich Butler, ebenso wie Lakai und gelegentlich auch Stallbursche.«

Maxie reagierte verlegen. So ernst hatte sie ihre Vermutung gar nicht gemeint. »Ist das wahr oder machst du dich wieder einmal über mich lustig?«

»Die reine Wahrheit.« Er grinste. »Ist es denn so schwer vorstellbar, daß ich ordentlich arbeite?«

»Zumindest nicht leicht.« Sie stützte einen Ellbogen auf den Tisch, legte ihr Kinn in die Handfläche und musterte ihr Gegenüber. Im Grunde war ihre Überraschung unsinnig. Selbst herumziehende Gentlemen mit tiefer Abneigung gegen geregelte Tätigkeiten mußten dann und wann arbeiten, um sich die Mägen zu füllen.

»Ich bin überzeugt davon, daß du deine Aufgaben blendend erledigt hast. Du besitzt die Fähigkeit eines Chamäleons, dich jeder Umgebung anzupassen.« Sie versuchte die Eindrücke zu definieren, die sie auf ihrer gemeinsamen Reise gesammelt hatte. »Und doch wirkst du bei aller Leutseligkeit stets irgendwie über den Dingen stehend. Du paßt dich der Situation an, gehörst aber nicht zu ihr.«

Seine Finger umfaßten noch immer sein Weinglas. »Das, Maxie, ist eine allzu einsichtige Bemerkung.« Bevor sie das Thema weiter vertiefen konnte, fuhr er fort: »Wir werden bald in London sein. Wo willst du mit deinen Nachforschungen im Hinblick auf den Tod deines Vaters beginnen?«

»In dem Gasthaus, in dem er gestorben ist. Bestimmt gibt es da jemanden, der mir etwas erzählen kann. Ich habe auch die Namen einiger alter Freunde, die er aufsuchen wollte.«

»Und wenn du alles erfahren und das Nötige in die Wege geleitet hast? Was dann?« Der Blick aus den blauen Augen war sehr intensiv.

Sie schüttelte den Kopf, spielte mit der Zuckerzange und versuchte erfolglos, die verschlungene Gravur zu entziffern. »Dann werde ich vermutlich nach Amerika zurückkehren und versuchen, eine Anstellung in einem Buchgeschäft zu finden. Aber eigentlich habe ich darüber noch nicht nachgedacht. Die Zukunft erscheint mir fast unendlich fern.«

Sie ließ einen Zuckerwürfel in ihre Tasse fallen. »Nein, das stimmt nicht ganz. Üblicherweise habe ich zumindest vage Vorstellungen davon, was die Zukunft für mich bereit hält. Damit meine ich natürlich keine weissagerischen Fähigkeiten. Aber als ich mit meinem Vater unterwegs war, wußte ich beispielsweise immer, ob wir unser Ziel erreichen würden oder nicht. Und als wir nach England aufbrachen, war ich mir sicher, daß wir wohlbehalten ankommen würden. Und als ich das Haus meines Onkels verließ, zweifelte ich nicht daran, London auch zu erreichen.«

»Hast du auch vorhergeahnt, daß wir unterwegs so viele Abenteuer erleben würden?« erkundigte er sich höchst interessiert.

»Nein, nie hätte ich mir vorgestellt, jemandem wie dir zu begegnen.« Sie schenkte ihm ein flüchtiges Lächeln. »Aber jetzt, wenn ich mich auf die Zukunft konzentriere, kann ich mir vorstellen, was geschehen wird. Das ist so wie in jenem Sommer, als wir durch Albany reisen wollten. Es gab absolut keinen Grund dafür, aber ich sah uns einfach nicht dort. Und dann erkrankte mein Vater. Wir verbrachten etliche Wochen in einem Dorf in Vermont und kamen in diesem Jahr nicht mehr nach Albany. Und so ähnlich ist es jetzt auch.«

Er hob die Brauen. »Was für ein Gefühl hast du?«

»Eine Art von Leere. Vielleicht nimmt meine Zukunft eine Wendung, die ich mir nicht vorstellen kann, weil sie sich allzusehr von meiner Vergangenheit unterscheidet«, sagte sie langsam. »Ich habe stets gewußt, daß ich nicht mein ganzes Leben lang mit Büchern hausieren werde, auch wenn mir nicht klar war, was an die Stelle dieser Tätigkeit treten würde. Aber als mir mein Vater sagte, wir würden nach England segeln, wußte ich, daß unser Umherziehen beendet war.«

»Ich bin in meinem Leben unterschiedlichen Formen von Intuition begegnet und habe mir angewöhnt, sie nicht leichtfertig abzutun«, erklärte Robin. »Glaubst du nicht, genauere Vorstellungen über die Ereignisse in London bekommen zu können, wenn du dich bemühst? Falls da Gefahren lauern, wäre es ganz gut, auf sie vorbereitet zu sein.«

»Ich weiß nicht, ob das möglich ist, aber ich kann es zumindest versuchen«, erwiderte sie skeptisch.

Sie lehnte sich in ihrem Sessel zurück, schloß die Augen und stellte sich die Karte von England vor. Eine silberfarbene Straße schlängelte sich von Durham aus nach Yorkshire und nahm dort an Leuchtkraft zu, wo sie Robin kennengelernt hatte. Aber was war mit London, dem übervölkerten, wild pulsierenden Herz von England? Sie ließ ihre Gedanken schweifen.

Leere, Chaos, Leid. Das Undenkbare . . .

Mit einem Schrei fuhr Maxie hoch, ihre zuckende Hand riß die Teetasse vom Tisch, so daß sie auf dem Parkettfußboden zerschellte. Mit hämmerndem Herzen sah sie auf die Scherben. »Ich habe sie zerbrochen«, stellte sie einfältig fest.

»Zur Hölle mit der Tasse.« Im Nu war Robin neben ihr und nahm sie in die Arme. »Hast du das Gefühl, daß in London irgend etwas Furchtbares geschieht?«

Maxie bemühte sich, einen erneuten Blick auf das zu werfen, was sie da gesehen hatte, aber ihr Verstand weigerte sich, scheute davor zurück wie ein störrisches Pony. »Es . . . es überstieg meine Vorstellungskraft. Irgend etwas, was zu entsetzlich ist, um es begreifen zu können.«

Er zog sie noch enger an sich. »Könnte das dein eigener Tod gewesen sein?« fragte er leise. »Wenn das so ist, bringe ich dich morgen in die entgegengesetzte Richtung, und wenn ich dich dazu auf ein Pferd schnallen muß.«

Sie schüttelte den Kopf. »Ich habe mich noch nie vor dem Tod gefürchtet, weshalb sollte ich mich jetzt vor meinem Ende erschrecken?« Ein furchtbarer Gedanke durchzuckte sie. Konnte sie vielleicht irgendeine Gefahr für Robin vorausgeahnt haben?

Doch gleich darauf verdrängte sie diesen Gedanken wieder. Ihre Angst hatte mit Robin nichts zu tun. »Ich . . . ich glaube, es hatte mit dem zu tun, was meinem Vater zugestoßen ist.« Sie schluckte. »Obwohl ich mich mental darauf eingestellt habe, daß mein Onkel auf irgendeine Weise für Max' Tod verantwortlich sein könnte, möchte mein Herz das nicht glauben. Aber wenn mein Onkel dahintersteckt, würde das erklären, warum mir die Zukunft so erschreckend vorgekommen ist. Ein Mordprozeß hätte verheerende Konsequenzen für die gesamte Familie Collins. Unschuldige Menschen würden in Mitleidenschaft gezogen.«

»Und das willst du nicht, obwohl deine Verwandten nicht gerade liebevoll zu dir waren.« Er legte einen Finger unter ihr Kinn und zwang sie so, ihn anzusehen. »Vermutlich ist es eine überflüssige Frage, ob du dein Vorhaben aufgeben willst.«

Sie reckte entschlossen das Kinn. »So ist es. Vielleicht werde ich die Wahrheit nicht herausfinden, aber wenn ich es nicht wenigstens versuche, könnte ich mir das nie verzeihen.«

Robin nickte. »Wahrscheinlich hast du recht mit deiner Entschlossenheit. Die Wirklichkeit ist selten so schrecklich wie unsere Befürchtungen.« Er strich ihr die Haare aus der Stirn und ließ sie dann los. »Ich werde neues Teewasser aufsetzen. Und dann erzähle ich dir alle absurden Geschichten, die mir einfallen, damit du gut schläfst, wenn du zu Bett gehst.« Er lächelte. »Und ich kenne eine Menge absurder Geschichten.«

»Danke, Robin«, flüstere sie, nachdem er mit der Teekanne in Richtung Küche entschwunden war.

Ihre gemeinsame Zukunft mochte begrenzt sein, aber solange er an ihrer Seite war, konnte sie allem entgegentreten, was sie in London auch erwartete.

Kapitel 17

DER MARQUIS OF Wolverhampton schätzte, daß Robin und die Behütete Unschuld drei oder vier Tage brauchten, um von Market Harborough aus nach Ruxton zu gelangen. Auch Giles begab sich nach Süden und stellte unterwegs verblüffend erfolglose Nachforschungen an. Das Pärchen hatte sich verzogen wie sommerlicher Morgendunst.

Er hatte vorgehabt, die dritte Nacht in Ruxton zu verbringen, aber ein heftiger Gewitterregen verwandelte die Straßen in eine Schlammwüste und zwang seine Kutsche zu einem unerträglich langsamen Tempo. Gereizt hielt er sich vor, zuviel Zeit mit nutzlosen Befragungen vergeudet zu haben. Hätte er das nur wenige Stunden früher erkannt, könnte er längst in Ruxton sein. Jetzt war er auf das nächstgelegene Gasthaus angewiesen. Keine besonders erfreuliche Aussicht.

Während sich seine Kutsche weiter durch die Schlammassen kämpfte, ertappte er sich bei Gedanken an Desdemona Ross, die die höchst unangenehme Eigenschaft hatte, sich in seine Überlegungen zu drängen – im wachen wie im schlafenden Zustand.

Ein scharfes Krachen unter ihm riß ihn in die Wirklichkeit zurück. Abrupt und besorgniserregend schwankend blieb die Kutsche stehen. Seufzend trat Giles in den Regen hinaus. Das hatte ihm gerade noch gefehlt. »Wollen wir nachsehen, wie ernst es ist?« rief er seinem Kutscher zu.

Wickes übergab die Zügel an Miller, einem jungen Diener, der gleichzeitig als Leibwächter, Reitbursche und Kammerdiener fungierte. Nachdem er vom Bock geklettert war, kroch er zusammen mit Giles durch den Schlamm, um den Schaden zu inspizieren. »Die Achse ist hin, Mylord«, verkündete Wickes düster. »Wir werden Miller losschicken müssen, damit er einen Schmied auftreibt.«

Giles zog seinen Hut tiefer über die Ohren, um zu verhindern, daß ihm der Regen in den Nacken lief. »Wir sind eine oder zwei Meilen von Daventry entfernt. Dort gibt es sicher eine Schmiede.« Er wollte gerade Miller losschicken, als er hinter sich die Geräusche eines Pferdewagens hörte.

»Da können wir ja von Glück reden«, verkündete Wikkes und trat auf die Straße, um das nahende Gefährt anzuhalten.

Es war kein Pferdewagen, sondern eine weitere Privatkutsche – eine Kutsche mit einer durchaus vertrauten gelben Verzierung. Ein breites Lächeln überzog Giles' Gesicht.

Als er sich der Kutsche näherte, setzte sich eine hochgewachsene weibliche Gestalt den Fluten aus und kam auf ihn zu. Er beschleunigte seine Schritte und rief: »Steigen Sie wieder ein, Lady Ross. Es ist absolut überflüssig, daß sie ebenfalls durchnäßt werden.«

»Keine Sorge, Wolverhampton. Ich werde mich schon nicht auflösen.« Sie zeigte ihm ein mutwilliges Lächeln. Von ihrer Schute tropfte Regen, ihre langen Wimpern klebten aneinander. »Endlich ergibt sich für mich die

Chance, ausnahmsweise einmal Ihnen behilflich zu sein. Wie könnte ich mir diese Chance entgehen lassen? Ich nehme an, Ihnen ist ein Rad oder sogar die Achse gebrochen?«

Er nickte. »Es wäre sehr liebenswürdig von Ihnen, wenn Sie in Daventry jemand damit beauftragen würden, uns zur Hilfe zu kommen.«

»Warum steigen Sie nicht bei mir ein? Ihre Männer werden sehr gut allein fertig. Ich habe die Absicht, im *Wheatsheaf* abzusteigen, einer recht annehmbaren Herberge.« Sie zog ihren Umhang enger um sich. »Es wirklich nicht das geeignete Wetter zum Reisen.«

Die Aussicht, einige Zeit mit Lady Ross verbringen zu können, war zu verlockend, um ausgeschlagen zu werden. Giles trug seinen Männern auf, auf Hilfe zu warten, holte eine Reisetasche mit dem Notwendigsten aus seiner Kutsche und stieg in Lady Ross' Gefährt um.

»Was ist aus Ihrer Zofe geworden?« fragte er angesichts der Tatsache, daß sie allein in der Kutsche saßen.

»Das dumme Ding hat sich böse erkältet, da habe ich sie nach Hause geschickt.« Sie neigte den Kopf zur Seite. »Wie Sie sehen können, habe ich mich nicht an Ihren Rat gehalten, ergeben die Ankunft der Flüchtigen in London abzuwarten. Zwei- oder dreimal traf ich auf Leute, die glauben, die beiden gesehen zu haben, aber eine brauchbare Spur hat sich nicht ergeben. Und wie ist es Ihnen ergangen?«

»Ähnlich.« Spontan kam Giles zu dem Entschluß, Ruxton nicht länger als Geheimnis zu behandeln. »Robin besitzt ein Haus in der Nahe von Daventry. Ich bin auf dem Weg dorthin. Vielleicht haben die beiden vor, da einen oder zwei Tage zu verbringen. Haben Sie Lust, mich zu begleiten?«

»Auf jeden Fall.« Sie lächelte ausgesprochen ironisch.

»Es ist von unübersehbarem Vorteil, wenn wir sie gemeinsam finden.«

Gemeinsam. Das Wort hatte einen angenehmen Klang.

In Daventry trafen sie auf einen Schmied, der gegen ein nur gelinde überhöhtes Entgelt bereit war, sich sofort um Giles' Kutsche zu kümmern. Danach begaben sie sich zum *Wheatsheaf Inn*.

Dort bestellte Giles Tee und Gebäck. Der Wirt erteilte die Anordnungen und bat sie dann in einen abgeschiedenen Raum.

Giles legte seinen Mantel ab, und Desdemona trat vor den Kamin. »Das alles kommt mir sehr bekannt vor«, verkündete sie. »Wir scheinen uns stets in Gasthäusern zu treffen.« Sie nahm die Schute ab und schüttelte den Kopf. Ihre roten Haare fielen ihr wie eine wilde Mähne über die Schultern und lockten sich wegen der Feuchtigkeit.

Fasziniert sah Giles zu, wie sie sich abwesend mit den Fingern durch die rote Pracht fuhr und vergeblich versuchte, die Strähnen zu glätten.

Er setzte gerade zu einer Bemerkung über die Folgen an, die Begegnungen in Gasthäusern auf den guten Ruf haben konnten, als Desdemona ihren durchnäßten Umhang abstreifte.

Er hatte sich gefragt, wie sie wohl ohne die Schichten unförmiger Kleidung aussehen würde. Jetzt bekam er die Antwort, und die schickte Lavaströme durch seine Adern.

Er hatte sie für ziemlich kräftig gehalten, auf eine attraktiv weibliche Art korpulent. Aber unter Korpulenz verstand man gemeinhin eine Stämmigkeit von Kopf bis Fuß.

Desdemona war nur an bestimmten Stellen »korpulent«. Ihr durchtränktes Musselinkleid klebte an ihr wie ein nasser Unterrock und enthüllte eine geradezu spektakuläre Figur. Ihre Beine waren extrem lang und wohlgeformt, die Zierlichkeit ihrer Taille betonte ihre unübersehbaren Kurven auf eine geradezu dramatische Weise. Insbesondere verfügte sie über ein Paar ganz erstaunlicher . . .

Hastig bemühte sich Giles um eine gelassene Miene. Ein Gentleman würde vielleicht sagen, daß sie einen wundervollen Hals hatte, da alles andere in einer gepflegten Unterhaltung unaussprechlich war. Lady Ross hatte in der Tat einen wundervollen Hals . . . und der Rest von ihr war auch nicht zu verachten.

Ihre Miene vereiste. »Sie starren mich an«, beschwerte sie sich spitz.

Das konnte er nicht leugnen. Er hob seinen versonnenen Blick und erklärte mit bedauerlicher Offenheit: »Lady Collingwood hatte recht.«

Ihr Gesicht wurde so rot wie ihr Haar.

»Das war keine Beleidigung«, versicherte er hastig. »Sie sind eine faszinierend attraktive Frau. Das könnte kein Mann übersehen.«

»Sie sind also der Meinung meiner Schwägerin, daß ich aussehe wie ein lockeres Frauenzimmer«, fauchte sie. »Sie haben beide recht, denn zu viele Männer haben sich mir gegenüber so benommen, als wäre ich eins.« Sie griff nach ihrem feuchten Umhang.

Ihre bitteren Worte erklärten dem Marquis, warum ihr männliche Aufmerksamkeit so unbehaglich war. Schnell streifte er sich seinen Rock von den Schultern. »Ziehen Sie den an. Im Gegensatz zu Ihrem Umhang ist er trocken.«

Als sie zögerte, fügte er in seinem sanftesten Ton hinzu. »Ich entschuldige mich für meine Worte. Sie waren keineswegs despektierlich gemeint. Ich war nur so überrascht. Es ist Ihnen hervorragend gelungen, Ihre Schönheit zu verbergen.«

Sehr vorsichtig nahm sie den Rock entgegen – ganz so, als rechne sie mit einem Überfall. Sie legte ihn sich um die Schultern und zog sich wieder zurück. Zu Giles' Bedauern verwandelte seine Jacke sie wieder in ein Bild züchtiger Anständigkeit.

Der Tee wurde gebracht, also goß er ihr eine Tasse ein und reichte ihr dann den Teller mit dem Gebäck. Zunächst saß sie auf der Kante ihres Sessels wie auf dem Sprung, aber in dem Maße, in dem der Tee sie aufwärmte und Giles seine Distanz wahrte, begann sie sich zu entspannen.

»Vermutlich verlief Ihre Einführung in die Gesellschaft nicht gerade komplikationsfrei«, bemerkte er in der Erkenntnis, daß es höchste Zeit war, der Schreckhaftigkeit der Lady auf den Grund zu gehen. »Normalerweise weckt Unschuld Beschützerinstinkte, aber Sie verfügen über eine Schönheit, die Männer dazu bringt, sich zu vergessen – besonders junge Männer, die mehr Leidenschaft als Geduld aufbringen.«

Desdemona blickte auf ihren Teller und zerkrümelte einen Keks. »Als mich ein junger Mann zum ersten Mal von meiner Anstandsdame fortlockte, empfand ich große Gewissensbisse und fragte mich, wodurch ich ihn ermutigt hatte. Schließlich begriff ich, daß die Schuld nicht in meinem Verhalten lag.« Sie verzog die Lippen. »Um mich verteidigen zu können, steckte ich mir eine lange Nadel in die Haare.«

»Langsam verstehe ich, warum Sie eine so geringe Meinung von der männlichen Hälfte der Menschheit haben«, sagte er nachdenklich. »Und Ihre erste Saison, damals . . . Das war nur der Anfang, oder?«

»Warum wollen Sie das wissen, Wolverhampton?« Sie hob den Kopf und blitzte ihn herausfordernd an. »Auch wenn Sie unehrenhafte Absichten in einer ungewöhnlich freundlichen Weise deutlich machen, kann ich nicht erkennen, daß meine Vergangenheit Sie irgend etwas angeht.«

Er holte tief Atem. »Da meine Absichten nicht unehrenhaft sind«, – offensichtlich hatte er seine Schwierigkeiten mit den Formulierungen – ». . . müssen sie wohl ehrenhaft sein.«

Ihre Augen wurden ganz groß, und sie setzte die Teetasse mit einem deutlichen Klirren ab. Sie sahen einander an und erlebten einen jener Momente, in denen sich alles für immer verändert. Wie es auch ausging – ein Zurück gab es nicht mehr.

Als sie die Lippen öffnete, schienen ihre Worte belanglos zu sein, aber er wußte, daß sie es nicht waren. »Ich bin Ihrer Frau einmal begegnet. Sie war fein und zerbrechlich, wie eine Porzellanfigur.«

Auch er stellte seine Tasse ab und achtete sorgsam darauf, daß sie kein Geräusch verursachte. Wenn er Desdemona auf die Probe stellte, hatte sie das Recht, das gleiche zu tun. »Ja, Dianthe war sehr schön.«

»Sie und ich könnten nicht unähnlicher sein.«

»Ich hoffe zu Gott, daß das stimmt«, erwiderte er, und es gelang ihm nicht, die Bitterkeit aus seiner Stimme herauszuhalten. »Denn wenn nicht, könnte ich den zweiten großen Fehler meines Lebens begehen.«

Während des ganzen Gesprächs hatte sich Desdemona tief verunsichert gefühlt. Die letzten Worte des Marquis gaben ihr etwas von ihrer Selbstsicherheit wieder. Sie war froh, daß er ebenso verletzlich war wie sie. »Was ist geschehen?«

Er stand auf und begann rastlos auf und ab zu laufen.

»Da gibt es nicht viel zu erzählen. Als wir heirateten, war ich wie berauscht von ihr. Ich konnte kaum fassen, daß sie mich so vielen anderen vorgezogen hatte.« Er zuckte mit den breiten Schultern. »In meiner blinden Vernarrtheit erkannte ich den Grund nicht: In jenem Jahr war ich der Kandidat mit dem höchsten Titel und dem größten Vermögen auf dem Heiratsmarkt. Aber sie verstand es geradezu perfekt, die süße, harmlose Unschuld zu spielen. Es war sehr leicht, sich von ihr hinters Licht führen zu lassen.«

»Aber sie muß doch immerhin etwas für Sie empfunden haben. Keine vernünftige Frau würde sich bei freier Auswahl für einen Mann entscheiden, den sie nicht mag.«

Seine Miene wurde sarkastisch. »Ich war ihr nicht rundheraus unsympathisch, aber wie sie mir später bei einer unserer kleinen Auseinandersetzungen anvertraute, hat sie sich schon vor dem Ende unserer Flitterwochen mit mir tödlich gelangweilt. Damit hätte sie zwar gerechnet, aber nicht so schnell und so gründlich.«

Desdemona zuckte zusammen. Diese Grausamkeit erinnerte sie schmerzlich an ihre eigene Ehe.

»Aber Dianthe war nicht unpragmatisch«, fuhr er fort. »Sie war durchaus bereit, sich im Tausch gegen Geld und Stand mit meiner Langweiligkeit abzufinden. Sie hatte eine erstaunliche Begabung fürs Geldausgeben, und sie wollte unbedingt eine Marquise werden.«

»Sie ist zusammen mit dem Kind im Wochenbett gestorben, nicht wahr?« Desdemona erinnerte sich, davon in der Zeitung gelesen zu haben und auch an ihr Gefühl des Bedauerns über den allzu frühen Tod der schönen Frau.

»Ja.« Giles stützte die Faust am Kaminsims ab und blickte lange in die Flammen. »Kurz vor ihrem Tod, als es so aussah, als würde das Kind überleben, sagte sie mir, daß es mit an Sicherheit grenzender Wahrscheinlichkeit nicht von mir war. Sie schien es fast zu bedauern. Normalerweise sorgen Frauen in ihrer Situation für einen oder zwei legitime Erben, bevor sie eigene Wege gehen. Das hatte sie wohl auch vor, aber . . . Unfälle sind eben nicht auszuschließen.«

Desdemona empfand tiefes Mitgefühl. Zum ersten Mal in ihrem Leben rang sie sich einem Mann gegenüber zu einer Geste des Trostes durch – ohne Furcht davor, daß er falsch reagierte. Sie legte ihre Hand auf seinen Hemdärmel und sagte: »Das alles tut mir unendlich leid. Sie hat Sie nicht verdient.«

Auch wenn er seine Stimme perfekt beherrschte, fühlten sich seine Ärmelmuskeln unter ihren Fingern wie gespannte Eisendrähte an. »Es war mir zwar nicht bewußt, aber wir hatten wohl sehr unterschiedliche Vorstellungen von unserer Ehe. Meine hat sich als katastrophal falsch herausgestellt.« Mit fast unhörbarer Stimme fügte er hinzu: »Aber das Schlimmste von allem war, nicht richtig trauern zu können.«

»Das verstehe ich gut«, erwiderte sie leise. »Als mein Mann starb, empfand ich Erleichterung, Schuld, ein unpersönliches Bedauern über einen sinnlosen Tod. Es war eine sehr . . . komplizierte Mischung.«

Er hob die Hand und ließ sie kurz auf ihren Fingern ruhen. »Ich bin Sir Gilbert Ross zwar nie persönlich begegnet, aber er stand im Ruf eines Spielers.«

»Unter anderem.« Jetzt starrte Desdemona in die Flammen.

Sie hatte noch nie mit jemandem über ihre Ehe gesprochen, aber die Aufrichtigkeit des Marquis verlangte ähnliche Offenheit von ihr. »Er ist eines Nachts in einem Straßengraben ertrunken – im Vollrausch. Das buchstäblich einzig Fürsorgliche in seinem Leben war sein Tod nach einem hohen Gewinn am Spieltisch, so daß genügend da war, um seine Schulden zu bezahlen und noch etwas übrig zu behalten. Das und ein bescheidenes Vermächtnis einer Tante gestattete mir eine gewisse Unabhängigkeit. Ich stellte fest, daß mir die Witwenschaft wesentlich besser bekam als die Ehe.«

Giles seufzte. »Dieses modische Werben innerhalb kürzester Zeit ist mehr als bedenklich. Es kann kaum überraschen, daß Sie und ich mit Partnern endeten, die ganz anders waren als wir annahmen.«

»Stimmt, obwohl ich mir meinen Mann nicht ausgewählt habe.«

»Die Verbindung wurde von Ihrer Familie arrangiert?«

»Nein, mein Bruder hätte mit Sicherheit eine bessere Wahl getroffen. Während meiner ersten Saison in London war Sir Gilbert nur einer von mehreren ernsthaften Verehrern. Mein Vermögen war zwar nicht einmal ansatzweise mit Ihrem zu vergleichen, aber ich verfügte über eine anständige Mitgift, und den Männern gefiel mein Aussehen, auch wenn sie es nicht respektierten. Gilbert machte mir heftig den Hof, wußte aber genau, daß mein Bruder nie sein Einverständnis zu einer Heirat geben würde. Also lud er eines Tages zu einer Kutschfahrt durch den Park ein. Erst am nächsten Tag brachte er mich zurück.«

Der Marquis runzelte die Stirn. »Hat er . . .?«

Erneut blickte Desdemona ins Feuer. »Nein. Er brachte mich in ein unbewohntes Landhaus, schwor mir seine unsterbliche Liebe und erklärte, ohne mich nicht leben zu können. Ich war natürlich außer mir, aber auch sehr geschmeichelt. Er sah sehr gut aus und ich war jung genug, um das Ganze für ungemein romantisch zu halten.«

»Verstehe«, sagte Wolverhampton grimmig. »Er hat Sie zwar nicht angerührt, aber allein durch die Tatsache, daß Sie eine Nacht in seiner Gesellschaft verbrachten, waren Sie gründlich kompromittiert.«

»Genau. Jedermann stimmte darin überein, daß mir keine andere Wahl blieb, als ihn zu heiraten.« Ihre vollen Lippen wurden ganz schmal. »Ich war zu jung, um zu begreifen, daß es immer einen Ausweg gibt. Also ergab ich mich in mein Schicksal.«

»Und deshalb sind Sie jetzt so entschlossen, Ihrer Nichte die Wahl zu lassen – ganz gleich, was auch geschehen sein mag?«

»So ist es. Ich werde niemandem – niemandem! – gestatten, sie zu einer elenden Heirat zu zwingen.« Desdemona ergriff den Feuerhaken und stocherte in der Glut. »Ich hätte mich damals wehren sollen, aber wie ich schon sagte, hat es mich sehr beeindruckt, daß sich ein Mann meinetwegen zu verzweifelten Handlungen hinreißen ließ. Er war mir nicht unsympathisch, ich fand ihn sehr amüsant und hielt die Tatsache, daß er nicht über mich herfiel, für ein Zeichen seiner aufrichtigen Zuneigung. Bedauerlicherweise empfand er mir gegenüber nicht mehr Liebe als Ihre Dianthe für Sie.«

»War er nur an Ihrer Mitgift interessiert?«

»Das war sein Hauptmotiv. Aber abgesehen vom Geld . . .« Sie schluckte und wußte nicht, wie sie fortfahren sollte. Der Marquis legte den Arm um sie, und sie entspannte sich ein wenig.

»Als er betrunken war, erzählte mir Gilbert einmal, daß er sich eine Liste der Mädchen aufgestellt hatte, die zwar über Vermögen verfügten, aber nicht aus so hohen Adelskreisen stammten, daß sie für ihn unerreichbar waren. Nachdem er uns alle kennengelernt hatte, entschied er sich für mich – wegen meiner . . . Brüste.« Sie schien selbst erstaunt zu sein, daß sie dieses Wort über die Lippen gebracht hatte.

Wortlos zog er sie näher an sich heran. Sie spürte, daß er verstand, wie demütigend das für sie gewesen sein mußte.

»Im Grunde geht es in der Ehe um das Geschäft Sex gegen Geld«, sagte er versonnen. »Der Mann beschützt und versorgt die Frau im Tausch gegen sexuelle Verfügbarkeit. Das ist für beide nicht gerade schmeichelhaft. Diese Erkenntnis ist mir nicht leicht gefallen.« Der Druck seines Arms verstärkte sich. »Sie hatten das Unglück, aus finanziellen und sexuellen Gründen zur Ehe gezwungen worden zu sein. Das ist besonders verächtlich.«

»Herr im Himmel, welche Toren die Menschen doch sind!« lachte sie bitter auf. »Also laufen alle romantischen Faseleien nur auf eines hinaus: Der Mann sucht sich die Frau, die ihn am meisten erregt, und die Frau entscheidet sich für den Mann, der sie am besten versorgen kann?«

»Das mag so aussehen, ist aber lediglich ein Anfang. Menschen sind komplizierte Wesen, und eine gute Ehe sollte vielerlei Wünsche und Bedürfnisse befriedigen.« Heiterkeit blitzte in seinen schiefergrauen Augen auf. »Über Zuneigung, Kameradschaft und Vertrauen hinaus ist es beispielsweise nicht grundsätzlich falsch, den Partner körperlich anziehend zu finden.«

Sie wandte den Blick ab – erneut scheu, aber auch zufrieden, von seinem Arm umfangen zu werden. »Sind wir also wieder bei der Tatsache, daß ich aussehe wie eine Dirne?«

»Eigentlich nicht. Solche Frauen habe ich nie besonders interessant gefunden – zumindest nicht länger als eine oder zwei Stunden. Im Gegensatz dazu sind Sie unentwegt und in jeder Hinsicht interessant. Ich bewundere den Idealismus Ihrer politischen Tätigkeit ebenso wie das, was Sie für Ihre Nichte tun, ohne diese jemals gesehen zu haben. Mir gefällt Ihre Direktheit.« Er schmunzelte. »Und mir gefällt die Tatsache, daß es mir Ihr Erröten so leicht macht, Ihre Gedanken zu erraten.«

Die glühende Röte, die ihr Gesicht überzog, bestätigte seine letzten Worte. Desdemona fühlte sich versucht, mit dem Fuß aufzustampfen wie ein kleines Kind.

Giles beendete seine Aufzählung ihrer Tugenden mit den Worten: »Die Tatsache, daß ich Sie als Persönlichkeit schätze und respektiere ist nur der Grundstein. Über alle Maßen beglückt es mich jedoch, daß Sie aussehen wie eine überaus exklusive Operntänzerin.«

Die geradezu bestechende Logik, mit der er ihr die Unsicherheit über ihr Äußeres nehmen wollte, brachte sie zum Lachen. Erstmals in ihrem Leben kam ihr die Bewunderung eines Mannes höchst angenehm und überhaupt nicht bedrohlich vor.

Aber dann hob sie den Blick und ihr Lachen erstarb. Was sie in seinen Augen sah, nahm ihr den Atem. Da war Verlangen, aber auch Zärtlichkeit und Verständnis. Als er sich zu ihr beugte, versuchte sie erst gar nicht, seinem Kuß zu entgehen.

Er begann als federleichte Liebkosung und war so ganz anders als die brutalen Überfälle der jungen Männer, die sie als Mädchen in irgendwelche dunklen Ecken gedrängt hatten. Ihr Mann hatte sich nur selten die Mühe gemacht, sie zu küssen, sondern sein Verlangen sehr direkt befriedigt.

Giles' Lippen tasteten sehr langsam, sehr sinnlich über ihren Mund und weckten Empfindungen, die Desdemona nie für möglich gehalten hätte. Zunächst hielt sie nur ganz still, doch schon bald wollte sie reagieren. Sie schlang ihre Arme um seinen Hals und schmiegte sich an ihn. Ihre Körper paßten zueinander, als wären sie füreinander geschaffen.

Seine Hand glitt unter seinen Rock, den sie sich um die Schultern gelegt hatte. Ganz sanft begann er, über ihren Rücken zu streichen. Seine Hände erhitzten ihren Körper durch den feuchten Musselin ihres Kleides hindurch. Sie ahnte nicht, was ihn seine Zurückhaltung kostete, bis sie die Lippen öffnete und fast scheu seine Zunge berührte. Er stöhnte tief auf und riß sie so heftig an sich, daß Desdemona die ganze Kraft seiner Männlichkeit spürte. Sie erstarrte und verabscheute das Gefühl, überwältigt zu werden.

Sofort trat er einen Schritt zurück. Schweratmend strich er ihr über die wirren roten Locken. »Verzeih, aber es war verhängnisvoll leicht, mich zu vergessen. Ich wollte dich nicht beunruhigen.«

»Das hast du auch nicht getan. Zumindest nicht sehr.« Auch sie fühlte sich verwirrt und aufgewühlt. »Wie geht es nun mit uns weiter, Wolverhampton?«

Er lächelte schief, aber eindeutig hoffnungsvoll. »Wir könnten uns häufiger treffen, uns besser kennenlernen. Herausfinden, ob wir zueinander passen.«

»Das würde mir gefallen.« Doch schon als sie das sagte, zuckte sie innerlich schon wieder zurück. »Aber das wird gewisse Zeit brauchen. Wie ich schon sagte, habe ich meine Unabhängigkeit sehr genossen.«

»Auch deine Einsamkeit?« fragte er leise.

Sie blickte zu Boden und schüttelte den Kopf. »Aber laß uns ganz offen zueinander sein. Falls ich zu der Erkenntnis kommen sollte, daß ich nicht wieder heiraten kann, werde ich dir das sagen. Und wenn du mich für eine unmögliche Partnerin hältst, mußt du es mir auch mitteilen. Ich möchte nicht, daß du dich zur Eheschließung mit mir verpflichtet fühlst, nur weil du glaubst, Erwartungen in mir geweckt zu haben. Es heißt, daß Wellington aus diesem Grund geheiratet hat, und du weißt selbst, was daraus geworden ist.«

»Einverstanden. Diese sachliche Vernunft ist es unter anderem, was mir an dir so gefällt. Aber um die Dinge zwischen uns ein bißchen zu beschleunigen, solltest du dich vielleicht dazu überwinden, mich Giles zu nennen.« Er verzog die Lippen. »Dianthe hat mich stets bei meinem Titel genannt . . .«

»Wie unsinnig. Also gut, Giles.« Sie musterte ihn nachdenklich. »Glaubst du, du könntest mich Desdemona nennen, ohne dabei in schallendes Gelächter auszubrechen?«

»Vermutlich nicht.« In seinen Augen blitzte es verdächtig. »Als du mich auf Wolverhampton überfallen hast, ging mir durch den Kopf, daß Othello seine Desdemona durchaus mit einer gewissen Berechtigung erwürgt haben könnte. Seither kam mir dieser Gedanke noch häufiger.«

»Das war eine absolut abwegige Bemerkung und deiner nicht würdig.« Desdemona bemühte sich um ein ernstes Gesicht, hatte aber mit dem Lachen zu kämpfen.

»Vielleicht«, stimmte Giles übermütig zu. »Aber warum kicherst du dann so?«

»Ich bin eine ehrbare Witwe, reif an Jahren und erfüllt von ernsthaften Interessen«, stellte sie würdevoll fest. »Ich kichere nicht.«

Doch dann verbarg sie schnell ihr Gesicht an seiner Schulter.

Kapitel 18

ROBIN HATTE MIT der Anzahl seiner Possen und Schnurren nicht übertrieben. Als sie bereit waren zu Bett zu gehen, hatte Maxie so oft und so viel gelacht, daß sie sich an ihre dumpfe Angst vor der Zukunft kaum erinnern konnte. Arm in Arm stiegen sie die Treppe hinauf. Robin trug einen Leuchter und Maxie raffte ihr rotes Samtkleid, damit sie nicht stolperte.

Er begleitete sie in ihr Zimmer, entzündete die Kerze auf dem Nachttisch und drehte sich wieder um, um in den Nebenraum zu gehen. Das Kerzenlicht warf attraktive Schatten über sein Gesicht. In seiner fließenden blauen Samtrobe sah er aus wie ein mittelalterlicher Lord. Er war der begehrenswerteste Mann, den sie je gesehen hatte, und sie wünschte sich, seinen Gürtel zu lösen, seinen Körper zu entblößen und ihn zu sich ins Bett zu ziehen.

Fast unbewußt legte sie ihre Hand auf das Dreieck nackter Haut, die unterhalb seines Halses sichtbar war. Unter ihren Fingern beschleunigte sich sein Herzschlag. Sinnliche Begierde begann zwischen ihnen zu pulsieren.

»Wer von uns sollte jetzt vernünftig sein?« erkundigte sie sich mit trockenem Mund.

»Ich vermutlich.« Er hob ihre Hand und küßte ihre

Finger, bevor er sie losließ. »Vergiß nicht, daß ich gleich nebenan bin. Sobald du einen Alptraum hast, brauchst du nur zu rufen. Ich bin sofort zur Stelle.«

»Ich weiß.« Tapfer widerstand Maxie dem drängenden Impuls, einen Gutenachtkuß zu riskieren, trat einen Schritt zurück und begann sich die Haare zu einem Zopf zu flechten. »Ich wünsche dir angenehme Träume.«

Nachdem er die Verbindungstür geschlossen hatte, streifte sie ihre Robe ab und schlüpfte unter die Bettdecke. Doch trotz der behaglichen Umgebung konnte Maxie nicht einschlafen. Aber das hatte nichts mit dunklen Zukunftsahnungen zu tun. Es lag einfach daran, daß das breite Himmelbett zu groß, zu kalt und zu leer war.

Eine halbe Ewigkeit warf sie sich hin und her, versuchte, sich mit den Kissen eine gemütlichere Position zu verschaffen, aber alle Bemühungen führten zu nichts. Schließlich setzte sie sich nachdenklich auf. Wenn sie die Verbindungstür einen Spalt öffnete, würde sie sich Robin vielleicht ein wenig näher fühlen. Und nicht ganz so allein.

Maxie kletterte aus dem Bett und lief auf nackten Füßen zur Tür. Die Kälte ließ sie in ihrem leichten Batisthemd erschauern. Es hatte wieder zu regnen begonnen, und die frische Kühle, die durch das Fenster hereindrang, erinnerte sie an New England. Ganz leise öffnete sie die Tür, lauschte und hoffte, durch das Klopfen des Regens auf die Fensterbretter auch Robins beruhigende Atemzüge hören zu können.

Sie hörte ihn, aber die Geräusche waren alles andere als beruhigend. Sein Atem ging abgehackt und flach – genau wie in der ersten Nacht, die sie auf Farnkraut am Rand eines Moores verbracht hatten.

Das Bett knarrte. Mit gequälter Stimme begann er in einer fremden Sprache zu reden. Schnell trat Maxie näher. Er schien deutsch zu sprechen. Sie kannte sich mit dieser Sprache nicht aus, glaubte aber die Worte »Blut« und »Mord« zu verstehen.

»Nein! Nein!« schrie er plötzlich so laut, daß es sie auch durch die geschlossene Tür aus dem Schlaf gerissen hätte, und schlug wild um sich.

Tief beunruhigt kletterte sie auf das breite Bett und legte ihm eine Hand auf die Schulter, um ihn aus seinem Alptraum zu wecken.

Er fuhr unter ihrer Berührung hoch und schnellte mit verblüffender Geschwindigkeit herum. Bevor sie noch einen Namen aussprechen konnte, packte er sie bei den Schultern und zwang sie auf die Matratze. Sein Oberkörper war nackt und feucht von Schweiß. Sein Atem kam in hektischen Stößen, als er sich auf sie legte und ihr den Vorderarm auf die Kehle drückte, so daß sie kaum noch atmen konnte.

Maxie war sich der erschreckenden Kraft seines angespannten Körpers sehr wohl bewußt. Wenn sie sich wehrte, könnte er sie möglicherweise erdrosseln. Sie verhielt sich absolut ruhig, holte qualvoll Luft und keuchte scharf: »Wach auf, Robin! Du träumst!«

Einen furchtbaren Moment lang nahm der Druck auf ihre Kehle noch zu. Dann durchdrangen ihre Worte seinen Alptraum. »Maxie?« flüsterte er rauh.

»Ja, Robin. Ich bin es«, ächzte sie mühsam.

Er zuckte vor ihr zurück und ließ sich auf den Rücken fallen. In der Dunkelheit wirkte seine Haut geisterhaft bleich. »Großer Gott, verzeih mir!« wisperte er heiser. »Geht es dir auch gut?«

Maxie holte tief und dankbar Luft. »Nichts passiert.« Sie setzte sich auf, entzündete die Kerze und wandte sich dann wieder Robin zu.

Zu ihrem Entsetzen zitterte er so heftig, daß das ganze Bett vibrierte. Schnell legte sie beide Arme um ihn, und er klammerte sich so fest an sie, daß sie befürchtete, er würde ihr die Rippen brechen. Sie zog seinen Kopf an ihre Brust.

»Hast du einen Fieberanfall?« fragte sie in der Annahme, Robin hätte sich auf einer seiner Reisen vielleicht an Malaria infiziert.

»Nein. Nur einen Alptraum.«

Sie strich ihm über den Kopf, als wäre er ein Kind. »Sag das nicht so abfällig. Die Irokesen sind überzeugt davon, daß Träume und Alpträume aus der Seele kommen. Was beunruhigt dich so, daß du nicht ruhig schlafen kannst?«

Nach langem Schweigen, als sie schon annahm, er würde gar nicht mehr antworten, sagte er mit kaum hörbarer Stimme: »Das Übliche: Gewalt, Verrat, das Töten von Männern, die unter anderen Umständen vielleicht meine Freunde hätten werden können.«

Die Trostlosigkeit seines Tonfalls jagte ihr einen Schauer über den Rücken. Maxie dachte an Robins Gespräch mit dem Farmer, der sie in seiner Scheune ertappt hatte. »Du warst also wirklich bei der Armee?«

»Ich war nie Soldat«, entgegnete er bitter. »Soviel ist sicher.«

»Aber was warst du dann?«

»Ein Spion.« Er wischte sich mit bebender Hand den Schweiß von der Stirn. »Für ein gutes Dutzend Jahre, seit meinem zwanzigsten Geburtstag. Ich habe gelogen, gestohlen, manchmal den Attentäter gespielt. Darin war ich gut, sogar sehr gut.«

Maxie verspürte den Schock der Überraschung, der sich immer dann einstellt, wenn eine Tatsache völlig unerwartet geäußert wird, aber so überzeugend, daß an ihr kein Zweifel bestehen kann. »Das erklärt sehr vieles. Und ich hatte dich für einen ganz gewöhnlichen kleinen Dieb und Schwindler gehalten.«

»Das wäre sehr viel besser gewesen. Dann hätte ich weniger Schaden anrichten können.« Verzerrte Gesichter tauchten vor seinem inneren Auge auf, Bilder der wenigen, die er kannte, und die verschwommenen Legionen jener, die gestorben waren, weil er Informationen weitergegeben hatte. Sein Zittern nahm zu, und er fragte sich, ob es möglich war, daß ein Mensch in tausend Stücke zerbrach.

Bevor ihn die Bilder überwältigen konnten, begann Maxie wieder zu sprechen, und ihre leise Stimme zog ihn aus dem Meer seiner Qualen. »Ein Dieb stiehlt aus Eigennutz. Ich kann nicht glauben, daß du aus reiner Habgier Spion geworden bist.«

»Die Spionage ist sicherlich kein Handwerk für jemanden, der reich werden will. Ich übernahm es, weil ich den Sieg über Napoleon für eine gute Sache hielt und die Spionage eine Möglichkeit war, mich nützlich zu machen. Aber im Laufe der Zeit wurde ich mir des Bluts an meinen Händen immer mehr bewußt . . .«

Als sie den Kopf zur Seite neigte, berührte eine ihrer seidenweichen Haarsträhnen seine Wange. Er atmete den bittersüßen Duft von Lavendel ein. »Erzähl mir, wie es begann. Bestimmt hast du nicht schon in Oxford zu spionieren begonnen.«

»In Cambridge, genauer gesagt.« Robin empfand fast eine Spur heiterer Genugtuung über die Genauigkeit, mit der sie ihn eingeschätzt hatte. »Nach meinem zweiten Studienjahr kam es auf dem Kontinent zum ersten Mal seit zehn Jahren zu einem Waffenstillstand. Ich entschloß mich zu einer Reise nach Frankreich. Doch schon bald wurde mir klar, daß es nur eine Frage der Zeit sein konnte, wann der Krieg wieder ausbrach. Ganz zufällig stieß ich auf Informationen, die für die britische Regierung von Interesse sein mußten, und ich benachrichtigte einen entfernten Cousin von mir, der einen Posten im Außenministerium bekleidete. Sofort kam Lucien zu mir nach Paris. Er zeigte sich sehr beeindruckt von dem, was ich in Erfahrung gebracht hatte, und schlug vor, daß ich bis zum Ende des Waffenstillstands in Frankreich blieb. Abgesehen von meiner angeborenen Tollkühnheit war meine Mutter auch Schottin, was mir Zugang zur schottischen Gemeinde verschaffte, die sich nach dem Scheitern der jakobitischen Rebellion von 1745 in Paris niedergelassen hatte. Da sie Napoleon verachteten, gaben sie hervorragende Verbündete ab.«

Robin hatte seinen wenige Jahre älteren Cousin stets bewundert, und es war zutiefst befriedigend gewesen, seine Anerkennung zu gewinnen. In dieser Hinsicht war er bisher nicht besonders verwöhnt worden. Es schien verlockend leicht, sich selbst davon zu überzeugen, daß er etwas Wertvolles und Tapferes tat.

»Anfangs kam es mir wie ein Spiel vor. Ich war zu jung und unvernünftig, um zu erkennen, daß . . . daß ich Stück für Stück meine Seele verkaufte.« Wieder begann wilde Panik in ihm aufzusteigen. »Als ich endlich begriff, was ich da tat, war nichts mehr von mir da.«

»Eine reizvolle Metapher«, sagte sie weich, »aber leider falsch. Du hast vielleicht vergessen, wie du deine Seele wiederfinden kannst, aber du kannst sie weder verlieren, verkaufen noch fortgeben.«

Er zeigte ihr ein bitteres Lächeln. »Bist du dir da sicher?«

»Ganz sicher.« Sie umfaßte seine Hand, und die Panik ebbte ab. »Wenn du keine Seele hättest, könntest du nicht die Schuldgefühle empfinden, die du gerade verspürst.

Meiner Erfahrung nach schlafen ausgemachte Schurken nachts ausgesprochen gut.«

»Daran gemessen müßte ich ja ein Heiliger sein.«

»Du hast mir einmal erzählt, daß seine Freundin Maggie deine Partnerin bei den Verbrechen war. Damals habe ich mich gefragt, was du damit meinst. Hat sie auch spioniert?«

»Ja. Ihr Vater wurde vom französischen Mob getötet. Ich verhalf ihr zur Flucht. Für sie bestand kein Anlaß, nach England zurückzukehren, also wurden wir Partner. Ich verbrachte viel Zeit mit Reisen über den Kontinent, aber zu Hause fühlte ich mich da, wo Maggie war. Häufig in Paris.«

»Kameraden und Liebende«, murmelte Maxie. »Sie war die Klammer. Als sie dich verließ, kam der Zusammenbruch.«

Er nickte. »Wenn wir zusammen waren, konnte ich meine Dämonen beherrschen. Woher hast du das gewußt?«

»Weibliche Intuition«, entgegnete Maxie trocken. »Vermutlich hast du deine Gastspiele als Diener gegeben, um Informationen zu erlangen.«

»So ist es. Die Menschen nehmen Diener nicht zur Kenntnis. Als Lakai oder Reitbursche kann man viel von den Vorgängen in einem Haus erfahren.«

Maxie legte die Bettdecke über sie beide. Ihre Wärme tat wohl. Robin hatte gar nicht bemerkt, wie sehr er fror. Aber die entscheidende Wärme ging von Maxie aus. Sie war Beglückung, Verständnis und Trost.

»Gerade geht mir durch den Kopf, daß viele deiner absurden Geschichten wahr sein könnten«, sagte sie. »Hast du in Konstantinopel wirklich eine Kerkerzelle mit einem chinesischen Seemann geteilt?«

Er lächelte leicht. »Wahr wie der helle Tag. Li Kwan

brachte mir ein paar Kampftechniken bei, die mir später nicht nur einmal das Leben gerettet haben. Die Kombination unserer Fähigkeiten brachte uns schließlich aus diesem Höllenloch heraus.«

»Und was war mit Napoleons Rückzug aus Moskau?«

Robin schluckte krampfhaft und begann zu zittern, als stecke ihm die Kälte des russischen Winters noch immer in den Knochen.

Maxie nahm ihn wieder in die Arme. »Es ist nur zu verständlich, daß diese Erinnerungen schmerzlich sind, aber deine Tätigkeit hat deinem Land auch geholfen und wahrscheinlich dazu beigetragen, den Krieg früher zu beenden.«

»Vielleicht, obwohl vieles von dem, was ich tat, mehr als banal war.« Seine Lippen verzogen sich. »Einer der Triumphe meiner zweifelhaften Laufbahn war die nicht allzu schwere Folgerung, daß Bonaparte seine Invasion Rußlands anhand der in seiner Bibliothek stehenden Bücher über russische Geographie plante.«

Sie gab ein fast unhörbares Pfeifen von sich. »Die Folgerung war vielleicht leicht, aber wie ist es dir nur gelungen, in die Privatbibliothek des Kaisers zu gelangen?«

»Die Antwort wird dir nicht gefallen.«

Maxie strich ihm das schweißfeuchte Haar aus der Stirn. In seinen Augenwinkeln entdeckte sie tiefe Falten. Zum ersten Mal sah er so alt aus, wie er war. »Es herrschte Krieg. Und wenn man in dieser Situation einen Menschen tötet, um irgendwo Zugang zu gewinnen, so ist das nicht viel anders, als einen Soldaten auf dem Schlachtfeld zu erschießen.«

»In diesem Fall ging es um Verführung, nicht um Mord«, erwiderte er. Die Selbstverachtung in seiner Stimme war unüberhörbar. »Ein Kammermädchen, schlicht und ein wenig scheu, aber ganz reizend. Jeanne war so so dankbar für meine Aufmerksamkeit. Ich gab vor, ein loyaler französischer Soldat zu sein, der sich von seinen Verwundungen erholt und zu gern sehen würde, wo sein geliebter Kaiser arbeitet. Es war nicht schwer, sie dazu zu überreden, mir die Bibliothek zu zeigen.« Seine Finger krallten sich schmerzhaft in ihren Arm. »Ich hasse es, Frauen auf diese Weise auszunutzen, die tiefsten und aufrichtigsten Gefühle zwischen Mann und Frau zu pervertieren. Aber ich habe es getan. Gott helfe mir, ich habe es getan.«

»Es gibt Männer, die Frauen buchstäblich aus Spaß ruinieren. Du hattest zumindest einen Grund«, entgegnete Maxie leise. »Hat Jeanne jemals erfahren, daß du sie benutzt hast?«

»Nein. Ich erzählte ihr, daß mein Regiment nach Österreich verlegt würde und verabschiedete mich zärtlich von ihr. Sie . . . sie weinte und betete für mein Wohlergehen. Noch immer sehe ich ihr Gesicht vor mir . . .«

»Jeanne hat beim Abschied von dir vielleicht geweint, aber ich versichere dir, daß es ihrem Selbstbewußtsein sehr gut getan hat, von einem Mann wie dir begehrt zu werden.«

Robin wollte etwas antworten, aber sie legte ihm einen Finger auf die Lippen. »Sag jetzt nicht, daß du sie verraten hast. Das weiß ich selbst. Aber du hast ihr auch ein bißchen Glück gegeben und dafür gesorgt, daß sie ihren Stolz und ihre Würde behält.«

»Daß ich mich immer bemühte, nicht unnötig grausam vorzugehen, macht meine Taten nicht besser«, entgegnete er tonlos.

Sie runzelte die Stirn und versuchte, sich an seine Stelle zu versetzen. »Für einen Spion ist unmoralisches Verhalten ein großer Vorteil. Aber ein Mensch, der grundsätzlich anständig ist – wie du –, muß es verabscheuen. Wie hast du es nur geschafft, so lange durchzuhalten?«

Er holte rasselnd und abgehackt Luft. »Indem ich meine ärgsten Taten verdrängte und so tat, als hätte sie ein anderer begangen. Das hat lange Zeit funktioniert. Aber nach Kriegsende, als es keine Krisen mehr zu bewältigen gab, wurde mir alles bewußt.«

»Und dann kamen die Alpträume.«

»Ja.«

Sanft strich sie über seinen verspannten Rücken und dachte daran, wie sie versucht hatte, ihm beizubringen, dem Wind zuzuhören. Wieder spürte sie die verwirrende Vielfältigkeit seines Charakters, aber diesmal verstand sie, daß viele dieser Widersprüchlichkeiten tiefen seelischen Qualen entstammten. Auch wenn er seine Seele nicht verloren hatte, schien er sich einem psychischen Zusammenbruch immer mehr zu nähern.

Am Morgen würde Robin zwar die Mauern wieder um sich errichtet haben, die ihn vor dem Verzweifeln retteten und so unbekümmert wie immer wirken. Aber die Verdrängung, die ihm das Überleben ermöglicht hatte, stand nun kurz davor, ihn zu zerstören.

Ihre Mutter hatte sie gelehrt, daß Alpträumen nachgegangen werden mußten. Damit Robin geheilt werden konnte, mußte Licht in die Düsternis seiner Seele gebracht werden.

Maxie erschauerte und fühlte sich unendlich hilflos. Er brauchte einen stärkeren und weiseren Menschen, aber im Moment war sie das einzige, was er hatte. Tiefer in seine Qualen einzudringen, würde sie beide verletzen. Doch wegen Robins geistiger und seelischer Gesundheit mußte sie es versuchen, selbst wenn er sie dafür verachtete.

»Erzähl mir alles, was dich quält, Robin«, sagte Maxie leise.

Er atmete tief durch. »Ich habe bereits zuviel gesagt.«

»Glaubst du, ich wäre zu schwach für die Wahrheit? Ich bin keine behütete englische Unschuld. Ich habe bereits genug vom Leben gesehen, um vieles zu verstehen.«

»Aber du bist auch so klar und offen wie die Sonne. Wie solltest du mich da nicht für meine Taten verabscheuen?« fragte er verzweifelt.

Weil ich dich liebe. Die Worte kamen tief aus ihrem Inneren und waren so mächtig, daß es ihr schwerfiel, sie nicht auszusprechen. Aber es gelang ihr, weil das letzte, was Robin jetzt brauchte, unverlangte Liebeserklärungen waren.

»Ich habe eine Vorliebe für Schurken«, sagte sie statt dessen, »besonders für ehrenhafte Schurken. Seit wir unterwegs sind, hast du sehr viel Gutes getan. Du hast Dafydd Jones vor dem Ochsen gerettet. Du hast mich davon abgehalten, Simmons zu töten, wofür ich dir in dem Moment dankbar war, in dem mein Zorn verrauchte.« Sie küßte ihn auf die Stirn und spürte den harten Schlag seines Pulses. »Erzähl mir, was du getan hast, Robin. Lasten sind leichter, wenn sie gemeinsam getragen werden.«

»Da gab es so vieles«, flüsterte er. »Unzählige Lügen. Informanten von mir, die dann gefangen wurden und unter abscheulichen Umständen zu Tode kamen. Der französische Major, den ich tötete, weil er ein so ausgezeichneter Soldat war, daß er eine spanische Festung für die Ewigkeit gegen unsere Belagerung gehalten hätte.«

»Aber deine Informanten kennen die Risiken doch ebensogut wie du. Und was den Major anbelangt, so ist das Töten eines Menschen natürlich verabscheuungswürdig ...« Maxie zögerte und wählte ihre Worte mit

Bedacht, »aber eine Belagerung ist eine schreckliche Sache, die häufig genug mit einem Blutbad endet. Hat deine Tat das verhindert?«

»Nach dem Tod ihres Anführers zogen sich die Truppen kampflos aus der Stadt zurück. Also wurden Menschenleben gerettet, aber das kann den Tod eines Mannes nicht rechtfertigen, der seine Pflicht getan hat. Ich bin ihm einige Male begegnet. Er war mir sympathisch ...«

»O Robin, Robin«, hauchte Maxie mitfühlend. »Ich begreife, warum du einmal gesagt hast, auf dem Schlachtfeld seien die Dinge einfacher. Für Soldaten ist es unter Umständen leichter, da die Verantwortung in anderen Händen liegt. Deine Arbeit war sehr viel komplizierter. Du mußtest oft genug zwischen zwei Übeln entscheiden – in einer Welt, in der es kein klares Schwarz und Weiß gibt, sondern nur unterschiedliche Grautöne. Zwölf Jahre in dieser Atmosphäre hätten jeden Menschen überfordert.«

»Mich haben sie mit Sicherheit überfordert.«

In der Ferne grollte Donner, der Regen schlug heftiger gegen die Fenster. Mit dem Gefühl, sich mit verbundenen Augen durch ein Moor zu bewegen, wo ein falscher Schritt zur Katastrophe führen konnte, fragte sie: »Ist der Tod des Majors das Schlimmste, das du dir vorwirfst?«

Wieder begann er zu zittern.

»Sag es mir, Robin«, beharrte Maxie mit leiser, aber fester Stimme. »Deine Qualen werden sich nur verfestigen, wenn du dich nicht aussprichst.«

»Nein!« Er wand sich in ihren Armen, wollte sich ihr entziehen.

Aber das ließ Maxie nicht zu. »Sag es mir«, wiederholte sie.

»Es war in Preußen«, brach es aus ihm heraus. »Ich war in den Besitz der Abschrift eines Abkommens mit ernsten Folgen für Großbritannien gelangt.«

Maxie dachte an das, was sie über den Krieg wußte. »Das Abkommen von Tilsit, das Frankreich und Rußland in der geheimen Hoffnung schlossen, Großbritannien in die Knie zu zwingen?«

Er hob den Kopf und sah sie an. »Für eine Amerikanerin kennst du dich in der europäischen Politik erstaunlich gut aus.«

»Mein Vater interessierte sich für dieses Thema, daher verfolgten wir gemeinsam alle Nachrichten«, erläuterte sie. »Du hast also tatsächlich den Inhalt der Geheimartikel des Friedensvertrages in Erfahrung bringen können?«

»Wenige Stunden nach der Unterzeichnung.« Er lächelte bitter. »Aber das Erlangen dieser Informationen war im Vergleich mit der Rückkehr nach England ein Kinderspiel. Die Franzosen kamen mir sehr schnell auf die Schliche und verfolgten mich. Ich mußte nach Kopenhagen, also ritt ich tagelang nach Westen und nutzte jeden Trick, um sie in die Irre zu führen. Schließlich war ich überzeugt davon, entkommen zu sein. Mein Pferd war dem Tode nahe und ich auch. Ich kannte eine Familie in der Nähe, wohlhabende Bauern. Sie haßten die Franzosen und hatten mir in der Vergangenheit schon geholfen.«

Robin holte tief Luft und fuhr dann fort: »Sie empfingen mich wie einen verlorenen Sohn. Ich erzählte ihnen, daß man mich verfolgt hätte, aber sicher sei, entkommen zu sein. Es bestünde also keine Gefahr.« An seinem Hals begann eine Ader sichtbar zu pochen. »Ein katastrophaler Irrtum.«

»Die Franzosen haben dich gefunden?«

Er nickte. »Am nächsten Morgen weckte mich Herr Werner, nachdem er erfahren hatte, daß französische Truppen die Umgebung absuchten. Ich wollte sofort verschwinden und ging zum Stall, aber mein Pferd war fort. Dann fiel mir auf, daß ich ihren jüngsten Sohn Willi noch nicht gesehen hatte. Er war sechzehn Jahre alt, ungefähr so groß wie ich und ebenfalls blond. Er sah in mir wohl so etwas wie einen Helden. Da mein Pferd fehlte, kam mir eine entsetzliche Ahnung. Ich rannte durch den Wald auf die Landstraße zu, um das Schlimmste zu verhindern.« Seine Augen schlossen sich. »Ich kam zu spät.«

Maxie empfand seinen Schmerz nach, mußte ihn aber dazu zwingen, zu erzählen. »Was war geschehen?«

»Willi hatte sich offenbar entschlossen, sie von dem Bauernhof fortzulocken. Ich wurde Augenzeuge, wie er absichtlich die Aufmerksamkeit eines Trupps französischer Kavallerie auf sich lenkte. Er saß auf meinem Pferd, trug eine Jacke in der Farbe meines Rocks, und seine blonden Haare waren weithin sichtbar. Sobald sie ihn sahen, nahmen sie die Verfolgung auf. Mein Pferd war sehr gut, und vielleicht hätte er ihnen entkommen können, wenn nicht plötzlich ein weiterer Trupp Soldaten aus der anderen Richtung gekommen wäre. Als er erkannte, daß er in der Falle saß, sprengte er in den Wald, hatte aber nicht genug Vorsprung. Sie ließen ihm keine Chance, sich zu ergeben, sondern schossen sofort auf ihn. Er wurde von mindestens einem Dutzend Musketenkugeln getroffen.«

Erschauernd barg Robin seinen Kopf an Maxies Schulter. Sie stellte keine weiteren Fragen, sondern liebkoste ihn und flüsterte ihm in ihrer Muttersprache all die Dinge zu, die sie auf Englisch nicht sagen konnte.

Irgendwann holte Robin zitternd und unsicher Luft. »Willis Eltern haben mir gegenüber nie ein Wort des

Vorwurfs geäußert. Vermutlich war das für mich am schwersten zu ertragen. Wenn ich nicht auf dem Bauernhof Zuflucht gesucht hätte, wäre Willi nicht gestorben.«

»Das kann nur Gott wissen, Robin. Vielleicht war Willis Zeit auch abgelaufen, und er wäre auf der Treppe ausgerutscht und hätte sich das Genick gebrochen, auch wenn du nicht gekommen wärst. Vielleicht wäre er wenig später zu den Soldaten gegangen und im Kampf gegen die Franzosen gefallen. Verständlicherweise empfindest du Schmerz und Bedauern, aber es führt zu nichts, wenn du dir diese bitteren Vorwürfe machst.« Sie strich ihm über die Stirn und wünschte sich, seine inneren Qualen lindern zu können.

»Ich habe mich stets bemüht, das Richtige zu tun«, sagte er trostlos. »Aber allzuoft wußte ich nicht, was das Richtige war.«

Maxie seufzte. »Ich glaube, die meisten von uns versuchen, ihr Bestes zu geben. Mehr können wir nicht tun.«

»Mein Bestes war nicht gut genug.«

Sein unveränderter Schmerz bewies, daß auch Maxie nicht gut genug gewesen war. Sie erinnerte sich an ihre eigene Vergangenheit. »Nach dem Tod meiner Mutter nahm ich an einer Trauerfeier ihres Stammes teil. Das hat mir sehr geholfen.«

In der Hoffnung, sich gut genug an die Zeremonie zu erinnern, um Robin helfen zu können, legte sie ihre Hände auf seine Ohren und zitierte: »Wenn ein Mensch trauert, kann er nicht hören. Erkenn das und beseitige die Hemmnisse, damit du wieder hören kannst.«

Dann legte sie ihre Hände über seine Augen. »In deiner Trauer hast du die Sonne verloren und bist in Dunkelheit gefallen. Ich gebe dir jetzt das Sonnenlicht wieder.«

Als sie ihre Hände fortnahm, sah sie, daß er sie ernst betrachtete. Sie kreuzte die Hände über seiner Brust und fuhr fort: »Du hast deiner Seele gestattet, sich ihrem großen Schmerz hinzugeben, aber du mußt diese Trauer überwinden, oder auch du wirst vergehen und sterben.« Sie spürte, wie sich sein Oberkörper unter ihren Handflächen hob und senkte.

»In deiner Trauer ist dein Bett unbequem geworden, und du kannst nachts nicht schlafen. Laß mich diese Unbehaglichkeit von deinem Ruhelager nehmen.« Sie fuhr ihm mit den Händen über die Schultern, dann die Arme hinunter. »Willi hat seine Ruhe gefunden, Robin. Warum gelingt es dir nicht auch?«

Er schloß die Augen und zog sie fest an sich. Sein Herz klopfte so heftig, als wollte es seine Rippen sprengen, doch nach und nach fand es zu einem normaleren Rhythmus. Maxie hielt ihn ganz fest und spürte, daß etwas in ihm aufzubrechen schien. Noch war es nicht die Heilung, aber zumindest ein Anfang.

Er strich ihr über die Haare und ließ seine Hand in ihrem Nacken ruhen. »Auf welche Weise bist du so klug geworden, Kanawiosta?«

»Auf die übliche«, erwiderte sie. »Durch Fehler.« Sie legte den Kopf an seine Schulter und fühlte sich so erschöpft, daß sie sich kaum wachhalten konnte.

»Aus welchen Gründen auch immer – du bist weise.« Seine Hand fuhr sanft über ihren Rücken und kam auf ihrer Hüfte zur Ruhe. »Zu weise, um eine Heirat mit mir in Betracht zu ziehen.«

Seine Feststellung wirkte auf ihre Erschöpfung wie eiskaltes Wasser. Hellwach wiederholte sie innerlich seine Worte, um sicherzugehen, daß sie sich nicht verhört hatte. Dann setzte sie sich auf und sah ihn an.

Reglos lag Robin in den Kissen und blickte sie an. Das

Kerzenlicht spielte auf seinen Zügen, war aber zu schwach, um sie den Ausdruck in seinen Augen erkennen zu lassen.

»War das ein Antrag oder lediglich ein Ausdruck deines bizarren Humors?« fragte sie, hin- und hergerissen zwischen Schock, Freude und unbändigem Verlangen.

Seufzend blickte er zur Decke empor. »Vermutlich kann ich mich nicht dazu überwinden, dir einen formvollendeten Antrag zu machen. Würden wir heiraten, lägen schließlich alle Vorteile bei mir. Du wärst eine Törin, mich zu heiraten, und du bist zu intelligent, das nicht zu erkennen.«

Maxie wußte nicht, ob sie lachen, weinen oder toben sollte. Die Emotionen der Nacht hatten sie zu dem Eingeständnis gezwungen, daß sie Robin liebte, obwohl sie sich keineswegs sicher war, ob sie ihn verstand oder ihm auch nur umfassend vertraute.

Womit sie nicht sagen wollte, daß sie ihm nicht vertraute. Sie zweifelte keinen Augenblick daran, daß er eine einmal eingegangene Verpflichtung auch einhalten würde. Und sie verstand ihn jetzt sehr viel besser als noch eine Stunde zuvor. Dennoch . . . »Eine Heirat mit dir wäre nicht ohne Reiz, aber ich kann mir unser gemeinsames Leben nicht recht vorstellen. Dafür kommen wir aus zu unterschiedlichen Welten. Und auch wenn ich in der Vergangenheit ein Wanderleben geführt habe, heißt das doch nicht, daß ich es auch in der Zukunft so halten möchte.«

»Ich auch nicht. Ich verspreche dir, daß du ein Dach über dem Kopf haben wirst.« Seine Lippen verzogen sich selbstironisch. »Ich bin nicht ganz so sorglos, wie es den Anschein hat.«

»Robin, sieh mich an.« Als er ihr den Blick zuwandte, fügte sie hinzu: »Warum willst du mich heiraten? Von Liebe hast du bisher nichts gesagt.«

Seine Augen schlossen sich sehr schnell. »Ich kann dir vieles versprechen, Kanawiosta. Sicherheit, Treue, meine aufrichtigen Anstrengungen, dich glücklich zu machen. Aber Liebe? Ich glaube, dazu bin ich nicht unbedingt fähig. Es wäre klüger, dir das nicht zu versprechen.«

Nicht einmal beim Tod ihres Vaters hatte Maxie einen solchen Schmerz verspürt. Robins schonungslose Offenheit trieb ihr ein wildes Schluchzen in die Kehle. Doch statt dessen griff sie nach seiner Hand, küßte sie und drückte sie an ihre Wange. »Willst du mich, weil ich im Gegensatz zu Maggie hier bin?«

»Nein.« Er öffnete die Augen, seine Finger schlossen sich um ihre Hand. »Meine Gefühle für dich haben nichts mit Maggie zu tun. Ich habe für sie viel empfunden und empfinde noch immer viel für sie. Das wird sich nicht ändern, aber ich möchte dich nicht als ›Ersatz‹ für sie.« Ein leichtes Lächeln huschte über seine gutgeschnittenen Züge. »Du bist viel zu sehr du selbst, um jemals für eine andere gehalten werden zu können.«

Maxie wußte nicht, wie sie reagieren sollte. »Fürsorge und Treue sind wichtig, sogar unverzichtbar. Aber reicht das aus?«

»Vergiß die Leidenschaft nicht.« Er zog sie neben sich aufs Bett. »Seit ich dir begegnete, habe ich sie keine einzige Minute lang vergessen.«

Er nahm sie in die Arme. Ihre Lippen trafen sich, und sie glaubte, im Feuer des Verlangens zu vergehen. Schon früher war es zu Küssen und Umarmungen gekommen, aber die waren irgendwie stets von Zweifeln überschattet gewesen. Diesmal war es völlig anders. Robin schien sich ganz auf sie zu konzentrieren, auf sie ganz allein.

Und Maxie reagierte mit der ganzen Heftigkeit ihres sehnsüchtigen Verlangens. Die Emotionen der Nacht hatten alle Hemmungen davongeschwemmt, und ihre Gefühle lagen so bloß wie ihre Körper. Für einen kurzen, wilden Moment gab es keine Fragen, nur Berührungen, Zärtlichkeiten und Entdeckungen. Ganz gleich, wie qualvoll Robins Vergangenheit war, wie katastrophal seine Gegenwart, wie unsicher seine Zukunft – sie liebte ihn.

Abrupt entzog er sich ihr und verbarg das Gesicht in den Kissen. »Die Leidenschaft ist eine zu einfache Lösung. Keiner von uns ist, glaube ich, in der Lage, Entscheidungen zu treffen.«

Seine Worte verschlugen ihr fast den Atem. Ihre Hände krampften sich um die Bettdecke, während sie versuchte, ihre wirren Gedanken zu ordnen. Warum hatte sie sich nicht einen egoistischeren Mann gesucht, der nur an die Befriedigung seines Verlangens dachte?

»Du hast recht, Robin«, sagte sie schließlich mühsam beherrscht. »Es ist nicht der geeignete Zeitpunkt für Entscheidungen. Ich muß Einzelheiten über das Schicksal meines Vaters in Erfahrung bringen, und du mußt dir auch über viele Dinge klar werden.«

Er beugte sich vor und küßte sie leicht auf die Stirn. »Das werde ich so schnell wie möglich tun. Zumindest hast du nicht gleich nein gesagt.« Er wickelte sich eine ihrer Haarsträhnen um den Finger. »Vielleicht verhalte ich mich wie ein Idiot, aber ich glaube, daß ich mich in meinem Leben nie glücklicher gefühlt habe als in den letzten Tagen mit dir. Ich wünschte, diese Reise würde nie enden. Aber nun, da ich weiß, daß es vor ihrem Ende keine endgültigen Antworten geben wird, möchte ich so schnell wie möglich nach London. Es ist nur so, daß . . .«

Geduldig wartete sie darauf, daß er fortfuhr.

Er wandte den Blick ab, seine Hand kam zur Ruhe. »Ich weiß nicht, ob es klug ist, eine Frau zu heiraten, weil ich sie so dringend brauche. Vielleicht ist das für keinen von uns beiden gut.«

Maxie sah ihn an. Die Distanz, mit der er sich eingehüllt hatte wie in einen Mantel, war fort, und sie genoß das Gefühl von Nähe. Aber es war nicht leicht, klar zu denken, wenn ihr das Blut in den Adern zu kochen schien. Tief in ihrem Inneren pulsierte noch immer die machtvolle Kraft der Leidenschaft, ebenso wie die Überzeugung, daß sie es gemeinsam schaffen konnten.

Mit plötzlichem Mißmut erkannte sie, daß sie sich verhalten hatte wie ihre Cousinen. Seit sie Robin kannte, hatte sie ihre Tugend verteidigt, sich Sorgen um die Zukunft gemacht, anstatt dem Augenblick zu leben, und sich vor möglichen seelischen Verletzungen geschützt.

Aber auch wenn sie sich verhielt wie eine ehrbare Engländerin, konnte sie das vor Leid nicht bewahren. Es würde nur die Erfüllung ihrer sehnlichsten Wünsche verhindern. Es war an der Zeit, europäische Vernunft zugunsten irokesischer Weisheit aufzugeben.

Sie schenkte ihm ein Lächeln, in dem ihre ganze Liebe lag. »Du denkst zu viel, Robin, das ist dein Problem.«

Dann beugte sie sich vor und küßte ihn.

Kapitel 19

Er konnte ihr nicht widerstehen, auch wenn er es einen unsinnigen Augenblick lang versuchte. »Bist du ganz sicher, daß du es auch willst?«

Lächelnd richtete sie sich auf und stützte sich mit einem Arm ab. »Absolut sicher.«

Wogen ebenholzschwarzer Haare umrahmten die exotischen Züge, die ihn vom ersten Augenblick an fasziniert hatten. Sie war Kanawiosta, die Tochter eines anderen Landes, einer anderen Rasse. Mit ihren über die spärlich verhüllten Brüste fallenden Haaren wirkte sie wie eine heidnische Erdgöttin: zu geheimnisvoll, daß sie ein Sterblicher verstehen oder gar besitzen konnte, mit einer weiblichen Macht, die ihn möglicherweise verzehrte.

Aber als sie sich ihm wieder zuneigte, waren ihre Lippen warm und sehr real, ihre kleinen kundigen Hände verschwenderisch mit ihren Liebkosungen. Ergeben öffnete er seine Lippen ihrem berauschenden Kuß.

Er wollte sie in sich aufsaugen, damit sie die Verheerungen seiner Seele heilte. Er wollte in sie eindringen und in ihr Schutz vor den Stürmen finden, die seit zu langen Jahren in ihm tobten.

Während ihr Kuß intensiver wurde, glitten ihre Hände über seine Schultern und seine Brust. Die Wärme ihrer Berührung durchdrang seine Haut und brachte alte Verhärtungen in ihm zum Schmelzen. Schließlich löste sie ihre Lippen von seinem Mund, stützte sich auf einen Arm und sah ihn mit vor Verlangen ganz dunklen Augen an. »Ich freue mich, daß du deine Meinung geändert hast.«

»Du hast sie für mich geändert.« Er umfing ihre Brüste und liebkoste die Brustwarzen mit den Daumen. Sie schloß die Augen und begann zu schnurren wie ein Kätzchen.

Er schob ihr das Hemd von den Schultern, damit er ihre Brüste bewundern konnte. »Du gehörst in den Garten Eden, in dem man keine Kleider kannte«, flüsterte er rauh.

»Im Paradies war es wärmer als in England«, bemerkte sie praktisch. Dann fiel ihr Blick auf die Gegend unterhalb seiner Taille, und sie begann zu lächeln. Selbst durch die locker sitzenden Hosen war seine Reaktion auf sie unübersehbar.

»Wenn wir so tun wollen, als wären wir im Garten Eden, müssen die verschwinden.« Sie zupfte in eindeutiger Absicht an seinem Hosenbund. Es hätte nur eine Sekunde gedauert, seine Hosen loszuwerden, hätte sie nicht geholfen. Doch so verzögerten ihre wandernden, neckenden Hände diesen Prozeß ins schier Unendliche.

Als sie beide nackt wie Adam und Eva waren, zog er sie mit zwei Griffen auf sich. Er konnte nicht genug bekommen von den glutheißen Tiefen ihres Mundes. Seine Hände glitten über ihren Rücken und blieben auf den vollendeten Kurven ihrer Hüften liegen. Ihre Beine teilten sich ein wenig, und sein erregtes Glied glitt zwischen ihre Schenkel. Maxie gab kleine sehnsüchtige Klagelaute von sich, und ihre Zähne nagten verspielt an seinem

Schlüsselbein, während er ihr seine Hüften entgegendrückte, zurückzog, wieder entgegendrückte.

»Nicht so schnell, Kanawiosta.« Er fing ihre Handgelenke ein und drückte sie auf die Matratze. »Im Sinne der Gerechtigkeit verdiene ich die Chance, dich zum Wahnsinn zu treiben.«

»Ich bin eine große Anhängerin von Gerechtigkeit«, entgegnete sie mit einem hinreißend weiblichen Lächeln.

Mit träger Sinnlichkeit rieb er sein Kinn an ihren Brüsten, bis ihr Körper vor Lust erbebte. Er umfaßte eine Brustwarze mit den Lippen und liebkoste sie, bis sie unter seiner Zunge ganz steif wurde. Dann wandte er sich ihrer anderen Brust zu.

»Es ist dir gelungen«, keuchte sie atemlos. »Ich bin dabei, den Verstand zu verlieren.«

»Hervorragend.« Wieder versank er in ihrem Mund. Er ließ ihre Handgelenke los und umfing sie mit einem Arm. Seine andere Hand glitt an ihr hinunter, bis sie sich im Dreieck schwarzer Locken verfing.

Maxie stöhnte kurz auf, als er die intime Stelle berührte. Dann gab sie sich seinen Liebkosungen bereitwillig hin.

Er löste seinen Mund kurz von ihren Lippen, damit sie Luft holen konnte. Dann schloß er die Augen vor ihrem erregenden Anblick, damit er sich besser auf die subtilen Botschaften ihres Körpers konzentrieren konnte, während ihre Atemstöße rauher, die Bewegungen ihrer Hüften heftiger wurden.

Unaussprechliches Verlangen erfüllte sie, jeder einzelne ihrer Nerven schien zu lodern. Als sie es nicht mehr ertragen konnte, schrie sie laut auf und ihre Schenkel schlossen sich um seine Hand. Die Kraft seiner Umarmung hielt sie, während sich ihre Empfindungen, ihre Seele in ungeahnte Höhen schwang, frei wie ein Falke.

Als sie wieder zur Erde zurückkehrte, schmiegte sie sich benommen und zitternd an Robin. Er lag auf der Seite und hielt sie fest an sich gedrückt, während er ihr mit der anderen Hand leicht über Rücken und Hüfte strich. Sie lehnte den Kopf zurück, und die Genugtuung, die sie in seinen Augen sah, weckte in ihr ein tiefes Schuldgefühl.

Sie legte sich zurück, griff nach ihm und zog ihn auf sich.

Es bedurfte nur eines kurzen Schwungs ihrer Hüften, um seine Beherrschung zu erschüttern. Er schob ihre Beine mit dem Knie auseinander und drang blitzschnell in sie ein.

Der Schmerz war kurz, aber intensiv, eine Schockwelle, die einen Moment lang ihren ganzen Körper erfaßte. Dann war es vorüber und hinterließ in ihr das nicht unangenehme Gefühl einer inneren Ausdehnung und die tiefe Befriedigung, mit ihm im Tanz des Lebens vereint zu sein.

Die Wirkung auf Robin war verheerender. Er erstarrte und blickte sie fast entsetzt an. »Großer Gott, Maxie! Warum hast du mir das nicht gesagt?«

Lächelnd umschlang sie ihn mit dem Armen und drückte seine harten Hüften eng an sich. »Weil du dann wieder einen deiner Anfälle von Edelmut bekommen hättest. Du kannst es nun einmal nicht ändern, du bist und bleibst ein Engländer.« Sie drängte ihm ihre Hüften entgegen, ließ ihn tiefer eindringen. »Du denkst schon wieder zu viel, Robin.«

Unfähig, ihr zu widerstehen, stieß er wieder und wieder in sie hinein. Obwohl es ihr erstes Mal war, wußte sie ganz genau, wie sie reagieren, sich seinem Rhythmus anpassen mußte. Sie genoß seine männliche Heftigkeit ebenso wie ihre weibliche Macht, ein solches Verlangen hervorzurufen.

Sein Körper krümmte sich und erstarrte. »O Gott . . .«, stöhnte er leise und erschauernd auf. Auch wenn sie nicht den gleichen Höhepunkt wie zuvor erreichte, empfand Maxie doch ein ähnliches Gefühl von Erfüllung.

Während er sich entspannte, ließ sie ihre Hände über seinen schweißnassen Körper wandern und spürte das langsame Erschlaffen seiner Muskeln. Sie küßte ihn auf die Schulter, genoß das Salz auf seiner Haut, das Klopfen seines Herzens.

»War ich ein so mitleiderregender Fall, daß du dich veranlaßt fühltest, mich ein wenig aufzubauen?« erkundigte er sich leise lächelnd und nahm sie wieder in die Arme.

Auch sie lächelte. »Vermutlich ist daran durchaus ein Körnchen Wahrheit, aber nur ein Körnchen. Ich wollte dich vom ersten Moment an, Robin. Heute habe ich beschlossen, mich nicht mehr wie eine prüde englische Miss aufzuführen, sondern wie eine Frau der Mohawk.« Sie biß verspielt in seine Schulter. »Wir sind berühmt für unsere Wildheit. Wir nehmen uns, was wir wollen, weißer Mann.«

Zärtlich massierte er ihr den Nacken. »Du hast mich völlig verblüfft. Angesichts deines Alters, deines empfängnisverhütenden Tees und deines Verzichts auf jede mädchenhafte Zimperlichkeit hätte ich nie vermutet, daß du eine Jungfrau bist.«

»Bei den Irokesen leben viele Familien gemeinsam in einem Haus. Die Kinder lernen schnell, was zwischen Mann und Frau nur natürlich ist.«

»Du hast mir erzählt, daß im Volk deiner Mutter Frauen ihrem Verlangen eher nachgeben können. Aber das macht es für mich noch unbegreiflicher, daß ich dein erster Mann bin. Sind Amerikaner denn solche Toren?«

Maxie verzog das Gesicht. »Wie ich dir ebenfalls schon

erzählte, hat es eine ganze Reihe von Männern gegeben, die ein Halbblut für eine leichte Beute hielten. Aber auf so etwas wollte ich mich nicht einlassen. Und da wir so oft unterwegs waren, gab es für mich kaum die Möglichkeit, die Art von Beziehung anzuknüpfen, in der ich mir meiner Wünsche sicher sein konnte.« Das traf zwar zu, aber sie sagte nicht, daß die Ablehnungen leicht gewesen waren, da ihr kein Mann begegnet war, der sie auch nur annähernd so angezogen hätte wie Robin.

Er küßte sie auf die Stirn. »Ganz gleich, was die Gründe waren – ich fühle mich durch deine Wahl sehr geehrt.«

Sie musterte ihn streng. »Und du wirst keine absurde Äußerung dahingehend machen, daß du mich ruiniert hast und es nun als deine Pflicht betrachtest, mir deinen Namen zu geben?«

»Ich wäre versucht, wenn ich auch nur die geringste Chance auf Erfolg hätte. Aber ich kenne dich gut genug, um zu wissen, daß so etwas bei dir nie verfangen würde.« Unter der Bettdecke glitt seine Hand zärtlich über ihren Körper. »Abgesehen davon wirkst du auf mich ganz und gar nicht ruiniert. Im Gegenteil, du wirkst bezaubernd makellos.«

Sie lachte leise auf. Es war vielleicht nicht gut, von Liebe zu sprechen, aber das konnte sie schon sagen: »Du bist aber auch ganz wundervoll. Das Warten hat sich gelohnt.«

Er küßte sie aufs Ohr. »Gute Nacht, Kanawiosta«, murmelte er. »Möge keiner von uns böse Träume haben.«

Nach dem Gewitter war der Morgenhimmel blaugrau und klar, als Maxie erwachte. Der Sommeranfang näherte sich und die Sonne ging früh auf, so daß sie nicht länger als zwei oder drei Stunden geschlafen haben konnte, dennoch fühlte sie sich überraschend frisch.

Robin schlief noch, sein blonder Kopf ruhte dicht neben ihrem, sein Arm war um ihre Taille geschlungen. Sein Gesicht wirkte friedlich und sehr jung. Es war schwer, sich an seine emotionale Verzweiflung der vergangenen Nacht zu erinnern. Jetzt sah er kaum älter aus als ein Schuljunge.

Doch dieses Bild wurde von der Narbe an seiner Seite zerstört. Maxie betrachtete sie näher. Es war ein Wunder, daß die Kugel keinen lebensnotwendigen Körperteil getroffen hatte.

Sie legte den Arm um ihn. Sie sollte ihn endlich wekken, konnte sich aber nicht dazu überwinden. Die vergangene Nacht war für sie wie ein Wunder gewesen. Und da sie sich unter Umständen nicht wiederholen würde, zögerte Maxie, den nachwirkenden Zauber zu brechen.

Sie hauchte ihm einen Kuß auf die Haare. Seine unglaublich langen Wimpern zuckten, und er öffnete die Augen. Er lächelte sie an. Aus dieser Nähe hatte das leuchtende Azurblau seiner Augen eine faszinierende Wirkung. Hätte sie ihn nicht bereits geliebt, müßte sie es nach diesem hinreißenden Lächeln tun.

»In deiner Nähe schlafe ich immer sehr gut«, murmelte er.

»Das beruht durchaus auf Gegenseitigkeit.« Maxie berührte die Narbe der alten Schußverletzung und fuhr fort: »Ich nehme an, daß du dir die und deine vielen anderen Narben in Erfüllung deiner Pflicht geholt hast.«

Er nickte. »Die Schußverletzung stammt aus Spanien.«

»Und was ist mit den Peitschenspuren auf deinem Rücken?«

Robins Miene wurde leicht sarkastisch. »Man peitschte mich für etwas aus, was ich gar nicht begangen hatte. Aber da ich für mein eigentliches Verbrechen gehängt hätte werden können, hielt ich es für besser, mich nicht zu wehren.«

»Und deine Hand?«

Er hob sie so, daß ihre leicht gekrümmte Form deutlich sichtbar war. »Ein sehr energischer Gentleman bestand darauf, daß ich einen Brief schreibe, der einen Freund gefährdet hätte. Das wollte ich nicht. Nachdem mir der Bursche etliche Knochen gebrochen hatte, wies ich ihn darauf hin, daß ich als Linkshänder mit der rechten Hand ohnehin kaum etwas zustande bringe.«

Die kaltblütige Brutalität der Folter ließ Maxie erschauern. »Das muß doch sehr schmerzhaft gewesen sein.«

Er machte ein vages Geräusch der Zustimmung. »Es hat ein paar Tage gedauert, bis die Knochen gerichtet werden konnten, deshalb sind sie nicht richtig zusammengewachsen. Aber ich kann mich glücklich schätzen, daß es zu keiner Infektion gekommen ist und ich die Hand noch immer benutzen kann.«

»Du hast bisher viel zu aufregend gelebt.« Maxie beugte sich vor und drückte zärtlich ihre Lippen auf die Schußnarbe. Die unebene Haut fühlte sich fast rauh an.

Seine Brustwarze war nur wenige Zentimeter entfernt. Neugierig wanderten ihre Lippen hinüber. Unter ihrer Liebkosung richtete sich der kleine Kreis faszinierend auf und wurde ganz hart. Kein Wunder, daß Robin so gern ihre Brüste küßte.

Als Maxie ihre Aufmerksamkeit der zweiten Brustwarze zuwandte, sog Robin scharf den Atem ein. »Vorsicht, Maxima, die Folgen könnten dich überraschen.«

Aus großen Augen sah sie ihn zutiefst unschuldig an. »Wie überraschen?« Ihre Hand glitt über seinen Torso und schloß sich um seinen warmen, bereits halb eregierten Penis. Sofort zuckte er zu voller Härte empor.

Robins Hände krallten sich in die Laken. »Haben dir die gestrigen Schmerzen nicht den Spaß an der Leidenschaft erst einmal verdorben?«

Maxies Daumen glitt sanft über die samtweiche Penisspitze. »Ich bin mir nicht sicher, ob ich wirklich begriffen habe, worum es dabei eigentlich geht. Mehr Übung könnte nicht schaden.«

Robin lachte rauh auf. »Gewonnen, du Hexe!!«

Er machte wieder die blitzschnelle Drehung wie in der Nacht zuvor, als sie ihn aus seinem Alptraum wekken wollte. Bevor sie es sich versah, lag sie auch schon unter ihm, doch diesmal war er hellwach. In seinen Augen funkelte es mutwillig, seine Lippen und Hände weckten in ihr Schauer leidenschaftlicher Erregung.

Sehr viel später strich ihr Robin sanft über den Rükken, und seine Zärtlichkeit wirkte so einhüllend wie zuvor seine Leidenschaft. Als sie beide in die Wirklichkeit zurückgefunden hatten, sagte er: »Wir werden unsere Reise nicht mehr von Zufälligkeiten bestimmen lassen. Heute begeben wir uns nach London.«

Maxie hob den Kopf und sah ihn an. »Wie denn? Wir haben kein Geld für eine Kutsche.«

Er zeigte ihr eins seiner strahlenden Lächeln, denen sie schon immer mißtraut hatte. »Das erkläre ich dir später. Aber jetzt müssen wir aufstehen, damit wir verschwinden können, bevor uns die Angestellten erwischen.«

Es kostete sie rund eine Stunde, alle Spuren ihres Aufenthalts zu beseitigen. Nach einem schnellen Frühstück griffen sie nach ihren Rucksäcken und verließen das Haus.

Ihr Weg führte sie an den Pferdeställen vorbei, aber anstatt sie hinter sich zu lassen, bog Robin ab und trat zu einer Seitentür. Besorgt folgte ihm Maxie in den dunklen Stall, in dem die Pferde verschlafen in ihren Boxen wieherten.

Bewußt leise für den Fall, daß die Stallburschen irgendwo in Hörweite schliefen, aber dennoch empört zischte sie: »Was wollen wir denn hier?«

»Uns eine Transportmöglichkeit aussuchen.« Gelassen lief Robin den Gang entlang und musterte die Rösser zu beiden Seiten. Die meisten waren Arbeitstiere, aber es gab auch einige Reitpferde.

Als er einen Wallach aus seiner Box holte, verstellte ihm Maxie entschlossen den Weg. »Verdammt noch mal, Robin! Mit einem Pferdediebstahl will ich nichts zu tun haben. Oder hast du die Absicht, es nach einigen Kilometern wieder laufen zu lassen, wie du es mit Simmons' Pferd getan hast?«

Er ging um sie herum, band das Pferd an einen Stallpfosten und lief dann zurück, um ein weiteres zu holen. »Diesmal nicht. Wir werden die Tiere für den Rest der Reise brauchen.«

»Robin!«

»Keine Angst. Ich habe eine erklärende Notiz geschrieben.« Er zog einen zusammengefalteten Zettel aus der Tasche und spießte ihn auf einen aus einem Pfosten ragenden Nagel.

Ohne den Zettel zu lesen, lief Maxie Robin in den Sattelraum nach. »Du behauptest, kein Dieb oder Schwindler zu sein«, erklärte sie spitz. »Aber du bist auch kein Spion mehr. Der Krieg ist vorüber. Was zum Teufel denkst du dir eigentlich?«

»Wir werden keine Schwierigkeiten bekommen.« Er nahm einen Sattel von seinem Haken an der Wand. »Ich kenne den Eigentümer dieses Besitzes.«

Mit geballten Händen starrte ihn Maxie an. All ihr

Vertrauen, jedes Gefühl von Nähe war fort. »Warum sollte ich deinen Worten trauen, Robin?«

»Ich bedauere zutiefst, daß du dich zu dieser Frage veranlaßt fühlst.« Die Haut über seinen Wangenknochen war gespannt und wirkte schneeweiß.

Maxie holte tief Atem, um sich zu beherrschen, bevor sie etwas Unwiderrufliches sagte. »Ich bin davon überzeugt, daß wir gestern nacht aufrichtig zueinander waren«, erklärte sie schließlich leise. »Aber heute ist ein anderer Tag, und es gibt noch sehr viel, was ich nicht von dir weiß.«

»Ich werde dir jede deiner Fragen beantworten«, sagte er ernst. »Aber . . . das würde ich lieber verschieben.«

Am liebsten hätte Maxie vor Enttäuschung wild aufgeschluchzt. Sicherlich war es durchaus möglich, daß er den Besitzer kannte, aber ebensogut konnte sie sich vorstellen, daß er auf einen kleinen beiläufigen Diebstahl aus war. Wenn ein Mensch getötet, verführt und betrogen hatte, nahm sich der Raub von zwei Pferden vergleichsweise harmlos aus.

Robin stützte den Sattel an seiner Hüfte ab und strich ihr mit der freien Hand leicht über die Wange. »Kannst du mir nicht noch ein wenig vertrauen, Kanawiosta?«

Wenn er so mir ihr redete, blieb ihr keine Wahl. »Mitgehangen, mitgefangen«, seufzte sie resigniert. »Aber du kannst deine Erklärungen nicht in alle Ewigkeit verschieben.«

»Ich weiß. Aber diese Reise war etwas ganz Besonderes für mich. Ich habe nicht nur dich, sondern in gewisser Weise auch mich gefunden. Ich bin noch nicht ganz fähig, mich dieser Realität zu stellen.«

Maxie schenkte ihm ein leicht schiefes, aber aufrichtiges Lächeln. »Macht dich die Tatsache stolz, daß du mich buchstäblich in einen zitternden Pudding verwandeln kannst, oder ist das unerheblich, weil das deine Wirkung auf alle Frauen ist?«

»Du überschätzt meinen Charme.« Er beugte sich über den Sattel und gab ihr einen schnellen Kuß. »Aber es freut mich, daß du mir gegenüber nicht unempfänglich bist. Das hält das Machtverhältnis zwischen uns zumindest ein wenig ausgeglichen.«

Während er zu den Pferden zurücklief, rief sie ihm hinterher: »Was soll das nun wieder heißen? Du hast mich doch vom ersten Moment an um den kleinen Finger wickeln können.«

Er sattelte das erste Pferd und kam dann wieder zu ihr. »Aber du weißt doch sicher, daß ich auf Händen und Knien über glühende Kohlen kriechen würde, wenn du mich darum bittest.«

»Würdest du denn nicht einmal wissen wollen, ob ich überhaupt einen guten Grund für eine derartige Forderung hätte?«

Er lächelte. »Natürlich, und ich würde auch meine Feuerschutzhosen anziehen. Aber dennoch würde ich es tun, wenn du mich darum bittest.«

Sie sah ihn an, und ein eigentümlich atemloses, flattriges Gefühl überkam sie. Entweder war er die Aufrichtigkeit in Person oder der beste Lügner der Welt. Allerdings konnte er auch schlichtweg verrückt sein – diese Möglichkeit durfte sie nicht außer acht lassen. Fast resigniert suchte sie sich einen Sattel, den ältesten und schäbigsten, und sattelte das andere Pferd.

Robin verließ als erster den Stall, und sie führten die Pferde zu einem kleinen Tor in der Grundstücksmauer. Maxie blickte betont auf ihre Stiefelspitzen, während er an dem Torschloß manipulierte. Als sie draußen standen, verschloß er das Tor wieder. Dann saßen sie auf und ritten nach Süden.

»Können wir London denn heute überhaupt erreichen?« erkundigte sich Maxie, als sie sich nach kurzer Zeit wieder etwas sicherer fühlte.

»Ja, obwohl es durchaus Abend werden kann.«

Stirnrunzelnd stellte Maxie insgeheim eine Berechnung ihres Barvermögens an. »Können wir uns nach der Ankunft denn eine Übernachtung in einem Gasthaus leisten?«

»Eigentlich nicht. Wir besitzen genug für die Zollgebühren und unsere Tagesverpflegung, aber das wäre es dann auch schon. Aber ich habe Freunde, die uns aufnehmen können.«

»Werden die denn keine unangenehmen Fragen stellen?«

»Diese Freunde nicht.« Er seufzte. »Unser lockeres Miteinander wird sich ändern müssen, und genau das war auch einer der Gründe, aus denen ich nicht wollte, daß diese Reise ihr Ende findet. Ehrenwerte Leute würden dich mit Sicherheit bereits für rettungslos kompromittiert halten, aber das ist belanglos, da niemand etwas davon weiß. In London tauchen wir jedoch wieder in die Wirklichkeit ein. Abgesehen von deinen Nachforschungen nach dem Schicksal deines Vaters wirst du vermutlich deine Tante aufsuchen wollen. Wir werden uns schicklich verhalten und darauf achten müssen, daß unsere Lügen über diese Reise übereinstimmen.«

Maxie verzog das Gesicht. »Und das bedeutet vermutlich getrennte Betten.«

»Ich fürchte es. Sobald einer deiner oder meiner Verwandten von unserer gemeinsamen Reise erfährt, werden sie darauf bestehen, daß wir unverzüglich heiraten.«

»Warum sollte dir das Sorgen machen?« erkundigte sie sich trocken. »Ich dachte, eine Heirat wäre genau das, was du im Sinn hast.«

»Ich kann mir nichts vorstellen, was dich schneller das Weite suchen ließe als die Forderung, mich zu heiraten«, schmunzelte er.

»Ich bin sehr wohl in der Lage, gesellschaftlichem Druck zu widerstehen«, betonte sie stolz. »Besonders von Menschen, die ich nicht kenne.«

»Ich auch, habe aber vor geraumer Zeit gelernt, daß eine gewisse Konformität das Leben enorm erleichtert.«

»Wenn du in Rom bist, verhalte dich wie die Römer.«

»Genau. Und für London gilt das doppelt und dreifach.« Er warf ihr einen Seitenblick zu. »Glücklicherweise bin ich in der Lage, morgen finanzielle Mittel aufzutreiben, so daß wir uns in dieser Hinsicht keine Sorgen zu machen brauchen.«

»Darf ich fragen, woher du dieses Geld bekommen willst?«

»Sehr einfach, aber durchaus legitim: von einer Bank.« In seinen Augen blitzte es. »Mißtraust du mir denn noch immer?«

Sie dachte einen Moment lang nach, dann lächelte sie zögernd. »Vermutlich ist es ein schlechtes Zeugnis für meine Menschenkenntnis, aber ich vertraue dir – zumindest bis zu einem bestimmten Punkt.«

»Bis zu welchem Punkt?« hakte er mit undurchdringlicher Miene nach.

»Ich bin fest davon überzeugt, daß du mir nie wissentlich schaden und stets zu deinem Wort stehen würdest.« Maxie seufzte kurz auf. »Aber vielleicht irre ich mich da auch. Eine kluge Frau hat mir einmal gesagt, daß es die Intelligenz um die Hälfte reduziert und den gesunden Menschenverstand völlig ausschaltet, wenn man liebt.« Fast entsetzt wurde sich Maxie bewußt, was sie da gerade gesagt hatte.

Robin wandte ihr blitzschnell den Kopf zu und sah ihr

tief in die Augen. Dann griff er nach den Zügeln ihres Pferdes und brachte beide Tiere so nahe aneinander, daß sich ihre Beine berührten, und beugte sich ihr zu einem langen, leidenschaftlichen Kuß entgegen.

Als Maxie ihre Arme um seinen Nacken legte, empfand sie fast verblüfft die Tiefe der Gefühle, die ihre Andeutung offenbar ausgelöst hatte. Robin mochte zu einer Liebeserklärung nicht fähig zu sein, aber ihre Liebe schien ihm kein unwillkommenes Geschenk zu sein.

Dem Straßenzustand war es zu verdanken, daß Giles und Desdemona Ruxton erst gegen Mittag erreichten. Der Torwächter schien ganz beglückt, den Marquis of Wolverhampton zu erblicken, betonte jedoch, daß Lord Robert nicht auf Ruxton gewesen sei.

Nicht endgültig überzeugt begaben sich Giles und Desdemona in das Büro des Gutes. Haslip, der Verwalter, brütete gerade über seinen Büchern, als sie eintraten.

»Lord Wolverhampton!« Überrascht und erfreut sprang er auf die Füße. »Was für eine unerwartete Freude, Mylord! Werden Sie uns für länger die Ehre Ihrer Anwesenheit geben?«

Giles schüttelte den Kopf. »Ich wollte mich nur vergewissern, ob mein Bruder hier war.«

Haslip zögerte. »Vielleicht war er es, ich bin mir da nicht sicher.«

Als Giles die Brauen hob, fügte er hinzu: »Niemand hat ihn gesehen, aber heute früh fehlten im Stall zwei Pferde, und wir fanden diese Notiz vor.« Er überreichte dem Marquis einen Zettel. »Ich weiß nicht, ob das die Handschrift Ihres Bruders ist. Wenn ja, dann wäre alles in Ordnung, aber das Schreiben könnte immerhin auch von einem schlauen Dieb gefälscht worden sein.

Jedenfalls sind zwei der besten Tiere aus dem Stall verschwunden.«

Giles warf einen Blick auf den Zettel, auf dem lediglich die Worte »Ich brauche die Pferde« standen. Unterzeichnet war der Satz mit »Lord Robert Andreville«.

»Das ist seine Schrift.« Giles gab den Zettel an Desdemona weiter. »Also war er letzte Nacht hier. Wann wurde das Fehlen der Pferde bemerkt?«

»Gegen neun Uhr.«

»Ich werde mich im Haus ein wenig umsehen. Wenn er gestern abend erst spät eingetroffen ist, wollte er vielleicht niemanden stören«, erklärte Giles glatt. Es war besser, die Behütete Unschuld unerwähnt zu lassen. Je weniger über sie gesagt wurde, desto besser.

Ganz offensichtlich lagen Haslip etliche Fragen auf den Lippen. Beispielsweise die, wie es Seiner Lordschaft gelungen war, in einen von einer hohen Mauer umfriedeten Besitz einzudringen, warum er niemanden von seiner Anwesenheit in Kenntnis gesetzt hatte und warum er zwei Pferde benötigte. Aber er verkniff sie sich. »Sehr wohl, Mylord. Ich hole die Schlüssel.«

Nachdem er sie ins Haupthaus geführt hatte, entließ Giles den Verwalter. Dann begannen Desdemona und er das gesamte Gebäude zu durchsuchen. In der Küche trafen sie sich wieder.

»Sie waren mit Sicherheit hier«, erklärte Desdemona, nachdem sie die Vorratskammer, die Geschirrschränke und eine Zinkbadewanne mit überprüft hatte, in denen sich noch ein paar Wassertropfen befanden. Sie hielt einen frischgewaschenen Kristallkelch gegen das Licht. »Und es sieht ganz danach aus, als hätten sie durchaus formvollendet diniert.«

»Für Stil hatte Robin schon immer etwas übrig«, bemerkte Giles. »Ich habe mir die Wäscheschränke angesehen. Angesichts der Wäsche, die benutzt und dann wieder sorgfältig zusammengefaltet wurde, sieht es so aus, als hätten sie in getrennten Betten geschlafen. Vielleicht waren alle unsere Sorgen überflüssig.«

»Das bleibt abzuwarten«, entgegnete Desdemona spitz. Dennoch mußte sie sich insgeheim die Möglichkeit einräumen, daß ein Pärchen durchaus gemeinsam reisen konnte, ohne daß der Mann über die Frau herfiel. Noch einen Tag zuvor wäre sie vielleicht anderer Meinung gewesen, aber das Zusammensein mit Giles lehrte sie, daß ein erwachsener Mann nicht unbedingt wie ein jugendlicher Heißsporn reagieren mußte. Vielleicht hatte Lord Robert Maxima seine Begleitung tatsächlich aus rein altruistischen Motiven angeboten.

Doch selbst wenn es kein Fehlverhalten gegeben hatte, blieben die Fragen nach Schicklichkeit und Reputation. »Da sie zu Pferd unterwegs sind, könnten sie noch heute abend in London eintreffen.«

»Ja.« Der Marquis schenkte ihr ein aufmunterndes Lächeln. »In einem oder zwei Tagen sollte dieses ganze Durcheinander aufgeklärt sein.«

Während sie als erste das Haus wieder verließ, dachte Desdemona darüber nach, daß das Problem Maxima kurz vor der Lösung stand, aber das Problem des Marquis noch längst nicht bereinigt war. Aber das war eine Herausforderung, die sie genoß.

Kapitel 20

NACH EINEM LANGEN Tag im Sattel überanstrengte London Maxies Sinne so intensiv, daß Boston im Vergleich dazu in ihrer Erinnerung wie ein gemütliches Marktnest wirkte. Erschöpft folgte sie Robins Pferd durch die dämmerigen Straßen und hatte nur einen Wunsch: endlich ihr Ziel zu erreichen.

Schockiert stellte sie dann fest, daß Robin sein Tier vor einem der prächtigsten Stadtvillen zügelte. »Hier ist es?« erkundigte sie sich betroffen.

Mit einem aufmunternden Lächeln stieg er ab. »Hier ist es. Der Türklopfer ist nach oben geschoben, also sind meine Freunde zu Hause.«

»So wie wir aussehen, werden sie uns kaum an der Küchentür abfertigen, von einer Einladung in ihren Salon ganz zu schweigen«, murmelte Maxie, als sie müde vom Pferd glitt.

Robin schmunzelte. »Keine Bange. Sie haben mich schon in üblerem Zustand gesehen.«

Als sie auf dem Kopfsteinpflaster stand und an der eleganten Fassade emporblickte, kam sich Maxie wie eine schmutzbedeckte Provinzgans vor. Doch ihr Stolz kam ihr zur Hilfe. Was machte es schon aus, was ein paar überzüchtete englische Aristokraten von ihr hielten? Wenn es Robin für angebracht hielt, sie hierher zu bringen, würde sie sich nicht in sich zusammenziehen wie ein geprügelter Hund.

Maxie hielt die Pferde, während Robin den Türklopfer bediente. Fast unverzüglich wurde die Tür von einem Diener in Livree und mit Perücke geöffnet. Der Mann musterte sie sehr langsam und so abfällig, als hätte jemand einen Korb verwesender Fische vor seiner Tür abgeladen.

Bevor der Mann einen Ton über die Lippen bringen konnte, verlangte Robin fast herrisch: »Rufen Sie jemanden, der sich um die Pferde kümmert.« Wieder war er unvermittelt in eine andere Haut geschlüpft, diesmal in die eines arroganten Aristokraten.

Der Diener wollte etwas sagen, aber jeder Protest brach unter den hochnäsigen Blicken des Besuchers in sich zusammen. Eine Minute später tauchte der Butler auf, und der Diener ließ sich dazu herab, die Pferde selbst in den Stall zu führen.

Trotz ihrer Entschlossenheit, sich nicht beeindrukken zu lassen, mußte sich Maxie sehr beherrschen, als sie die marmorgeflieste Halle betrat, die so groß war, daß ein gesamtes Kavallerieregiment darin Platz gefunden hätte. Unter der gewölbten Decke schwang sich eine Treppe zwei Stockwerke in die Höhe, und die Statuen, die in Nischen auf kleinen Säulen standen, sahen aus, als wären sie aus griechischen Tempeln gestohlen.

Maxie war mit herrschaftlichen Häusern nicht vertraut, aber dies hier machte den Eindruck eines Palastes. Sie hätte sich nicht gewundert, wenn es Carlton House gewesen wäre und der Prince-Regent in einem der oberen Gemächer gezecht hätte.

Im Gegensatz zu ihr benahm sich Robin so nonchalant, als gehöre ihm die ganze Pracht. »Ist die Herzogin anwesend?« fragte er den Butler.

»Ihre Gnaden empfängt nicht«, entgegnete der Mann, der nicht so leicht einzuschüchtern war wie sein Untergebener.

»Das habe ich nicht gefragt«, korrigierte Robin mit leiser, gefährlicher Präzision. »Die Herzogin wird mich empfangen. Sagen Sie ihr, daß Lord Robert hier ist.«

Der Butler verglich in Sekundenschnelle Tonfall und Wortwahl des Besuchers mit dessen unerfreulichem Äußeren. Dann verbeugte er sich ansatzweise und verschwand.

Herzogin? Maxie fragte sich, ob sich die ehrwürdige Lady vielleicht als Robins Großmutter herausstellen und er als das zärtlich geliebte schwarze Schaf der Familie. Sie hatte zwar schon zu einem frühen Zeitpunkt ihrer Bekanntschaft geschlossen, daß Robin durchaus hochwohlgeboren war, aber gehörte er tatsächlich den höchsten Kreisen des englischen Adels an? Mit einem unangenehmen Gefühl im Magen gestand sie sich ein, daß das durchaus möglich, sogar wahrscheinlich war.

Fast starr vor Unbehagen vermied sie jeden Blick in Robins Augen und zog sich in dieser fremden und möglicherweise feindseligen Umgebung in sich selbst zurück. Jeden einzelnen Muskel angespannt, streifte sie durch die Halle wie eine Katze, die ein neues Zuhause in Augenschein nimmt. Selbst die anmaßende Haltung ihres Reisegefährten hatte ihnen keine Einladung in den Salon eingebracht.

Sie hatte gerade die entfernteste Ecke der Halle erreicht, als sie schnelle Schritte auf der Treppe hörte. Sie blickte sich um und sah eine wundervolle blonde Frau die Stufen herabgeeilt kommen. Für Maxie hatte die Frau keinen Blick. Statt dessen warf sie sich ungeachtet dessen Aussehens ihrem Besucher entgegen. »Robin, du unmöglicher Mensch! Warum hast du mich nicht rechtzeitig wissen lassen, daß du kommst?«

Lachend streckte Robin die Arme aus, um sie aufzufangen. »Vorsicht, Maggie! Nimm zumindest Rücksicht auf den künftigen Marquis of Wilton, wenn schon nicht auf dich.«

»Du bist genauso schrecklich wie Rafe«, erwiderte die Herzogin liebevoll. »Immerhin kann es auch ein Mädchen werden.«

»Unsinn. Du bist viel zu tüchtig, um nicht schon bei eurem allerersten Versuch den dringend erwünschten Erben zu produzieren.«

Einen Augenblick lang verharrten beide in ihrer Umarmung mit der Intimität einer herzlichen Beziehung. Die Herzogin war fast so groß wie Robin und hatte die gleichen goldblonden Haare.

In ihrer Ecke reagierte Maxie so betroffen, daß einen Moment lang alles vor ihren Augen verschwamm. Sie hatte geglaubt, auf alles vorbereitet zu sein, was in diesem Haus auf sie zukam. Aber nicht auf so etwas. Auf das nicht. Wie konnte er es wagen, sie ins Haus seiner Geliebten zu bringen? Wie konnte er das nur tun?

»Ich möchte, daß du jemanden kennenlernst, der etwas ganz Besonderes ist«, sagte Robin und löste sich von der Herzogin.

Als er nun mit der Herzogin auf sie zukam, empfand Maxie eine Mischung aus Zorn und Verwirrung. Wie verhielt man sich in der Anwesenheit einer Herzogin? Besonders als Frau, die wie ein Mann gekleidet war?

Die Antwort kam ihr mit dem Beispiel einer großartigen Lady, die sie in Boston gekannt hatte: Eine Bürgerin der amerikanischen Republik verneigte sich vor keinem Sterblichen, nur vor Gott – und das auch nur, wenn ihr der Sinn danach steht. So betrachtet verdiente die Geliebte von Maxies Geliebtem mit Sicherheit keinen Knicks.

Da Maxie jedoch wie ein Junge gekleidet war, schien ein Ziehen ihres Huts durchaus angebracht zu sein. Sie nahm ihn ab, konnte aber nichts gegen ihren Gesichtsausdruck unternehmen, der wahrscheinlich unangemessen feindselig war.

Verblüfft blieb die Herzogin stehen, ihre Augen wurden ganz groß. Sie waren graugrün, nicht blau wie Robins.

»Maggie, das ist Miss Maxima Collins. Maxie, die Duchess of Candover.« Robin legte eine leichte Hand auf Maxies Arm. »Ich versuche, Maxie zur Ehe mit mir zu überreden.«

Die graugrünen Augen der Herzogin spiegelten Überraschung wider, dann unverhohlenes Entzücken. Zur perfekten Schönheit fehlten ihren Zügen die Symmetrie, aber das wurde durch ihren strahlenden Charme mehr als wettgemacht. Kein Wunder, daß sie Robins Träume heimsuchte.

Angesichts der unübersehbaren Erheiterung der Herzogin näherte sich Maxie bedenklich einer Explosion. Offensichtlich hielt diese Maggie Robins Interesse an einer verschmutzten Range für einen guten Scherz.

Doch schon die ersten Worten der Herzogin nahmen Maxies Zorn die gefährliche Spitze. »Wie wundervoll, Sie kennenzulernen!« sagte sie liebenswürdig und lächelte sie fast verschwörerisch an. »Ich hoffe, daß Sie sich dazu überwinden können, Robins Antrag anzunehmen. Er verfügte über eine ganze Reihe von durchaus schätzenswerten Vorzügen, obwohl ich annehme, daß Sie ihn im Augenblick am liebsten ermorden würden, stimmt's?«

Diese Vermutung traf so ins Schwarze, daß Maxie total aus dem Gleichgewicht geriet. »Ich denke gerade über die beste Methode nach«, zischte sie durch zusammengebissene Zähne. »Mit kochendem Öl würde es allzu schnell gehen.«

Maggie lachte. »Vermutlich hat er Sie ohne ein einziges Wort der Erklärung hergeschleppt?«

»Genau so ist es, Euer Gnaden.« Maxie sah Robin an, der nicht im geringsten verlegen oder gar betroffen wirkte. Seine Hand lag noch immer auf ihrem Arm, und sie bezog Sicherheit aus seiner Berührung, obwohl sie ihm am liebsten den Hals umgedreht hätte. »Nur sehr vage deutete Robin die Absicht an, Freunde aufsuchen zu wollen, mehr nicht.«

»Das Ergebnis einer zu langen Spionagetätigkeit, bei der jedes nicht ausgesprochene Wort von Vorteil ist.« Maggie deutete mit einer flüchtigen Handbewegung um sich. »Als ich dieses Mausoleum zum ersten Mal erblickte, war auch ich ziemlich schockiert.« Sie neigte den Kopf zur Seite und musterte Maxie. »Sie sind Amerikanerin?«

Offensichtlich teilte sie Robins gutes Ohr für Akzente – wie manches andere auch. Diese Erkenntnis verbesserte Maxies Stimmung nicht unbedingt. »Ja. Aber mein Vater war Engländer, ein Sohn des sechsten Viscount Collingwood.« Sofort schämte sie sich ihres Bedürfnisses, auf ihre adlige Herkunft zu verweisen, aber es war zu spät, ihre Worte zurückzunehmen.

Maggie zog nachdenklich die Brauen zusammen. »Collingswood. Ihr Besitz liegt im Norden, stimmt's? In Durham?«

»Ja.« Das klang schrecklich knapp, also fügte Maxie hinzu: »Ich habe das Frühjahr bei meinem Onkel und seiner Familie verbracht.«

Robin hatte Maxie überrascht angesehen, als sie ihre Verwandtschaft mit den Collingwoods erwähnte, doch nun sagte er lediglich: »Da wir mit leeren Taschen in London angekommen sind, hofften wir in Candover House für eine oder zwei Nächte eine Bleibe zu finden.«

»Ich bin sicher, daß wir etwas Passendes finden.« Dann wandte sich die Herzogin wieder an Maxie. »Lassen Sie mich Ihnen Ihr Zimmer zeigen, damit Sie sich ein wenig ausruhen können.«

»Wenn es Ihnen nichts ausmacht, Euer Gnaden, würde ich zunächst gern ein Wort mit Robin unter vier Augen sprechen.« Maxies Stimme klang gelassen, aber in ihren Augen funkelte es bedenklich.

»Selbstverständlich.« Die Herzogin zeigte auf eine Tür. »Im kleinen Salon sind Sie ganz ungestört.«

Während Robin Maxie in den Nebenraum folgte, musterte er sie unbehaglich. Er hatte geahnt, daß es sie empören würde, sich in Maggies Haus wiederzufinden, hatte aber das Ausmaß ihrer Wut bei weitem unterschätzt.

Sobald er die Tür geschlossen hatte, fuhr sie zu ihm herum. Jeder Quadratzentimeter ihres zierlichen Körpers erbebte vor Zorn. »Wie kannst du es wagen, mich in das Haus deiner Geliebten zu bringen?«

»Maggie ist seit einigen Jahren nicht mehr meine Geliebte«, entgegnete er ruhig. »Aber sie ist noch immer meine Freundin, und wir wissen, daß wir uns aufeinander verlassen können. Da wir beide ein Dach über dem Kopf brauchen, hielt ich es nur für natürlich, hierher zu kommen.«

Er durchquerte den Salon und lehnte sich gegen den Kaminsims. »Ich wußte, daß ich ihr vertrauen kann und man in Candover House zwei schäbige Reiseende aufnimmt, ohne ihnen lästige und möglicherweise gefährliche Fragen zu stellen. Hier kannst du dich wieder in eine ehrbare junge Lady verwandeln.«

Maxies Hände ballten sich zu Fäusten, aber sie wahrte ihre Beherrschung. »Du hast dich dem Butler als Lord Robert vorgestellt. Ich nahm an, das wäre gar kein richtiger Titel.«

»Du hast behauptet, er sei nicht ›richtig‹. Ich habe es lediglich unterlassen, deine falsche Annahme zu korrigieren«, entgegnete er.

»Du hast erklärt, kein Adliger zu sein.«

»Das bin ich im strengen Sinn auch nicht. Wenn mein Bruder sterben sollte, was Gott verhindern möge, würde ich unverzüglich den Titel übernehmen.« Er zuckte mit den Schultern. »Viel Sinn macht das alles nicht.«

»War dein Vater ein Herzog?«

Er schüttelte den Kopf. »Er war der Marquis of Wolverhampton. Ein wenig tiefer auf der Rangleiter.«

»Also hast du dich auf deinem Familienbesitz befunden, als wir uns begegneten.« Sie starrte ihn an, als wäre er ein total Fremder. »Was für ein Mann bist du eigentlich? Von Anfang an hast du mich absichtlich hinters Licht geführt, mich zu der Annahme verleitet, du seist ein heimatloser Streuner, ein Dieb oder etwas noch Schlimmeres. Wie viele andere Lügen hast du mir noch aufgetischt?«

»Ich habe dir stets die Wahrheit erzählt.« Robin verlagerte sein Gewicht von einem Fuß auf den anderen und vermied es, sie anzusehen. Er zeigte die übertriebene Beherrschtheit, die entweder auf Nervosität oder Schuldgefühle zurückzuführen war. »Ich räume allerdings ein, in deiner Anwesenheit anderen gegenüber ein paar falsche Angaben gemacht zu haben.«

Ohne nachzudenken griff Maxie nach einer feinen Marmorstatuette. Nur wenige Zentimeter von Robins Kopf entfernt zerschellte sie am Marmorkamin. Porzellansplitter trafen ihn, aber er zuckte mit keiner Wimper.

»Es schert mich nicht das geringste, selbst wenn jedes deiner Worte vom Herrgott persönlich auf Genauigkeit überprüft worden wäre. Du mußt entweder von Juristen oder Jesuiten erzogen worden sein«, rief sie verächtlich. »Deine Absicht war Täuschung, auch wenn du dein sensibles Gewissen durch Verbrämung der Wahrheit beruhigt hast.« Ihr brach die Stimme. »Was für eine Törin war ich doch, dir zu glauben.«

Ihr Schmerz schnitt ihm ins Herz wie ein Rasiermesser. Erschüttert holte er tief Atem. »Du hast recht. Ich habe die Wahrheit dazu benutzt, einen falschen Eindruck zu erwecken. Aber ich schwöre dir, daß es nicht meine Absicht war, dich zum Narren zu halten.«

»Was war dann deine Absicht?«

Sie starrte ihn mit fast verzerrtem Gesicht an, und ihr Schmerz ließ ihn zutiefst bedauern, sie unabsichtlich verletzt zu haben. Überflüssigerweise wurde die Gegenwart von Bildern ihrer Liebesnacht vor seinem inneren Auge überlagert, von ihrer Anmut, ihrer Großzügigkeit, ihrer Sinnlichkeit und Leidenschaft.

Als sich ihre Blicke trafen, wollte er sie mit einer überwältigenden Intensität. Seine körperlichen und emotionalen Bedürfnisse waren so eng miteinander verwoben, daß er die einen nicht mehr von den anderen trennen konnte. Er hatte sie von jenem ersten Moment an gewollt, als er die Augen aufschlug und feststellte, daß eine bezaubernde, energische Nymphe über ihn gestolpert war.

Aber warum hatte er sich dann so töricht benommen? Wie konnte sich ein für sein Einfühlungsvermögen bekannter Mann derart unsensibel verhalten? Während er in den Tiefen seines Ich nachforschte, wurde die Antwort sehr schnell deutlich. »Ich bin nicht besonders stolz auf Lord Robert Andreville«, brachte er mit Mühe über die Lippen. »Und wenn mir dieser Bursche so wenig gefällt, durfte ich doch wohl kaum annehmen, daß er dir sympathisch ist. Von dem Augenblick an, an dem ich dir begegnet bin, wollte ich mit aller Macht, daß du mich magst.«

Wie sich zeigte, hätte er es schon früher mit der Aufrichtigkeit versuchen sollen – so schwer das auch war. Maxies Körper entspannte sich, ihr Zorn verging. Einen schier endlosen Moment lang sahen sie einander in die Augen.

»Ich verstehe«, sagte sie. Die Wut war verraucht, aber da gab es noch immer diese Leere. Maxie durchquerte den Salon, lehnte sich auf der anderen Seite an den Kaminsims und verschränkte die Arme vor der Brust. »Hast du mich hergebracht, um dir Maggies Zustimmung zu holen?« fragte sie mit fast abwesender Stimme. »Oder wolltest du ihr nur beweisen, wie tief du gefallen bist, seit sie dich verlassen hat? Es wäre vermutlich unmöglich, eine so schöne und aristokratische Frau wie sie zu finden, daher hast du dich wohl zum Gegenteil entschieden. Ihr eine unzivilisierte Wilde vorzuführen, muß sie ja zum Überlegen bringen!«

»Allmächtiger, du kannst doch nicht im Ernst glauben, daß ich mit dir aus derart absurden Gründen hergekommen bin!« Das Verständnis für ihren Zorn bereitete Robin fast Übelkeit. »Du bist eine so kluge und charakterstarke Frau, deren Aufmerksamkeit zu erringen sich jeder Mann nur glücklich schätzen kann. Selbst mit Schmutz bedeckt und zerzaust bist du noch wunderschön.«

Maxies Lippen wurden ganz dünn. »Wie einem guten Hausierer fallen dir immer die richtigen Worte ein. Aber manchmal, Lord Robert, reichen Worte allein nicht aus.«

Das hatte er verdient, dennoch kam es ihm so vor, als

hätte sie ihm ihre Faust in die Magengrube gerammt. »Ich bekenne mich schuldig, ein erschreckend unsensibler Tor gewesen zu sein. Und zu behaupten, ich hätte dich wegen Maggies Zustimmung hergebracht, erweckt einen total falschen Eindruck, dennoch hatte ich den Wunsch, daß du sie kennenlernst. Ihr seid die beiden wichtigsten Frauen in meinem Leben, und ich glaube, ihr könntet Freundinnen werden.«

Maxie streckte die Hand aus und fuhr mit den Fingern so nachdenklich über den Kaminsims, als wäre er das interessanteste Objekt der Welt. »Und wenn sie mich nun mißbilligt? Was ist dann?«

»Sie kann dich gar nicht mißbilligen.« Er bedeckte ihre Finger mit seiner Hand. Sie zuckten unter seiner Berührung zusammen, aber Maxie nahm sie nicht fort.

»Deine wirkliche Frage lautet doch wohl eher, ob ich dich ihr vorziehe.« Er verstärkte seinen Druck auf ihre Hand. »Und die Antwort ist ja. Selbst wenn Maggie dumm genug wäre, eingreifen zu wollen, hätte sie damit keinen Erfolg. Du bist die einzige, in deren Macht es steht, uns zu trennen.«

Maxies Augen schlossen sich, ein Kaleidoskop von Gefühlen überflog ihr Gesicht. Unfähig, seine Distanz noch länger zu wahren, trat Robin einen Schritt vor und schloß sie in die Arme.

Widerstandslos und wie erschöpft verbarg sie ihr Gesicht an seiner Schulter. Unabhängig davon, wie heftig ihre verbalen Konflikte auch waren, auf der Ebene physischer Berührungen herrschte stets tiefe Harmonie zwischen ihnen. Er hielt sie ganz fest und hoffte, daß die Umarmung sie so beruhigte, wie sie ihm gut tat.

»Und welche weiteren Überraschungen hältst du sonst noch für mich bereit?« erkundigte sie sich plötzlich, ohne den Kopf zu heben.

Er dachte kurze Zeit nach. »Nun, ich bin nicht unvermögend. Unter anderem bin ich der Besitzer von Ruxton.«

Jetzt blickte sie hoch, und in ihren Augen funkelte es heiter-empört. »Willst du damit sagen, daß wir deine eigenen Pferde gestohlen haben?« Und als er nickte, fügte sie vorwurfsvoll hinzu: »Wenn ich an meine Angst denke, wird mir jetzt noch schlecht.«

»Ich habe dir aber gesagt, daß du dir keine Sorgen zu machen brauchst.«

»Die Herzogin hat recht.« Maxies Stimme klang ernst, aber um ihre Mundwinkel zuckte es. »Du bist ein unmöglicher Mensch.«

»Ich bekenne mich schuldig.« Er seufzte tief auf. »Deshalb wirkte es doch so verlockend, als ein anderer zu erscheinen.«

Maxie sah ihn ernst an. »Darüber sollten wir ausführlich sprechen, aber nicht mehr heute abend.«

»Gut, denn dazu wäre ich jetzt auch kaum in der Lage. Vermutlich läuft das alles doch auf deine Entscheidung hinaus, ob du mich nun heiraten möchtest oder nicht.« Die Worte waren leichthin gesagt, aber Robin hielt den Atem an. Er mußte wissen, ob die Ereignisse der letzten Stunde sie so erzürnt hatten, daß eine Ehe nicht für sie in Frage kam.

Sie schüttelte den Kopf. »Ich weiß nicht, Robin. Wir sind uns wohl doch ferner, als ich angenommen hatte.« Sie hob die Hände und spielte mit den Revers seines schäbigen Rocks. »Ich weiß weder, ob ich in deine englische Welt passe, noch ob ich es überhaupt versuchen möchte, in sie hineinzupassen.«

»Wir stehen einander näher, als es dir bewußt ist, und diese englische Welt, wie du sie nennst, ist nicht die einzige Möglichkeit.« Er drückte ihr einen Kuß auf die

Haare. Aber auch dafür ist jetzt nicht der richtige Zeitpunkt. »Wichtig ist nur, daß du nicht gleich nein sagst.« Er verzog die Lippen zu einem kleinen Lächeln. »Vielen Dank, daß du mich mit dieser Porzellanfigur nicht getroffen hast. Ich hätte es mit Sicherheit verdient. Ich war unglaublich dumm.«

»Ich hätte mein Temperament zügeln müssen«, gestand Maxie kleinmütig ein. »Und ich kann nur hoffen, daß die Statuette kein wertvolles Familienerbstück war . . .«

Die Tür öffnete sich und die Herzogin of Candover trat ein. Als sie ihre Gäste in enger Umarmung sah, wollte sie sich schnell wieder zurückziehen. »Verzeihung, aber vermutlich wurde mein Klopfen nicht gehört.«

»Kein Grund, sofort wieder davonzulaufen.« Langsam löste sich Robin von Maxie. »Wir haben einen Waffenstillstand vereinbart.«

»Rafe hat mir gerade die Nachricht geschickt, daß er Westminster früher als gedacht verlassen kann. Wie wäre es mit einem Dinner in etwa einer Stunde? Eure Gesellschaft wäre mir eine große Freude, aber wenn ihr zu müde seid, kann ich auch Essen auf eure Zimmer bringen lassen.«

Nach einem Blick auf Robin sagte Maxie: »Sehr gern, Euer Gnaden, aber ich muß Sie warnen. Ich habe nur ein Kleid dabei, und das wird nach der Reise nicht gerade präsentabel aussehen.«

»Meine Zofe kann es für Sie ausbürsten und bügeln.« Maggies Blick fiel auf die Scherben vor dem Kamin. »Wie wunderbar! Ihr habt diese gräßliche Laokoongruppe zerschmettert.«

Maxie wurde blutrot. »Es tut mir leid. Es war allein meine Schuld. Ich werde sie so schnell wie möglich ersetzen.«

»Auf gar keinen Fall!« Die Herzogin lächelte mutwillig. »Die Figur war das Hochzeitsgeschenk eines Cousins von Rafe, der keinen Hehl aus seiner Abneigung gegen unsere Heirat machte. Drei von Schlangen verschlungene Leute sind doch wahrlich kein angenehmes Geschenk, oder? Ich hatte die Figur absichtlich an den Rand des Tisches gestellt – in der Hoffnung, daß eines der Mädchen sie unabsichtlich zu Boden wirft.«

Maxie lachte hell auf. »Falls es in Ihrem Haus noch etwas gibt, was Sie lieber in Scherben sähen, so wäre es mir eine Freude, Ihnen diesen Gefallen zu tun.«

»Abgemacht!« Die Herzogin wandte sich zur Tür. »Soll ich Ihnen jetzt Ihr Zimmer zeigen? Sie haben noch Zeit für ein Bad oder ein kurzes Schläfchen, wenn Sie mögen.«

Mit entschlossener Miene folgte Maxie der Herzogin die Treppe hinauf. Die Vorstellung, daß Robin und sie die persönlichen Dinge regeln könnten, die sie trennten, war schwer genug gewesen. Jetzt war sie in eine fremde, unbekannte Welt eingetaucht, in der sie nur wenige willkommen heißen würden. Je schneller sie herausfand, ob sie in ihr leben konnte, desto besser.

Kapitel 21

NACHDEM MAXIE EINEM luxuriösen Bad entstiegen war, schickte ihr die Herzogin ihre französische Zofe. Marie Lavalle äußerte selbstverständlich keine Spur von Mißfallen über einen so ungewöhnlichen Gast, dennoch lag ein leicht schmerzlicher Ausdruck auf ihrem Gesicht, als sie Maxie das frischgebügelte Kleidungsstück überreichte. Aber Maxies fließendes, wenn auch geringfügig kanadisch gefärbtes Französisch gewann ihr schnell Maries Sympathien.

Maxie schlüpfte in das einfache weiße Musselinkleid und setzte sich dann geduldig vor den Spiegel, während die Zofe ihre schwarzen Haaren zu einem eleganten Chignon im Nacken bürstete und befestigte. Das Ergebnis konnte sich sehen lassen. Dennoch warf Maxie noch einen nervösen Blick in den Spiegel, als ein Lakai erschien, um sie zum Dinner zu begleiten. Dann folgte sie ihm mit hoch erhobenem Kopf die Treppe hinunter.

Robin und die Herzogin steckten die goldblonden Köpfe zusammen und plauderten miteinander. Auch seine Garderobe hatte sich in der letzten Stunde mittels einem frischen Hemd und einer Krawatte einer Veränderung unterzogen, die vermutlich aus den Beständen des Herzogs stammten. Er wirkte so gelassen und selbstverständlich, daß Maxies Nervosität zurückkehrte. Vielleicht gehörte er ja unter das Dach eines Herzogs, aber was hatte sie eigentlich hier zu suchen?

Bei ihrem Eintritt blickte Robin auf. Seine blauen Augen erstrahlten. Er erhob sich, kam auf sie zu und flüsterte: »Du siehst ausgesprochen hinreißend aus.«

Maxie errötete leicht, aber sein bewundernder Blick erwärmte sie bis in die Zehenspitzen. »Das ist sehr liebenswürdig von dir, aber dieses Kleid wäre nicht einmal mehr in Boston Mode, geschweige denn in London.«

»Laß dir von mir sagen, daß Männer weit mehr am allgemeinen Eindruck interessiert sind als an Modefeinheiten. Und der ist in deinem Fall faszinierend.« Er nahm ihren Arm und führte sie zu einem Sessel. »Allerdings könnte ich auch voreingenommen sein, da ich dich erstmals in einem Kleid sehe.«

Robins Bewunderung und Neckerei entspannten Maxie so weit, daß sie ganz unbefangen der Unterhaltung folgen konnte. Die Herzogin trug ein ähnlich schlichtes Kleid wie Maxie und gab damit ein weiteres Beispiel für ihr Taktgefühl. Außerdem mußte Robin ihr etwas über Maxies Trinkgewohnheiten gesagt haben, denn ihr wurde Limonade angeboten, während die anderen beiden Sherry tranken.

Als sich die Tür öffnete, blickte die Herzogin stirnrunzelnd zur Uhr auf dem Kaminsims. Maxie wußte sofort, daß es der Duke of Candover war, der da über die Schwelle trat. Während Robin wie ein Chamäleon in Tausende verschiedene Rollen schlüpfen konnte, wirkte der Herzog so unverkennbar wie ein Aristokrat, daß er gar nichts anderes vorgeben könnte. Darüber hinaus sah er frappierend gut aus und war so schon äußerlich ein passender Partner für die hübsche Maggie.

»Tut mir leid, daß ich doch so spät komme, Liebes«, sagte

der Neuankömmling, »aber Castlereagh hat mich aufgehalten.« Beim Anblick der Besucher verhielt er den Schritt, freudige Überraschung zeigte sich auf seinem Gesicht. »Robin, du Schurke. Was führt dich denn nach London?«

Die beiden Männer schüttelten einander herzlich die Hände. Dann stellte Robin Maxie dem Herzog vor. Als sich Candover über Maxies Hand beugte, sah sie, daß seine Haare und sein Teint so dunkel waren wie ihre eigenen, aber seine Augen zeigten ein kühles, nordisches Grau, allerdings mit sehr viel Humor und liebenswürdiger Neugierde in ihren Tiefen.

»Collins«, meinte der Herzog nachdenklich, als er sich wieder aufrichtete. »Sind Sie mit den Collins aus Chanleigh verwandt?«

»Der augenblickliche Lord Collingwood ist mein Onkel, Euer Ehren.«

»Dann sind wir entfernt miteinander verwandt, so etwas wie Cousine und Cousin zweiten oder dritten Grades.« Candover schenkte ihr ein Lächeln, das in seiner lähmenden Wirkung fast dem Robins glich. »Es ist immer schön, neue Verwandte kennenzulernen, besonders wenn sie so attraktiv sind wie Sie.«

Er reichte ihr den Arm und fügte hinzu: »Da ich halb verhungert bin, sollten wir uns vielleicht unverzüglich zum Dinner begeben. Satt und zufrieden bin ich sehr viel umgänglicher.«

Lächelnd dachte Maxie darüber nach, daß der Herzog noch liebenswürdiger kaum sein konnte. Vielleicht war es doch gut von Robin gewesen, sie in dieses Haus zu bringen.

Gemessen an britischen Maßstäben war es ein einfaches Abendessen, wenn auch ganz hervorragend zubereitet. Maxie war froh, nicht mit so vielen Gängen kämpfen zu müssen, wie es in Chanleigh üblich gewesen war.

Auch die Unterhaltung erwies sich als locker und entspannt, denn die drei Briten achteten sorgsam darauf, daß sich Maxie als Amerikanerin nicht ausgeschlossen fühlte. Sie war tief berührt, aber auch ein wenig amüsiert. Hatte sie bei ihrer Ankunft in Candover House denn derart eingeschüchtert gewirkt? Offenbar, wenn auch nicht notwendigerweise aus den Gründen, die die Herzogin vermutete.

Die Herren ließen es sich nicht nehmen, den Damen bei einem Kaffee im Salon Gesellschaft zu leisten. Das war Maxie nicht unangenehm; obwohl sich die Herzogin ihr gegenüber mehr als freundlich gezeigt hatte, war sie für ein trautes Zusammensein mit Robins Geliebter doch noch nicht bereit. Mit Robins früherer Geliebter.

Als sich der Herzog und die Herzogin in eine Diskussion über eine bevorstehende Reise aufs Land vertieften, traten die Gäste mit ihren Kaffeetassen an die Terrassentüren. Hinter dem Haus befand sich ein so ausgedehnter und üppiger Garten, daß man kaum glauben wollte, im Herzen einer der größten Städte der Welt zu sein.

Verstohlen betrachtete Maxie ihre Gastgeber. Die enge Verbindung zwischen den beiden war fast mit Händen zu greifen. »Selbst wenn sie ihn wegen seines Geldes geheiratet hat«, bemerkte sie leise, »geht ihre Beziehung inzwischen sehr viel tiefer.«

Robin warf ihr einen erstaunten Blick zu. »Was um alles in der Welt hat dich auf die Idee gebracht, Maggie könnte Rafe wegen seines Vermögens geheiratet haben?«

»Du. An jenem Morgen im *Drover Inn* hast du gesagt, Maggie hätte einen Mann gewählt, der ihr sehr viel mehr bieten konnte als du.« Sie machte eine umfassende Geste. »Das alles und dazu noch ein herzoglicher Titel. Das ist eine Menge. Dennoch vermag ich es nicht recht zu glauben. Die Herzogin wirkt nicht gerade habgierig, und du bist nach eigenem Bekunden gleichfalls ein reicher Mann.«

»Das ist ein weiteres Beispiel dafür, wie ich dich unabsichtlich zu falschen Schlüssen verleitet habe. Maggie kann man nicht kaufen, nur gewinnen.« Er wandte sich ab und sah in den Garten hinaus. »Als ich das damals sagte, meinte ich es emotional, nicht finanziell. Geld und Position standen nie zwischen uns zur Debatte.«

»Schmerzt es noch immer, Robin?« fragte sie leise. »Jetzt, da ich sie kennengelernt habe, verstehe ich, warum sie so schwer zu vergessen ist.«

»Der Schmerz gehört der Vergangenheit an.« Er sah Maxie sehr intensiv in die Augen. »Jetzt denke ich nur noch an die Zukunft.«

Jetzt war es an Maggie, in den Garten hinauszublikken. Irgendwie schienen sie sich in einer Art emotionalem Menuett zu bewegen. Einer von ihnen gewann eine Erkenntnis und teilte sie mit, dann trennten sie sich und nahmen das Gehörte in sich auf, bevor sie sich einander wieder näherten. Dann gab es einen nächsten Moment der Enthüllung und eine erneute Entfernung. Aber jedesmal, wenn sie sich aufeinander zu bewegten, kamen sie sich ein wenig näher.

Vielleicht war es notwendig, daß sie mit kleinen Schritten zu Erkenntnissen über den anderen und sich selbst kamen. Mit Sicherheit war Maxie noch nicht bereit, auf Robins letzte Bemerkung einzugehen. Dafür war zuviel geschehen.

Sie drehte sich so, daß sie ihr Spiegelbild in den Terrassentüren sehen konnte. In ihrem schlichten Kleid und mit der eleganten Frisur wirkte sie fast wie eine vornehme Lady aus Boston. Sie verzog die Lippen zu einem Lächeln. »Verschmutzt und zerzaust?«

»Nicht unbedingt das poetischste Kompliment, aber zutreffend. Das erste . . .«, Robin begann leise zu lachen, »oder besser gesagt das zweite, was mir an dir auffiel, nachdem du mich in Wolverhampton angefallen hast, war deine Schönheit.«

»Ich habe dich nicht angefallen«, protestierte sie empört. »Ich bin gestolpert. Wenn du nicht da gelauert hättest wie die Schlange im Paradies . . .«

Grinsend trank er seinen Kaffee aus und stellte die Tasse auf einem Tisch neben den Terrassentüren ab. »Für jemanden, der sich vor der Londoner Gesellschaft gefürchtet hat, bist du erstaunlich keck.«

Sie hob die Brauen. »Du willst mir doch nicht etwa einreden, daß alle Angehörigen der High-Society so sind wie deine Maggie und ihr Mann.«

»Sie wären immer und überall eine Ausnahme«, stimmte er zu. »Aber die Gesellschaft ist lediglich eine Ansammlung von Individuen. London ist extrem unterschiedlich. Man kann Zugang zu einem sympathischen Kreis finden und braucht sich um den Rest nicht zu scheren.«

»Meine Erfahrungen mit der Gesellschaft waren nicht immer so positiv.« Maxie entging die leichte Bitterkeit in ihrer Stimme nicht. Sie überlegte, ob sie das Thema wechseln sollte, besann sich dann aber anders. Es war Zeit für einen weiteren Schritt in ihrem Menuett. »Obwohl die Vereinigten Staaten von Amerika eine Republik sind, sind doch nicht wenige vom Adel fasziniert. Als Sohn eines Lords war mein Vater in vielen der sogenannten ›besseren Familien‹ sehr willkommen. Natürlich hielt man Max für exzentrisch, weil er mit Büchern hausierte und kein Geld hatte. Dennoch wurden wir, wenn wir den Winter in Boston verbrachten, zwei- oder dreimal in der Woche zum Essen eingeladen. Männer der Kirche, Professoren, wohlhabende Kaufleute – alle hießen den Honorable Maximus Collins willkommen.«

Auch Maxie leerte ihre Kaffeetasse, setzte sie ab und blickte dann wieder in den Garten hinaus. »An einem dieser Abende hörte ich zufällig ein Gespräch unserer Gastgeberin mit ihrer Freundin mit an. Dabei erfuhr ich, daß Max keine Einladung annahm, wenn ich ihn nicht begleiten durfte. Doch diesen Nachteil nahm Mistress Lodge in Kauf, um sich an Charme und Herkunft des werten Mister Collins' erfreuen zu können, doch sobald das kleine Halbblut den Männern irgendwelche Avancen machte, war sie bereit, die Verbindung unverzüglich zu beenden. Gewisse Standards mußten schließlich gewahrt bleiben. Schwer verständlich, daß ein Gentleman wie Mister Collins eine Wilde heiraten konnte, aber Männer sind nun einmal hilflose Opfer ihrer Lust.«

Maxie warf Robin einen Seitenblick zu. »Und selbstverständlich ist allgemein bekannt, wie wollüstig diese heidnischen Frauen sind.«

Robin unterdrückte einen Fluch. »Wenn das deine Erfahrungen sind, kann deine geringschätzige Meinung über die Gesellschaft kaum überraschen.« Er legte ihr die Hand auf die Schulter. Die angenehme Wärme dieser Berührung machte es Maxie leichter, dies mit einem überlegenen Schulterzucken abzutun.

»Doch so waren nicht alle. In einigen Häusern wurde ich nicht nur als lästiges Anhängsel betrachtet. Ich habe meinem Vater nie etwas von dieser Unterhaltung berichtet. Max hat diese Abende sehr genossen. Es wäre nicht gut gewesen, sie ihm zu nehmen.«

Der Druck von Robins Hand verstärkte sich. »Diese Mistress Lodge war sicher eine verdammte Heuchlerin, aber ihre Einstellung könnte auch der Mißgunst entstammen, die manche alternden Damen häufig gegenüber jungen und attraktiven Frauen empfinden.«

Ihre Lippen verzogen sich. »Glaubst du das wirklich?«

»Ich bezweifle, daß die Ladies in Boston anders sind als die in London. Laß die Rassenvorurteile beiseite, und du hast genau das, was jede neidische Matrone über ein hübsches junges Mädchen äußern könnte.«

»Wahrscheinlich hast du recht. Mistress Lodge hat drei Töchter mit ausgesprochenen Teiggesichtern, aber ohne jede Taille.« Maxie lächelte übermütig, plötzlich erheitert über einen Zwischenfall, der sie insgeheim seit Jahren gequält hatte. »Warum sehen wir nur immer den Splitter im Auge eines anderen, aber den Balken im eigenen nicht?«

»Das ist ein Naturgesetz – so wie die Sonne im Osten aufgeht und Äpfel vom Baum zu Boden fallen und nicht in den Himmel steigen.« Er sah, daß sie ihre gute Stimmung wiedergefunden hatte und ließ seine Hand sinken. »Vermutlich werden wir morgen zu dem Gasthaus gehen, in dem dein Vater gestorben ist?«

Maxie wollte schon nicken, hielt aber inne. Sie hatte auf der Suche nach Antworten fast ganz England durchquert und fürchtete sich nun doch vor der Wahrheit.

Hatte sie Angst vor dem, was sie erfahren würde? Oder fürchtete sie sich davor, danach eine Entscheidung über Robin treffen zu müssen? Sie liebte ihn, er wollte sie heiraten. Eigentlich sollte es ganz einfach sein, aber so war es nicht.

»Vielleicht sollte ich lieber zunächst Tante Desdemona einen Besuch abstatten. Sie hat sich mehrmals mit meinem Vater getroffen. Sie sollte doch in der Lage sein, mir etwas über seine Aktivitäten zu erzählen.«

Robin nickte. »Soll ich dich begleiten oder möchtest du lieber Maggie bitten, dir eine Zofe mitzugeben?«

Maxie verzog das Gesicht. »Diese Anstandsregeln sind höchst unerquicklich. Aber da eine zarte Blume wie ich die Stadt in einer Kutsche offensichtlich nicht ohne Begleitung durchqueren kann, entscheide ich mich für dich. Darüber hinaus könntest du dich als wesentlich nützlicher für den Fall erweisen, daß sich Tante Desdemona in irgendeiner Form als unangenehm erweist.«

»Dieser Vertrauensbeweis stimmt mich natürlich höchst froh«, versicherte Robin. »Ich möchte dich nur bitten, nicht in aller Herrgottsfrühe aufzubrechen. Zunächst möchte ich meinen Bankier und meinen Schneider aufsuchen. Ich habe mir ein paar neue Kleidungsstücke anfertigen lassen. Mit ein bißchen Glück wurden sie noch nicht nach Yorkshire geschickt.« Er warf einen belustigten Blick auf den ausgefransten Ärmel seines Rocks. »Es wird mir nicht schwerfallen, mich von diesem guten Stück zu trennen.«

»Darf ich ihn haben? Ich verbinde ein paar sehr angenehme Erinnerungen mit diesem Rock.«

»Jederzeit.« Robin zögerte. »Würdest du mir gestatten, dir ein oder zwei neue Kleider schneidern zu lassen? Nur ein Kleidungsstück zu besitzen könnte sich hier in London als höchst lästig erweisen.«

»Vermutlich hast du recht«, erwiderte sie wenig begeistert. »Aber ich möchte keine Zeit mit Anproben verschwenden.«

»Das ist auch kaum nötig. Maggies Zofe kann die Maße dieser Robe nehmen.« Sein Blick flog bewundernd über ihre Figur. »Sie wirkt ganz schlicht, aber der Schnitt ist ausgezeichnet, und sie paßt ganz vorzüglich.«

»Vielen Dank, ich habe es selbst genäht. Geldknappheit fördert die erstaunlichsten Talente.« Sie hob die Hand und kaschierte ein Gähnen. »Offenbar bin ich müde. Es war ein anstrengender Tag.«

»Ich werde mich sehr einsam fühlen«, flüsterte Robin schnell.

Ihre Blicke trafen sich. Erst gestern nacht waren sie Liebende geworden, und den heutigen Morgen hatten sie wie Fruchtbarkeitsgötter begrüßt – nackt und ohne jede Scham. Bei der Erinnerung daran stieg leidenschaftliches Verlangen in Maxie auf.

Robin empfand ähnlich. An seiner Kehle begann eine Ader heftig zu klopfen, als er leise hinzufügte: »Ich würde dir gern einen Gutenachtkuß geben. Aber das würde nur damit enden, daß ich dich die Treppe hinauftrage und vor dem Morgengrauen nicht mehr aus meinen Armen lasse.«

Maxie versuchte zu lächeln. »So weit dürfen wir uns nicht gehen lassen. Das wäre ein ernster Verstoß gegen die Gastfreundschaft.«

»Hier steht niemand in den Korridoren Wache.« Er streckte die Finger aus und berührte sanft ihre Handfläche. »Wir könnten die Nacht miteinander verbringen, ohne daß es jemand bemerkt.«

Maxies Herzschlag beschleunigte sich, als er mit einer Fingerspitze kleine sinnliche Kreise in ihre Handfläche zeichnete. Sie sah auf ihre Hände. Selbst der prüdeste Tugendwächter wäre beim Anblick dieser Berührung kaum schockiert, und doch verspürte sie – Verlangen. So intensiv, als hätte sie sich in aller Öffentlichkeit ihres Kleides entledigt.

Seine Finger glitten immer wieder über ihr Handgelenk, liebkosten ihren Puls und erregten sie bis zur Gluthitze. Maxie schluckte und war bereit, allem zuzustimmen.

»Soll ich später zu dir kommen?« hauchte er heiser.

Sein leidenschaftlicher Blick musterte sie von Kopf bis Fuß. Sie waren Liebende, kannten ihre Körper sehr genau, und mit der Geschicklichkeit eines Diebs machte er sich am Schloß ihrer Widerstandskraft zu schaffen . . .

Diese Vorstellung weckte in ihr den Wunsch, laut aufzulachen, und das brach den Bann, mit dem er sie gefesselt hatte. Sie entzog sich ihm. »Verzeih, aber es kommt mir einfach nicht gut vor, wenn wir in diesem Haus in einem Bett schlafen.«

Damit meinte sie natürlich Maggies Haus. Robin schloß die Augen und sein Gesichtsausdruck veränderte sich, seine Züge schienen sich zu verhärten. Als er sie wieder ansah, wirkte er ganz gelassen. »Natürlich habe ich Verständnis für deine Gefühle, auch wenn ich wünschte, es wäre anders.«

Sie wandte sich zum Gehen, hielt aber noch einmal inne. »Du wirst doch keine Alpträume bekommen, wenn du allein bist, oder?«

»Wenn doch, werden sie bestimmt nicht so arg wie jene in der Vergangenheit.« Er lächelte sie so zärtlich an, daß sie sich geküßt fühlte. »Du hattest recht – Lasten sind leichter, wenn man sie gemeinsam trägt.«

Nachdem sich Maxie von ihren Gastgebern verabschiedet hatte, dachte sie darüber nach, wie leicht es für Robin gewesen wäre, ihre Sorge um ihn dazu auszunutzen, sie in sein Bett zu locken. Bei all seinem gefährlichen Charme und seinen zweifelhaften Fähigkeiten war er ein aufrichtiger Mann.

Diese Erkenntnis erleichterte ihr die einsame Nacht.

Der Herzog von Candover bürstete die langen goldblonden Haare seiner Frau. Mit halb geschlossenen Augen lehnte sie sich zufrieden zurück. »Was hältst du von Robins Freundin?«

Er lächelte. »Sie gefällt mir. Hat dir Robin erzählt, warum sie plötzlich auf unserer Schwelle standen?«

»Nicht in allen Einzelheiten.« Nach einem Moment fügte sie hinzu: »Er möchte sie heiraten.«

»Tatsächlich?« Rafes Hand kam zur Ruhe. »Er kann sie noch nicht lange kennen.«

»Was macht das schon aus? Ich wollte dich schon an dem Abend heiraten, an dem wir uns kennenlernten.«

»Das hast du mir noch nie gesagt.« Rafe fühlte sich geradezu absurd erfreut, als er mit dem Bürsten fortfuhr.

»Du bist schon selbstgefällig genug«, entgegnete seine Frau und sprang laut kreischend in die Höhe, als er ihre Rippen kitzelte.

»Sie ist absolut ungewöhnlich«, stellte Rafe fest. »Intelligent, unkonventionell, vielseitig. Eigentlich Robin ungemein ähnlich. Und auf eine unverwechselbare Art sehr, sehr hübsch.«

»Ich wußte, daß dir das nicht entgeht«, bemerkte die Herzogin pointiert.

Rafe grinste. »Ich bevorzuge Blonde.« Er legte die Bürste beiseite und begann, ihr Nacken und Schultern zu massieren. »Stört es dich nicht, ihn in der Gesellschaft einer anderen Frau zu sehen? Ich finde es ein wenig überraschend, daß er sie hierher mitgebracht hat.«

»Ganz im Gegenteil. Ich wäre überrascht und gekränkt, wenn er nicht mit ihr zu mir gekommen wäre.« Sie zeigte ein kleines selbstspöttisches Lächeln. »Wahrscheinlich hätte es jede Frau insgeheim sehr gern, wenn sich ihr früherer Geliebter mit einem herzzerreißenden Seufzer und den Worten: ›Was für eine wundervolle Frau sie doch war. Wenn es doch nur anders verlaufen wäre!‹ an sie erinnert ...«

»So wie ich ein Dutzend Jahre lang an dich gedacht habe?«

»Genau so«, erwiderte sie mit einem prustenden Lachen. »Aber ich möchte wirklich, daß Robin glücklich wird und sich nicht in der Vergangenheit vergräbt oder irgendein strohköpfiges Mädchen heiratet, weil er einsam ist und nichts Besseres zu finden ist.«

»Ich kann mir nicht vorstellen, daß er so etwas Törichtes tun würde.«

»Ich bin mir da nicht so sicher«, erwiderte Maggie, und zwischen ihren Augen erschien eine nachdenkliche Falte. »Seit unserer Abfahrt aus Paris habe ich mir Sorgen um Robin gemacht. Seine Briefe waren zwar immer sehr amüsant, dennoch hatte ich immer das Gefühl, als würde er seinen wahren Gemütszustand verbergen. Aber als ich ihn heute abend sah, war er wieder ganz wie früher.« Nach kurzer Pause fügte sie hinzu: »Nein, noch ausgeglichener.«

»Bist du mit der höchst unzutreffend benannten Maxima einverstanden?«

»Sehr.« Maggie schmunzelte. »Das arme Mädchen sträubte das Fell wie eine zornige Katze, als wir einander vorgestellt wurden, weil sich Robin nicht die Mühe gemacht hatte, ihr zu erklären, wohin er sie brachte, aber im großen und ganzen zeigte sie große Würde. In einer Welt voller Unpersönlichkeiten ist sie eine Persönlichkeit.«

»Ich schlage vor, daß du mit deinen Freundschaftsangeboten ein bißchen vorsichtig vorgehst«, bemerkte Rafe trocken. »Miss Collins könnte über Robins Beziehung zu einer anderen Frau nicht allzu glücklich sein.«

Maggie neigte den Kopf nach hinten und sah zu ihm auf. »Du weißt doch aber sicher, daß du auf Robin nicht eifersüchtig zu sein brauchst? Ich nahm an, ihr wärt Freunde geworden.«

Rafe liebkoste sanft ihren langen Hals. Auch wenn er sich mit der Beziehung seiner Frau zu Robin längst abgefunden hatte, war das für den leidenschaftlichen Mann nicht leicht gewesen. »Ich bin auch nicht eifersüchtig. Neidisch vielleicht – auf all die Jahre, in denen er dich hatte und ich nicht.«

Sie schüttelte den Kopf, ihre ernsten graugrünen Augen blieben fest auf ihn gerichtet. »Er hatte Maggie, die Spionin. Aber die Umstände, die sie geschaffen haben, gibt es nicht mehr, und sie auch nicht.«

»Das weiß ich. Jetzt bist du Margot.« Rafe beugte sich vor und küßte seine Frau lange und leidenschaftlich. »Und Margot gehört mir.«

Dann hob er sie hoch, trug sie zu ihrem Bett und bewies es ihr auf die profundeste und befriedigendste Weise.

Es war schon sehr spät, als Lord Collingwood das *Clarendon Hotel* erreichte, aber trotz seiner Erschöpfung fand er keinen Schlaf. Nachdem er sich fast eine Stunde lang erfolglos hin und her gewälzt hatte, richtete er sich auf und griff nach der Brandyflasche auf dem Nachttisch.

In der Dunkelheit nahm er einen tiefen Schluck und dachte über seine Mission nach. Maxima war vielleicht schon in London. Und vielleicht hatte sie sogar bereits die Wahrheit über ihren Vater erfahren. Diese Vorstellung bereitete Collingwood höchste Pein.

Er nahm einen weiteren Schluck. Als wäre die Situation nicht auch so schon skandalträchtig genug, war da noch dieser blonde Scharlatan zu bedenken, mit dem sich seine Nichte eingelassen hatte. Wenn sich dieser Bursche noch in ihrer Gesellschaft befand, wäre er eine weitere Quelle ernsthafter Sorgen. Er müßte auf diese oder jene Art entfernt werden. So schnell wie möglich.

Das Ganze war eine höchst üble Geschichte, von welchem Blickwinkel aus man es auch betrachtete. Was es noch schlimmer machte, war die Tatsache, daß er Maxima trotz ihrer merkwürdigen Erziehung und Herkunft eigentlich sehr gern hatte. Genau deshalb unterwarf er sich all diesen Mühen. Und wenn er keinen Erfolg hätte, würde Althea wieder erklären, alles sei nur seine Schuld, weil er nicht rücksichtslos gewesen war.

Lord Collingwood stöhnte tief auf und verbarg das Gesicht unter dem Kissen. Familie war schon ein Kreuz.

Kapitel 22

DESDEMONA BETRAT IHREN sonnendurchfluteten Salon und genoß das Gefühl, wieder zu Hause zu sein. Alles wirkte so normal, daß sie fast glauben konnte, die vergangenen Wochen wären reine Einbildung gewesen, das Ergebnis von allzuviel Hummer oder zu vielen politischen Arbeitsessen.

Als draußen vor dem Haus eine Kutsche hielt, spähte sie aus dem Fenster und lächelte. Die breitschultrige Gestalt des Marquis of Wolverhampton war keine Einbildung, die jetzt die Stufen zu ihrer Haustür erklomm. Er hatte zugesagt, ihr zu dieser ungewöhnlichen Vormittagsstunde einen Besuch abzustatten, und jetzt schlug die Uhr elf. Desdemona mochte Männer, auf die man sich verlassen konnte. Während sie darauf wartete, daß er hereingeführt wurde, klingelte sie nach Kaffee.

Nachdem Begrüßungsworte ausgetauscht und die Kaffeetassen gefüllt waren, sagte Giles: »Mein Bruder ist in London. Vorhin auf der Bank habe ich ihn lediglich um wenige Minuten verpaßt.«

»Hervorragend! Hatte man auf der Bank irgendeine Ahnung, wo er wohnt?«

»Bedauerlicherweise nicht, aber zumindest wissen wir

nun, daß er in London angekommen ist und nicht versucht, der Entdeckung zu entgehen. In ein oder zwei Tagen sollte ich seinen Aufenthaltsort ausfindig gemacht haben, und er wird wissen, wo sich deine Nichte aufhält.«

Desdemona wollte gerade etwas erwidern, als ihr Dienstmädchen eintrat und höflich knickste. »Entschuldigen Sie, Mylady, aber Miss Maxima Collins und Lord Robert Andreville sind hier, um Ihnen ihre Aufwartung zu machen.« Leicht abfällig rümpfte das Mädchen die Nase. »Keiner von beiden verfügte über ordentliche Visitenkarten.«

Desdemona öffnete den Mund und schloß ihn nicht wieder. Sie riß sich zusammen und sagte: »Führen Sie sie herein, Alice.«

Eine Minute später kam das Objekt ihrer langen Verfolgungsjagd in den Salon geschlendert.

Desdemona war gesagt worden, daß ihre Nichte zierlich, dunkel und attraktiv sei, aber diese Beschreibung entsprach der Realität nur sehr unzulänglich. Die junge Dame mit den rabenschwarzen Haaren, die über ihre Schwelle trat, war zierlich, selbstbewußt und hatte ein Gesicht, das ihrer wohlgeformten Figur perfekt entsprach. Trotz ihres schlichten Musselinkleides wirkte Maxima Collins keineswegs wie ein Blümchen Rührmichnichtan. Sie sah auch nicht so aus, als würde sie sich sehr leicht die Butter vom Brot nehmen lassen.

Ähnlich verblüfft betrachtete Maxie ihre hochgewachsene, rothaarige Tante. Amüsiert dachte Desdemona, daß sie wie zwei Katzen wirken mußten, die einander sichernd erkundeten.

»Ich hoffe, du verzeihst mir mein unangekündigtes Eindringen, Tante Desdemona.« Sie deutete auf ihren Begleiter. »Das ist mein Freund Lord Robert Andreville. Robin – Lady Ross.«

Desdemona warf dem Begleiter ihrer Nichte einen flüchtigen Blick zu, dann noch einen, der sich zu einem regelrechten Starren auswuchs. Der blonde Lord Robert wirkte wie ein Gentleman, nicht wie ein Schurke, und sah gut genug aus, um jedes Frauenherz in Wallung zu versetzen. Kein Wunder, daß das Mädchen mit ihm durchgebrannt war.

Er verneigte sich vor seiner Gastgeberin. »Ihr ergebener Diener, Lady Ross.« Dann richtete er sich mit einem Lächeln auf, das eine empfänglichere Frau einer Ohnmacht nahegebracht hätte.

Doch Desdemona war nicht empfänglich, zumindest nicht im Augenblick. Sie bedachte Robin mit einem düster drohenden Blick und einem knappen Nicken. »Mein liebes Mädchen«, sagte sie zu ihrer Nichte, »ich bin ja so froh, dich endlich zu sehen. Ich habe mir große Sorgen um deine Sicherheit gemacht.«

»Warum denn nur?« erkundigte sich Maxie mit riesengroßen, unschuldigen Augen.

Hinter sich hörte Desdemona den Marquis glucksen. Aus dem Augenwinkel sah sie, daß er sich ungemein amüsierte.

Lord Robert hatte die Anwesenheit seines Bruders noch gar nicht bemerkt. Das Lachen veranlaßte ihn jetzt, sich im Raum umzusehen. »Giles! Was für ein Zufall. Ich wußte weder, daß du nach London fahren wolltest, noch daß du Lady Ross kennst.«

»Ich kannte die Lady nicht, noch war diese Reise geplant«, entgegnete Wolverhampton. »Für beides bist du verantwortlich.«

»Tatsächlich?«

»Lady Ross und ich sind – getrennt und gemeinsam – in den vergangenen zwei Wochen quer durch ganz England gehetzt, um euch zu finden«, erläuterte der Marquis. »Und jetzt marschiert ihr hier ganz seelenruhig herein, als wolltet ihr einer älteren Tante eine Morgenvisite abstatten.«

»Tante Desdemona ist nicht ›ältlich‹«, stellte Maxima fest.

»Vielen Dank«, murmelte die unältliche Tante und hatte das Gefühl, daß die Situation zusehends außer Kontrolle geriet. Obwohl – war sie eigentlich je unter Kontrolle?

»Das habe ich ausschließlich symbolisch gemeint.« Giles lächelte Desdemona liebevoll an. »Es ist mir durchaus nicht entgangen, daß sie keineswegs ältlich ist. Miss Collins, da absolutes Durcheinander an der Tagesordnung zu sein scheint, darf ich mich Ihnen vielleicht vorstellen. Ich bin Wolverhampton, der ältere Bruder Ihres verantwortungslosen Begleiters.«

»Oh, ja«, erwiderte Maxie versonnen, »derjenige, der, wenn er stirbt – was Gott verhindern möge – Robin unverzüglich in den Adelsstand versetzen würde.«

Verdutzt ließ sich Giles das alles noch einmal durch den Kopf gehen. Dann nickte er. »Exakt.«

»Ich glaube, wir sollten uns alle erst einmal setzen und Kaffee trinken«, schlug Desdemona mühsam beherrscht vor und klingelte nach weiteren Tassen.

Maxima setzte sich ihrer Tante gegenüber. »Warum hast du dir Sorgen um mich gemacht, Tante Desdemona? Hat dir Onkel Cletus geschrieben?«

»Ich traf kurz nach deinem Verschwinden auf Chanleigh ein. Cletus und Althea räumten ein, daß du sie unerwartet verlassen und vermutlich nur wenig Geld hättest. Daraus folgerte ich, daß du möglicherweise vorhattest, zu Fuß nach London zu kommen.«

Die Tassen wurden gebracht und Desdemona goß den Neuankömmlingen Kaffee ein. Dann fuhr sie fort: »Eine junge unbegleitete Frau, die ein ihr fremdes Land voller Ganoven, Schurken – und der Himmel mag wissen, was noch – durchwandern will . . . selbstverständlich habe ich mir Sorgen gemacht. Also beschloß ich, dir nachzufahren.«

»Das war zwar sehr lieb von dir, aber diese Anstrengung hättest du dir sparen können.« Maxies große braune Augen zeigten leichtes Erstaunen darüber, daß jemand so besorgt sein konnte. »Es war eine angenehme, sehr interessante Reise, auf der sich nichts Nennenswertes ereignet hat.«

Lord Robert verschluckte sich fast an seinem Kaffee. Maxima warf ihm einen vernichtenden Blick zu. Ihr Begleiter nahm eine unglaubwürdige Unschuldsmiene an und wandte sich an seinen Bruder. »Und wie kommst du ins Spiel, Giles?«

»Lady Ross wurde berichtet, daß ihre Nichte unter Anwendung von Zwang durch meinen Schürzenjäger-Bruder entführt worden sei«, lautete die Antwort.

Lord Roberts Brauen stiegen in die Höhe. »Schürzenjäger, Giles? Habe ich das nach meinen untadeligen Monaten in Yorkshire wirklich verdient?«

»So haben es mir die Dorfbewohner erzählt«, erklärte Desdemona ausgesprochen schmallippig. »Also begab ich mich nach Wolverhampton, um ein paar Nachforschungen anzustellen.«

»Lady Ross wird der Wirklichkeit nicht ganz gerecht«, verkündete der Marquis fröhlich. »In Wahrheit ist sie wie eine Rachegöttin in mein Arbeitszimmer gestürmt, schleuderte mir ihren Schirm entgegen und beschuldigte dich in absentia aller denkbaren Verbrechen und moralischer Verkommenheit, bedrohte mich mit der Machtfülle der Gesetze und rauschte wieder hinaus.«

Unter den interessierten Blicken ihrer Nichte und

Lord Roberts tief errötend warf Desdemona dem Marquis einem tadelnden Blick zu. Sie war an diesem Tag vielleicht ein wenig unbeherrscht gewesen, aber es war ungemein unfein von ihm, das jetzt zu erwähnen.

»Schürzenjäger und moralisch verkommen?« Lord Robert sah seine Gastgeberin mitfühlend an. »Als Sie das hörten, blieb Ihnen natürlich keine andere Wahl, als den Versuch zu unternehmen, Ihre bedauernswerte Nichte aus meinen Fängen zu retten.«

Seine Erklärung brachte ihm ein vielsagendes Schnaufen von Maxima ein. »Deine Befürchtungen waren verständlich, aber absolut unnötig, liebe Tante. Lord Robert bestand ausschließlich aus Gründen meiner Sicherheit darauf, mich zu begleiten.« Eine Spur von gerechter Empörung war in ihrer Stimme unüberhörbar. »Wie du hielt er mich für hoffnungslos unfähig, London auch lebend zu erreichen.«

Lord Robert lächelte sie unübersehbar zärtlich an. »Diese Fehleinschätzung hielt nicht lange an, Maxie.«

»Maxie?« entfuhr es Desdemona. »Was für ein abscheulicher ›Kosename‹!«

Ihre Nichte sträubte empört das Gefieder. »So hat mich mein Vater genannt, Tante Desdemona, und so habe ich es sehr gern.«

»Mich hat dein Vater Dizzy genannt, und auch das hat mir nicht besonders gefallen«, entgegnete Desdemona trocken.

»Dizzy?« erkundigte sich Wolverhampton interessiert.

Ungerührt fuhr Desdemona fort: »Aber wenn du gern Maxie genannt werden willst, werde ich versuchen, mich daran zu gewöhnen.« Sie betrachtete die zierliche Gestalt ihrer Nichte. »Vielleicht solltest du aufhören, mich Tante zu nennen. Uns trennen lediglich ein paar Jahre, und ich habe mich offensichtlich als Tante nicht gerade bewährt. Vielleicht ist es besser, wenn wir einfach versuchen, Freundinnen zu werden.«

Maxie lächelte scheu. »Das hätte ich sehr gern.«

Desdemona trank einen Schluck Kaffee und seufzte tief auf. »Es ist ein heikles Thema und wahrscheinlich ein sehr ›tantenhaftes‹, aber ich sorge mich nun einmal um deinen guten Ruf.« Sie warf einen Blick auf Lord Robert. »Zweifellos ist es in Amerika anders, aber du bist dir doch sicherlich dessen bewußt, was in England schicklich ist?« Sie hoffte inständig, nicht deutlicher werden zu müssen.

»Falls du damit das meinen solltest, was du meiner Vermutung nach meinst«, entgegnete Maxie mit der prüden Kühle, die der Direktorin einem Pensionat für höhere Töchter alle Ehre gemacht hätte, »versichere ich dir, daß sich Lord Robert wie ein vollkommener Gentleman verhalten hat.« Ihrer Erklärung wurde dann jedoch irgendwie die Wirkung genommen, als sie sehr leise hinzufügte: »Im Gegensatz zu mir.«

Fest überzeugt, sich verhört zu haben, starrte Desdemona ihre Nichte an. Giles, der dem Mädchen näher saß, kämpfte mit einem sehr plötzlichen Hustenanfall.

»Wo bist du untergekommen?« fragte Desdemona in der klugen Erkenntnis, es sei besser, das Thema zu wechseln. »Ich hätte es sehr gern, wenn du bei mir wohnen würdest.«

»Das ist sehr liebenswürdig von dir, aber wir wohnen in Candover House. Der Herzog und die Herzogin sind äußerst gastfreundlich.«

Überrascht richtete sich der Marquis auf. »Ihr wohnt bei Candover und seiner Frau?«

»Ja«, erwiderte Lord Robert mit einer Spur Trotz in der Stimme. »Warum denn nicht?«

»Ja, warum denn nicht?« murmelte Giles.

Desdemona nahm sich vor, Giles später nach den Hintergründen dieses Dialogs zu fragen. »Hast du Chanleigh wegen Althea so überstürzt verlassen?« wandte sie sich an ihre Nichte. »Sie konnte es noch nie ertragen, wenn man ihr Widerworte gibt.«

Maxie zögerte. »Das war einer der Gründe«, sagte sie schließlich. »Aber ich wollte mich vor meiner Rückkehr nach Amerika auch mit dir treffen.«

»Du willst England wieder verlassen?« An diese Möglichkeit hatte Desdemona verblüffenderweise noch gar nicht gedacht.

Ein rätselhafter Ausdruck trat in die braunen Augen des Mädchens. »Meine Pläne sind noch ein wenig ungewiß.«

In einer Hinsicht war es eine durchaus erfreuliche Aussicht, daß Maxie nach Amerika zurückkehren könnte. Falls es zu irgendwelchen Indiskretionen gekommen sein sollte, würden diese keine skandalösen Auswirkungen haben. Aber, dachte Desdemona mit erneutem Mißmut, sehr wahrscheinlich sind andersartige Auswirkungen kaum zu vermeiden.

Maxie setzte ihre Kaffeetasse ab, beugte sich vor und verschränkte die Hände fest auf ihrem Schoß. »Bitte, Desdemona, wenn du nichts dagegen hast, könntest ... könntest du mir etwas über deine Begegnungen mit Max vor seinem Tod erzählen?«

Als sie in das ernste Gesicht ihrer Nichte blickte, vermutete Desdemona, daß das der eigentliche Grund für ihre Reise nach London gewesen war. Max hatte seine Tochter sehr geliebt, und offensichtlich beruhte das auf Gegenseitigkeit. Es mußte sehr hart für sie sein, daß ihr Vater allein und so fern von ihr gestorben war.

»Natürlich habe ich nichts dagegen, über ihn zu sprechen«, sagte sie und lehnte sich mit einem wehmütigen

Lächeln auf dem Sofa zurück. »Es war wundervoll, Max wiederzusehen. Als er nach Amerika ging, war ich noch ein Kind, aber er schrieb mir die herrlichsten Briefe.« Sie lächelte. »Übrigens kann ich dir seine goldene Uhr geben. Sie wurde einem toten Straßenräuber abgenommen.«

Ihre Worte lösten lebhafte Erklärungen auf beiden Seiten aus. Nachdem der Zwischenfall ausführlich diskutiert worden war, erhob sich der Marquis. »Mit Sicherheit haben die Ladies einander noch viel zu erzählen. Wenn es dir recht ist, Robin, kannst du Miss Collins deine Kutsche überlassen. Ich bringe dich gern dorthin, wohin du auch immer willst.«

Robin warf einen schnellen Blick auf Maxie. Sie nickte. Nach ausgiebiger Verabschiedung verließen die beiden Männer das Haus und bestiegen Giles' Kutsche.

»Und wohin willst du nun?« fragte Giles seinen Bruder.

»Nach Whitehall, bitte. Da ich den Nachmittag frei habe, würde ich gern einige meiner alten Kollegen besuchen.« Robin lehnte sich in den Polstern zurück und lächelte seinen Bruder an. »Das hat sich ja ganz so angehört, als hätte dir Lady Ross mächtig zugesetzt.«

»Nicht mehr als ihre Nichte dir. Da die Lady ausnahmslos alle Andrevilles bedroht hat, beschloß ich, euch vor ihr zu finden – in der Hoffnung, einen Skandal oder deine Inhaftierung zu verhindern.« Giles legte seinen Hut auf den Sitz neben sich. »Hat euch Simmons eigentlich erwischt?«

Robin runzelte die Stirn. »Ja, in Market Harborough. Woher weißt du von ihm?«

»Ich habe den Burschen in der Nähe von Blyth aufgesammelt. Er pflegte seine Verletzungen und schnaubte Wut und Rache gegen den gelbhaarigen feinen Schnösel, der ihn von hinten angefallen hatte.«

»Natürlich habe ich ihn von hinten angefallen, der Bursche ist immerhin zweimal so groß wie ich«, erwiderte Robin mit unwiderlegbarer Logik. »Faire Kämpfe können ein riskanter Luxus sein – zumindest das habe ich im Laufe der Jahre gelernt.«

»Ich nehme an, daß er der Bursche ist, den Lord Collingwood auf die Spur von Miss Collins gesetzt hat?«

»Genau.« Robin hob die Schultern. »Sie wollte nicht zurück.«

»Offensichtlich nicht. Simmons behauptete, sie hätte mit einer Pistole auf ihn gezielt.«

»Das Leben in den Wäldern der Neuen Welt unterscheidet sich erheblich von den Londoner Salons, daher ist sie daran gewöhnt, die Dinge mit einer gewissen Direktheit zu regeln. In Market Harborough mußte sie beispielsweise davon abgehalten werden, Simmons ein Messer in die Rippen zu stoßen. Als wir uns kennenlernten, konnte ich sie nur mit Mühe dazu überreden, meine Begleitung anzunehmen, weil sie mich für nutzlos hielt.«

»Sie ist kaum die erste, die diesen Fehler machte«, lächelte der Marquis. »Miss Collins entspricht so gar nicht meinen Erwartungen. Bei meiner ersten stürmischen Begegnung mit Lady Ross konterte ich ihre Behauptung, du seist ein abscheulicher Verführer mit der Gegenbehauptung, sie und ihre Nichte hätten ein Komplott angezettelt, um dich einzufangen.«

Robin lachte laut auf. »Niemand, der Maxie kennt, würde so etwas auch nur im Traum annehmen. Ihre Methode ist der Frontalangriff bei hellem Tageslicht, keine verstohlenen, hinterlistigen Attacken.« Er warf seinem Bruder einen Seitenblick zu. »Ich habe Maxie gebeten, mich zu heiraten. Hättest du irgendwelche Einwände für den Fall, daß sie zustimmt?«

Giles hob die Brauen. »Würde mir das etwas nutzen? Ihr seid beide erwachsen.«

»Selbstverständlich würde mich deine Mißbilligung kaum von einer Heirat abhalten, aber mir wäre es sehr viel lieber, wenn du sie im Schoß der Familie aufnehmen würdest. Sie hat bisher nicht immer die Anerkennung gefunden, die sie verdient.« Robin machte eine kurze Pause und zupfte beflissen an seinem perfekt sitzenden Rockärmel. »Ich glaube, es ist an der Zeit, daß ich seßhaft werde und zur Ruhe komme.«

Giles lachte. »Ich bin mir nicht sicher, daß die Heirat mit einer winzigen Range, die den Mut aufbringt, ganz England zu Fuß zu durchqueren, einen berufsmäßigen Schläger anzugreifen und mit einer Herzogin zu dinieren, das ist, was ich ›zur Ruhe kommen‹ nennen würde. Aber wie auch immer – meinen Segen hast du. Ihr beide müßtet eigentlich hervorragend zueinander passen. Die junge Lady zögert?«

»Sie hat ihre Zweifel«, schmunzelte Robin. »Aber ich setze meinen ganzen legendären Charme ein, sie zu überzeugen.«

Kapitel 23

BEI IHRER RÜCKKEHR nach Candover House stellte Maxie mit Erleichterung fest, daß Robin noch nicht da war. Das bedeutete, daß der Besuch in dem Gasthaus, in dem ihr Vater gestorben war, auf den folgenden Tag verschoben werden mußte.

Von Stunde zu Stunde fürchtete sich Maxima mehr vor dem, was sie dort erfahren könnten. Desdemona zufolge hatte Max während seines Aufenthaltes in London nervös und angespannt gewirkt. Es kam ihr nur zu wahrscheinlich vor, daß er sich auf irgendein dubioses Vorhaben eingelassen hatte, das dann katastrophal endete.

Aber von Desdemona war sie begeistert. Endlich hatte Maxie eine englische Verwandte gefunden, der sie sich wirklich verbunden fühlte. Mehr als einmal hatte ihr ihr Vater gesagt, daß sie ihn an seine kleine Schwester erinnerte. Jetzt begriff Maxie warum: Abgesehen von ihren äußerlichen Unterschieden waren die beiden Frauen einander doch sehr ähnlich. Gemessen an den engstirnigen Maßstäben der englischen Gesellschaft mochte ihre Tante vielleicht eine starrsinnige Exzentrikerin sein, doch Maxie hegte keinerlei Zweifel, daß Desdemona in den amerikanischen Weiten blendend zurechtkommen würde.

Auch Robins Bruder hatte sich als angenehme Überraschung erwiesen. Der Marquis sah Robin zwar kaum ähnlich, besaß aber das schnelle Lächeln und die tolerante Einstellung seines Bruders. Darüber hinaus hatte er sich trotz ihrer ungewöhnlichen Herkunft ihr gegenüber sehr liebenswürdig verhalten. Vielleicht hätte er keine Einwände dagegen, daß sie in die aristokratische Familie Andreville einheiratete.

In ihrem Zimmer öffnete Maxie die Tür ihres Schranks, um ihren Umhang hineinzuhängen, und hielt überrascht inne. In den wenigen Stunden, seit Robin darauf bestanden hatte, ihre Garderobe zu vervollständigen, waren vier Kleider geliefert worden – zusammen mit den passenden Schuhen. Darüber hinaus sah sie in den Schrankfächern diverse Accessoires wie Handschuhe, Strümpfe und Schals.

Maxie setzte ihren Hut ab und holte das eleganteste Kleid heraus, ein Abendkleid aus scharlachfarbener Seide, das hervorragend zu ihrem Teint passen würde. Sie verzichtete darauf, eine der Roben anzuprobieren. Denn angesichts der gemeinsamen Fähigkeiten von Robin und Maggie würde alles perfekt passen. In ihren Spionagetagen mußten sie ein unschlagbares Team gewesen sein.

Mit einem kleinen Lächeln schloß Maxie die Schranktüren wieder. Robin brauchte nicht einmal anwesend zu sein, um sie vom Nachdenken über ihren Vater abzulenken. Jetzt grübelte sie über ihn nach.

Es war unglaublich verlockend, seinen Heiratsantrag anzunehmen, bevor er es sich anders überlegte. Aber sie wurde den unerquicklichen Verdacht nicht los, daß ihr größter Vorzug darin lag, daß sie im Gegensatz zu Robins erster Liebe verfügbar war. Würde Maxie Robin nicht lieben, könnte es ihnen vielleicht sogar gelingen, eine durchaus harmonische Ehe zu führen und sich der Gesellschaft und des Körpers des jeweils anderen ohne größere Konflikte zu erfreuen. Auch wenn sie die Höhen einer Liebesheirat vielleicht nicht erreichen könnten, würden sie auch deren Tiefen entgehen.

Aber da sie ihn nun einmal liebte, mußte sich die Ungleichheit der Gefühle katastrophal auswirken. Ein Leben mit Robin wäre ein schleichender Tod in dem ständigen Bewußtsein, daß er sie vor allem deshalb erwählt hatte, weil sie zur Stelle gewesen war, als er eines Nachts böse Träume gehabt hatte.

Erschöpft rieb sie sich die Schläfen. Solange Robin nicht wirklich sie, Maxima Collins, halbblütige Amerikanerin und alles andere als eine Lady, heiraten wollte, wäre sie töricht, seinen Antrag anzunehmen. Und wenn sie erst einmal nach Amerika zurückgekehrt war, würde er sie schnell genug vergessen.

Mißmutig beschloß sie, sich nach einer Ablenkung umzusehen, bevor sie sich noch an den Möbeln vergriff. Sie war willens und bereit, Robin klug und weise abzuweisen, aber das auch noch mit Würde zu tun, wäre entschieden zu viel von ihr verlangt.

Sie lief die Treppe hinunter. Am Abend zuvor war Candover in der Bibliothek die schiere Gier auf ihrem Gesicht nicht entgangen, und er hatte sie aufgefordert, nach Herzenslust in den Regalen zu stöbern.

Bis auf einen schwarzen Fellball auf einem Sessel war der riesige Raum leer. Maxie betrachtete ihn einen Moment lang, bis sie zu der Feststellung gelangte, daß es sich entweder um einen fehlplazierten Muff oder eine schlafende Katze handelte.

Wie zufällig zog Maxie Bände aus den Regalen. Candover besaß Bücher, die sie schon immer lesen wollte, aber noch nie in die Hände bekommen hatte. Es gab

Werke über Poesie, Geschichte, Philosophie, Kunst und alles sonst, was einen wachen Geist herausfordern oder entzücken konnte.

In der weisen Erkenntnis, daß ein wenig Methodik angebracht war, schob sie die Bibliotheksleiter in die entfernteste Ecke des großen Raums und kletterte zur kleinen Plattform oberhalb der obersten Sprosse hinauf. Mit schockierendem Mangel an Schicklichkeit raffte sie den Rock, überkreuzte die Beine unter sich und zog einen Band aus dem obersten Regal. Mit ein wenig Fleiß, berechnete sie erfreut, könnte sie um das Jahr 1850 herum alle Bücher der Bibliothek gelesen haben.

Versunken in Montesquieus Briefe hatte sie fast alles um sich vergessen, als sie ein Geräusch aufschreckte. Sie blickte von ihrem Buch hoch und sah, wie die Herzogin die Bibliothek betrat, die Tür hinter sich schloß und sich dagegen lehnte.

Da Maggie nicht aufblickte, mußte sie annehmen, allein zu sein. Stirnrunzelnd fragte sich Maxie, ob sie sich bemerkbar machen sollte. Doch bevor sie dazu kam, schwankte die Herzogin und ging mit unsicheren Schritten zu einem Sofa, um sich zu setzen.

Beunruhigt hastete Maxie die Leiter hinunter. »Geht es Ihnen nicht gut, Euer Gnaden? Soll ich jemanden rufen?«

Das hübsche Gesicht der Herzogin zeigte eine graugrünliche Schattierung. Mit dem Versuch eines Lächelns sagte sie: »Tun Sie das nicht. Ich bin hier hineingeschlüpft, um niemanden zu beunruhigen. Rafe hat jeden Diener im Haus aufgefordert, über mich zu wachen, und er ist der schlimmste von allen.«

Sie lehnte sich zurück und schloß die Augen. »Mir fehlt gar nichts – bis auf die Tatsache, daß ich offensichtlich nicht verstehe, ›richtig‹ schwanger zu sein. Den meisten Frauen ist morgens unwohl, aber ich scheine mich für den Nachmittag entschieden zu haben.«

»Verstehe«, sagte Maxie mitfühlend. Der schmalen Taille der Herzogin nach zu urteilen, war sie noch nicht lange schwanger. »Legen Sie sich hin und nehmen Sie die Füße hoch.«

Während Maggie gehorsam Folge leistete, breitete Maxie eine Decke über sie aus, die sie von einem anderen Sofa geholt hatte. »Vielleicht sollten Sie etwas zu sich nehmen.«

Der Herzogin schauderte.

»Viele schwangere Frauen stellen fest, daß es für sie günstig ist, mehrmals am Tag kleinere Mahlzeiten zu sich zu nehmen. Nichts Aufwendiges, vielleicht nur ein wenig Tee und ein paar Kekse.«

Die Herzogin überlegte. »Einen Versuch ist es wert.«

Eine Viertelstunde später, nachdem die werdende Mutter zwei warme Scones und eine Tasse Tee zu sich genommen hatte, kehrte ihre normale Gesichtsfarbe zurück. »Vielen Dank für Ihren Rat«, sagte sie und kuschelte sich in der Sofaecke zusammen. »Ich fühle mich schon sehr viel besser.« Sie verzog das Gesicht. »Zumindest bis zum nächsten Anfall.«

»Keine Angst, Euer Gnaden, nach dem dritten Monat verschwindet die Übelkeit meistens auf geradezu magische Weise.«

»Sie hören sich an wie eine Hebamme«, stellte die Herzogin mit unüberhörbarer Neugierde in der Stimme fest.

»Das bin ich nicht, aber ich habe eine recht schillernde Vergangenheit.« Maxie schluckte den letzten Bissen ihres eigenen Scone. »Hat Ihnen Robin davon erzählt?«

»Selbstverständlich nicht.« Ihre Gastgeberin sah sie mißbilligend an. »Er ist der letzte Mensch auf der Welt, der über die privaten Angelegenheiten anderer reden würde. Mitunter ist es unmöglich, ihn dazu zu bringen, überhaupt etwas über irgend etwas zu sagen. Übrigens würde ich mich freuen, wenn Sie mich Margot nennen würden.«

»Nicht Maggie?«

»Mein richtiger Name ist Margot und den benutze ich inzwischen auch. Maggie ist ein Kosename, den mir Robin gegeben hat, und er galt für meine Spionagezeit. Für ihn werde ich vermutlich immer Maggie bleiben, so wie ich ihn mir eigentlich nicht als Lord Robert vorstellen kann.« Sie neigte den blonden Kopf zur Seite, als wollte sie noch etwas hinzufügen. »Ich weiß, daß ich Ihnen nicht geheuer bin, aber ich stelle keine Bedrohung für Sie dar. Ganz im Gegenteil: Ich hätte es gern, wenn wir Freundinnen werden könnten.«

Maxie mußte neidlos anerkennen, daß sich die Herzogin nicht scheute, den Stier bei den Hörnern zu packen. »Ich habe nicht die Absicht, Ihre Gastfreundschaft mit Flegelei zu vergelten, muß aber eingestehen, daß ich gewisse Schwierigkeiten habe, die Beziehung zwischen Ihnen und Robin zu verstehen.«

»Sie waren keineswegs flegelhaft. Meiner Meinung nach haben Sie eine Situation ganz hervorragend gemeistert, die die meisten anderen Frauen zu hysterischen Krämpfen veranlaßt hätte.« Nachdenklich nippte Margot an ihrem Tee. »Ich kenne Robin, seit er mich unter erheblichem Risiko für sich selbst vor dem französischen Mob rettete, der meinen Vater getötet hatte. In mir war das unbändige Verlangen, Napoleon auf jede mir mögliche Weise zu bekämpfen, und so beschlossen wir, künftig zusammenzuarbeiten. Wir waren jung, konnten nur einander vertrauen, und zwischen uns gab es eine große Zuneigung. Es war leicht – und sehr angenehm –, auch

Liebende zu werden. Dennoch war ich bereits zwölf Jahre lang mit Robin zusammen, bis ich mir endlich seines Namens, seiner Herkunft und seiner Nationalität sicher sein konnte.«

Die Herzogin setzte die Teetasse ab und begann abwesend an ihrem Trauring zu drehen. »Wahrscheinlich ist das ohne den Zusammenhang des Krieges kaum zu verstehen. Mitunter war Robin monatelang unterwegs und setzte sein Leben auf eine Weise aufs Spiel, über die ich kaum nachzudenken wagte. Und dann tauchte er munter und gutgelaunt wieder auf, als hätte er nur einen kurzen Spaziergang gemacht. Ich glaube, sehr vieles hat er mir nie erzählt, um mich nicht noch mehr zu beunruhigen. In vielerlei Hinsicht standen wir einander sehr nahe, während sich andere Bereiche unseres Lebens nie berührten. Irgendwann hörten wir auf, Liebende zu sein. Aber die Freundschaft und das Vertrauen sind geblieben und werden für immer bleiben.«

Ihre graugrünen Augen schweiften in irgendwelche Fernen. »Vielleicht wäre alles anders gekommen, wenn ich Rafe nicht schon vor der Bekanntschaft mit Robin geliebt hätte – ich weiß, wie unmöglich sich das anhören muß. Aber ich nehme an, daß Robin und ich uns zu ähnlich sind, um ein ideales Paar zu werden.«

Ihr Verhalten änderte sich, wurde irgendwie energischer. »Vielleicht verstehen Sie jetzt ein wenig besser, warum ich aufrichtig möchte, daß Robin glücklich wird.«

Maxies Kehle zog sich zusammen. Es konnte nicht leicht für die Herzogin sein, ihr Herz einer Frau zu offenbaren, die sie kaum kannte. »Ich weiß Ihre Offenheit sehr zu schätzen, Margot.«

»Es liegt in meinem Interesse, mit Ihnen Frieden zu schließen. Wenn Sie mich ablehnten, würde das meine Freundschaft mit Robin beeinflussen, und dagegen habe ich etwas.« Sie lächelte mutwillig. »Vielleicht könnten Sie versuchen, sich Robin und mich als Geschwister vorzustellen. Rafe hat es geholfen.«

Um ihre Empfindungen zu kaschieren, beugte sich Maxie vor und goß sich neuen Tee ein. Es konnte nicht leicht für Robin und Candover gewesen sein, Freunde zu werden, da sie dieselbe Frau liebten. Dennoch schien es ihnen gelungen zu sein. Sie sollte sich Mühe geben, ähnliche Reife zu beweisen. Abgesehen davon war es nicht schwer, Margot zu mögen. »Ihr Verhalten mir und Robin gegenüber ist mehr als großzügig. Es ist leicht zu verstehen, warum Robin Sie geliebt hat.«

»Robin hat mich nie geliebt. Damals nicht und auch jetzt nicht«, erklärte Margot entschieden. Sie öffnete die Lippen, schien es sich dann aber anders zu überlegen. »Mehr sage ich nicht. Vielleicht habe ich bereits zuviel gesagt.«

Margot hatte Maxie davon überzeugt, daß sie Robin nicht liebte, aber in ihren Worten hatte etwas gelegen, das andeutete, daß auch das Gegenteil nicht der Fall war. Aber die Herzogin bot ihr weibliche Freundschaft an, und das wollte Maxie nutzen. »Robin hat mich gebeten, ihn zu heiraten«, meinte sie zögernd. »Aber es ist nur schwer vorstellbar, daß jemand mit meiner buntscheckigen Herkunft in dieser Welt akzeptiert werden könnte.«

»Unsinn. Sie verfügen über gutes Benehmen, Bildung und Aussehen. Damit und mit einem Hauch unverfrorener Arroganz werden Sie selbst bei Hofe akzeptiert. Sie dürfen sich nur nie für das entschuldigen, was Sie sind.«

Maxie lächelte. »Das klingt so, als hätten Sie das erst lernen müssen. Aber Sie hatten doch mit Sicherheit keine Schwierigkeiten, Ihren Platz in der Gesellschaft einzunehmen.«

»Sie werden überrascht sein«, verkündete die Herzogin dunkel. »Als ich Rafe heiratete, war meine Situation nicht viel anders als Ihre. Sie und ich sind Töchter von jüngeren Söhnen aus guten Familien – respektable Herkunft, aber nicht unbedingt die Spitze der Gesellschaft. Sie haben das, was Sie Ihre ›buntscheckige Herkunft‹ nennen, während ich eine eindeutig zweideutige Vergangenheit hatte. Sie gab allen möglichen Gerüchten Nahrung, und ich war ganz und gar nicht das, was sich die Whitbournes für ihr Familienoberhaupt wünschten.«

Maxie runzelte die Stirn. »Weiß man von Robin und Ihnen?«

»Nur wenige, und die sind ausnahmslos diskret. Aber es war unmöglich, meine Spionagetätigkeit zu vertuschen. Zu viele Leute begegneten mir, als ich die Rolle einer skandalträchtigen ungarischen Gräfin spielte.«

»Und doch hat die Gesellschaft Sie akzeptiert«, stellte Maxie fasziniert fest.

Die Herzogin lächelte verschmitzt. »Glücklicherweise zählt Rafe Medusa zu seinen Vorfahren. Sobald ihn jemand reizt, kann er ihn mit einem einzigen Blick versteinern. Von Anfang an hat er keinen Zweifel daran gelassen, daß dieses Schicksal jedem zuteil wird, der es mir gegenüber an Respekt fehlen läßt.«

»Hat er auch den Cousin zu Stein verwandelt, der Ihnen die Laokoon-Figur geschenkt hat?« lachte Maxie.

»Nicht ganz, aber kurze Zeit später trafen sich die beiden auf einem Ball, und seither ist der betreffende Herr betont höflich zu mir.«

»Sie lassen ein Leben hier fast möglich erscheinen«, meinte Maxie ernst.

»Es ist möglich, wenn Sie nur wollen.« Die Herzogin musterte sie listig. »Sind Sie bereit, Ihre gesellschaftlichen Schwingen zu erproben? Heute abend gebe ich eine kleine Dinnerparty. Es wird keine von Rafes politischen Verpflichtungen, es kommen nur ein paar enge Freunde, die im Grunde allesamt sehr nette Leute sind. Sie brauchen nicht zu erscheinen, sondern nur, wenn Sie es wirklich wollen. Ich kann auch Ihre Tante und Robins Bruder einladen, damit Sie ein paar vertraute Gesichter sehen.«

So schnell schon? Ihre aufsteigende Panik tapfer unterdrückend, sagte Maxie: »Heute ist so gut wie jeder andere Tag auch.«

»Wundervoll! Ich bin davon überzeugt, daß Sie sich amüsieren werden.«

Vielleicht, aber selbst das würde nicht ausreichen, den Nebel zu vertreiben, der ihre Zukunft verdunkelte.

Um alle düsteren Gedanken zu verdrängen, deutete Maxie zu dem Fellball auf dem nahestehenden Sessel. »Ist das eine Katze oder ein Muff?«

»Ein Kater. Er heißt Rex.«

Maxie betrachtete das reglose Tier. »Ist er krank? Seit ich vor anderthalb Stunden hier eingetreten bin, hat er sich nicht gerührt.«

»Keine Angst, er ist nicht tot – nur müde.« Margot lachte. »Sehr, sehr müde.«

Wohlwissend, daß er im Mittelpunkt der Aufmerksamkeit stand, streckte sich Rex ausgiebig und zeigte einen stämmigen Katzenkörper. Dann rollte er sich auf den Rücken, streckte vier Samtpfoten in die Luft und widmete sich wieder seinem Schläfchen.

Jede noch im Raum hängende Spannung schwand, als die beiden Frauen laut auflachten. Maxie kam zu der Erkenntnis, daß sie sehr froh war, Margots Freundschaft zu haben – ganz unabhängig davon, was die Zukunft auch für sie bereit hielt.

Maximas Aufbruch ließ Desdemona mit einem mentalen und fast körperlichen Glücksempfinden zurück. Ihr Pflichtgefühl hatte sie auf die Jagd nach ihrer unbekannten Nichte geschickt. Jetzt war es eine Freude, die wahre Maxie zu entdecken, die weit interessanter war als das geistlose Mädchen ihrer Vorstellung, das Desdemona retten zu müssen geglaubt hatte.

Während ihrer Unterhaltung war Desdemona zu der Erkenntnis gelangt, daß ihr Bruder in dem von ihm gewählten exzentrischen Leben Erfüllung gefunden hatte. Und diese Erkenntnis stimmte sie zufrieden. Vielleicht lag es an London, daß Max bei seinem Besuch so zerstreut gewirkt hatte.

Desdemona war auch eine geistige und physische Ähnlichkeit zwischen Max und seiner Tochter aufgefallen. Sie lag im Gesicht ihrer Nichte, wenn sie lachte, in ihrer guten Bildung und ihrem lebhaften Geist. Es gab zwar nicht wenige, die der Ansicht waren, Maximus Collins hätte sein Leben vergeudet, aber die Tochter, die er aufgezogen hatte, war keine allzu schlechte Erinnerung an sein Erdendasein.

Auch Lord Robert hatte sich als angenehme Überraschung erwiesen. Offenbar war er mehr als bereit, sich Maxima gegenüber als Gentleman zu verhalten, und das Mädchen schien ihm nicht gleichgültig zu sein.

Es wäre eine ganz ausgezeichnete Verbindung. Desdemona lehnte sich auf dem Sofa zurück und lächelte zur Zimmerdecke empor. Doch sofort rügte sie sich für diese wenig progressiven Überlegungen. Sie war eine moderne, unabhängige Frau und fest entschlossen gewesen, ihrer Nichte Unterstützung zu gewähren, falls diese den Mann nicht heiraten wollte, der sie in Unehre gebracht hatte.

Aber anscheinend wäre eine derartige Unterstützung nicht nötig – und das nicht nur, weil Maxima sehr gut in der Lage schien, ihre persönlichen Angelegenheiten selbst zu regeln. In den letzten Tagen kam Desdemona zunehmend zu der Erkenntnis, daß die Ehe an sich so schlecht nicht zu sein brauchte, zumindest dann nicht, wenn sie auf gegenseitigem Respekt und Zuneigung beruhte.

Ihr Lächeln vertiefte sich, als ihr ein weiterer unziemlicher Gedanke kam. Lord Robert war wohlhabend, intelligent, sah gut aus, und sein Charakter war . . . unkonventionell, aber durchaus ehrenwert, und er entstammte den höchsten Adelskreisen. Althea würde buchstäblich außer sich geraten, wenn ihre verachtete Nichte einen so begehrenswerten Mann heiratete.

Desdemona überließ sich noch einige Minuten diesen erfreulichen Überlegungen, bevor sie sich in ihr Arbeitszimmer begab und sich der Korrespondenz widmete, die sich während ihrer Abwesenheit angesammelt hatte. Als sie sich durch den Stapel arbeitete, fiel ihr auf, wieviel davon mit ihrer politischen Tätigkeit zusammenhing. Wann hatte sie eigentlich aufgehört, Zeit für ihre Freunde zu haben? Sie mußte das Spektrum ihres Lebens unbedingt erweitern.

Gegen Ende des Nachmittags erschien das Zimmermädchen mit einem Brief. »Der wurde gerade gebracht, Mylady. Der Bote wartet. Möchten Sie eine Antwort schicken?«

Desdemona überflog den Brief. Die Herzogin von Candover lud sie zu einer kleinen Dinnergesellschaft am Abend ein. Da sich Miss Collins inmitten so vieler fremder Gesichter eingeschüchtert fühlen könnte, hoffe die Herzogin darauf, daß Lady Ross sie mit ihrer Anwesenheit beehrte. Fast nebenbei fügte sie noch hinzu, daß der Marquis of Wolverhampton ebenfalls eingeladen sei.

Es war ein bezaubernd freundlich formulierter Brief.

Den Herzog kannte Desdemona zwar aus ihrer politischen Tätigkeit, seine Frau aber noch nicht. Wie fürsorglich von ihr, sich in die Gefühle ihres Hausgastes hineinzuversetzen. Schnell schrieb Desdemona, daß sie die Einladung dankend annehme und überreichte sie dem Zimmermädchen.

Dann setzte Panik ein. Grundgütiger Himmel, was sollte sie nur anziehen? Sie klingelte nach ihrer Zofe.

Wieder erholt von der Erkältung, die sie sich in den Midlands zugezogen hatte, erschien Sally Griffin auf der Schwelle und knickste. »Womit kann ich dienen, Mylady?«

»Heute abend diniere ich in Candover House, Sally. Meine Nichte wohnt dort, und die Herzogin war so freundlich, mich einzuladen. Also kann ich mich selbst davon überzeugen, daß Miss Collins in guter Obhut ist.« Desdemona zögerte und fuhr dann fast verlegen hinzu: »Uns bleiben nur noch wenige Stunden. Glauben Sie, daß eine meiner Roben so geändert werden könnte, daß sie ein wenig . . . ein wenig modischer wirkt?«

Sallys Augen leuchteten auf. »Haben Sie sich endlich dazu entschlossen, das auch zu zeigen, was Ihnen der Herrgott gegeben hat, Mylady? Ich habe schon immer gesagt, daß es in ganz London keine Lady gibt, deren Figur sich mit Ihrer vergleichen ließe.«

Desdemona errötete heftig, während die Zofe fortfuhr: »Schon immer habe ich gedacht, daß das Braunseidene mit ein paar kleinen Änderungen umwerfend wirken müßte. Aber wir dürfen keine Zeit verschwenden.«

Bevor es sich ihre Herrin noch einmal überlegen konnte, griff Sally nach Desdemonas Hand und zog sie zur Treppe. »Als ich damals ohne Referenzen auf die Straße geworfen wurde, hätte ich verhungern oder mich auf den Straßen anbieten müssen, wenn Sie nicht bereit gewesen wären, mich aufzunehmen. Seither warte ich auf eine Gelegenheit, mich Ihnen besonders dankbar zu erweisen. Heute abend werden Sie hinreißend aussehen, oder ich will nicht mehr Sally Griffin heißen.«

Halb widerstrebend ließ sich Desdemona von ihrer Zofe fortziehen. Sally freie Hand zu lassen, könnte sich durchaus als Katastrophe erweisen, aber unauffällig und langweilig wäre das Resultat mit Sicherheit nicht.

Und das war es, was sie auf gar keinen Fall wollte: daß Giles sich langweilte.

Kapitel 24

MARIE LAVALLE HATTE Maxie beim Ankleiden geholfen und sie frisiert, um sich danach der Toilette der Herzogin zu widmen. Das bedauerliche Ergebnis der Tatsache, daß sich eine Zofe um zwei Ladies kümmern mußte, bestand darin, daß die erste Lady Zeit hatte, sich mit ihren Nerven zu beschäftigen.

Maxie wußte, wie töricht es war, sich so viele Gedanken um eine simple Dinnergesellschaft zu machen. Ob sie dieses Ereignis überstand, ohne sich oder Robin in Verlegenheit zu bringen, war von nebenrangigem Interesse. Der Tod ihres Vaters und die ungeklärte Beziehung zu Robin waren weit wichtiger. Dennoch lief sie unruhig in ihrem Zimmer auf und ab und murmelte wiederholt den Rat der Herzogin vor sich hin: »Sie dürfen sich nur nicht für das entschuldigen, was Sie sind . . .«

Das Klopfen an der Tür wirkte wie eine Erleichterung. In der Annahme, es sei Marie Lavalle, die vielleicht etwas vergessen hatte, rief Maxie: »Herein.«

Doch dann spazierte Robin herein, so nonchalant und locker, als befänden sie sich in einer Scheune der Midlands und nicht im Haus eines Herzogs. In seinem Abendanzug sah er atemberaubend aus.

Gespielt verdutzt hob er die Brauen. »Verzeihen Sie,

ich suche eine junge Lady, die verschmutzt und zerzaust aussieht. Vermutlich habe ich mich in der Tür geirrt.«

Lachend lief sie auf ihn zu und umarmte ihn. »Es kommt mir so vor, als wären es Tage und nicht nur Stunden her, seit ich dich zum letzten Mal gesehen habe.«

Mit überraschender Geschicklichkeit gelang es ihm, ihre Umarmung zu erwidern, ohne ihre Robe oder ihre Frisur zu gefährden. »Ausgezeichnet. Mein erklärtes Ziel besteht darin, zu dem Punkt zu gelangen, an dem du mich nicht einmal mehr zehn Minuten lang aus den Augen lassen möchtest.«

Dieses Ziel hatte er längst erreicht, auch wenn Maxie das nie zugegeben hätte. Sie trat einen Schritt zurück und drehte eine Pirouette, daß die scharlachrote Seide um ihre Knöchel wehte. »Noch nie in meinem Leben habe ich eine so elegante Robe getragen. Sehe ich auch gut aus?«

»Du siehst einfach wundervoll aus.« Langsam ließ er seinen Blick über sie schweifen, nahm jede Einzelheit ihrer Erscheinung in sich auf, von den ebenholzschwarzen Haaren bis zum Schnitt des hochtaillierten Kleides, das ihre Figur perfekt zur Geltung brachte. »Hinreißend exotisch. Gefährlich sinnlich. Bedenklich begehrenswert.« Er holte tief Luft. »Ich sollte besser aufhören, bevor ich dir diese überaus kleidsame Robe herunterreiße. Dennoch möchte ich noch hinzufügen, daß du auch intelligent, elegant und selbstbewußt aussiehst.«

»Das hört sich gut an.« Maxie verzog das Gesicht. »Aber wenn ich selbstbewußt wirke, muß etwas von deinen Fähigkeiten zur Täuschung auf mich übergegangen sein.«

»Es wäre mir eine große Ehre, wenn alles, was ich besitze, auf dich übergeht.«

Sie mußte lachen. Offenbar war Robin gekommen, um

ihr ihre Nervosität zu nehmen, und das gelang ihm hervorragend. Als sie zu ihren Handschuhen griff, fragte sie: »Gibt es irgendwelche englischen Gesellschaftsrituale, deren Mißachtung mich für alle Ewigkeit zur Außenseiterin stempeln würden?«

Er schüttelte den Kopf. »Das gute Benehmen, das du von deinen Eltern und auf den Dinnerparties in Boston gelernt hast, reicht völlig aus.«

»Wo wir gerade von gutem Benehmen sprechen«, neckte Maxie, »da ich nominell ein unschuldiges Mädchen bin, solltest du dich wirklich nicht in meinem Schlafzimmer aufhalten.«

»Stimmt.« Er schenkte ihr ein schockierend intimes Lächeln. »Aber wir beide wissen, wie nominell die Bezeichnung ›unschuldiges Mädchen‹ ist.«

Mit dem erfolglosen Versuch, ernst auszusehen, nahm sie seinen Arm und führte ihn zur Tür. »Dennoch sollten wir die anderen Gäste in einem weniger verfänglichen Raum erwarten. In der Bibliothek beispielsweise.«

»Bevor wir das tun, habe ich noch etwas für dich.« Behende zog er ein schmales, samtbezogenes Etui aus der Tasche. »Du hast mich einmal eine Elster genannt, und diese Vögel sind dafür bekannt, daß sie glitzernde Objekte sammeln, um sie den Objekten ihres Verlangens zu präsentieren. Hier ist der Beweis.«

Maxie rümpfte die Nase. »Es gehört sich nicht, daß nominell unschuldige Frauen wertvolle Geschenke von Gentlemen annehmen.«

»Wie gut, daß ich kein Gentleman bin.« Seine Miene wurde ernst. »Ich weiß nicht, was die Zukunft bringt, Kanawiosta. Ich hoffe zu Gott, daß wir das gemeinsam herausfinden. Aber wenn du dich dazu entscheidest, einen von mir getrennten Weg zu gehen, möchte ich, daß du etwas von mir hast.«

Sie sah ihn direkt an. »Du möchtest, daß ich mit einem Wertgegenstand gegen mögliche finanzielle Probleme gewappnet bin.«

Er verzog einen Mundwinkel. »Du hättest mir in meinen Spionagetagen sehr nützlich sein können. Du hast die beunruhigende Fähigkeit, Gedanken zu lesen.«

»Nicht alle Gedanken.« Sie öffnete das Etui und hielt den Atem an. Auf dem weißseidenen Futter lagen ein Collier mit den passenden Ohrringen: herrliche, von Brillantsplittern umgebene Rubine. »O Robin, wie wunderschön. Mit halben Sachen gibst du dich wohl nicht ab, oder?«

»In diesem Fall schon«, entgegnete er. »Hätte ich gewußt, daß du es annimmst, hätte ich das ganze Ensemble gekauft – alles, von den Kämmen über das Diadem bis zum Gürtel.«

Maxie machte große Augen. »Du scherzt, oder?«

»Diesmal nicht.«

Die Intensität in seinen Augen ließ sie den Blick abwenden. Es bestand kein Zweifel daran, daß er sie wollte. Sie wünschte sich nur, sicher sein zu können, daß das auch aus den richtigen Gründen geschah.

»Sie werden perfekt zu dem Kleid passen.« Maxie trat vor den Spiegel, nahm ihre schlichten Goldohrringe ab und legte die Rubinohrgehänge an.

Als sie den Kopf bewegte, brach sich das Licht faszinierend in den schwingenden Edelsteinen. Robin befestigte das Collier in ihrem Nacken, dann glitten seine Zaubererhände über ihre Oberarme, bevor sie in ihrer Taille zur Ruhe kamen. Wieder einmal bewunderte sie, wie leicht er sie mit der flüchtigsten Berührung erregen konnte.

Nachdem sie einmal tief durchgeatmet hatte, betrachtete sie sich im Spiegel. Nie in ihrem Leben hatte sie besser ausgesehen. Die Rubine paßten hervorragend zu ihrem dunklen Teint. Sie wirkte nicht mehr wie eine nordamerikanische Buchhausiererin, sie wirkte wie eine Lady. Und falls sie sich innerlich wie eine Hochstaplerin fühlen sollte, so sah man es ihrem Gesicht nicht an.

Ihr Blick flog zu Robin. Er war das Urbild des englischen Aristokraten, ein Wesen mit verfeinerten Zügen, kühler Zurückhaltung und exquisitem Geschmack. Und doch hielten seine Hände sie so, als wäre sie das kostbarste Geschöpf auf Erden, und in seinen Augen lag Aufrichtigkeit.

»Deinen Worten habe ich entnommen, daß du glaubst, eine Zukunft für uns könnte nur in England liegen«, sagte er leise, »aber das stimmt nicht. Wenn es dir lieber ist, können wir auch in Amerika leben.«

Überrascht blickte sie auf. »Das würdest du für mich tun?«

Er küßte sie auf den Hals. Seine Lippen waren warm und fest. »Sofort. Ein großer Vorzug des Reichtums ist die Freiheit, die er mit sich bringt. Gemeinsam können wir uns das Leben aufbauen, das wir uns wünschen. Selbst wenn du bereit sein solltest, in England zu bleiben, würde ich Amerika gern besuchen, um das Volk deiner Mutter und das Land kennenzulernen, das dich geformt hat.«

Als sie ein wenig erschauerte, lag das ebenso an seinem Angebot wie an ihrer Reaktion auf seinen Kuß. »Aber du würdest lieber hier leben, nicht wahr?«

Er zögerte und nickte dann. »Es ist eigentümlich. Fast mein ganzes Erwachsenenleben habe ich im Ausland verbracht. Ich spreche ein Dutzend Sprachen mehr oder weniger gut und bin in der Lage, in jeder Stadt auf dem Kontinent ein gute Mahlzeit und ein billiges Bett zu finden. Aber als ich im letzten Winter nach England zurückkehrte, fühlte ich mich dort mehr zu Hause als seinerzeit, als ich tatsächlich dort lebte.«

Maxie umfaßte seine Hand. »Du bist als Junge gegangen und als Mann zurückgekehrt. Das macht selbstverständlich einen Unterschied.«

»Du hast recht. Ich empfinde nicht mehr das jugendliche Verlangen, gegen alles Vertraute aufzubegehren.« Wieder küßte er sie, diesmal auf die empfindliche Stelle zwischen Hals und Schlüsselbein.

Maxies Atem ging schneller. Sie war sich seiner Nähe und seiner zwingenden Männlichkeit extrem bewußt. Und er enthüllte dieses Bewußtsein im Strahlen ihrer Augen und der sinnlichen Fülle ihrer Lippen.

Auch Robin sah es. Der Druck seiner Hände nahm zu. »Gott sei Dank sind die meisten der männlichen Gäste glücklich verheiratet, sonst müßte ich befürchten, daß dich einer von ihnen entführt. Du bist unwiderstehlich, Kanawiosta.«

In diesem Augenblick gab sich Maxie ein Versprechen: Ganz gleich, was die Zukunft auch brachte, sie mußte ihn noch einmal lieben. Ohne diese Aussicht wäre sie unfähig, dieses Zimmer zu verlassen, ohne auf der Stelle über ihn herzufallen. »Wir sollten jetzt besser hinuntergehen«, sagte sie mit unsicherer Stimme.

»Sonst verlassen wir diesem Raum in den nächsten zwei Stunden nicht mehr.« Er trat zurück und reichte ihr formvollendet den Arm. »Bereit für die Löwengrube, Mylady?«

Er mochte bereit sein, sein Land ihretwegen zu verlassen, aber damit würde er mehr verlieren als sie, wenn sie blieb. Sie mußte sich nach Kräften darum bemühen, unter diesen beunruhigenden Adligen einen Platz für sich zu finden.

»Die Löwen können keine schärferen Pranken haben

als die feinen Ladies von Boston, Lord Robert«, sagte sie und legte ihre Hand auf seinen Arm.

Mit Robin an ihrer Seite konnte sie allen Gefahren trotzen.

Wolverhampton hatte Desdemona wissen lassen, daß er sie zur Dinnergesellschaft begleiten würde, und sie hatte bereitwilligst zugestimmt, und jetzt war es zu spät, einen Rückzieher zu machen. In blinder Panik starrte sich Desdemona im Spiegel an. »So kann ich unmöglich ausgehen, Sally! Als Sie sagten, Sie würden das Kleid ändern, wußte ich nicht, daß Sie vorhatten, es bis zum Nabel auszuschneiden.«

»Jetzt übertreiben Sie aber, Mylady«, begütigte die Zofe. »Das Décolleté ist sehr elegant und keine Spur extrem.«

»Das Kleid mag vielleicht nicht extrem sein, aber meine Figur ist es mit Sicherheit!« Sie richtete ihren anklagenden Blick auf ihre Zofe. »Sie haben mich bewußt vom Spiegel ferngehalten, bis es zu spät war, irgend etwas an der Robe oder an meinen Haaren zu ändern, stimmt's?«

»Ja, Mylady«, erwiderte Sally schlicht. »Bitte vertrauen Sie mir: Sie wirken sehr elegant und modisch, und dieser gutaussehende Marquis wird Ihnen buchstäblich zu Füßen liegen.«

Desdemonas Gesicht überzog hektische Röte. »Habe ich denn gar keine Geheimnisse?«

»Selbstverständlich haben Sie die«, beruhigte Sally erneut. »Aber nur eine Törin würde das nicht sehen, was sich direkt vor ihrer Nase abspielt.«

Mit anderen Worten: Sie hatte Giles angegafft wie ein Mondkalb. Desdemona seufzte tief auf. Da hätte sie sich auch gleich ein Schild um den Hals hängen können. Ihren sehr, sehr nackten Hals . . .

»Sie sollten vielleicht Ihre Perlen anstelle der Kamee umlegen«, sagte Sally, die offenbar auch Gedanken lesen konnte. »Damit fühlen Sie sich bestimmt weniger entblößt.«

Die dreireihige Perlenkette verdeckte die enorme Fläche nackter Haut zwar ein wenig, dennoch kam sich Desdemona noch immer vor wie in einem dieser scheußlichen Alpträume, in denen man nur mit einem Nachthemd bekleidet den Augen der Öffentlichkeit preisgegeben wird. Wieder starrte sie sich entsetzt an. Ein Nachthemd wäre nicht halb so entblößend. »Ich sehe aus wie eine Dirne.«

»Aber wie eine von der teuersten Sorte, Mylady«, sagte Sally mit einem höchst ungezogenen Lächeln.

Desdemona mußte lachen. »Ich benehme mich ausgesprochen absurd, oder?« Wieder wandte sie sich dem Spiegel zu und versuchte, sich objektiv zu betrachten. Das rötliche Braun des Kleides war ein Farbton, der nicht vielen Frauen stand, aber Desdemona mußte zugeben, daß er zu ihren tizianroten Haaren und ihrem blassen Teint ausgezeichnet paßte.

Sally hatte die Haare ihrer Herrin zu einer raffinierten Komposition aus Wellen und Locken frisiert und mit einer feinen Goldkette durchwoben. Es war ihr sogar gelungen, Desdemona zur sparsamen Anwendung von ein paar Kosmetika zu überreden. Hätte das Spiegelbild vor ihr einer Fremden gehört, wäre Desdemona zu der Feststellung gekommen, daß die Frau verwegen und nicht unattraktiv war. Auf eine amazonenhafte Art.

Der Türklopfer schallte durchs ganze Haus. Der Marquis war da. Resigniert straffte Desdemona die Schultern und richtete sich zu voller Größe auf. Unglücklicherweise betonte diese Aktion den Teil ihrer Anatomie, der bereits prominent genug war. Aber ihre einzige

Chance, diesen Abend zu überstehen, bestand in der Vortäuschung, daß sie mit ihrer Erscheinung zufrieden war.

Giles wartete am Fuß der Treppe auf sie. Als Desdemona die Stufen hinunterschritt, starrte er ihr ebenso verblüfft wie stumm entgegen.

Erneut unsicher, hielt sie inne und umklammerte das Geländer. Sie war eine als junges Huhn herausgeputzte alte Gans und machte sich absolut zum Narren. Ihre Hände griffen nach dem um ihre Schultern liegenden Schal und wollten ihn fest um den Hals ziehen.

Mit zwei Sätzen überwand der Marquis den Abstand zwischen ihnen, fing eine ihrer Hände ein und bewahrte sie so davor, ihre Verhüllungsaktion zu beenden. »Verzeih mir meine Verblüffung, Desdemona. Ich wußte, wie hübsch du bist, aber heute raubst du mir buchstäblich den Atem.« Er hob ihre Hand an die Lippen und küßte sie.

Desdemona atmete die Luft aus, von der sie gar nicht wußte, daß sie sie angehalten hatte. An Giles' aufrichtiger Bewunderung konnte kein Zweifel bestehen. Aber noch besser war, daß sie sich durch die Zärtlichkeit in seinen Augen keine Spur belästigt fühlte. Sie fühlte sich . . . durchaus zufrieden mit sich selbst.

Sie lächelte den Marquis an und nahm seinen Arm. »Wollen wir gehen?« Es versprach, ein sehr angenehmer Abend zu werden.

Als Maxie und Robin die Treppe hinabgingen, waren bereits die ersten Gäste eingetroffen. An der Tür des kleinen Salons kam ihnen Margot entgegen. Drinnen unterhielten sich sechs oder acht Leute mit der lockeren Zuneigung alter Freunde.

»Sie sehen bezaubernd, Maxie«, sagte sie nach einem kurzen Lächeln auf Robin. »Gott sei Dank bevorzugt Rafe

Blondinen. Ich möchte Sie den anderen Gästen vorstellen.« Leider fügte sie hinzu: »Nur Mut! Die meisten Menschen in diesem Raum haben eine ähnlich ungewöhnliche Vergangenheit wie Sie.«

Bevor sie noch einen Schritt tun konnten, kamen ein hochgewachsener blonder Mann und eine schlanke, auf unauffällige Weise schöne Frau mit braunen Haaren auf sie zu. Der Mann streckte die Hände aus und sagte mit einem breiten Lächeln: »Es tut mir leid, Robin, daß wir uns heute nachmittag in Whitehall verpaßt haben.« Als sie einander die Hände schüttelten, musterte der Mann Robin nachdenklich. »Du siehst sehr viel besser als das letztemal in Paris.«

Lächelnd zog Robin Maxie an seine Seite. »Maxima, ich möchte dir Lucien Fairchild, den Earl of Strathmore, vorstellen. Lucien, das ist Miss Maxima Collins. Die Lady ist vermutlich deine Frau, Lucien, der ich bedauerlicherweise noch nicht begegnet bin.«

»Stimmt«, lächelte die junge Frau. »Ich bin Kit Fairchild. Es ist mir eine Freude, Sie kennenzulernen, Miss Collins.«

Der Name Lucien weckte eine Erinnerung. Nachdem sie die Begrüßung der Countess erwidert hatte, sagte Maxie: »Sie sind Robins Cousin im Auswärtigen Amt?«

Lord Strathmore schmunzelte. »Cousin zweiten Grades.«

»In Einzelheiten war Luce schon immer besser als ich«, bemerkte Robin.

Also das war der Mann, der Robin zu seiner Spionagetätigkeit überredet hatte. Er wirkte überhaupt nicht gefährlich, aber das tat Robin auch nicht. »Sie sind entfernte Cousins, sehen einander aber ähnlicher als Robin seinem Bruder.«

»Wären sie Pferde, wären ihre Vorzüge durchaus einen Zuchtversuch wert, finden Sie nicht auch?« stellte Kit ernsthaft fest, aber in ihren Augen funkelte es.

Maxie entschied, daß ihr Luciens Frau gefiel. Innerhalb weniger Minuten nannten sie einander beim Vornamen. Zufrieden, sich nicht länger um ihren amerikanischen Gast kümmern zu müssen, wandte sich Margot anderen zu.

Ein neues Paar stieß zu ihrer Gruppe. Robin hielt mitten im Satz inne. Nie zuvor hatte ihn Maxie so verblüfft gesehen. Er riß sich zusammen und streckte dem Neuankömmling die Hand entgegen. »Als wir uns das letztemal begegneten, nannten Sie sich Nikki und haben einen österreichischen Leutnant auf einem Pferdemarkt außerhalb Wiens über den Tisch gezogen.«

»Er verdiente es, betrogen zu werden«, entgegnete der gutaussehende, dunkelhaarige Mann, als sie einander die Hände schüttelten. »Der Schecke, den Sie von mir bekommen haben, war doch in Ordnung, oder?«

»Erstklassig. Von hervorragender Ausdauer, was einem dubiosen Charakter wie mir sehr zupaß kam.« Robin schüttelte den Kopf. »In der ganzen Zeit, in der wir Nachrichten ausgetauscht haben, wäre mir nie der Verdacht gekommen, Sie könnten etwas anderes sein als ein echter Pferdehändler. Aber da Sie hier sind, nehme ich an, Sie sind Lord Aberdare, der berüchtigte Zigeuner-Earl.«

Aberdare grinste. »Machen Sie sich keine Vorwürfe, nicht erkannt zu haben, daß ich mehr war, als ich schien. Nicht jeder in Luciens weitgeknüpftem Netz war ein alter Schulfreund.«

»Das lag keineswegs an einem Mangel an Versuchen«, merkte Strathmore trocken an.

Alle lachten. Die Männer tauschten Neuigkeiten aus,

und Kit Fairchild übernahm die Vorstellung. »Maxie, das ist Clare Davis, die Countess of Aberdare.«

Die Countess war kaum größer als Maxie, mit dunklen Haaren und lebhaften blauen Augen. »Ich bin entzückt, Sie kennenzulernen.« Sie musterte Maxie und lächelte zufrieden. »An Ihnen sieht dieses Kleid sehr viel besser aus als jemals an mir.«

Maxie brauchte eine Weile. »Großer Gott!« rief sie. »Haben Robin und Margot etwa meinetwegen Ihre Garderobe geplündert?«

»Nicht unbedingt. Ich ließ mir gerade etliche Roben anfertigen, und da Sie und ich ungefähr gleich groß sind, fragte mich Margot, ob ich es mir bei diesem oder jenem Kleid vielleicht inzwischen anders überlegt hätte.« Clare lächelte. »Und bei diesem Kleid war das tatsächlich der Fall. Der Stoff hat mir sehr gefallen, aber die Farbe . . . Keine Tochter eines Methodistenpfarrers würde es wagen, dieses Scharlachrot in der Öffentlichkeit zu tragen. Aber Sie sehen hinreißend darin aus.«

»Ich hatte befürchtet, in Fetzen gerissen zu werden«, sagte Maxie ein wenig hilflos, »aber statt dessen ist jedermann ausnehmend liebenswürdig zu mir.«

Die anderen lachten. »Die Londoner Gesellschaft verfügt über mehr als genug bornierte Snobs, aber denen werden Sie heute abend kaum begegnen.« Kit sah sich im Raum um. »Ich muß sagen, daß sich auch die Männer hier für eine Truppe überprivilegierter Eton-Absolventen ganz gut gemausert haben.«

»Aufrührerin«, tadelte Clare lächelnd. »Kit ist unsere Radikale.«

Die Unterhaltung wandte sich der Politik zu und alle stimmten darin überein, daß der augenblickliche Krieg zwischen Großbritannien und den Vereinigten Staaten eine Absurdität war, zu der es nie gekommen wäre, würden Frauen in der Regierung sitzen. Ein Diener näherte sich ihnen mit einem Tablett. Auf ihm befand sich Sherry für die beiden Countesses und Limonade für Maxie. Sie kam sich luxuriös umsorgt vor und hatte noch keine Abendgesellschaft in ihrem Leben so genossen.

Desdemona und Giles trafen zusammen ein und benahmen sich ganz, als gehörte es sich auch so. Ihre Tante sah so umwerfend aus, daß Giles Schwierigkeiten hatte, seine Blicke von ihr loszureißen.

Nachdem sie ihre Tante und Giles begrüßt hatte, sah sich Maxie nach Robin um, konnte ihn aber nirgendwo entdecken. Lady Strathmore wandte ihr gerade den Rücken zu, war aber in keine Unterhaltung vertieft, also fragte Maxie sie: »Kit, haben Sie Robin . . .«

Sie brach spontan ab, als sich die Frau umdrehte. Auf eine gespenstische Weise war sie Kit Fairchild und auch wieder nicht. »Sie sind nicht Lady Strathmore, oder?« haspelte Maxie hervor.

Die andere Frau lächelte. »Nein, ich bin nicht Kit, sondern ihre Schwester – Kira Travers. Ich muß Sie zu Ihrer Beobachtungsgabe beglückwünschen, daß Sie das so schnell herausgefunden haben. Manche Menschen begreifen nie, daß es uns im Doppel gibt. Und wir hatten nicht vor, beide Kleider im gleichen Blauton anzuziehen. So etwas passiert uns eben. Im letzten Jahr kamen sogar unsere Töchter im Abstand von vierundzwanzig Stunden zur Welt.«

Maxie lachte hell auf. »Es beruhigt mich doch sehr, daß ich keine Geister gesehen habe.«

»Sie sind Miss Collins, die Amerikanerin, nicht wahr? Mein Mann kommt gleichfalls von der anderen Seite des Atlantik.« Kira Travers überblickte den Raum und winkte ihn zu sich heran.

Als sich der schlanke, braunhaarige Mann ihnen näherte, versteifte sich Maxie unwillkürlich. Er würde sie bestimmt als Halbblut erkennen und vermutlich mehr Vorurteile in dieser Hinsicht haben als Briten.

»Miss Collins, mein Mann Jason Travers, Earl of Markland«, sagte Kira.

Er verneigte sich höflich. Einen Moment lang nahm Maxie an, seine gequälte Miene gelte ihr. »Meine Frau liebt es, meinen Titel zu nennen, weil sie genau weiß, wie sehr das mein Yankeeherz verletzt.« Er warf Kira ein liebevolles Lächeln zu. »Sie haben indianisches Blut in sich?«

Maxie richtete sich zu ihrer ganzen Größe auf. »Meine Mutter war eine Mohawk«, sagte sie wachsam. Sie konnte er beleidigen, wenn ihm der Sinn danach stand, doch sobald er auch nur ein abfälliges Wort über ihre Mutter sagte, würde sie ihr Messer aus ihrem Zimmer holen.

Er mußte ihre Gedanken wohl erraten haben, denn in seinen Augen glomm ein deutliches Zwinkern auf, als er sagte: »Dann kann ich ja nur hoffen, daß Sie den alten Fehden abgeschworen haben. Mein Urgroßvater war ein Huron, und das würde uns zu Todfeinden machen.«

Maxie mußte lachen. »Sind Sie etwa der Jason Travers, dem die Travers Shipping Company in Boston gehört?«

Sein Gesicht strahlte auf. »Sie sind aus Boston?«

Sie brauchten nur wenige Minuten zu der Erkenntnis, daß sie etliche gemeinsame Bekannte besaßen.

Als der Gong zum Dinner rief, tauchte Robin neben ihr auf. »Wie schaffst du das nur?« fragte Maxie übermütig. »Du bist wie eine Katze, der es gelingt, überraschend an einer Stelle zu erscheinen, die zwei Sekunden zuvor noch leer gewesen ist.«

»Einige meiner besten Spionagelektionen habe ich von

Katzen gelernt. Sich verstohlen zu bewegen, beim Schlafen ein Auge offenzuhalten und stets zum Sprung bereit zu sein, wenn die Situation es verlangt.« Robin lächelte sie bewundernd an. »Du bewegst dich durch die trüben und haiverseuchten Gewässer der Londoner Gesellschaft wie ein stolzer Schwan.«

»Ich amüsiere mich hervorragend. Margot hatte absolut recht, als sie sagte, ihre Gäste wären liebenswürdige Menschen.«

Maxies Wohlgefühl steigerte sich noch, als sie sah, wie zufrieden Robin war. London mochte über ein gerütteltes Maß an Haien verfügen, aber wenn sie nur eine Handvoll Freunde wie die Menschen besaß, die sie heute kennengelernt hatte, würden ihr selbst die Haie nichts ausmachen.

Kapitel 25

BEVOR DER ABEND zur Hälfte vorüber war, entschied Giles, daß er mehr Zeit in London verbringen sollte. So sympathisch ihm seine Nachbarn in Yorkshire auch waren, so interessant wie hier fielen Dinnerunterhaltungen mit ihnen jedoch nie aus.

Nach einem kurzen Schwatz bei einem Glas Portwein machten sich die Gentlemen auf die Suche nach ihren Ladies. Giles' Blick fiel sofort auf Desdemona. Seine ernste, kluge Reformerin strahlte wie ein Schulmädchen. Und doch war absolut nichts Mädchenhaftes an ihrer Erscheinung. Als er während des Dinners neben ihr saß, hatte er sich gefühlt wie ein liebeskranker junger Spund. Jedesmal wenn sie lachte oder ihr Weinglas hob, wollte er sie am liebsten aus dem Raum in eine größere Abgeschiedenheit zerren. Und ihr war das durchaus bewußt, der rothaarigen Hexe.

Das wäre ja alles durchaus amüsant gewesen, hätte er nicht diese höchst befremdlichen Anfälle von Eifersucht verspürt, sobald ein anderer Mann sie nur ansah. Candover und Desdemona waren seit Jahren gute Bekannte, aber Giles hätte wetten können, daß der Herzog sie noch nie so bewundernd angeblickt hatte wie heute abend. Wäre Candover nicht ein so alter Freund der Familie und für seine überglückliche Ehe berühmt, hätte sich Giles versucht gefühlt, ihn zum Pistolenduell im Morgengrauen zu fordern.

Er lächelte über diese absurde Vorstellung und wandte seine Aufmerksamkeit anderen Gästen zu. Es war ein angenehmes, ungezwungenes Zusammensein, bei dem die Gäste mühelos von einer Unterhaltung in die nächste glitten. Maxima Collins paßte sich ihrer Umgebung problemlos an; mit ihrem Witz, ihrem Charme und ihrem Aussehen konnte sie es mit jeder anderen Frau im Raum aufnehmen. Für Robin wäre sie eine ganz ausgezeichnete Frau.

Nach einer lebhaften Diskussion über freie Schulen mit Lady Aberdare hielt er es für an der Zeit, wieder nach Desdemona Ausschau zu halten. Er blickte sich um und stellte fest, daß sie vor den Terrassentüren mit Robin plauderte. Diesmal war es schon schwerer, seine Eifersucht mit einem Lächeln abzutun. Warum mußte sie ihn so fasziniert ansehen? Dumme Frage. Diese Wirkung hatte Robin auf jede und jeden.

Voller Abscheu darüber, dem eigenen Bruder zu grollen, schlenderte er auf das Paar zu. Während er es tat, schnippte Robin mit den Fingern und förderte ein Maiglöckchen zutage, das er aus einem der Blumenarrangements gestohlen haben mußte. Desdemona nahm die Blume mit entzücktem Lachen entgegen.

Giles' Gereiztheit schraubte sich in ungeahnte Höhen, sein Vergnügen an dem Abend schwand dahin. Er verfluchte Robins mühelosen Charme, seine glatte Zunge und sein unsensibles Marmorherz, das ihn in die Lage versetzte, seine Gaben so unverfroren zu nutzen.

Da sie nicht bemerkte, daß sich Giles ihr näherte, wandte sich Desdemona ab, um ein paar Worte mit Maxima zu sprechen. Statt ihr zu folgen, sagte Giles barsch zu seinem Bruder: »Laß uns ein wenig frische Luft schöpfen.«

»Wenn du meinst«, erwiderte Robin verdutzt, aber liebenswürdig.

Robin war stets liebenswürdig, noch so ein irritierender Zug an ihm. Einen erfolglosen Kampf mit seiner Beherrschung kämpfend, trat Giles auf die geräumige Terrasse hinaus. Er hatte keine Ahnung, was er seinem Bruder sagen wollte, aber irgend etwas würde er sagen.

Die beiden Männer liefen zur Terrassenbrüstung. Die berühmten Gärten von Candover House badeten im Mondlicht, aber Giles schenkte ihrer Schönheit keinen einzigen Blick. Robin musterte die grimmige Miene seines Bruders und fragte sich, was vorgefallen sein könnte. Giles war nur selten schlechter Stimmung, und diese wenigen Male hatte Robin stets als sehr verstörend empfunden.

»Lady Ross ist ungemein beeindruckend. Ich wünschte, ich wäre dabei gewesen, als sie mit ihrem Schirm dein Arbeitszimmer gestürmt hat«, sagte Robin in dem Bemühen, die Atmosphäre zu entkrampfen.

Giles stemmte die Hände auf die Terrassenbrüstung und starrte ins Leere. »Das hätte uns allen viele Probleme erspart. Ich habe mich gefragt, was aus dir geworden ist.«

»Aber du hast dir doch keine Sorgen gemacht, oder?« gab Robin zurück. »Am gleichen Morgen hatte ich dir gesagt, daß ich verschwinden könnte, sobald mir etwas – oder jemand – über den Weg läuft. Vielleicht war das eine Vorahnung.«

»Das habe ich mir auch in Erinnerung gerufen«, entgegnete Giles mürrisch. »Aber ich hätte mich sehr viel besser gefühlt, wenn du eine Nachricht hinterlassen hättest.«

»Entschuldige, aber daran habe ich wirklich nicht gedacht.«

»Natürlich nicht.« Giles' Hände auf der Terrassenbrüstung verkrampften sich so, daß die Knöchel weiß schimmerten. »Du denkst ja an niemanden – nur an dich selbst.«

Robin verspannte sich. »Was willst du damit sagen?«

Giles sah zu ihm herüber. Jede Spur von Blau war aus seinen Augen gewichen und ließ sie grau und hart wie Schiefer wirken. »Hast du in all den Jahren, in denen du den Helden spieltest, auch nur einen einzigen Gedanken an die Menschen verschwendet, die sich Sorgen um dich gemacht haben? Hast du dich jemals gefragt, wie man sich fühlt, wenn man monatelang auf ein Lebenszeichen des einzigen Bruders warten muß und nicht weiß, ob der nicht längst gestorben ist – und wenn ja, unter welchen Umständen?« Harte Linien erschienen um seine Augen. »Ich bin sicher, daß dir das gar nicht in den Sinn gekommen ist. Schließlich hattest du ja so viel Wichtigeres und Aufregenderes zu tun.«

Robin starrte seinen Bruder an und hatte das Gefühl, daß sich unter ihnen ein ungeheurer Abgrund öffnete. Der Riß war schon immer dagewesen, eine verhängnisvolle Schwachstelle im Fundament ihrer Beziehung, aber beide hatten es vorgezogen, das zu ignorieren. Indem sie nie darüber sprachen, was unter der Oberfläche lag, war es ihnen gelungen, Freunde zu bleiben.

Aber jetzt, aus welchem Grund auch immer, wollte Giles das Schweigen brechen und sie beide in den Abgrund zerren. Und wenn das geschah, könnte ihre Freundschaft irreparabel und dauerhaft zerbrechen.

In der verzweifelten Hoffnung, daß Giles bereit war, auf sicheren Boden zurückzukehren, sagte Robin leise: »Vieles von meiner Tätigkeit war mehr als bedenklich, aber ohne jede Spur von Heldentum. Natürlich bestand immer das Risiko, daß mich mein Glück verläßt, aber ich habe stets dafür gesorgt, daß – falls mir etwas zustößt – unverzüglich eine Nachricht nach Wolverhampton geschickt wird.«

»Wie fürsorglich«, entgegnete Giles sarkastisch. »Hätte ich das gewußt, hätte ich bestimmt besser schlafen können.«

Unwillkürlich verspürte Robin das vertraute Prickeln der Rebellion. »Geht es dir vielleicht darum, daß ich es dem Oberhaupt der Familie an Ehrerbietung fehlen lasse? Diese Forderung habe ich schon von Vater kaum ertragen, von dir werde ich es mir nicht bieten lassen.«

»Ich spreche von Grundregeln menschlichen Anstandes«, entgegnete Giles. »Ständig hast du Nachrichten nach England geschickt, aber für deine Familie hattest du höchstens einen Brief im Jahr übrig.«

Robins Augen wurden ganz schmal. »Was hätte ich denn mitteilen sollen? Ich habe gelogen, gestohlen und gelegentlich getötet. Wenn ich nicht mit Schurkereien beschäftigt bin, verbringe ich meine Zeit mit einer Frau, die zu klug ist, um mich zu heiraten. Noch lebe ich. Ich hoffe, es geht dir gut und die Ernte steht gut in diesem Jahr. Herzliche Grüße, Robert.«

Giles schoß herum, sein Zorn zeigte sich in jeder Faser seines Körpers. »Willst du damit andeuten, ich sei ein Feigling? Gott ist mein Zeuge, daß ich mich nicht danach gerissen habe, auf Wolverhampton zu bleiben. Ich hätte alles dafür gegeben, der Armee beizutreten, nachdem ich Oxford verlassen hatte.«

Die irrationale Heftigkeit seiner Reaktion war schokkierend. In der Erkenntnis, daß er unabsichtlich eine schmerzliche Wunde bei Giles getroffen hatte, sagte Robin: »Ich weiß gut genug, daß du kein Feigling bist.

Offengestanden erfordert das Leben unter einem Dach mit Vater mehr Mut, als ich je aufgebracht habe.«

»Einer mußte die Verantwortung für die Familie ernstnehmen«, grollte Giles unversöhnt, »und das wärst ganz bestimmt nicht du gewesen. Du warst zu beschäftigt, in die Welt zu ziehen und dein Leben aufs Spiel zu setzen.«

Langsam regte sich auch in Robin Zorn. »Ich hatte keine familiären Verpflichtungen«, entgegnete er scharf. »Mir wurde doch kaum ein Platz am Tisch eingeräumt. Ich war nicht der Lieblingssohn. Ob ich da war oder nicht, hätte auf Wolverhampton nicht das geringste geändert. Ich bin stets davon ausgegangen, daß mein Verschwinden aus England der beste Dienst war, den ich dem edlen Namen Andreville erweisen konnte.«

»Sei nicht kindisch«, zischte Giles. »Ich war der Erbe, also hat Vater mit mir mehr Zeit verbracht, aber er hat dich durchaus gerecht behandelt. Er zeigte sich sogar sehr großzügig in Anbetracht der Tatsache, daß dein Verhalten selbst die Geduld eines Heiligen auf eine harte Probe gestellt hätte.«

»Ach ja, unser großzügiger, allzeit gerechter Vater«, erwiderte Robin bitter. »Du warst doch nie da, wenn er nach mir griff und mir ins Gesicht starrte, als könne er sein Unglück nicht glauben, mich zum Sohn zu haben. Zwar hat er nur einmal gesagt, ich sei an ihrem Tod schuld – daß er bei Gott wünsche, sie hätte überlebt und nicht ich, aber es war immer in seinen Augen. Immer!«

Da war sie endlich, fast mit Händen zu greifen: die schmerzliche Erinnerung an die Frau, deren Tod die Familie zerstört hatte.

»Das hat Vater zu dir gesagt?« fragte Giles ungläubig.

»Ja.« Robin funkelte seinen Bruder an, so zornig, daß er das aussprach, was er nicht einmal zu denken gewagt hatte. »Du hast es nie laut gesagt, aber ich wußte immer, daß du genauso empfindest.«

Drei Herzschläge lang herrschte Schweigen. Dann fragte Giles: »Wie kommst du denn auf diese Idee?«

»Muß ich dir das wirklich sagen? Sie war deine Mutter, seine Frau. Du warst fünf Jahre alt und hast sie angebetet – ein Gefühl übrigens, das auf Gegenseitigkeit beruhte. Jeden Tag kam sie ins Kinderzimmer, um dir Geschichten vorzulesen oder mit dir Lieder zu singen. Soweit ich weiß, hat sie dir sogar das Lesen beigebracht.«

Mit aschfahlem Gesicht fragte Giles: »Woher weißt du das?«

»Ich habe es von den Dienern erfahren. Da ich nie eine Mutter hatte, wollte ich selbstverständlich wissen, was mir da entging. Das waren meine ersten Versuche im Informationensammeln. Von der Dienerschaft wurde sie wie eine Heilige verehrt, weil ihr Verhalten so ganz anders war, als sie es von einer Marchioness erwartet hätten.« Robin schloß die Augen und kämpfte erneut gegen die Verzweiflung an, die seine ganze Kindheit vergällt hatte. »Gott, wie ich dich um sie beneidet habe, auch wenn das nur fünf Jahre waren. An deiner Stelle hätte ich dafür gesorgt, daß das Kind einem Unfall zum Opfer fällt, das meine Mutter getötet hat.«

»Verdammt noch mal, Robin, derartige Empfindungen habe ich nie gehabt!« rief Giles. »Aber ich habe um sie getrauert. Sie zu verlieren, war das furchtbarste Ereignis meines Lebens. Aber ich habe dir niemals vorgeworfen, daß du lebst und sie nicht.«

»Vater hat es getan. Und dafür gesorgt, daß ich es nie vergaß.«

Giles wandte sich wieder dem Garten zu. Seine breiten Schultern wirkten steif und angespannt. »Wenn eine

Frau im Kindbett stirbt, nehmen die meisten Angehörigen das als Willen Gottes hin. Wenige, wie Vater, machen das Kind verantwortlich. Andere reagieren eher wie ich. Sie . . . sie lieben das Kind ganz besonders, weil es alles ist, was ihnen von der Toten geblieben ist.«

Robins Stimme wurde sanfter. »Das hat das Schuldgefühl noch schlimmer gemacht. Ich war für den Tod deiner Mutter verantwortlich, und doch warst du stets geduldig mit mir.«

Giles machte eine ungeduldige Geste. »Hör auf zu reden, als hättest du einen Mord begangen. Mama hat Kinder sehr geliebt. Ich weiß, daß sie mindestens zwei Fehlgeburten zwischen dir und mir erlitt, vielleicht noch mehr. Sie war außer sich vor Freude, als ihre Schwangerschaft weit genug fortgeschritten war, um Derartiges kaum noch befürchten zu müssen. Sie erzählte mir, daß ich einen Bruder oder eine Schwester bekommen würde und wie gut ich auf dich achten müßte.« Die Stimme schien ihm zu versagen. »Ich fragte mich, ob sie wußte, daß sie nicht überleben würde. Ihre Gesundheit war immer ein wenig heikel und sie muß gewußt haben, daß häufige Schwangerschaften riskant sind. Haben dir deine Informanten das nicht erzählt?«

»Nach den Umständen ihres Todes habe ich die Diener nie gefragt. Das . . . das wollte ich nicht wissen.«

Seufzend fuhr sich Giles mit der Hand durch die Haare. »Du wurdest mehrere Wochen zu früh geboren, und der Arzt räumte dir keine Überlebenschance ein. Nach ihrem Tod schloß sich Vater ein und wollte mit niemandem sprechen. Als ich hörte, wie eines der Mädchen sagte, daß du ohne Amme sterben müßtest, ritt ich auf meinem Pony ins Dorf. Die Frau des Müllers hatte gerade ein wenige Tage altes Kind verloren, daher ging ich zu ihr und schleppte sie buchstäblich mit nach Wolverhampton zurück. Ich bestand darauf, daß dein Bett in meinem Zimmer aufgestellt wurde, damit ich mich nachts davon überzeugen konnte, daß du noch atmest.«

Robin starrte ihn fassungslos an. »Das habe ich nicht gewußt.«

»Das ist ja auch kaum zu erwarten, schließlich warst du damals kaum größer als ein Brot.« Giles gab sich große Mühe, seine Gefühle zu beherrschen. »Und dann wurdest du ganz wie Mama – du hattest nicht nur ihr Aussehen, sondern auch ihren Charme und ihre Unbefangenheit. Jedermann war von dir entzückt, obwohl du dich häufig genug wie ein Ausbund des Teufels benahmst. Du konntest dir Dinge erlauben, für die ich eine Tracht Prügel bekommen hätte.«

»Da Vater alles verabscheute, was ich tat, beschloß ich, ihm auch einen Grund dafür zu geben«, bemerkte Robin trocken. »Unarten lagen mir immer mehr als Gehorsam.«

Giles hob die Schultern. »Gehorsam ist übertrieben. Vater fand mein Verhalten zwar ganz nützlich, aber so sehr ich mich auch bemühte, nie schien ich gut genug zu sein.«

Langsam begann Robin zu verstehen, worum es bei diesem Gespräch wirklich ging. »Warum reden wir nach so vielen Jahren darüber? Was willst du von mir?«

Giles betrachtete schweigend seine großen zupackenden Hände und wirkte eigentümlich verletzlich. Hinter der Gartenmauer rumpelte eine Kutsche über das Kopfsteinpflaster von Mayfair.

Nach einer langen Pause sagte er mit einer Stimme, die kaum zu verstehen war: »Es hört sich sicher ungemein kindisch an, aber ich wünsche mir, daß . . . daß ich dir etwas bedeute. Du bist die einzige Familie, die mir geblieben ist. Ich habe mich bemüht, dir ein guter Bruder zu sein, aber weil du schon immer deinen Kopf ohne Rücksicht auf die Kosten durchgesetzt hast, konnte ich dir nie wirklich helfen. Nicht Vater gegenüber, nicht auf der Schule und mit Sicherheit nicht, als du dich in einem absurd jungen Alter zur Spionage entschieden hast, dem gefährlichsten Gewerbe der Welt.«

Robin runzelte die Stirn. »Selbstverständlich bedeutest du mir etwas, sehr viel sogar. Wieso kannst du daran zweifeln? Du erinnerst dich doch bestimmt noch daran, daß ich dir überallhin gefolgt bin, sobald du aus der Schule kamst. Du warst so unglaublich geduldig. Ich wünschte mir unendlich, so wie du zu sein. Es war eine sehr frustrierende Erkenntnis, daß ich das nicht konnte. Wir waren einfach zu verschieden.«

»Waren und sind«, sagte Giles und betrachtete noch immer seine Hände.

»Aber diese Unterschiedlichkeit heißt nicht, daß tiefe Zuneigung unmöglich wäre«, fuhr Robin zögernd fort. »Du warst mir sehr viel mehr Vater als unser geschätzter Erzeuger. Alles, was ich an Ehrgefühl, Disziplin und Loyalität gelernt habe, habe ich von dir.« Er seufzte. »Vermutlich bin ich nur deshalb Spion geworden, weil ich wollte, daß du stolz auf mich bist. Es ist zugegebenermaßen ein niedriges, übelbeleumdetes Gewerbe, aber gegen Verbrecher wie Bonaparte ist es wichtig. Es hat mich geschmerzt, daß du meine Tätigkeit nicht gebilligt hast, aber nachdem ich einmal damit begonnen hatte, gab es kein Zurück.«

Giles blickte ihn ernst an. »Nie habe ich deine Aktivitäten mißbilligt. Ich war sogar verdammt stolz auf deinen Mut und deine Findigkeit.«

Robin hob die Brauen. »Tatsächlich? Jede unserer Auseinandersetzungen entstand über meine Arbeit. Deine Mißbilligung war deinen extrem seltenen Briefen zu entnehmen und entlud sich, als wir uns vor vier Jahren in London trafen.«

Sein Bruder wandte den Blick ab. »Ich bedauere, an jenem Abend die Beherrschung verloren zu haben, aber ich habe mir große Sorgen gemacht. Du hast ausgesehen, als könntest du jeden Augenblick zusammenbrechen. Ich fand, es sei höchste Zeit, daß Großbritannien seinen Kampf ohne dich fortsetzt.«

»Damals befand ich mich wirklich in keinem besonders guten Zustand«, räumte Robin ein. »Aber der Rückzug in ein abgeschiedenes Leben in Yorkshire hätte mich vollends um den Verstand gebracht. Für mich war es besser, mit der Arbeit fortzufahren und meine Chancen zu nutzen.«

»Wie du schon sagtest, sind wir sehr verschieden. Für mich war Wolverhampton stets eine Quelle der Freude und Erholung.«

Nach längerer Pause sagte Robin fast resigniert: »Nach dem Tod unserer Mutter gab es nie genug Liebe auf Wolverhampton – Vaters Trauer und Zorn vergiftete uns irgendwie alle. Von dir wagte ich nicht zuviel zu verlangen – aus Angst, daß du die Geduld verlierst. Und das hätte ich nicht ertragen.«

Giles lächelte trübe. »Und ich hatte Angst, sobald ich etwas täte, was unsere Beziehung belasten könnte, würdest du wie eine Libelle davonfliegen, um nie wieder zurückzukehren.«

Robin schluckte. »Du warst die Rettung meiner Kindheit, Giles. Und jetzt bist du einer der beiden – nein, drei Menschen, für die ich mein Leben hingeben würde. Ich wünschte, ich hätte das schon früher gesagt. Es tut mir sehr leid, daß du auch nur einen Moment lang gedacht hast, ich würde für dich nichts empfinden.«

Giles rieb sich die Stirn und verdeckte so sein Gesicht.

Als er den Arm wieder senkte, waren seine Augen feucht. »Brüder sollen einander lieben, aber ich nahm an, bei uns gingen alle Gefühle ausschließlich von mir aus.«

Wortlos streckte Robin die Hand aus, Giles ergriff sie und drückte sie hart. Mehr als bei seiner Rückkehr nach Wolverhampton hatte Robin das Gefühl, endlich nach Hause gekommen zu sein.

»Dieses Gespräch hätten wir schon vor Jahren führen sollen«, sagte Robin, nachdem er die Hand seines Bruders wieder losgelassen hatte. »Warum gerade heute, mitten auf der Dinnerparty?«

Giles lachte verlegen auf. »Als ich sah, wie bezaubert Desdemona von dir war, kamen offenbar alle brüderlichen Vorbehalte in mir hoch. Ich habe absolut nichts dagegen, wenn du allen Frauen den Kopf verdrehst – doch bei ihr habe ich sehr wohl etwas dagegen.«

»Glaube mir, du hast nichts zu befürchten. Unsere ganze Unterhaltung drehte sich ausschließlich um dich: Die Frau scheint anzunehmen, du könntest auf Wasser gehen. Und ich habe nichts getan, um sie von dieser Vorstellung abzubringen. Ich nehme an, du hast Hoffnungen in dieser Richtung?«

»Die habe ich«, lächelte Giles. »Und jetzt werde ich zu ihr gehen, denn ich fühle mich sehr viel wohler, wenn sie in meiner Nähe ist.«

Das konnte Robin absolut verstehen. Die Unterhaltung mit seinem Bruder war notwendig und überfällig gewesen, aber er kam sich vor wie durch eine emotionale Schleuder gedreht. Und das bedeutete, daß er Maxie brauchte – mehr als alles andere auf der Welt.

Kapitel 26

ROBIN TRAF MAXIE im Gespräch mit Lord Michael Kenyon an, einem braunhaarigen Mann mit der sehnigen Gestalt eines erprobten Kriegers. Sie sah lächelnd zu ihm auf. »Lord Michael erzählte mir gerade, daß ihr euch in Spanien begegnet seid. Wenn ich ihn richtig verstanden habe, hattest du dich damals als irischer Priester verkleidet?«

Robin verdrehte die Augen. »Ich gestehe es. Während der Kämpfe in Spanien arbeitete eine ganze Reihe von Priester-Spionen vom Irish College der Universität Salamanca aus. Gelegentlich maskierte ich mich als einer von ihnen.« Er verzog das Gesicht. »Dabei schaffte ich es auch, angeschossen zu werden. Vermutlich hat Lord Michael nicht erwähnt, daß er mich fand, wie ich meine gestohlenen Dokumente mit Blut volltropfte, und so vernünftig war, mich in Wellingstons Hauptquartier zu schleppen.«

Also daher hatte Robin seine schreckliche Schußnarbe. Ohne Rücksicht darauf, daß sie die anderen Gäste unter Umständen schockierte, reckte sich Maxie auf die Zehen und hauchte schnell einen Kuß auf Lord Michaels Wange. »Ich danke Ihnen. Es bedurfte sicherlich eines ganzen Regiments von Schutzengeln, um Robin am Leben zu halten.«

Lord Michael blickte auf sie herab – verblüfft, aber durchaus nicht unerfreut. Er hatte bemerkenswert grüne Augen. »Ich hatte zwar gehört, daß Amerikanerinnen bezaubernd direkt sind, hatte aber noch nie das Glück, eine entsprechende Demonstration erleben zu dürfen. Gibt es in Boston mehr wie Sie?«

»Maxie ist einmalig«, stellte Robin fest.

»Das habe ich befürchtet.« Nach ein paar weiteren Sätzen wandte sich Lord Michael anderen Gästen zu.

Maxie blickte ihm nach. »Gibt es auch eine Lady Kenyon, die heute verhindert ist?«

»Er ist unverheiratet. Interessierst du dich für die Position als seine Frau?« erkundigte sich Robin trocken.

Sie blickte ihn vorwurfsvoll an. »Was für eine alberne Bemerkung – sogar für dich. Ich war nur neugierig. Obwohl er ganz reizend flirtet, scheint er nicht im geringsten zugänglich zu sein.«

»Interessant. Margot zufolge verbringt er die Saison bei Lucien und Kit in der Hoffnung, eine Lady nach seinem Geschmack zu finden. Vielleicht ist das bereits geschehen. Aber ich bin gekommen, um dich zu fragen, ob du nicht ein wenig frische Luft schnappen möchtest. Im Mondschein sind die Gärten von Candover ein ganz wundervoller Anblick.«

So sehr Maxie das Zusammensein mit den anderen Gästen genoß, freute sie sich doch auch auf ein ungestörtes Zusammensein mit Robin. Sie gingen auf die Terrassentüren zu.

Bevor sie hinaustraten, sah sich Robin um. »Es könnte ein wenig kühl da draußen sein. Wie ich Maggie kenne, hat sie sicher irgendwo ein paar wärmende Schals bereitgelegt.«

Und tatsächlich entdeckten sie auf einem kleinen Tisch links neben den Türen einen Stapel zusammengefalteter Tücher. Während Robin nach einem Schal griff, meinte Maxie bewundernd: »Margot denkt auch an alles.«

Er legte ihr das Tuch zärtlich um die Schultern. Sie traten auf die Terrasse hinaus und liefen die wenigen Stufen in die Gärten hinunter. Ein paar verstreute Laternen wiesen den Gästen den Weg, aber ihr Licht war nicht hell genug, um den Zauber der Mondnacht zu beeinträchtigen. Das riesige Tuch hing bis zu Maxies Knien hinunter und schützte sie vor der Kühle der Nacht.

Noch wärmer war allerdings der Arm, den ihr Robin um die Schulter legte, als sie sich außer Sichtweite des Hauses befanden. Sie schlenderten weit enger dahin, als es schicklich war. Doch das machte Maxie nichts aus, ganz im Gegenteil. Sie waren einander bereits so nahe, daß es schwerfiel, sich an die gesellschaftlichen Regeln zu erinnern.

Maxie blickte auf, um eine Bemerkung zu machen, runzelte dann aber die Stirn. Robins heitere Miene war verschwunden, im Mondlicht wirkte er tiefbesorgt. »Stimmt etwas nicht?«

Er warf ihr einen Seitenblick zu. »Ich hätte wissen müssen, daß du es bemerkst. Giles und ich hatten die ernsteste Auseinandersetzung unseres Lebens.«

Sie blieb stehen und sah ihn an. »Wie schrecklich. Kein Wunder, daß du ein bißchen blaß aussiehst. Ich dachte, ihr kämt besonders gut miteinander aus.«

»Normalerweise ist es auch so, aber es gab sehr viele Dinge, die bislang nie ausgesprochen wurden.« Robin seufzte. »Heute haben wir einander alle Ressentiments gestanden.«

»Nach meinen Erfahrungen fällt es Schwestern leichter als Brüdern, Freunde zu sein«, erwiderte sie ernst. »Brüder wetteifern miteinander, was innigen Gefühlen im Wege stehen kann. Und noch schwerer muß es sein, wenn der Ältere einen Titel und ein Vermögen erbt.«

»Du hast recht, das habe ich bei anderen Brüdern gesehen. Vermutlich ist es ein Glück, daß Giles und ich so verschieden sind.« Robin zog sie kurz an sich, dann setzten sie ihren Weg fort. »Wir haben uns bewußt gemacht, daß der Grund für das heutige Gespräch auf den Tod meiner Mutter zurückzuführen ist. Mein Vater machte mich dafür verantwortlich, was Folgen für die ganze Familie hatte. Giles übernahm frühzeitig eine Verantwortung, die man keinem Kind aufbürden sollte, und ich wurde rebellisch. So waren Giles und ich nie in der Lage, zu zeigen, wieviel wir einander bedeuteten. Als ich im letzten Herbst aus Frankreich zurückkehrte, war ich mir nicht einmal sicher, ob Giles mich überhaupt auf Wolverhampton haben wollte. Ich erkannte nicht, wie sehr er darunter gelitten hatte, daß ich so weit fort gegangen und so lange fortgeblieben war.«

»Ist es euch gelungen, eure Differenzen zu bereinigen?«

Robin lächelte. »Ja, Gott sei Dank. Jetzt sind wir uns näher als jemals zuvor.«

»Das freut mich sehr. Aber ich kann deinen Vater absolut nicht verstehen«, fügte sie heftig hinzu. »Seine Schuld am Tod seiner Frau einem hilflosen Kind aufbürden zu wollen ist verabscheuungswürdig.«

»Schuld? Mein Vater? Warum?«

»Deine Mutter ist schließlich nicht von allein schwanger geworden«, führte Maxie aus. »Weißt du, ob sie vielleicht davor schon Probleme mit Schwangerschaften hatte?«

»Giles erwähnte, daß sie nie besonders kräftig war und mehrere Fehlgeburten hatte.«

Maxie nickte, wenig überrascht. »Wenn dein Vater

mehr Zurückhaltung gezeigt hätte, wäre es vielleicht nicht dazu gekommen.«

»Darüber habe ich nie nachgedacht«, sagte Robin nach längerem Schweigen.

»Eine Frau hätte es getan.«

Er lächelte fast kläglich. »Sehr bedauerlich, daß es auf Wolverhampton keine einfühlsame Frau wie dich gab, die die Situation hätte klären können.«

Ihr Spaziergang führte sie zu einem winzigen griechischen Tempel. Seine Säulen und Proportionen waren so vollkommen, daß Maxie annahm, daß ein früherer Herzog das Bauwerk in Griechenland erworben und in Einzelteile zerlegt nach England verschifft hatte.

Seite an Seite stiegen sie die Stufen hinauf. Es war ein luftiger Pavillon mit geschwungenen Steinbänken vor den halbhohen Mauern. Im Hintergrund stand ein rechteckiger Altar – inzwischen für Picknicks bestimmt, nicht mehr für die Opferung von Schafen und Ziegen.

Robin blickte auf Maxie hinunter. Im Mondschimmer war ihr Gesicht eine Symphonie feiner Züge und beschatteter Konturen. Er konnte nicht länger widerstehen, hob ihr Kinn an und küßte sie.

Er hatte sie leicht und zärtlich küssen wollen, aber sobald sich ihre Lippen berührten, löste sich seine emotionale Beherrschung in nichts auf. In den vergangenen Tagen hatten ihn die Erinnerungen an alle schlechten Erfahrungen seines Lebens heimgesucht. Er hätte nicht überlebt – wenn nicht für die Frau in seinen Armen, und es verlangte ihn nach ihr wie einem in der Wüste Verdurstenden nach Wasser.

Ihr langsamer Tanz des Verlangens hatte begonnen, als er vor wenigen Stunden ihr Zimmer betrat, und sich während des ganzen Abends durch sehnsüchtige Blicke und vielsagende Lächeln fortgesetzt. Aber was er jetzt verspürte, überstieg normale Leidenschaft. Es war geradezu ein Bedürfnis nach ihrer glückverheißenden Zärtlichkeit und den zauberischen Geheimnissen ihres Körpers.

Seine Hände glitten unter ihren Schal und erforschten ihre sanften Kurven. Als sie mit kleinen genüßlichen Schnurrlauten reagierte, umspielten sein Daumen und Zeigefinger ihre Brust. Sofort wurde die Brustwarze unter der scharlachfarbenen Seide ganz hart.

Aber ihn verlangte nach mehr, viel mehr. Er legte seine Hände um ihre Taille und setzte sie auf den Steinaltar. Überrascht holte Maxie tief Luft. Ihre Finger umspannten die Altarkante.

Ihre jetzige Position erleichterte es ihm, die verschiedenen Reizpunkte ihrer Anatomie zu erreichen. Er legte seine Hände über ihre Finger. Die zuckten einen Moment lang auf, kamen dann aber zur Ruhe.

Er beugte sich vor und rieb seine Wange an ihrer. Ihre Haut war zart wie ein Blütenblatt, kühl an der Oberfläche, aber darunter pulsierend vor Leben. Er blies ihr ganz leicht ins Ohr und zeichnete die Muschel mit seiner Zungenspitze nach. Sie summte vor Lust und reckte den Hals wie eine Katze.

Das Wolltuch war war groß genug, daß sie darauf sitzen konnte und es dennoch ihre Schultern bedeckte. Robin schob den Stoff mit dem Kinn beiseite. Das Tuch glitt von ihren Schultern auf seine Hände hinunter, die ihre Finger auf dem kühlen Stein bedeckten. Sie schob die Brüste verlockend vor.

Mit bebenden Lippen erkundete er den sinnlichen Bogen ihrer Kehle. Sie ruhte in sich, war vollkommen, und er wollte sie in sich aufnehmen, um selbst Teil dieser Harmonie und Vollkommenheit zu werden.

Als seine suchenden Lippen auf ihr Collier trafen,

zuckte er schnell tiefer. Er hatte ein kleines Vermögen für den Schmuck ausgegeben, aber Rubine und Diamanten waren kalt und leblos – verglichen mit den satinweichen Hügeln oberhalb ihres Décolletés. Er küßte sie mit leidenschaftlicher Zärtlichkeit und nahm begierig den femininen Duft ihres Busens in sich auf.

Seine Hände ließen ihre Finger los und umfaßten die reifen Kurven unterhalb ihrer Hüften. Ruhelos kamen seine Hände nach vorn, glitten über ihren Bauch hinab zu ihren Schenkeln.

»Höchste Zeit aufzuhören, glaube ich«, hauchte sie atemlos.

»Noch nicht.« Ihre Knie unter dem Rock waren etliche Zentimeter voneinander entfernt. Schnell schob er ein Bein dazwischen, so daß sie sie nicht mehr schließen konnte.

Er suchte und fand ihren Mund, wollte sie so betören, daß sie gar nicht begriff, was er da tat. Mit beiden Händen hob er ihren Rock und legte seine Handflächen auf ihre Knie, während er seinen Kuß intensivierte. Verstohlen huschten seine Finger aufwärts . . .

Ihr Mund reagierte mit leidenschaftlicher Inbrunst, aber sie war viel zu schlau, um sich überlisten zu lassen. Als er die Innenseiten ihrer Schenkel liebkoste, wandte sie den Kopf ab und versuchte sofort, ihre Knie zu schließen. Es gelang ihr nicht, und der Druck ihrer Beine gegen seine Hüften erregten ihn nur noch weiter.

»Robin«, begann sie mit unsicherer Stimme. »Robin, wir sollten jetzt wirklich wieder hineingehen. Es ist weder der geeignete Zeitpunkt noch der richtige Ort.«

Sie hatte keine Angst – noch nicht. Sie zu ängstigen wäre unverzeihlich, aber er konnte sich auch nicht von ihr lösen.

Rauh und tief atmend, richtete er sich auf und legte beide Arme um sie. In seinen Schläfen hämmerte es, noch heftiger in seinen Lenden, wo sich sein Penis gegen ihren Körper drückte und versuchte, seine Kleidung zu sprengen, um sich endlich mit ihr zu vereinigen. Sie war so klein, so leicht zu umfassen und doch so voller weiblicher Stärke. »Verzeih mir«, flüsterte er. »Du hast recht – aber bei Gott, ich habe das unsinnige Gefühl, sterben zu müssen, wenn ich dich nicht bekomme.«

Er wollte es leichthin klingen lassen, wollte der törichten Melodramatik seiner Worte mit einem Scherz die Spitze nehmen, aber zum erstenmal ließ ihn seine frivole Lässigkeit im Stich. Das Hämmern seines Blutes wiederholte nur immer wieder: sterben zu müssen, wenn ich dich nicht bekomme . . . sterben zu müssen, wenn ich dich nicht bekomme . . .

Sein sehnsüchtiges Bedürfnis betraf nicht nur den heutigen Abend oder den physischen Akt der Vereinigung, nach der es seinen Körper verlangte. Er wollte sie für immer, als seine Geliebte, seine Partnerin, seine Frau. Aber zunächst wollte er nur eins: sie jetzt und sofort.

Verzweifelt klammerte er sich an die allerletzte Hoffnung. »In Maggies Haus wolltest du mich nicht lieben . . ., aber jetzt befinden wir uns nicht in ihrem Haus.«

»O Robin, Robin, du bist ein durchtriebener, glattzüngiger Schurke, halb Engel und halb Teufel«, seufzte sie mit einer Mischung aus Tadel und Lachen. »Was soll ich nur mit dir machen?«

Er schloß die Augen – verlegen darüber, daß sie ihn so gut kannte und doch auch dankbar dafür, daß aus ihrer Stimme dennoch Zärtlichkeit klang.

Maxies Hand fuhr durch seine Haare und strich dann sanft über seine Wange. Auf seiner erhitzten Haut fühlten sich ihre Finger ganz kühl an.

Mit dem Daumen strich sie über seine leicht geöffneten Lippen, dann umfaßte sie seinen Kopf und zog ihn zu einem Kuß zu sich heran. Als sich ihre Lippen trafen, glitt ihre Hand hinunter, wanderte über seinen Oberkörper, seinen Bauch, umfaßte den harten Hügel unter seinen Breeches.

Er erstarrte. Feuerstöße durchloderten seine Adern.

»Ich kann nur hoffen, daß sich niemand von den Gästen zu einem Spaziergang entschließt«, murmelte sie, und ihre Finger näherten sich seinem obersten Hosenknopf.

Nach einem Augenblick der Verblüffung öffnete er die Knöpfe mit bebenden Händen selbst. Nachdem es ihm endlich gelungen war, schickte er seine zärtlichen Finger auf die Suche nach ihren Geheimnissen.

Ihr kleiner verlangender Seufzer brachte ihn fast um den Verstand. Er hob ihr rechtes Bein und stützte es auf seine Hüfte ab, dann das linke. Sie war so offen, so bereit.

Als sie leise aufstöhnte und sich ihre Schenkel um ihn schlossen, war jede weitere Zurückhaltung unmöglich. Mit einem einzigen wilden Stoß drang er in sie ein.

Irgendwo zwischen Lust und Schmerz holte sie tief und krampfhaft Luft. Er zwang sich zum Verharren. Allein in ihr sein zu können, reichte fast aus, ihn zum Höhepunkt zu treiben. In jedem Bereich seines Körpers zuckte es. Es kam ihm vor, als hätte er einen sicheren Hafen erreicht, dennoch tobten Stürme in seinem Blut.

Der moschusähnliche Geruch des Sex umgab sie, so intim wie ihre Körper. Er stützte ihren Rücken mit seinem rechten Arm und schob seine linke Hand zwischen sie, bis sie den Punkt oberhalb der Stelle erreicht hatte, so wie miteinander verbunden waren. Behutsam begann er, ihn zu liebkosen.

Sie stöhnte auf. Während ihre Hüften langsam zu

kreisen begannen, durchzuckten sie plötzliche, intensive Schauer und sie verbarg das Gesicht an seiner Schulter. Eine Folge weiterer Konvulsionen lösten seinen Höhepunkt aus, ohne daß er sich bewegte. Wilde, leidenschaftliche Lust durchfuhr ihn, aber im Zentrum seines Orgasmus lag namenlose Befriedigung.

Keuchend drückte er seine Stirn gegen ihre. »O Gott, Maxie. Ich wünschte . . . ich wünschte, es wäre möglich, dir den Trost zu geben, den du mir gibst.«

Trost. Sie war froh, daß er in der Dunkelheit ihren Gesichtsausdruck nicht sehen konnte. Als sie die Intensität seines Verlangens erkannt hatte, war sie bereit gewesen, sich ihm bedenkenlos hinzugeben. Dafür war sie mit berauschender Ekstase belohnt worden. Dennoch wünschte sie sich, mehr als eine Quelle emotionalen Trostes und sexueller Befriedigung zu sein.

Doch das war nicht fair. Robin gab ihr alles, was er konnte. Es war nicht seine Schuld, daß er sie nicht liebte.

In der Hoffnung, daß ihr Körper funktionierte und sie nicht auf dem Steinaltar zusammenbrach, rückte sie von ihm ab. »Ich glaube, ich habe dir deine Krawatte ruiniert.«

»Wenn das so ist, bewahre ich die Reste als immerwährende Erinnerung in einem Gedichtband auf.« Er küßte sie.

Als sein Mund ihre Lippen liebkosten, überlief sie ein abergläubischer Schauer. Sie hatte sich geschworen, ihn noch wenigstens einmal zu lieben. War das dieses schnelle, kopflose Zusammensein bereits gewesen? Maxie versuchte, in eine Zukunft mit vielen berauschenden Begegnungen zu sehen, erblickte aber nichts als die düsteren Nebel der Verzweiflung.

Als sie erneut erschauerte, sagte Robin besorgt: »Dir ist kalt. Höchste Zeit, uns in einen präsentablen Zustand zu bringen, um wieder ins Haus gehen zu können.« Er legte den Arm um ihre Taille und setzte sie behutsam auf den Boden. »Einigermaßen präsentabel wird reichen. Wenn wir makellos rein wirkten, würde uns niemand glauben.«

»Makellose Reinheit ist nicht möglich.« Maxie glättete ihre scharlachroten Röcke. Glücklichweise hatte der Schal die Seide vor dem rauhen Stein geschützt. »Ich hoffe nur, daß im Zweifel alle zu unseren Gunsten annehmen, wir hätten uns lediglich geküßt.«

»Mehr ist selbstverständlich auch gar nicht vorgefallen«, erklärte er mit seiner überzeugendsten Schurkenstimme. »Schließlich bist du ein unschuldiges Mädchen und ich ein Gentleman.«

»Selbstverständlich.« Maxies Haare hatten sich gelöst. Sie fand die Haarklammern, steckte sie wieder fest und hoffte, daß das Ergebnis nicht allzu abenteuerlich wirkte. Sie griff nach dem Wolltuch.

Robin legte den Arm um ihre Schulter, und sie begannen zum Haus zurückzuschlendern. »Ein Grund, weshalb ich mit dir in Ruxton war«, meinte er zögernd, »ist der, daß ich gern wissen wollte, ob es dir gefällt. Mir hat das Haus immer sehr gefallen, obwohl ich höchstens ein halbes dutzendmal dort gewohnt habe. Glaubst du, du könntest dich dort wohl fühlen?«

Maxie dachte an den warmen Stein der Fassade, die grüne Hügellandschaft und die anmutige, anheimelnde Atmosphäre des Hauses. Ruxton wollte endlich ein Zuhause werden, und sie war eine Frau, die sich schon ihr ganzes Leben lang ein beständiges Heim gewünscht hatte.

»Ja«, erwiderte sie mit kaum hörbarer Stimme. »Ja, wenn . . . wenn wir unsere Beziehung zueinander klären können, würde ich mich dort sehr wohl fühlen.«

Ein großes, ein sehr großes »Wenn«.

Kapitel 27

Auf dem Heimweg in der Kutsche wechselten Desdemona und Giles Worte, die jedermann hätte hören können, aber seine starken, zupackenden Hände umfaßten ihre Finger, und sie war geradezu absurd glücklich. So übermütig zufrieden hatte sie sich zum letztenmal als Kind gefühlt.

Als sie vor ihrem Haus angekommen waren, geleitete sie Giles die kleine Treppe zur Haustür hinauf, um dann ihre Oberarme zu umfassen und sie intensiv anzusehen. Einen Moment lang verstärkte sich sein Griff. Sie fragte sich, ob er sie nun küssen würde – mitten auf der Mount Street.

Doch da öffnete ihr Mädchen die Haustür. Er ließ die Hände sinken und sagte schlicht: »Gute Nacht, Desdemona. Es war ein ganz bezaubernder Abend.«

Ja, und es war viel zu früh, ihn zu beenden. »Es ist eigentlich noch nicht spät«, sagte sie. »Willst du nicht noch einige Minuten mit hineinkommen? Vielleicht kann ich dir einen Brandy anbieten?«

Der Marquis zögerte, offensichtlich verdutzt.

Erstaunt über ihre Kühnheit lächelte sie zu ihm auf. »Bitte.«

»Also gut, ein paar Minuten«, sagte er nach einer wenig schmeichelhaften Pause.

Desdemona schickte die Angestellten zu Bett, führte Giles in den Salon und goß Brandy in zwei Gläser. Als sie sich in zwei Sesseln gegenübersaßen, war alle Unbekümmertheit verflogen. Der Marquis musterte sie mit so nachdenklicher Miene, daß es sie verlegen stimmte. Obwohl sie seine Aufmerksamkeit noch eine Stunde zuvor für ausgesprochen positiv gehalten hatte, war sie sich dessen jetzt nicht mehr so sicher. Vielleicht, dachte sie niedergeschlagen, war sein Interesse an mir eine vorübergehende Verirrung, und jetzt fragt er sich, wie er sich mit Anstand zurückziehen kann.

Giles trank seinen Brandy aus und stand auf. »Ich halte es für besser, daß ich mich jetzt verabschiede.«

Desdemona starrte ihn an. Was hatte sie nur falsch gemacht?

»Nun sieh mich doch nicht so an, als hätte ich gerade gegen dein Lehrlingsschutzgesetz gestimmt«, sagte er mit einem humorvollen Funkeln in den Augen.

Desdemona wandte den Blick ab und bemühte sich um eine gelassene Miene. Jedes weibliche Wesen lernte spätestens mit siebzehn, sich seine Gefühle nicht anmerken zu lassen. Aber sie verhielt sich noch jenseits der dreißig wie eine naive Törin.

Giles fluchte unterdrückt. »Das Problem bist nicht du, sondern ich«, erklärte er unverblümt. »Wenn ich bleibe, habe ich immense Schwierigkeiten, meine Hände von dir fernzuhalten – was dir bestimmt nicht gefallen würde. Mit Sicherheit würde es unseren Plänen einer längeren Phase des Kennenlernens zuwiderlaufen.«

Erleichterung durchpulste Desdemona. »Ich glaube kaum, daß du dich in ein lustgeschütteltes Monstrum verwandeln würdest. Und selbst wenn . . .«, sie schenkte ihm ein schüchternes Lächeln, »wäre das ein Risiko, das ich einzugehen bereit bin.«

Lächelnd schüttelte Giles den Kopf. »Vielleicht gelingt es mir, mich wie ein Gentleman zu benehmen, aber ich kann es nicht garantieren.«

»Gut!« erklärte sie tollkühn.

Er lachte. Winzige Fältchen entstanden rund um seine Augen. »Weißt du eigentlich, wie sehr du dich in den letzten zwei Wochen verändert hast?«

»Zum Besseren, wie ich hoffe.«

»Mit Sicherheit.« Er lehnte sich gegen den Kaminsims und verschränkte mit ernstem Gesicht die Arme vor der Brust. »Vielleicht ist es zu früh für einen formellen Heiratsantrag, aber ich möchte, daß du schon einmal über diese Möglichkeit nachdenkst.«

Desdemona sah ihn an, ihre Erleichterung schwand. Ausgelöst durch seine Gesellschaft und seine Bewunderung hatte sie sich offenbar in einer Traumwelt geglaubt. Doch jetzt meldete sich die Wirklichkeit.

Überrascht hob er die Brauen. »Aber das dürfte dich doch kaum überraschen. Wir haben bereits in Daventry andeutungsweise davon gesprochen.«

»Vermutlich dachte ich, du würdest von einem Antrag Abstand nehmen, nachdem du die Chance hattest, es dir noch einmal zu überlegen«, erwiderte sie mit ganz kleiner Stimme.

Er lächelte das bekümmerte Lächeln, das sie so liebte. »Ich bin mir nicht sicher, ob das einen Mangel an Vertrauen in dich oder in mich zeigt.« Sein Lächeln verblich. »Du bist der lebende Beweis dafür, daß eine Frau keinen Ehemann braucht, um ein ausgefülltes Leben zu führen. Selbst wenn du erwägen solltest, erneut zu heiraten, könnte ich verstehen, wenn du dir einen würdigeren Kandidaten wünschst. Sage es mir einfach, und ich werde das Thema nie wieder erwähnen.«

Seine Worte machten Desdemona bewußt, daß sie

nicht die einzige war, die sich unsicher fühlte. »Ich hege keinen Zweifel daran, daß du ein wundervoller Ehemann wärst. Das Problem besteht vielmehr darin, daß . . .«, sie mußte schlucken, »daß ich nicht recht weiß, ob ich eine entsprechende Ehefrau abgeben würde.«

Er fing ihren Blick ein und hielt ihn fest. »Du bist aufrichtig, wunderschön, hast ein gutes Herz und läßt dich nicht gern für dumm verkaufen. Für mich sind das ganz ausgezeichnete Voraussetzungen für eine Ehefrau.«

Desdemona mußte über das lächeln, was er für wichtig hielt, aber ihr Blick entglitt ihm. »Ich weiß nicht, ob ich dir einen Erben geben kann. Es stimmt zwar, daß mein Mann und ich nicht für lange unser Lager miteinander geteilt haben, also bin ich vielleicht nicht unfruchtbar, aber ich habe die dreißig bereits überschritten . . .«

»Das ist unwichtig«, unterbrach er sie scharf. »Ich halte um dich an, weil ich dich zur Frau haben möchte, nicht als Zuchtstute. Es würde mich nicht im geringsten stören, wenn nach mir Robin oder ein Sohn von ihm Wolverhampton erbt.« Tiefer Schmerz erschien in seinen Augen. »Meine Mutter und meine erste Frau sind im Kindbett gestorben. Ich möchte nicht, daß es auch dir geschieht.«

Desdemona blickte auf ihre auf dem Schoß verkrampften Hände. Das Problem mit Halbwahrheiten bestand darin, daß sie keinen rechten Schutz gewährten. Sie hätte wissen müssen, daß die echte Wahrheit nicht zu umgehen war.

Sie zwang sich dazu, ihn anzusehen. »Da gibt es noch einen weiteren, entscheidenderen Grund, aus dem ich befürchte, nicht die richtige Frau für dich zu sein. Du bist ein warmherziger, leidenschaftlicher Mann. Verständlicherweise wünschst du dir eine Frau, die ähnlich empfindet. Aber ich weiß nicht, ob ich dazu fähig bin, eine solche Frau zu sein.«

Sie hoffte, daß er verstand, was sie ausdrücken wollte. Doch dieses Glück war ihr nicht beschieden. »Könntest du das ein bißchen deutlicher erklären?« fragte er nach längerer Pause.

Ihre Schultern senkten sich, ihre Stimme schwankte. »Mein Mann ... sagte immer, neben mir zu liegen wäre so, wie mit einem Eisblock zu schlafen. Jedes Straßenmädchen hätte mehr Leidenschaft als ich.«

Giles durchquerte den Raum, setzte sich auf die Armlehne ihres Sessels und legte seine Arme um sie. »Ganz ruhig, Liebes«, sagte er, drückte seine Wange in ihre Haare und schaukelte sie ganz sanft hin und her. »In einer unglücklichen Ehe entwickeln nur wenige Frauen leidenschaftliche Gefühle. Quäle dich doch nicht selbst – nur wegen der Worte eines egoistischen Kerls.«

Zitternd klammerte sich Desdemona an ihn, aber seine Worte lösten etwas von der jahrelangen Verspannung in ihr.

Sanft strich er ihr über die Haare. »Du bist unglaublich aufrichtig. Es gibt wohl kaum eine zweite Frau in London, die so offen auf ihre angeblichen Nachteile hinweisen würde, wenn ein Marquis ihr einen Heiratsantrag macht.«

Desdemona lehnte sich zurück und sah ihm direkt in die Augen. »Ich bin nicht daran interessiert, einen Marquis zu heiraten. Ich bin an Giles Andreville interessiert, dem liebenswürdigsten, humorvollsten und bestaussehendsten Mann in ganz England.«

Ganz langsam breitete sich ein Lächeln auf Giles' Zügen aus. »Offensichtlich halten wir beide eine Ehe für eine gute Idee. Also, wann wollen wir heiraten?«

Bevor sie antworten konnte, senkte er den Kopf und küßte sie. Ihr bei dem Bekenntnis ihrer Ängste geschwundenes Verlangen kehrte zurück. Sie erwiderte seine Zärtlichkeit und wünschte sich sehnsüchtig, erfahrener zu sein.

Lächelnd hob er den Kopf. »Du küßt nicht gerade wie eine gefühlskalte Frau.« Er stand auf und zog sie zu einer weiteren, sehr langen Umarmung an sich.

Desdemona genoß das Gefühl seines breiten, muskulösen Körpers. Er war der erste Mann, der ihr die nicht unangenehme Empfindung gab, feminin und schwach zu sein. Sie schmiegte sich an ihn und verlor sich in seinem Kuß.

Er löste sich von ihr. Sein Atem ging schnell und abgehackt. »Ich bin davon überzeugt, unsere etwa noch bestehenden Probleme zur gegenseitigen Befriedigung lösen zu können. Du nicht?«

Vielleicht hatte er recht, aber sie wollte nichts riskieren. Ihr Blick richtete sich auf seine Krawatte. »Eine Ehe ist für immer, Giles. Vielleicht ist es ratsamer, so etwas Unwiderrufliches nicht einzugehen, bevor wir nicht ganz sicher sind. Oder besser«, fügte sie erläuternd hinzu, »bis ich sicher bin, meine Aufgaben auch erfüllen zu können.«

»Garantieren wird es nie geben, Desdemona«, entgegnete er ernst. »Ich glaube, es reicht völlig aus, darauf zu vertrauen, daß uns die Liebe sicher geleiten wird.« Er berührte ihre Wange mit einer unglaublich zarten Hand. »Und ich liebe dich. Sogar sehr.«

»Ich liebe dich auch«, hauchte sie. »Aber ich habe nicht soviel Vertrauen wie du. Ich glaube, es wäre besser, wenn . . . wenn wir es zunächst einmal versuchten.«

Er starrte sie an. »Desdemona, machst du mir da etwa ein eindeutiges Angebot?«

Sie nickte, errötete und senkte erneut den Kopf.

Er schlang seine Arme um sie und begann zu lachen. Gekränkt versuchte sie, sich loszureißen.

Aber er hielt sie ganz fest. »Hast du eigentlich eine Ahnung davon, wie erschreckend es für einen Mann ist, gesagt zu bekommen, daß seine ganze Zukunft von einer einzigen Nacht abhängt? Die Vorstellung kann sich ausgesprochen lähmend auswirken.«

Als Desdemona begriff, daß er nicht über sie lachte, sondern über sich selbst und die faszinierende Absurdität der menschlichen Natur, konnte sie in sein Lachen einstimmen. »Es braucht nicht bei einer einzigen Nacht zu bleiben. Wir können uns soviel Zeit lassen wie nötig.« Sie lächelte ihn mutwillig an und schmiegte sich noch näher an ihn. »Es ist zwar sehr lange her, seit ich einem Mann so nahe war, aber wenn mich meine Erinnerung nicht trügt, weisen alle Anzeichen darauf hin, daß du keineswegs gelähmt bist.«

Aufstöhnend intensivierte Giles seinen Griff. »Wollen wir erkunden, ob ich dich nicht davon überzeugen kann, daß du die beste aller möglichen Ehefrauen bist?« Er beugte sich zu einem weiteren Kuß zu ihr, der ihnen beiden den Atem nahm.

Wortlos führte sie ihn die Treppe zu ihrem Schlafzimmer hinauf. Ihr Kopf ruhte an Giles' Schulter, und sie war glücklicher als je zuvor in ihrem Leben.

Als das gutgekleidete junge Paar im *Abingdon Inn* in der Nähe von Covent Garden verschwand, spähte der Besitzer des gegenüberliegenden Tabakladens durch die schmierige Scheibe seines Schaufensters und erinnerte sich blinzelnd an die Beschreibung, die man ihm gegeben hatte. Ein blonder Bursche, fein wie ein Lord, und eine dunkle kleine Taschenformat-Venus. Der alte Mann nickte, Aye, das mußten sie sein.

Er wandte sich an seinen Gehilfen und sagte: »Lauf um die Ecke und sage Simmons, daß die Leute, nach denen ich Ausschau halten sollte, jetzt im *Abingdon* sind. Beeil dich, und wenn er nicht da ist, spür ihn auf. Wenn er rechtzeitig kommt, ist eine halbe Krone für dich drin.«

Und drei Pfund für ihn – abzüglich der halben Krone. Ungeheuer zufrieden gönnte sich der Tabakhändler eine seiner teuersten Zigarren.

Sie waren übereingekommen, daß Robin die Verhandlungen führen sollte, da Männer für gewöhnlich ernster genommen wurden. »Dürfte ich bitte den Wirt sprechen?« fragte Robin den jungen Mann hinter einem Tisch neben der Tür.

Der blickte von der Zeitung auf, in der er gerade las. Nach einem abfälligen Blick auf Maxie erklärte er: »Ich kann Euch ein Zimmer vermieten, aber Ihr müßt für den ganzen Tag zahlen, auch wenn Ihr es nur für eine Stunde benötigt.«

»Wir benötigen kein Zimmer«, entgegnete Robin mit eisiger Stimme. »Ich möchte den Wirt dieses Gasthauses sprechen. Sofort.«

Der junge Mann überlegte, ob er eine patzige Antwort geben sollte, besann sich aber eines Besseren. »Ich werde nachsehen, ob Watson bereit ist, mit Euch zu sprechen.«

Maxie ballte die Fäuste, während sie warteten. Hätte Robins Anwesenheit nicht eine beruhigende Wirkung auf sie ausgeübt, wäre sie die Wände hochgegangen. Sie war froh, nicht mit diesem Jüngling verhandeln zu müssen. In ihrer momentanen Stimmung hätte sie ihm vermutlich den Kopf abgerissen.

Sie schloß die Augen und zwang sich dazu, ruhiger zu atmen. Die Wahrheit wäre allemal besser, als weiter mit der Ungewißheit leben zu müssen.

Der junge Mann kehrte zurück und zeigte mit dem

Daumen über die Schulter. »Den Flur entlang, letzte Tür links.«

Watson war dünn, neigte zur Kahlköpfigkeit und schien von chronischer Gereiztheit beseelt. Ohne sich hinter seinem Schreibtisch zu erheben, bellte er: »Sagt mir, was Ihr wollt – und zwar schnell. Ich bin ein vielbeschäftigter Mann.«

»Mein Name ist Lord Robert Andreville«, sagte Robin kühl. »Vor rund drei Montaen ist einer Ihrer Gäste unerwartet gestorben, ein Mister Collins.«

»Der Amerikaner.« Watsons Gesicht wurde ausdruckslos. »Aye, hat hier den Löffel abgegeben.«

»Könnten Sie uns etwas Näheres über die Umstände seines Todes erzählen?« Als der Wirt nicht reagierte, hakte Robin nach. »Wer hat ihn gefunden? Und zu welcher Tageszeit war das? Lebte Mister Collins noch, als er gefunden wurde? Wurde ein Arzt gerufen?«

»Was geht Euch das an?« knurrte der Gastwirt.

Jetzt konnte sich Maxie nicht mehr beherrschen. »Er war mein Vater. Da habe ich doch sicherlich ein Anrecht darauf, etwas über seine letzten Stunden zu erfahren.«

Watson schwang herum, um sie zu mustern. »Mein Beileid, Miss.« Dann wandte er den Blick wieder ab. »Ein Zimmermädchen hat ihn morgens gefunden. Er war bereits tot. Der Arzt sagte, es müsse sein Herz gewesen sein. Es kam sehr plötzlich.«

»Wie heißt der Arzt?« fragte Robin.

Mit säuerlicher Miene erhob sich Watson. »Ihr habt bereits mehr als genug von meiner Zeit beansprucht. Mehr gibt es nicht zu wissen. Collins ist unter meinem Dach gestorben, das ist alles. Wenn es hier nicht geschehen wäre, dann irgendwo anders – obwohl mir das natürlich sehr viel lieber gewesen wäre. Und jetzt raus hier, ich habe zu arbeiten.«

Maxie öffnete den Mund zu einem Protest, aber Robin packte sie schnell und fest am Arm. »Vielen Dank für Ihre Zeit, Mister Watson.«

Nachdem sie Robin aus dem Zimmer geführt und die Tür hinter ihnen geschlossen hatte, zischte sie: »Ich möchte ihm aber noch mehr Fragen stellen. Er verbirgt doch irgend etwas.«

»Ja, aber mehr hätte er ohne Gewalt nicht gesagt. Doch die anzuwenden wäre unvernünftig gewesen. Es gibt bessere Wege, das zu erfahren, was wir wissen wollen.« Statt wieder nach vorn zum Ausgang des Gasthauses zu gehen, lief Robin in die entgegengesetzte Richtung des Korridors. »Dienstboten wissen stets, was vor sich geht, und vielleicht hat ihnen niemand befohlen, den Mund zu halten.«

Die Tür am Ende des Flurs führte auf einen kopfsteingepflasterten Hof hinaus, der zu drei Seiten von Ställen umgeben war. Maxie folgte Robin zu einer offenstehenden Tür. Dahinter saß ein älterer Stallknecht, fettete Zaumzeug und pfiff unmelodisch durch schiefstehende Zähne.

»Guten Tag, Sir«, rief Robin aufgeräumt.

Der Stallknecht blickte überrascht, aber nicht unfreundlich auf. »Auch Euch einen guten Tag, Sir. Was kann ich für Euch tun?«

»Ich heiße Bob Andreville«, erklärte Robin und streckte dem Mann die Hand entgegen. Sein Akzent war eindeutig amerikanisch geworden, weit mehr als der Maxies. »Ich frage mich, ob Sie schon länger hier arbeiten.«

»An die zehn Jahre.« Nachdem er sich die ölverschmierten Finger an seinen Hosen abgewischt hatte, erwiderte er Robins Handschlag. »Heiße Will Jenkins. Ihr seid Amerikaner?«

»Das bin ich, aber mein Vater stammt aus Yorkshire.

Wäre schon früher gekommen, aber der Krieg ...«, er schüttelte den Kopf. »Verdammt unsinnig, diese Kriege. Amerikaner und Briten sollten doch Freunde sein.«

»Wie wahr«, stimmte der Stallknecht zu. »Ich habe einen Cousin in Virginia. Kommt Ihr vielleicht auch aus diesem Teil der Kolonien?«

In dieser Richtung plauderten die beiden Männer weiter, während Maxie nervös von einem Fuß auf den anderen trat. Aber sie wußte auch, daß sich Robin nur klug verhielt. Von diesem zugänglichen Stallknecht würden sie weit mehr erfahren als von dem unfreundlichen Wirt.

»Ein Freund von mir, Max Collins, kam vor wenigen Monaten nach London«, sagte Robin schließlich. »Kurz bevor ich selbst an Bord ging, hörte ich, daß er gestorben ist, aber nichts über die Umstände. Ich erinnerte mich daran, daß er im *Abingdon Inn* wohnte und dachte, ich versuche etwas für die Familie in Erfahrung zu bringen, wo ich schon mal hier bin.« Er schürzte die Lippen. »Wir hören immer wieder davon, wie gefährlich das Leben in London ist. Wurde er von Dieben überfallen?«

»Durchaus nicht. Mister Collins ist in seinem Bett gestorben.« Jenkins schüttelte seinen ergrauten Kopf. »Sehr traurige Geschichte. Er war ein feiner Gentleman, immer nett und freundlich zu jedermann, selbst zu dem alten Knicker Watson. Da war es ein ziemlicher Schock zu hören, daß er sich umgebracht hat.«

Die Worte trafen Maxie wie ein betäubender Schlag. Während Robin tief durchatmete, ächzte sie: »Nein, so etwas würde Max nie tun.«

»Tut mir leid, daß ich es Euch mitteilen muß, Miss, falls er ein Freund von Euch war«, erwiderte Jenkins mitleidig. »Aber daran besteht kein Zweifel. Der Gentleman hat sich zwar bemüht, es zu vertuschen, aber er ging nicht sorgfältig genug vor. Muß sich über etwas furchtbar erregt und gemeint haben, es nicht mehr ertragen zu können. Fast jedem geht es irgendwann so oder so ähnlich, aber Mister Collins war einer, der auch etwas dagegen unternahm.«

Als Kind hatte sich Maxie bei Tauwetter im Januar einmal auf einen gefrorenen Teich gewagt. Selbst jetzt, zwanzig Jahre später, hatte sie das furchtbare Gefühl nicht vergessen, als das Eis unter ihr nachzugeben begann. Verzweifelt hatte sie sich bemüht, das sichere Ufer zu erreichen, aber nirgendwo gab es Hoffnung, denn überall um sie brach das Eis. Sie war ins eiskalte Wasser gestürzt und wäre fast ertrunken, bis ihr Vater ihre Schreie hörte und sie rettete.

Jetzt waren ihre Gefühle ähnlich wie damals – aber noch tausendmal schlimmer. Was Jenkins gesagt hatte, war unmöglich, unerträglich, und was sie umgab war kein Wasser, sondern unsäglicher Schmerz.

Kopflos wirbelte sie herum, verließ den Hof und rannte davon. Sie hörte, daß Robin ihren Namen rief, aber seine Stimme klang fern, bedeutungslos.

Als sie aus der Nebengasse auf die Straße raste, stieß sie mit einem Mann zusammen, der nach Zwiebeln roch. Sie verlor ihre Schute und wäre um ein Haar gestürzt. Aber es gelang ihr, das Gleichgewicht zu bewahren. Blind für den Verkehr stürzte sie auf die Straße.

Ein Pferd wieherte auf, jemand packte sie am Arm und riß sie gerade rechtzeitig vor den Hufen des verschreckten Tieres zurück.

Ihren Retter ignorierend riß sie sich los und rannte weiter, als gäbe es irgendwo einen Ort, an dem die Vergangenheit anders war, an dem sie nicht glauben mußte, daß sich ihr Vater das Leben genommen haben könnte. Sie strauchelte und schlug der Länge nach schwer auf das Pflaster. Der Sturz nahm ihr den Atem, aber dort, wo ihre Knie und Handflächen auf das rauhe Pflaster geprallt waren, empfand sie absolut nichts.

Stolpernd kam sie wieder auf die Füße und wollte ihre Flucht fortsetzen, als starke Hände sie ergriffen. »Um Himmels willen, Maxie!« hörte sie Robins vertraute Stimme. »Halt an, bevor du dich noch umbringst!«

Sie versuchte ihm zu entkommen, aber er ließ sie nicht los. Während er sie fortzerren wollte, ballte sie die Fäuste und schlug nach ihm. »Mein Vater hätte sich nie getötet und mich allein gelassen!« schrie sie, während ihr die Tränen über die Wangen liefen. »Er hat das Leben geliebt, er hat mich geliebt. So etwas hätte er nie getan!«

Robin wußte, daß sie damit vor allem sich selbst überzeugen wollte. Er versuchte, ihre Fäuste wirkungslos zu machen, indem er ihre Arme mit eisernem Griff festhielt. Aber sie wehrte sich weiterhin verzweifelt.

Als ihn einen ihrer Ellbogen mit voller Wucht in den Magen traf, ächzte er schmerzgepeinigt auf. Es war gefährlich, sie gegen ihren Willen festzuhalten, aber mehr Gewalt wagte er nicht auszuüben. »Wir wissen, was wirklich geschehen ist, Kanawiosta«, sagte er scharf, um sie endlich ein wenig zu beruhigen. »Vielleicht hat sich Jenkins geirrt. Wir müssen mehr in Erfahrung bringen.«

Sie gab einen qualvollen Laut von sich und wehrte sich nicht mehr, aber ihr zierlicher Körper zitterte und bebte in seinen Armen. Irgendwie wußte er, daß seine Worte genau das Gegenteil des von ihm Angestrebten bewirkt hatten. Anstatt sie davon zu überzeugen, daß sich der Stallknecht auch geirrt haben konnte, hatten sie es ihr unmöglich gemacht, die Wahrheit zu verdrängen.

Er empfand unbeschreibliches Mitgefühl, wußte aber auch, daß sie sich in ihrer eigenen Hölle befand, zu der er keinen Zugang fand, wenn sie es ihm nicht gewährte. Ungeachtet der neugierigen Zuschauer sprach er weiter leise und begütigend auf sie ein und hoffte, daß sie sein Tonfall beruhigte, wenn sie auch die Worte nicht verstand.

Dann ließen seine in den gefährlichen Jahren auf dem Kontinent geschärften Instinkte Robin hochblicken. Ein paar Häuser entfernt, auf der anderen Straßenseite stand Simmons. Seine Miene war ausdruckslos.

Himmel, warum mußte dieser Lump ausgerechnet jetzt auftauchen? Robin winkte eine vorbeikommende Mietkutsche heran. Als sie neben ihm hielt, riß er Maxie in die Arme und schob sie trotz der energischen Proteste eines Kaufmanns in die Polster, der behauptete, die Kutsche als erster herangewinkt zu haben. »Nach Mayfair, so schnell Sie können«, rief er dem Kutscher zu. »Wenn Sie es in der Hälfte der Zeit schaffen, bekommen Sie fünf Pfund extra.«

Während die Kutsche anruckte, setzte sich Robin und nahm Maxie in die Arme. Dann flehte er um die nötige Einsicht, ihr so helfen zu können, wie sie ihm geholfen hatte.

Simmons starrte der davonrumpelnden Kutsche finster nach. Offenbar hatte das Mädchen die Wahrheit erfahren und nahm sie noch schwerer auf, als ihr Onkel befürchtet hatte. Er winkte einen verwahrlosten Straßenjungen zu sich heran, der gelegentlich für ihn tätig war. »Finde heraus, wohin sie fahren.«

Der Junge flitzte der Kutsche hinterher. Als er sie erreicht hatte, sprang er behende hinten auf und duckte sich so, daß ihn der Kutscher nicht sehen konnte.

Sobald der Bursche zurückgekehrt war, könnte Simmons Collingwood zumindest mitteilen, wo seine Nichte wohnte. Das war zwar nicht viel, aber alles, was er bei diesem ansonsten katastrophalen Auftrag herausfinden konnte.

Maxie war zwar bei Bewußtsein, stand aber unter Schock. Sie erschauerte wie vor Kälte, zitterte am ganzen Körper und schien Robins Gegenwart überhaupt nicht wahrzunehmen. Er hielt sie auf dem ganzen Weg zum Candover House auf dem Schoß und versuchte erfolglos, sie mit seinem Körper zu wärmen.

Als sie erstmals den Tod ihres Vaters erwähnt hatte, war Robin die Möglichkeit eines Selbstmords durch den Kopf gegangen, weil das eine plausible Erklärung für Collingwoods Geheimniskrämerei gewesen wäre. Und was hatte Maxie in Ruxton im Zusammenhang mit ihrem Unvermögen gesagt, nicht in die Zukunft blicken zu können? Sie hatte von einer Möglichkeit gesprochen, die buchstäblich undenkbar wäre. Da sie ihren Vater besser kannte, als jedermann sonst, wäre ihr nicht einmal im Traum eingefallen, daß er sich das Leben nehmen könnte. Und doch hatte er es getan, und dieses Wissen hatte sie in tiefste Verzweiflung gestürzt.

Am Candover House angekommen, trug Robin Maxie an einem verdutzten Butler vorbei ins Haus und rief über die Schulter hinweg nach heißem Wasser, Handtüchern, Salben und Verbänden. Dann trug er sie die Treppe hinauf, legte sie aufs Bett und zog ihr das zerrissene Muselinkleid und die zerfetzten Strümpfe aus. Er scherte sich keinen Deut um Anstand und Schicklichkeit.

Als ein Mädchen die verlangten Dinge brachte, schickte er es sofort wieder aus dem Zimmer. Er wusch behutsam Blut und Verunreinigungen von Maxies Knien und Handflächen. Keine der Verletzungen war ernst genug, um verbunden werden zu müssen, aber mit Sicherheit schmerzte es teuflisch, als er Salbe auf die Abschürfungen auftrug.

Aber sie leistete keinen Widerstand, lag nur passiv da und vermied es, ihn anzusehen. Als er fertig war, drehte sie sich auf die Seite und verbarg den Kopf in den Kissen.

Robin deckte sie zu und legte eine Hand auf ihre verkrampfte Faust. »Kann ich vielleicht noch irgend etwas für dich tun?«

Fast unmerklich schüttelte sie den Kopf.

»Kanawiosta, als ich meinen Alptraum hatte, hast du mir gesagt, daß Leid leichter zu ertragen ist, wenn man sich jemandem anvertraut«, sagte er leise. »Darf ich denn gar nichts für dich tun?«

»Jetzt nicht.« Ihre erstickte Stimme war nahezu unhörbar. »Ich bin traurig.«

»Soll ich gehen?«

Sie nickte.

Schweren Herzens stand Robin auf. Trotz ihrer Zierlichkeit hatte sie nie zerbrechlich gewirkt, doch nun sah die kleine Gestalt unter der Decke unendlich hinfällig und verletzlich aus. Er versuchte nicht, seine Gefühle zu definieren. Er wußte nur, daß er bereit war, alles hinzugeben, wenn das ihren Schmerz linderte.

In dem Bedürfnis, seiner Zärtlichkeit unbedingt Ausdruck zu verleihen, strich er ihr so sanft über die Haare, daß sie es gar nicht bemerkte. Dann zwang er sich zum Verlassen des Zimmers.

Draußen auf dem Flur wartete die Herzogin auf ihn. »Was ist geschehen?« fragte sie jetzt leise.

Seufzend fuhr er sich mit beiden Händen durch die Haare. »Offenbar hat Maxies Vater seinem Leben selbst ein Ende bereitet.«

»O mein Gott.« Margots Gesicht erbleichte. Da sie ihren geliebten Vater unter tragischen Umständen verloren hatte, konnte sie Maxies Schmerz gut verstehen.

»Ich wünschte, ich könnte irgend etwas tun.« Robins Lippen verzogen sich. »Aber sie will nur allein gelassen werden.«

»Gib ihr die Zeit, den Schock zu überwinden«, riet Margot. »Trauer ist eine sehr einsame Sache. Manchmal muß man tief in sich gehen, bevor man den Trost anderer annehmen kann.«

»Ich bin sicher, daß du recht hast.« Er versuchte zu lächeln. »Aber es fällt mir nicht leicht, sie in diesem Zustand zu sehen.«

»Liebe tut weh, Robin.« Und in dem Bemühen, ihm seine Situation mit einem Scherz zu erleichtern, fügte sie hinzu: »Hunger auch, und ich habe neuerdings häufig Appetit. Komm, trink eine Tasse Tee mit mir.« Sie nahm seinen Arm und führte ihn entschlossen ins Morgenzimmer.

Tee war nicht viel, aber besser als gar nichts.

Kapitel 28

NAHEZU SCHWEIGEND TRANKEN sie ihren Tee, als der Butler eintrat und Margot eine Visitenkarte überreichte. Sie runzelte die Stirn. »Lord Collingwood ist hier.«

»Könnten wir ihn gemeinsam empfangen?« fragte Robin. »Ich habe ein großes Interesse an allem, was er zu sagen hat.«

»Selbstverständlich.«

Der Butler verließ den Raum und kehrte wenige Minuten später mit dem Besucher zurück. Lord Collingwoood war ein hochgewachsener Mann mit einen schmalen, erschöpften Gesicht. »Verzeihen Sie mein Eindringen, Herzogin«, sagte er, nachdem er sich vor Margot verbeugt hatte, »aber ich habe Anlaß zu der Annahme, daß sich meine Nichte Miss Maxima Collins in Ihrem Haus aufhält. Ich würde sie gern sehen.«

»Sie ist hier«, gab Margot zu, »aber sie fühlt sich nicht wohl und empfängt keine Besucher. Möchten Sie ihr vielleicht eine Nachricht hinterlassen?«

Während Collingwood zögerte, fiel sein Blick auf Robin, der sich unauffällig auf eine Seite des Raums zurückgezogen hatte. Er zog die Augen zusammen. »Meine Nichte reiste mit einem Mann, dessen Beschreibung auf Sie zutrifft.«

Robin neigte den Kopf. »Ich bin Lord Robert Andreville.«

»Wolverhamptons Bruder?«

»Derselbe.«

Collingwood schüttelte ungläubig den Kopf. »Und ich habe mir Sorgen gemacht, daß das Mädchen von irgendeinem Schurken entführt worden ist.«

»Adlige Herkunft ist kein Beweis gegen Schurkerei«, bemerkte Robin trocken. »Meine Absichten im Hinblick auf Miss Collins waren jedoch durchaus ehrenhaft. Wir sind uns zufällig begegnet. Und da mir die Gefahren bewußt waren, denen sie sich unterziehen wollte, bot ich ihr meine Begleitung an, damit sie London wohlbehalten erreicht.« Während er sprach, musterte er Collingwood. Bei genauerem Hinsehen konnte man eine schwache Ähnlichkeit mit seiner Schwester entdecken, obwohl er ein seriöserer, konventionellerer Mensch als Lady Ross zu sein schien. Er wirkte wie der perfekte englische Gentleman und keineswegs so, als wäre ihm zuzutrauen, einen unbequemen Bruder zu ermorden. Kein Wunder, daß Maxie nicht glauben wollte, daß er zu so etwas fähig sein könnte.

»Auf jeden Fall haben Sie meine Nichte vor dem Erkunder aus der Bow Street geschützt, den ich ihr nachgeschickt hatte«, entgegnete Collingwood mit einem Hauch Belustigung in der Stimme.

»Großer Gott, Simmons ist ein Erkunder?« Nach einem Moment der Verblüffung mußte Robin lachen. »Das hätte ich vermuten müssen. Maxie und ich hielten ihn für einen Ganoven.«

»Erkunder und die von ihnen verfolgten Verbrecher ähneln einander häufig«, stimmte Collingwood zu. »Aber

Ned Simmons ist einer der Besten aus der Bow Street. Ich hatte ihn damit beauftragt, Nachforschungen nach dem Tod meines Bruders anzustellen und die Angelegenheit so diskret wie möglich zu behandeln. Abgesehen von einem möglichen Skandal wollte ich verhindern, daß Max die Bestattung in geweihter Erde verwehrt wird. Zufällig hielt sich Simmons gerade im Norden auf, als meine Nichte unser Haus verließ. Daher bat ich ihn, sie zurückzuholen.«

Nachdem ihm Margot einen Sessel angeboten hatte, fuhr Collingwood unbehaglich fort: »Wie ich von Simmons hörte, war meine Nichte nach dem Besuch im *Abingdon Inn* sehr erregt.«

Robin nickte. »Sie erfuhr, daß ihr Vater seinem Leben ein Ende gesetzt hat. Der Wirt hat nichts gesagt – vermutlich wurde er von Simmons für sein Schweigen bezahlt –, aber ein Reitknecht erzählte es uns. Maxie ist sehr erschüttert.«

»Das hatte ich befürchtet.« Collingwood seufzte tief auf. »Sie hat Max sehr geliebt. Ich habe meinen Bruder um seine Tochter beneidet. Meine eigenen Töchter . . .« Er brach ab, fuhr dann aber fort: »Ich wollte Maxima diesen Schock ersparen. Deshalb versuchte ich, sie an der Reise nach London zu hindern.«

»Aber es war gerade Ihr Bemühen, die Wahrheit zu vertuschen, die Maxie veranlaßte, eigene Nachforschungen anzustellen«, erläuterte Robin leicht ironisch. »Maxie hörte zufällig eine Unterhaltung zwischen Ihnen und Ihrer Frau mit an, die darauf hindeutete, beim Tod ihres Vaters könnte es nicht mit rechten Dingen zugegangen sein.«

»Also das war es. Zunächst nahm ich an, sie hätte sich spontan zu einem Besuch meiner Schwester Lady Ross entschlossen. Aber als meine Schwester dann in Durham auftauchte, erkannte ich, daß ich tatsächlich Grund zur Sorge hatte. Und mit jedem Bericht, den mir Simmons schickte, wurde ich unruhiger. Ich freue mich, daß dem Mädchen nichts zugestoßen ist.« Er verzog das Gesicht. »Aber nun, da ich keine Angst um ihr Leben mehr zu haben brauche, kann ich mich um ihren guten Ruf sorgen.«

»Niemand braucht zu erfahren, auf welche Weise sie nach London gekommen ist«, mischte sich die Herzogin ein, »also ist ihr guter Ruf völlig unangetastet. Das eigentliche Problem ist ihre Reaktion auf den Tod ihres Vaters.«

»Ich habe ein paar angenehmere Nachrichten für sie.« Collingwood musterte Robin. »Ich nehme an, Sie betrachten sich als ihren Beschützer?«

»Sie vermuten richtig.«

»Dann kann ich Ihnen vielleicht auch anvertrauen, daß Maxima geerbt hat. Es handelt sich zwar nur um eine jährliche Apanage von fünfhundert Pfund, aber sie sollte ausreichen, sie hier oder in Amerika der dringendsten Sorgen zu entheben.«

Robin hob die Brauen. Trotz Collingwoods untertreibenden Worten handelte es sich um eine erhebliche Summe. »Von wem hat sie geerbt? Sie sagte, ihr Vater hätte ihr nichts hinterlassen.«

»Unsere Tante Maxima, Lady Clendennon, war Max' Patentante. Sie hat ihn sehr gern gehabt. Obwohl sie häufig betonte, was für ein Tunichtgut er doch sei, sagte sie das stets mit einem Lächeln.« Collingwood seufzte. »Wäre Max so besonnen wie charmant gewesen, hätte er Premierminister werden können. Tante Maxima wußte, wie unsinnig es wäre, Max Geld zu hinterlassen, daher entschloß sie sich statt dessen zu einem Vermächtnis für seine Tochter. Nach ihrem Tod im vergangenen

Winter schrieb ihr Anwalt meinem Bruder nach Boston, woraufhin dieser nach England zurückkehrte. Da der Anwalt mit der Vollstreckung des Testaments zögerte, beschloß Max, nach London zu fahren, um mit ihm persönlich zu sprechen.«

»Warum hat Ihr Bruder Maxie nichts davon erzählt? Ich stand unter dem Eindruck, daß sie ihre finanziellen Dinge selbst regelte.«

»Um Maxima eine Enttäuschung zu ersparen, verbot mir Max, ihr etwas zu sagen, bevor die Angelegenheit endgültig geregelt war«, erläuterte Collingwood. »Wie sich herausstellte, hat meine Tante bestimmt, daß Maxima ihr Erbe frühestens mit dem fünfundzwanzigsten Geburtstag antreten kann und das Geld danach treuhänderisch verwaltet wird, solange Max lebt. Offensichtlich um ihn daran zu hindern, das Erbe seiner Tochter zu verschleudern. Nach Max' Tod war das bedeutungslos geworden, aber der augenblickliche Lord Clendennon hat den Anwalt gedrängt, nach Mitteln und Wegen zu suchen, um Maxima zu diskreditieren. Ich fürchte, mein Cousin ist ein geldgieriger Teufel, und das Vermächtnis fällt an ihn, wenn Maxima nicht erbt. Als Clendennon kürzlich erfuhr, daß Maximas Mutter Indianerin war, deutete er an, sie könnte illegitim sein, das Produkt einer beiläufigen Beziehung und möglicherweise gar nicht Max' Tochter.«

Robin pfiff leise durch die Zähne. »Ich kann es Ihnen nicht verdenken, daß Sie Maxie davon nichts sagen wollten. Sie wäre außer sich geraten.«

»Berechtigterweise. Nach Clendennons Anspielungen ließ ich meinen Anwalt in dieser Sache an einen Kollegen in Boston schreiben. In der letzten Woche erhielt ich eine Kopie der Heiratsurkunde meines Bruders. Max und seine Frau wurden von einem anglikanischen Pfarrer getraut, also ist Maximas Geburt einwandfrei legitim.« Collingwood zeigte ein feines, zufriedenes Lächeln. »Aber selbst wenn es keine christliche Trauung gegeben hätte, wäre von mir das Argument gekommen, daß Maximas Eltern nach den Gesetzen des Volkes ihrer Mutter verheiratet waren. Damit hätte eine Illegitimität die Annahme des Erbes nicht verhindert. Aber Clendennon hätte sie als Grund für eine gerichtliche Auseinandersetzung nehmen können, die nur Zeit und Geld kostet. So ist es wesentlich einfacher.«

»Sie haben beträchtliche Anstrengungen im Interesse Ihrer Nichte unternommen.«

»Selbstverständlich. Sie gehört schließlich zur Familie. Abgesehen davon gefällt mir das Mädchen. Ich wünschte, meine Töchter hätten ein wenig von ihrem Temperament.« Zum ersten Mal lächelte Collingwood wirklich. »Aber nur ein wenig. Maxima war bestimmt nicht leicht zu erziehen. Ein Exzentriker wie Max war ein besserer Vater für sie.« Er stand auf. »Ich wohne für einige Tage im *Clarendon* und würde Maxima gern vor meiner Rückkehr nach Durham sehen. Würden Sie ihr bitte sagen, daß ich hier war?«

»Selbstverständlich«, erwiderte Robin. »Möchten Sie Maxie selbst von der Erbschaft erzählen?«

Der Viscount hob die Schultern. »Wie es Ihnen beliebt. Wenn Sie glauben, es könnte sie aufheitern, erzählen Sie es ihr. Ich habe diese ganze Angelegenheit bisher eher verwirrt als geklärt, fürchte ich.«

»Maxie kann sich glücklich schätzen, einen so fürsorglichen Onkel zu haben«, entgegnete Robin. »In Anbetracht der Zurückhaltung, die Sie sich auferlegen mußten, hätte es vermutlich keine klarere Lösung gegeben.«

»Vielen Dank.« Collingwoods Miene heiterte sich ein wenig auf, und er verabschiedete sich.

Nachdem sich die Tür hinter Collingwood geschlossen hatte, sah Margot Robin nachdenklich an. »Können wir diese Geschichte irgendwie beweisen?«

»Wahrscheinlich nicht hundertprozentig, aber mit ein paar mehr Informationen kann ich mir sicher ein zutreffendes Bild verschaffen.« Froh darüber, endlich etwas für Maxie tun zu können, lief Robin auf die Tür zu. »Und damit sollte ich auf der Stelle anfangen. Ich weiß noch nicht, wann ich zurückkomme.«

»Ich gebe dir einen Haustürschlüssel. Auf diese Weise brauchst du nicht den Einbrecher zu spielen, falls du sehr spät zurückkehrst«, sagte Margot. »Ich achte auf Maxie und sorge dafür, daß sie nichts Unüberlegtes unternimmt. Laß mich wissen, wenn ich sonst noch etwas tun kann.«

»Vielen Dank«, lächelte er, »aber ich weiß bereits, woher ich die Unterstützung bekomme, die ich brauche.«

Die Tür stand offen, also klopfte Robin nur flüchtig an und trat ein. Zerstreut blickte Lord Strathmore von seinem Schreibtisch hoch, stand dann aber lächelnd auf. »Ich freue mich, daß du nach Whitehall zurückgekehrt bist, Robin. Der gestrige Abend war sehr angenehm, aber wir hatten kaum Zeit, miteinander zu sprechen.«

»Heute wird es nicht besser.« Nachdem sie einander die Hände geschüttelt hatten, nahm Robin seinem Cousin gegenüber Platz. »Ich bin nur gekommen, um dich um deine Hilfe zu bitten.«

»Jederzeit«, erwiderte Lucien. »Um was geht es?«

»Ich möchte Nachforschungen über einen Selbstmord anstellen, der sich vor zwei, nein eher drei Monaten in der Nähe von Covent Garden ereignet hat.«

Lucien runzelte die Brauen. »Geht es um den Vater deiner Freundin Maxie?«

Robin nickte. Auch sein Cousin verstand es meisterhaft, bruchstückhafte Fakten logisch zusammenzufügen. »Sie ist verzweifelt, denn sie haben einander sehr nahe gestanden. Ich möchte soviel wie möglich über die Umstände seines Todes herausfinden, um es ihr zu erleichtern, sich damit abzufinden. Ich möchte mit dem Zimmermädchen reden, die den Toten gefunden, mit dem Arzt, der seinen Tod beurkundet sowie jeden, den er in London aufgesucht hat. Und das alles möglichst noch heute.«

»Soll ich dich vielleicht begleiten? Zu zweit erreichen wir bestimmt mehr – und das schneller.«

Robin warf einen Blick auf die Akten auf dem Schreibtisch. »Bist du denn nicht beschäftigt?«

»Das kann warten.«

»Gut. Da ich mich in London nicht mehr allzugut auskenne, brauche ich alle Hilfe, die ich bekommen kann.« Robin runzelte die Stirn. »Es gibt da einen Erkunder aus der Bow Street, einen gewissen Ned Simmons, den die Familie Collins beauftragt hat, die ganze Angelegenheit vertraulich zu behandeln. Wenn ich den finden kann, weiß er unter Umständen bereits viel von dem, was ich erst in Erfahrung bringen will.«

Lucien nickte. »Ich kenne Simmons, er arbeitet sehr gründlich. Er besucht häufig eine Schenke nahe Covent Garden. Mit ein wenig Glück treffen wir ihn dort an.«

Robin stand auf und dachte, daß alles viel leichter zu gehen schien, als er befürchtet hatte.

Auch Lucien erhob sich und holte sich einen Spazierstock aus der Ecke des Raums, zögerte dann aber. »Da gibt es noch etwas, was ich dir gern sagen würde, Robin.«

»Ja?«

Sein Cousin spielte mit der Messingkrücke des Spazierstocks. »Seltsam«, sagte er dann, »seit Jahren habe ich heftige Gewissensbisse, und nun weiß ich offenbar nicht, wie ich mich ausdrücken soll.« Seine grünen Augen blickten Robin ernst an. »Wahrscheinlich möchte ich nur wissen, ob du es mir verübelst, dich zu einer Spionage-Laufbahn überredet zu haben.«

»Du hast mir nicht gerade ein Messer an die Kehle gesetzt, Lucien«, entgegnete Robin überrascht. »Es war meine eigene Entscheidung.«

»Ja, aber ich war mir nicht bewußt, um was ich dich bat.« Lucien seufzte. »Damals kam es mir eher wie ein belangloses Abenteuer vor. Du warst gescheit und hattest eine ausgesprochene Begabung für Sprachen. Es wäre ein Kinderspiel für dich, auf dem Kontinent zu bleiben und das britische Spionagenetz für halb Europa zu koordinieren. Wir beide würden Bonaparte schon in die Knie zwingen. Wer hätte damals angenommen, daß sich der Krieg noch weitere zwölf Jahre hinziehen würde?«

»Mach dir doch keine Vorwürfe, mich in meiner Unvernunft unterstützt zu haben«, sagte Robin lächelnd. »Du bist nur zwei Jahre älter als ich. Natürlich konntest du nicht wissen, was auf uns zukam. Ich war und bin für mein Leben allein verantwortlich.«

»Giles denkt nicht so«, erwiderte Lucien trocken. »Ich glaube, er wird mir die Rolle nie verzeihen, die ich bei deiner Laufbahn gespielt habe. Aber das eigene Leben zu riskieren, ist nicht das Schlimmste für einen Spion. Das Schlimmste ist der psychische Preis, den man dafür zu zahlen hat, in einem undurchsichtigen Krieg zu kämpfen.«

Lucien schob den Spazierstock rastlos zwischen den Händen hin und her. »Ich habe durchaus meine Erfahrungen in dieser Hinsicht gemacht, aber wenigstens verbrachte ich den größten Teil meiner Zeit im vergleichsweise zivilisierten England. Meine Vergehen betrafen in den meisten Fällen weit entfernte und mir unbekannte Menschen. Was du getan hast, war weitaus schwieriger.«

Berührt von der Fürsorglichkeit seines Cousins fragte Robin: »Bereust du dein Angebot an mich, für das Auswärtige Amt zu arbeiten, oder tut es dir leid, daß ich angenommen habe?«

»Das ist ja das Verteufelte.« Lucien lächelte selbstironisch. »Als Verantwortlicher für den Nachrichtendienst kann ich nicht bedauern, was du getan hast – deine Tätigkeit war immens wichtig und erfolgreich. Vermutlich wünsche ich mir nur, ich würde mich nicht so verdammt schuldig fühlen.«

Robin lachte. Mit Schuldgefühlen kannte er sich aus. »Falls es dir um eine Absolution geht, Lucien, die gebe ich dir gern. Ich muß zwar zugeben, daß ich mich oft genug mehr als unwohl in meiner Haut gefühlt habe, aber in den letzten Wochen ist es mir gelungen, mit meiner verwerflichen Vergangenheit ins reine zu kommen. Zwar werde ich nie stolz auf das sein, was ich getan habe, aber ich hadere zumindest nicht mehr mit mir selbst.« Irgendwie hatte er das Gefühl, daß er Maxies Worte wiederholte.

Lucien musterte ihn aufmerksam. »Nach meinen Erfahrungen kann die richtige Frau für den Seelenzustand Wunder wirken.«

»In der Tat. Und jetzt ist es an der Zeit, mich dieser richtigen Frau erkenntlich zu erweisen. Wollen wir gehen?«

Kapitel 29

CANDOVER HOUSE LAG in tiefem Schlummer, als Robin zurückkehrte. Mit der Hilfe von Lucien und des verblüfften, aber zugänglichen Simmons hatte er alle nötigen Informationen erhalten. Vielleicht wäre Maxie morgen bereit, ihm zuzuhören.

Er öffnete die Tür mit dem Schlüssel, den ihm Maggie gegeben hatte. Gerade hatte er die massive Tür wieder verschlossen, als seine Instinkte ein Warnsignal aussandten. Er lauschte einen Moment lang intensiv in die Stille, spannte alle Sinne an und erkannte dann, was nicht stimmte. Obwohl der gesamte Haushalt schlief, roch er im Erdgeschoß Tabak, in dem keine Schlafzimmer lagen.

Vermutlich hatte das nichts anderes zu bedeuten, als daß ein Diener beim Abschließen der Tür geraucht hatte oder daß Rafe so spät noch arbeitete. Dennoch folgte Robin dem Geruch bis zur Bibliothek, unter deren Tür ein schmaler Lichtschimmer hervordrang.

Leise trat er ein. Maxie saß in einem Sessel vor einem kleinen Tisch. Ihre glatten, rabenschwarzen Haare fielen ihr über die Schultern, ihr Blick war abwesend auf eine Rauchspirale glimmenden Tabaks gerichtet. Robin war froh, daß sie ihr Zimmer verlassen hatte, aber ihr leerer Gesichtsausdruck schmerzte ihn. Vielleicht konnten seine Erkenntnisse sie wieder beleben.

Ohne Überraschung blickte sie auf. »Guten Abend. Hast du London durchstöbert?«

»Ja.« Er durchquerte den Raum und setzte sich auf einen Sessel neben ihr. Da ihre Füße nackt waren und sie nur eine leichte Robe über ihrem Nachthemd trug, streifte er seinen Rock ab, entnahm ihm ein paar zusammengefaltete Schriftstücke und reichte ihn ihr. »Du mußt doch frieren. Zieh den an.«

Mechanisch nahm sie das Kleidungsstück entgegen und legte es sich um die Schultern. Sie verschwand fast in den dunklen Stoffalten.

»Ich habe ein paar Dinge erfahren, die dich vielleicht interessieren«, sagte Robin. »Willst du sie jetzt hören oder soll ich damit warten?«

Sie hob vage die Hand. »Das ist mir gleichgültig. Jetzt, wenn es dir lieber ist.«

Er fragte sich, ob er sie aus ihrer Lethargie reißen konnte. »Lord Collingwood war heute hier. Seine Menschenkenntnis mag vielleicht kläglich sein, aber er hat Simmons aus durchaus lauteren Motiven damit beauftragt, dich von London fernzuhalten. Simmons ist ein Erkunder aus der Bow Street.«

Maxie ließ weitere Tabakkrümel aus einer Nußbaumschatulle auf den glimmenden Haufen im Aschenbecher fallen. »Was ist ein Erkunder?«

»Eine Art Helfer der Polizei. Die meisten von ihnen arbeiten für den Magistrat von Westminster, der in der Bow Street ansässig ist. Aber sie können auch von Privatleuten mit besonderen Aufgaben betraut werden. Und genau das hat dein Onkel getan.«

Maxie nickte desinteressiert.

»Collingwood berichtete uns, daß dir deine Großtante

Maxima eine jährliche Apanage von fünfhundert Pfund hinterlassen, aber bestimmt hat, daß du dieses Geld erst im Alter von fünfundzwanzig Jahren und nach dem Tod deines Vaters erhältst. Anscheinend hatte deine Großtante gewisse Bedenken, was die Zuverlässigkeit deines Vaters in finanziellen Dingen anbelangt.«

Ein kaum sichtbares Lächeln erzitterte auf Maxies Lippen. »Berechtigterweise. In wirtschaftlicher Hinsicht war Max ein hoffnungsloser Fall. Geld hat ihn nicht interessiert.«

Robin holte tief Luft und beschloß, zum Kern der Dinge vorzustoßen. »Auch wenn er dir nichts davon erzählt hat, war der Gesundheitszustand deines Vaters in letzter Zeit offenbar bedenklich. Als er nach London kam, hat er nicht nur den Anwalt deiner Großtante Maxima wegen des Erbes, sondern auch zwei Ärzte aufgesucht. Beide erklärten, daß dein Vater ein schwaches Herz hatte. Es ist vorstellbar, daß dein Vater daraufhin befürchtete, nicht mehr das Leben führen zu können, das er gewohnt war.«

Endlich hob Maxie den Kopf und sah ihn an, aber sie sagte kein Wort. Sie schien kaum zu atmen.

»Ich habe mich auch mit anderen Menschen unterhalten, mit denen sich dein Vater hier in London getroffen hat.« Robin griff zu den Papieren, die er seinem Rock entnommen hatte, und legte sie auf den Tisch. »Aufgrund der hierin enthaltenen Details möchte ich darauf schwören, daß dein Vater beschloß, seinem Leben ein Ende zu setzen, damit du sofort in den Genuß der Erbschaft kommst und um dir zu ersparen, ihn bis zu seinem Tod pflegen zu müssen. Er wußte, daß dein Onkel für dich sorgen würde, also ließ er dich nicht schutzlos zurück.«

Maxie begann am ganzen Körper zu zittern und fuhr sich mit der Zunge über die trockenen Lippen. »Wie ... wie hat er es getan?«

»Mit einer riesigen Dosis Digitalis, einer Herzmedizin, die in großen Mengen wie Gift wirkt. Beide Ärzte hatten ihm Digitalis gegeben, aber geraten, vorsichtig damit umzugehen, da es tödliche Folgen haben könnte. Sehr wahrscheinlich ging dein Vater davon aus, genügend Zeit zu haben, sich der Flaschen zu entledigen, doch das Gift wirkte sehr schnell. Wenn ihm ein wenig mehr Zeit geblieben wäre, hätte niemand etwas anderes als einen natürlichen Tod vermutet.«

Robin ließ ihr Zeit, das Gehörte in sich aufzunehmen, dann fuhr er fort: »Dein Vater hat dich rücksichtslos alleingelassen, weil er dich liebte. Ich glaube, er wollte dir mit seinem Tod die Sicherheit geben, die er dir im Leben nicht geben konnte. Offenbar wußte er nicht, daß du sehr viel lieber jede Stunde der Zeit, die ihm noch blieb, mit ihm verbracht hättest, aber seine Tat entsprang der Liebe.«

Maxie verbarg das Gesicht in den Händen und flüsterte: »Ich weiß zwar nicht warum, aber das ist mir unendlich wichtig.«

»Du und dein Vater, ihr wart eine Einheit«, sagte Robin leise. »Unabhängig davon, wie beleidigend Fremde auch waren, wie oft du wegen deiner Mohawk-Abstammung verspottet wurdest, hast du immer gewußt, daß dein Vater dich liebt. Die Vorstellung, er könnte sich das Leben ohne einen Gedanken an dich genommen haben, hätte für dich bedeutet, daß dein ganzes Leben auf einer Lüge beruhte.«

Maxie hob den Kopf und wischte sich die Tränen mit dem Handrücken ab. »Woher weißt du das, wo ich es selbst nicht wußte?«

»Als du tief in die dunklen Bereiche meiner Seele eingedrungen bist, hast du dich auch mir geöffnet«, sagte er, stand auf und legte ihr die Hände auf die Ohren.

»Wenn eine Frau trauert, kann sie nicht hören«, zitierte er. »Laß diese Worte die Hindernisse beseitigen, damit du wieder hören kannst.«

Er legte ihr die Hände sanft auf die Augen. »In deiner Trauer hast du die Sonne verloren und bist in Dunkelheit gefallen. Ich werde jetzt das Sonnenlicht wiederherstellen.«

Tränen liefen ihr über die Wangen. »Wie hast du dir das alles merken können, Robin?« flüsterte sie.

»Die Worte sind in mein Herzen eingegraben, Kanawiosta.«

»Mein Vater und ich haben nie über seine Gesundheit gesprochen. Er verabscheute es, hinfällig zu erscheinen. Sich das Leben zu nehmen, weil er wußte, daß ich davon profitieren würde, und um sich selbst Leiden zu ersparen, wäre ihm durchaus zuzutrauen, aber ich war in meiner Trauer zu selbstsüchtig, um das erkennen zu können.«

»Die wichtigsten Dinge sind häufig am schwersten zu erkennen«, sagte Robin und zog sie an sich. Sein Blick fiel auf den schwelenden Tabak im Aschenbecher. »Hat das eine besondere Bedeutung?«

»Im Volk meiner Mutter ist Tabak heilig. Man verbrennt ihn, damit sein Rauch Gebete und Wünsche zu den Geistern trägt.«

Robin nahm Tabak aus der Schatulle und ließ ihn auf den glimmenden Haufen fallen.

»Was wünschst du dir?« fragte Maxie.

»Wird der Wunsch auch dann wahr, wenn ich es dir erzähle?«

Sie lächelte. »Ich glaube nicht, daß das einen Unterschied ausmacht.«

Eben noch hatte er sich geschworen, kein Wort verlauten zu lassen, aber als er ihr unwiderstehliches Lächeln sah, schlug er alle Bedenken in den Wind. »Ich wünsche mir, daß du mich heiratest.«

Ihr Lächeln schwand, und sie lehnte sich in ihrem Sessel zurück. »Es ist eine gefährliche Angewohnheit von dir, mir Heiratsanträge zu machen. Wenn du dich nicht mehr vorsiehst, könnte ich irgendwann zustimmen.«

»Nichts könnte ich mir mehr wünschen.«

Seufzend blickte Maxie auf ihre miteinander verschlungenen Hände. Solange die Umstände des Todes ihres Vaters nicht geklärt waren, hatte sie dieser Entscheidung ausweichen können. Jetzt nicht mehr.

Sie hob den Kopf und sah ihn an. Physisch war Robin nur auf Armeslänge von ihr entfernt, aber seine helle Haut, seine lässige Selbstsicherheit und seine aristokratische Eleganz verwiesen auf eine Kluft, die nicht zu überbrücken war. »Ich glaube, wir sind zu verschieden, Robin. Ich bin die Tochter eines Buchhausierers und werde von deinen Landsleuten wegen meiner Herkunft als unzivilisierte Wilde betrachtet, während du einer jahrhundertealten und privilegierten Kultur entstammst.« Sie bemühte sich, so beiläufig zu sprechen, als läge ihr Entschluß auf der Hand. »Die Vorstellung einer Ehe mag dir jetzt vielleicht reizvoll erscheinen, aber ich bin davon überzeugt, daß du es eines Tages bereuen würdest.«

»Würdest du es denn irgendwann bereuen?« fragte er leise.

»Wenn du es tust, mit Sicherheit«, erwiderte sie in dem Wissen, daß ihre Worte das ganze Problem ausdrückten. Da sie ihn liebte, könnte sie sein Bedauern nicht ertragen. Ganz gleich, wie gut er alles auch hinter Höflichkeit verbarg, sie würde es spüren.

»Du irrst. Die Unterschiede zwischen uns sind belanglos, aber die Ähnlichkeiten profund«, erklärte er eindringlich. »Wir sind beide Außenseiter, Maxie. In deinem Fall gehörst du wegen deiner Abstammung weder dem Volk deiner Mutter noch dem deines Vaters ganz an. Ich habe eine Vorstellung von dem, was du erdulden mußtest, weil ich trotz meines Reichtums, meiner Privilegien und aristokratischen Vorfahren als natürlicher Außenseiter ebensowenig in meine Welt hineinpaßte wie du in deine. Vielleicht wäre es anders gewesen, wenn ich eine Mutter gehabt hätte oder mein Vater in der Lage gewesen wäre, meinen Anblick zu ertragen.«

Sein Gesichtsausdruck wurde ironisch. »Aber vermutlich wäre ich auch dann ein Außenseiter geworden, wenn meine Mutter meine Geburt überlebt hätte. Jede oder jede zweite Generation der Andrevilles hat ihr schwarzes Schaf, und mich überzeugte man davon, genau das zu sein, noch bevor ich laufen konnte. Mir mußte nur etwas verboten werden, schon zog es mich an. Jeder Fehler, den ich machte, war ein Beweis für meine angeborene Boshaftigkeit. Ich stellte Dinge in Frage, die nicht in Frage gestellt werden durften, widersetzte mich Anordnungen, mit denen ich nicht einverstanden war und erfand Geschichten, die für abscheuliche Lügen gehalten wurden.«

Er hob seine mißgestaltete linke Hand. »Das lateinische Wort für links heißt sinistra und bedeutet gleichzeitig ›übel‹ oder ›böse‹, und das sagt eine Menge darüber aus, wie Linkshänder von der Gesellschaft betrachtet werden. Der Hauslehrer, den ich hatte, bevor ich in die Schule kam, war überzeugt davon, daß ich die linke Hand aus Trotz gegen ihn benutzte. Manchmal band er sie mir auf dem Rücken fest, so daß ich gezwungen war, die rechte Hand einzusetzen, oder er schlug mir mit dem Lineal auf die Handfläche, bis sie blutete.« Er lächelte düster. »Vermutlich war ich einer der wenigen englischen Jungen, die eine Schule dem Unterricht zu Hause vorzogen.«

Zum ersten Mal verstand sie die Trostlosigkeit seiner Kindheit ganz. Kein Wunder, daß er sich zur Liebe unfähig fühlte. Wie war es ihm nur gelungen, darüber nicht den Verstand zu verlieren? Maxie empfand unendliches Mitgefühl für ihn und Giles, die beiden einsamen Jungen, die sehr viel Besseres verdient hätten, als sie bekommen hatten.

Dennoch ... »Zugegebenerweise sind wir beide mit dem Gefühl aufgewachsen, Außenseiter zu sein«, sagte sie langsam. »Aber reicht das aus, uns aneinander zu binden? Machen uns unsere Schwächen aus?«

»Nicht unsere Schwächen, sondern unser Vertrauen.« In seinem weißen Hemd wirkte er schlank, stark und unglaublich attraktiv. »Wir wagen es nur, unsere Schwächen jenen Menschen einzugestehen, bei denen wir darauf vertrauen, daß sie uns dennoch akzeptieren. Ich kannte dich kaum, vertraute dir aber bereits Dinge an, die ich noch niemandem sonst eingestanden hatte, nicht einmal mir selbst.«

»Und genau das ist es, was mir Sorgen macht, Robin«, sagte sie und vergalt Offenheit mit Offenheit. »Ich frage mich, ob du mich heiraten willst, weil ich zur Stelle war, als es dir schlecht ging. Hältst du mich für etwas Besonderes, weil du dich aussprechen mußtest und ich dir zugehört habe? Hätte das nicht jede andere Frau ähnlich gemacht?«

»So wenig hältst du von meiner Menschenkenntnis?« Er lächelte sie so zärtlich und liebevoll an, daß ihre Bedenken ins Wanken gerieten. »Keine Frau könnte dich je ersetzen. Nur mit dir fühle ich mich ganz, vollständig.«

Da sie noch immer zögerte, fügte er sanft hinzu: »Du hast mich vieles gelehrt, aber vor allem Liebe.« Er holte tief Luft. »Und ich liebe dich, Kanawiosta.«

Bei diesen Worten, die sie nie zu hören befürchtet hatte, hielt Maxie den Atem an. »Aber du sagtest doch, du könntest nicht besonders gut lieben.«

»Davon war ich überzeugt, aber ganz unter uns und Giles gesagt, habe ich kürzlich in dieser Hinsicht eine höchst eindringliche Lektion erhalten«, sagte er fast kläglich. »Ich glaubte, Maggie mit aller mir möglichen Intensität zu lieben und daß sie mich verlassen hätte, weil das nicht ausreichte. Jetzt weiß ich, daß ich keineswegs liebesunfähig war, sondern nur noch nicht die richtige Frau gefunden hatte. Maggie hat einmal versucht, mir das zu erklären, aber ich verstand es offenbar nicht.«

Er schwieg und schien nach den richtigen Worten zu suchen. »Im Zusammensein mit Maggie hat es stets emotionale Grenzen gegeben. Dir gegenüber, Kanawiosta, empfinde ich keine. An dem Morgen, als wir Ruxton verließen, hast du etwas gesagt, was ich so deutete, daß du mich vielleicht liebst. War das eine Art Wunschdenken von mir?«

Seine Worte erfüllten sie mit einem Glück, das sie erstrahlen ließ. »Aber natürlich liebe ich dich, Robin«, flüsterte sie. »All mein Gerede über unsere Verschiedenheit, meine Zweifel über ein Leben in England – das waren doch nur Ausflüchte. In Wahrheit hatte ich nur Angst, zu viel für dich zu empfinden, um deine Frau werden zu können, wenn du mich nicht liebst.«

Robins Rock fiel ihr von den Schultern, als sie aufstand und ihm beide Arme entgegenstreckte.

Von Anfang an hatten ihre Körper gewußt, daß sie

füreinander geschaffen waren. Jetzt gab es auch keine emotionalen Bedenken mehr – nur noch leidenschaftliches, brennendes Verlangen.

Epilog

ES WAR EIN geradezu perfekter Tag für eine Hochzeit, und die Gärten von Ruxton eigneten sich hervorragend für die Trauung und das anschließende Frühstück. Die Liste der Gäste war nur klein, und viele von ihnen hatten bereits an Maxies erster Dinnergesellschaft in London teilgenommen.

Giles und Desdemona hatten als Trauzeugen fungiert. In zwei Wochen würden sich Maxie und Robin revanchieren, wenn aus dem älteren Paar Mann und Frau wurde.

Als der erste Appetit gestillt und die Toasts ausgebracht waren, beugte sich Robin zu Maxie und fragte leise: »Wollen wir nicht einen kleinen Spaziergang unternehmen? Unsere Gäste können bestimmt ein paar Minuten lang ohne uns auskommen.«

»Sehr gern.«

Hand in Hand schlenderten sie durch die Gärten, die in der Pracht ihrer Frühsommerblüte erstrahlten. Innerhalb weniger Wochen war Ruxton für Maxie zu einem wirklichen Heim geworden.

»Habe ich dir eigentlich schon gesagt, wie sehr mir dein Kleid gefällt?« fragte Robin, als sie den Garten verließen und in den Wald hineinschlenderten. »So etwas habe ich zwar noch nie gesehen, aber es steht dir ganz ausgezeichnet.«

Höchst zufrieden blickte Maxie an ihrem mit Perlen und Fransen besetzten Gewand hinab. Es war ein Hochzeitsgeschenk von Margot. »Es ist einem Hochzeitskostüm der Mohawks nachempfunden. Ich habe den Entwurf gezeichnet, und Margot fand eine Schneiderin, die bereit war, es zu nähen, auch wenn sie nirgendwo gefärbte Stachelschweinstacheln auftreiben konnte.«

Sonnenstrahlen fielen durch die Baumkronen, Vögel schwirrten umher und erfüllten die Luft mit ihrem Gesang. »Sieh doch nur die vielen Singvögel, Robin. Fast hat es den Anschein, als wollten sie mit uns feiern.«

Er grinste.

Plötzlich mißtrauisch geworden, warf Maxie einen genaueren Blick auf den Pfad. »Lord Robert, hast du dem Gärtner etwa befohlen, Körner auf den Weg zu streuen, um die Vögel anzulocken?«

Er lachte hell auf. »Was ist falsch daran, ein wenig zu zaubern? Als ich dich damals in Wolverhampton neben dem Hexenring erblickte, dachte ich an Titania, die Feenkönigin.«

Sie stimmte in sein Lachen ein. »Und ich an Oberon. Offenbar funktioniert unsere Phantasie ähnlich.«

»Unter anderem.« Er zögerte und sagte dann: »Vielleicht sollte ich das nicht fragen, aber wenn du neuerdings versuchst, in die Zukunft zu blicken, siehst du da irgend etwas?«

Sie nickte. »Viele, viele glückliche Jahre.«

Er hob ihre Hände und küßte ihre Fingerspitzen. »Das habe ich mir erhofft.«

Der Pfad führte zu einer Lichtung, auf der Maxie noch nicht gewesen war. In ihrer Mitte erblickte sie einen Hesenring – ganz ähnlich dem von Wolverhampton. Sie blieb stehen, betrachtete ihn und empfand ein geradezu unsinniges Glücksgefühl.

Robin zog sie in die Arme und küßte sie mit fast schmerzhafter Zärtlichkeit. »Und jetzt, Kanawiosta«, hauchte er, »lehre mich noch einmal, wie man dem Wind lauscht.«